Orgulho e Preconceito

Jane Austen

Orgulho e Preconceito

Tradução: M. Ângela Santos

Principis

Esta é uma publicação Principis, selo exclusivo da Ciranda Cultural

Traduzido do original em inglês
Pride and Prejudice

Texto
Jane Austen

Tradução
M. Ângela Santos

Produção editorial e projeto gráfico
Ciranda Cultural

Revisão
Beluga (Paula Medeiros)
Fernanda R. Braga Simon

Capa
Laerte Silvino

Dados Internacionais de Catalogação na Publicação (CIP) de acordo com ISBD

A933o Austen, Jane.

Orgulho e Preconceito / Jane Austen ; traduzido por M. Ângela Santos. - Jandira, SP : Principis, 2025.
288 p. : 15,50cm x 22,60cm. - (Clássicos da literatura mundial)

Título original: Pride and prejudice
ISBN: 978-65-5097-308-7

1. Literatura inglesa. 2. Família. 3. Sociedade. 4. Séries. 5. Filmes. 6. Romance. 7. Casamento. I. Santos, Ângela M. II. Título. III. Série.

2024-2329 CDD 823
CDU 821.111-31

Elaborada por Lucio Feitosa - CRB-8/8803

Índice para catálogo sistemático:
1. Literatura inglesa : Romance 823
2. Literatura inglesa : Romance 821.111-31

Texto publicado integralmente no livro *Orgulho e preconceito*, em 2017, na edição brochura pelo selo Principis da Ciranda Cultural. (N.E.)

1ª edição em 2025
www.cirandacultural.com.br

Sumário

Prefácio

Orgulho e preconceito mostra como evoluíam os relacionamentos humanos em uma época em que não existia telefone nem automóvel. A comunicação a distância só acontecia por cartas, que eram levadas a cavalo. É um mundo que Jane Austen conhece muito bem: a sociedade provinciana inglesa do século XVIII.

A escritora nasceu no dia 16 de dezembro de 1775, em Hampshire, na Inglaterra. Era filha do reverendo George Austen e de Cassandra Austen. Jane, um dos maiores nomes da literatura inglesa ao lado de Shakespeare, publicou seu primeiro livro aos 17 anos: *Lady Susan*, uma paródia do estilo sentimental de Samuel Richardson.

Orgulho e preconceito (que inicialmente tinha o título de *Primeiras impressões*) é seu segundo livro, publicado em 1813. Outras publicações de sua autoria são *Razão e sensibilidade* (1811), *Mansfield Park* (1814) e *Emma* (1816).

Capítulo 1

Uma verdade mundialmente consagrada é a de que um homem solteiro, dono de uma grande fortuna, deve estar precisando se casar. Por menos que os sentimentos ou as ideias de tal homem sejam conhecidos, ao se estabelecer em um novo local, essa verdade está de tal forma enraizada na mente das famílias vizinhas que muitas delas consideram o rapaz propriedade legítima de uma das suas filhas.

– Caro senhor Bennet, sabe que Netherfield Park foi finalmente alugado? – perguntou a senhora Bennet certo dia. – Precisa saber, meu caro, que, pelo que a senhora Long me disse, Netherfield foi alugado por um homem muito rico do Norte da Inglaterra. Chegou, na segunda-feira, numa carruagem elegante puxada por quatro cavalos para visitar o local e ficou tão encantado que logo aceitou as condições do senhor Morris. Vem ocupar a casa ainda antes do Dia de São Miguel, e alguns dos seus criados deverão chegar já no fim da próxima semana.

– Qual é o nome dele?

– Bingley.

– É casado ou solteiro?

– Claro que é solteiro, meu caro! Um homem solteiro e muito rico, com rendimentos de quatro ou cinco mil libras anuais. Que acontecimento maravilhoso para as nossas filhas!

– Como assim? O que elas têm a ver com isso?

– Meu caro senhor Bennet, como o senhor é chato! Sabe muito bem que vejo a possibilidade de ele se casar com uma delas – comentou a senhora Bennet.

– É esse o motivo da mudança dele para cá?

– Motivo?! Que disparate! Porém, é muito natural que ele se apaixone por uma delas, e é exatamente por isso que você deve ir logo visitá-lo!

– Não vejo razão para isso. Pode perfeitamente ir com as meninas ou enviá-las sozinhas, o que talvez fosse preferível, pois, uma vez que você é tão linda quanto elas, o senhor Bingley poderia escolhê-la.

– Lisonjeia-me. Fui bonita nos meus tempos, mas não tenho essa pretensão agora. Quando uma mulher se torna mãe de cinco filhas crescidas, ela tem que deixar de pensar na própria beleza.

– Em tais casos, é raro uma mulher ter alguma beleza em que pensar.

– Mas, meu caro, você precisa visitar o senhor Bingley assim que ele chegar.

– É coisa que não lhe garanto, aviso desde já.

– Considere ao menos a sorte de suas filhas. Você não pode deixar de ir! Pense só que belo partido não seria para uma delas. *Sir* William e *lady* Lucas vão dar as boas-vindas unicamente por esta razão, pois, como sabe, não é costume deles.

– Creio que o senhor Bingley terá todo o prazer em recebê-la. Vou aproveitar a oportunidade para lhe enviar, por seu intermédio, um bilhetinho em que garanto meu pleno consentimento quanto ao seu casamento com a minha filha que mais lhe agradar. Entretanto, não posso deixar de incluir uma palavrinha a favor da minha pequena Lizzy.

– Espero que não faça tal coisa. Lizzy não é melhor do que as outras. Não é nem mais bonita do que Jane, nem tão alegre quanto Lydia, apesar de você sempre lhe dar a preferência.

– Lizzy tem uma vivacidade que as irmãs não têm.

– Sr. Bennet, como pode insultar suas filhas dessa forma? Tem prazer em me irritar. Não tem pena dos meus pobres nervos.

– Está redondamente enganada, minha querida. Tenho o maior respeito pelos seus nervos. São meus velhos amigos. Ouço falar deles há pelo menos vinte anos.

– Ah! Não sabe o que eu sofro.

– Espero que se recupere e viva o suficiente para ver chegar muitos jovens de quatro mil libras anuais aqui na vizinhança.

– Acontece que a chegada de vinte deles de nada serviria, uma vez que o senhor se recusaria a visitá-los.

– Minha querida, acredite: quando eles forem vinte, os visitarei a todos.

O senhor Bennet era uma mistura de petulância, sarcasmo, reserva e capricho. A convivência de vinte e três anos ainda não fora suficiente para a mulher compreender o seu jeito. Em contrapartida, a mentalidade dela era bem menos difícil de desvendar. Era de uma mulher de inteligência medíocre, cultura rudimentar e temperamento incerto. Quando irritada, procurava refúgio nos nervos. A principal ocupação da sua vida era casar as filhas, e o seu passatempo eram as visitas e os mexericos.

Capítulo 2

O senhor Bennet sempre pretendeu visitar o senhor Bingley, e foi um dos primeiros a ir conhecê-lo. Mas fez a mulher acreditar que não iria. Até a noite do próprio dia da visita ela não teve nenhum conhecimento do fato. Só soube quando o senhor Bennet, ao observar a segunda filha enfeitar um chapéu, de repente disse:

– Espero que o senhor Bingley goste, Lizzy.

E a mãe dela rebateu, magoada:

– Não temos como saber se o senhor Bingley vai gostar ou não, uma vez que não o podemos visitar.

– Mas, mãe, lembre-se de que nós o encontraremos em reuniões, e a senhora Long prometeu nos apresentar – comentou Lizzy.

– Não tenho nenhuma certeza de que a senhora Long faça tal coisa. Ela mesma tem duas sobrinhas. É uma mulher egoísta, hipócrita, e não a tenho em grande estima.

– Nem eu – concordou o senhor Bennet –, e alegra-me saber que a senhora abre mão da ajuda dela.

A senhora Bennet não se dignou a lhe dar uma resposta. Mas, incapaz de se conter, começou a repreender uma das filhas.

– Pare com essa tosse, Kitty, pelo amor de Deus! Tenha um pouco de compaixão dos meus nervos.

– Kitty não sabe tossir com discrição – disse o pai. – Não tem controle da tosse.

– Não o faço por divertimento – replicou Kitty, impertinente.

– Quando é o seu próximo baile, Lizzy?

– Daqui a quinze dias.

– Ora, pois é! – exclamou sua mãe. – E a senhora Long só regressa na véspera. Sendo assim, será impossível nos apresentar, pois nem ela o conhece ainda.

– Nesse caso, minha querida, a vantagem será sua, e você poderá apresentar o senhor Bingley à sua amiga.

– Impossível, senhor Bennet, impossível, pois eu mesma não tenho nenhuma familiaridade com ele. Que gozador o senhor é!

– Fico honrado com tamanha discrição. Um conhecimento de quinze dias é, na verdade, insuficiente. Nada de concreto se pode saber sobre um homem ao fim desses quinze dias. Mas, se não nos arriscarmos, outros arriscarão, e a essa altura a senhora Long e as sobrinhas não terão mais que aguardar a oportunidade. Porém, como tal gesto seria por ela considerado um ato de bondade, caso você se negue a prestar-lhe esse serviço, eu me encarregarei dele.

Então as garotas olharam espantadas para o pai. A senhora Bennet apenas disse:

– Que disparate!

– Qual o sentido de exclamação tão enfática? Considera um disparate as formas de apresentação e a ênfase que se lhes é dada? Nisso não estou de acordo. Qual a sua opinião, Mary? Você, que é jovem, sensata e perspicaz, que lê bons livros e deles extrai ensinamentos.

Mary quis dizer algo relevante, mas não sabia como.

– Enquanto Mary põe as ideias em ordem – prosseguiu ele –, voltemos ao senhor Bingley.

– Estou farta do senhor Bingley! – exclamou a mulher.

– É consternado que a ouço fazer tal afirmação. Por que não me preveniu antes? Se soubesse disso nesta manhã, não teria ido visitá-lo. Uma vez que a visita está feita, não podemos agora fugir de certa familiaridade.

O espanto provocado nas mulheres foi exatamente como ele quis, com o choque da esposa ultrapassando o das filhas. Apesar disso, passada a primeira efusão, a senhora Bennett declarou que dele não esperava outra coisa senão aquilo.

– Que bela atitude a sua, senhor Bennet. Mas eu sabia que acabaria convencendo-o. Tinha certeza de que o seu amor pelas pequenas não o deixaria indiferente. Oh, como estou contente! E que bela peça nos pregou ao ter ido lá nesta manhã e guardado segredo.

– Agora, Kitty, fique à vontade para tossir o quanto quiser – disse o senhor Bennet.

Dito isso, abandonou a sala, cansado dos arrebatamentos de sua mulher.

– Que pai excelente vocês têm, meninas – comentou a senhora Bennet quando a porta se fechou. – Não sei como algum dia vocês poderão retribuir tamanha gentileza; nem eu, neste caso. Eu lhes garanto que na nossa idade não é agradável estabelecer novos relacionamentos todos os dias, mas por vocês somos capazes de tudo. Lydia, querida, apesar de você ser a mais nova, ouso dizer que o senhor Bingley a tirará para dançar no próximo baile.

– Oh! – exclamou Lydia decidida. – Não tenho medo, pois, apesar de ser a mais nova, sou a mais alta.

O resto do serão passou-se em conjecturas sobre quando o senhor Bingley retribuiria a visita do senhor Bennet e quando deveriam convidá-lo para jantar.

Capítulo 3

Nem tudo aquilo que a senhora Bennet e suas cinco filhas puderam perguntar sobre o assunto foi suficiente para arrancar do senhor Bennet alguma informação interessante sobre o senhor Bingley. Elas o abordaram de diversas formas: com perguntas diretas, suposições engenhosas e conjecturas distantes; mas ele se esquivou de todas as perguntas, e elas não tiveram outro remédio senão se contentar com as informações de segunda mão fornecidas pela vizinha, *lady* Lucas. O que ela contou foi altamente favorável. *Sir* William havia se encantado com o recém-chegado. Disse que ele era bastante jovem, de boa aparência e extremamente simpático. E a melhor parte: ele tinha a intenção de aparecer no próximo baile, acompanhado de um numeroso grupo de amigos. Que coisa maravilhosa! Gostar de dançar era meio caminho andado para se apaixonar, e logo a senhora Bennet sentiu as esperanças no seu íntimo mais vívidas.

– Se uma das minhas filhas ficar instalada e feliz em Netherfield – disse a senhora Bennet para o marido – e todas as outras forem igualmente bem casadas, nada mais terei a desejar na vida.

Alguns dias depois, o senhor Bingley retribuiu a visita que lhe fora feita pelo senhor Bennet, e com ele conversou durante cerca de dez minutos no escritório. O jovem alimentara a esperança de ver as garotas de cuja beleza tanto ouvira falar, mas apenas tinha visto o pai. Elas, porém, tiveram um pouco mais de sorte, pois do alto de uma janela puderam verificar que ele trajava um paletó azul e montava um cavalo preto.

Logo em seguida, enviaram-lhe um convite para jantar, e a senhora Bennet já tinha planejado os pratos que dariam crédito aos seus dotes de boa dona de casa quando veio uma resposta que arruinou tudo. O senhor Bingley teria que estar na capital no dia seguinte, sendo então impossível aceitar a honra de tão amável convite. A senhora Bennet ficou bastante irritada. Não conseguia imaginar que espécie de negócios teria ele a tratar na capital após a chegada tão recente a Hertfordshire, e começou a recear que o senhor Bingley andasse num vaivém constante e não se instalasse de vez em Netherfield.

Lady Lucas aliviou-a um pouco desses receios, levando-a a supor que talvez ele tivesse ido a Londres para convocar o tal grupo numeroso para o baile. Em breve se espalhou a notícia de que o senhor Bingley traria consigo doze senhoras e sete cavalheiros. As garotas se afligiram com a quantidade de mulheres, mas logo sossegaram quando souberam que, em vez de doze, ele apenas trouxera de Londres seis pessoas: as cinco irmãs e um primo. E, quando o grupo entrou no salão, eram cinco ao todo: o senhor Bingley, as duas irmãs, o marido da mais velha e outro jovem.

O senhor Bingley era um homem belo e distinto. De semblante agradável, tinha modos delicados e simples. As irmãs eram igualmente bonitas, com um ar decididamente elegante. O cunhado, o senhor Hurst, não passava de um homem vulgar, mas o senhor Darcy, o amigo, logo chamou a atenção do salão pela sua alta e elegante estatura, os traços bonitos e o porte desenvolto.

Cinco minutos após a sua entrada, correu o rumor de que o senhor Darcy tinha rendimentos no valor de dez mil libras anuais. Os cavalheiros o consideraram um belo tipo de homem, as senhoras declararam que ele era bem mais formoso do que o senhor Bingley, e o senhor Darcy foi longamente admirado, até seus modos deixarem transparecer uma chatice que muito afetou a sua popularidade. A partir desse momento, o consideraram-no orgulhoso e presunçoso, longe de se mostrar divertido. Nem suas extensas propriedades em Derbyshire impediram que as pessoas o julgassem dono de uma expressão sinistra e desagradável, e indigno de comparação com o amigo.

O senhor Bingley logo tinha falado com todas as principais pessoas na sala. Alegre e animado, dançou todas as danças, lamentou o fato de o baile terminar tão cedo e falou em organizar um em Netherfield. Tais qualidades bastam. E que contraste entre ele e o amigo! O senhor Darcy dançou apenas uma vez com a senhora Hurst e outra com a senhorita Bingley. Não quis ser apresentado a nenhuma outra jovem e passou o resto da noite passeando pelo salão, conversando ocasionalmente com um ou outro membro do seu grupo. Seu caráter estava firmado. Era o homem mais orgulhoso e desagradável do mundo, e todos esperavam que ele não mais voltasse ao seu convívio.

Entre as pessoas mais contrárias a ele, figurava a senhora Bennet, cujo desgosto pelo comportamento do senhor Darcy foi intensificado pelo ressentimento de ele ter desdenhado de uma de suas filhas.

Graças à escassez de cavalheiros, Elizabeth Bennet fora obrigada a permanecer sentada por duas danças. Mas, numa altura em que o senhor Darcy estava perto dela, teve a oportunidade de ouvir a conversa que se seguiu entre ele e o senhor Bingley:

– Darcy, quero que venha dançar. Detesto vê-lo por aí sozinho. Seria melhor se dançasse.

– De modo algum. Você sabe como eu detesto dançar, a não ser que eu conheça bem o meu par. Em uma festa como esta, seria insuportável. Suas irmãs estão ocupadas e não existe outra mulher na sala com quem eu dançaria sem sacrifício.

– Eu nunca exigiria isso – exclamou Bingley. – Juro, nunca encontrei tantas garotas interessantes na minha vida... E você está vendo que algumas são excepcionalmente bonitas!

– Você está dançando com a única garota bonita da sala – disse o senhor Darcy olhando para a mais velha das irmãs Bennets.

– Oh! Ela é a criatura mais bela que eu já vi! Mas há uma irmã dela sentada bem atrás de você e que, além de muito bonita, me parece bastante simpática. Deixe que o meu par lhe apresente.

– Quem? – E, voltando-se, olhou demoradamente para Elizabeth, até que esta, devolvendo-lhe o olhar, o fez desviar o seu, e declarou com frieza:

– É razoável, mas não suficientemente bonita para me tentar. Aliás, no momento não tenho disposição para consolar as jovens que outros desdenharam. Vá você para junto do seu par e desfrute os sorrisos. Não perca tempo comigo.

O senhor Bingley seguiu o conselho do amigo, e o senhor Darcy se afastou, causando uma impressão pouco favorável em Elizabeth.

De modo geral, a noite decorreu de forma agradável para toda a família. A senhora Bennet viu com satisfação a filha mais velha ser muito apreciada pelo grupo de Netherfield. O senhor Bingley dançou com ela duas vezes, e as duas mulheres a cercaram de atenções. Foi, portanto, com ótima disposição de espírito que tomaram o caminho de volta a Longbourn, a vila em que viviam e da qual eram os principais habitantes.

Na hora em que chegaram, o senhor Bennet ainda estava acordado. Quando estava mergulhado na leitura de um livro, perdia a noção do tempo. Naquela ocasião específica, ansiava pelo relato da noite que causara tão grandes expectativas. Esperava, contudo, que os planos arquitetados por sua mulher em relação àquele desconhecido caíssem por terra. Mas logo descobriu que a história que ouviria seria bem diferente. Mal entrou na sala, ela disse:

– Tivemos uma noite encantadora, e o baile foi magnífico, meu caro! Adoraria que tivesse ido. Jane foi tão admirada que você nem pode imaginar. Todos falavam nela, e o próprio senhor Bingley a achou muito atraente e dançou com ela duas vezes! Imagine, meu caro, por duas vezes dançou com a nossa Jane! E ela foi a única moça na sala a quem ele pediu uma segunda dança. Primeiro, convidou a senhorita Lucas, o que me contrariou bastante, mas não pareceu muito animado, como é compreensível, pois ela não anima ninguém. Em contrapartida, ficou logo impressionado com Jane. Tratou imediatamente de saber quem ela era. Em seguida, dançou com a senhorita King e, depois, com Maria Lucas. A quinta dança foi de novo com a Jane, e a sexta, com a Lizzy e a Boulanger...

– Se ele tivesse dó de mim – reclamou o marido, impaciente –, não teria dançado nem metade do que dançou! Pelo amor de Deus, acabe com a numeração dos pares dele. Antes ele tivesse torcido um pé logo na primeira dança!

– Estou positivamente encantada com ele, meu querido! É tão belo rapaz! E as irmãs são pessoas encantadoras. Seus vestidos eram de uma elegância que eu nunca vi igual. E o galão do vestido da senhora Hurst...

E, aqui, foi de novo interrompida, pois o senhor Bennet recusava-se a ouvir qualquer descrição sobre as roupas. Ela foi obrigada a procurar outro tema para a conversa e passou a relatar, com uma forte dose de azedume e certo exagero, a chocante insolência do senhor Darcy:

– Mas também lhe asseguro que Lizzy nada perde por não satisfazê--lo, pois ele é uma criatura desagradável e horrível, com quem não vale a pena perder seu tempo. Que arrogância e presunção! Não fez mais do que passear de um lado para outro na sala, dando ares de grande importância! Não é simpático o bastante para que se tenha prazer em dançar com ele. Queria que você estivesse lá e lhe desse uma das suas respostas. Não suporto aquele homem.

Capítulo 4

Assim que Jane e Elizabeth ficaram a sós, Jane se abriu com a irmã e lhe confessou que admirava o senhor Bingley.

– Ele é exatamente como um rapaz deve ser: sensato, bem-disposto e animado. E que modos! Tão simples e revelando uma boa educação a toda prova.

– E é bonito – replicou Elizabeth –, o que também é importante para qualquer rapaz que se preza.

– Fiquei muito lisonjeada quando veio me chamar para dançar pela segunda vez.

– Não esperava? Eu esperei por você. Mas é essa uma das diferenças entre nós. Os elogios sempre pegam você de surpresa, mas isso nunca acontece comigo. Bom, ele é mesmo simpático, e dou licença para gostar dele. Já gostou de tanta gente estúpida!

– Lizzy!

– Oh, sabe? O que você tem é uma enorme capacidade para gostar das pessoas em geral. Nunca vê mal em ninguém. Acha todo mundo bom e agradável. Nunca na minha vida a ouvi criticar um ser humano.

– É que procuro sempre não me precipitar no juízo que faço das outras pessoas, mas sempre digo o que penso.

– Isso eu sei, e é isso o que me espanta. Que, com o seu bom senso, possa ser tão cega para os defeitos e asneiras dos outros! Ser pura, sem nenhuma espécie de ostentação ou fim em vista; aproveitar o que há de bom numa pessoa e torná-lo ainda melhor, sem nada dizer sobre o mal; só você é capaz. Sendo assim, também gostou das irmãs dele, não? Na maneira de ser se parecem pouco com ele.

– Tem razão, mas só no começo. Quando se inicia uma conversa, tornam-se bastante agradáveis. A senhorita Bingley vem viver com o irmão e cuidará da casa. Se eu não estiver equivocada, vamos ter uma vizinha encantadora.

Lizzy escutou em silêncio, mas não ficou convencida. A atitude delas no baile não correspondia exatamente àquela que seria de se esperar de alguém que desejasse agradar. Dotada de um sentido de observação mais apurado e de um temperamento menos dócil do que a irmã, além de um espírito crítico impessoal demais para se deixar arrastar por simpatias, Elizabeth sentia-se pouco disposta a acolhê-las de braços abertos.

Eram pessoas delicadas, divertidas e dotadas de vivacidade. Pareciam agradáveis quando queriam, mas eram orgulhosas e presunçosas. O fato de pertencerem a uma respeitável família do Norte da Inglaterra ocorria-lhes mais frequentemente à memória do que o fato de terem enriquecido por meio do comércio.

O senhor Bingley herdara do pai bens no valor de cem mil libras, com os quais tinha intenção de comprar uma propriedade, mas não vivera o suficiente para concretizar o plano. O filho comungava da mesma ideia e por várias vezes escolhera um lugar, mas estava no momento provido de uma boa casa e gozando da liberdade de fazer o que melhor lhe aprouvesse. Havia quem, entre os mais familiarizados com a brandura do seu caráter, não duvidasse de que ele acabaria o resto dos seus dias em Netherfield, deixando a aquisição da propriedade ao cuidado da geração seguinte.

Suas irmãs desejavam muito que ele se tornasse logo dono de propriedades imensas. Mas, embora agora ele não passasse de um simples locatário, a senhorita Bingley estava mais do que disposta a presidir à sua mesa, e a senhora Hurst, que se casara mais pela posição social do que pela fortuna do marido, estava disposta, sempre que isso lhe conviesse, a considerar como sua a casa do irmão.

Ainda não completara dois anos que o senhor Bingley alcançara a maioridade quando, por recomendação casual, se sentiu tentado a visitar a casa de Netherfield. Uma vez no local, observou a fachada, percorreu os interiores. Agradou-lhe a situação e as salas principais. Ficou satisfeito com as vantagens apontadas pelo proprietário e imediatamente se decidiu.

Mesmo com personalidades completamente opostas, ele tinha uma sólida amizade com Darcy. Bingley cativava Darcy com sua personalidade branda, franca e doce. Bingley tinha uma confiança inabalável na estima de Darcy, e do seu juízo tinha a mais elevada opinião. Darcy o superava em inteligência. Bingley não chegava a ser bobo, mas Darcy era esperto. Era ao mesmo tempo arrogante, retraído e difícil de contentar, e seus modos, apesar de delicados, não eram atraentes. Neste aspecto, o amigo o superava. Bingley, onde quer que aparecesse, tinha a certeza de agradar, enquanto Darcy estava sempre ofendendo alguém.

No clube de Meryton, cada um dava a sua versão do baile. Bingley nunca encontrara pessoas tão agradáveis nem garotas mais bonitas. Todos tinham sido de uma bondade e atenção extremas com ele, e se sentiu familiarizado com toda a sala. Quanto à senhorita Bennet, não concebia anjo mais belo. Darcy, pelo contrário, apenas vira um grupo de gente de pouca beleza e elegância nula. Não sentiu o menor interesse por ninguém, tampouco recebeu atenção ou teve prazer. Reconheceu a beleza da senhorita Bennet, mas achou que ela sorria demais.

A senhora Hurst e a irmã do senhor Bingley concordaram com ele quanto a esse detalhe, não deixando, no entanto, de admirá-la e de simpatizar com ela. Consideraram-na um amor de garota, com a qual não se importariam de conviver mais. Diante disso, o irmão sentiu-se autorizado a pensar nela como bem entendesse.

Capítulo 5

Perto de Longbourn vivia uma família da qual os Bennets eram particularmente íntimos. *Sir* William Lucas fora outrora comerciante em Meryton, onde fizera uma fortuna razoável e recebera título de cavaleiro, graças a um discurso que proferiu ao rei quando foi prefeito. O título o impressionou demais. Perdeu o gosto pelo negócio e pela sua residência na pequena vila de passagem. Abandonou ambos e se mudou com a família para uma casa a um quilômetro e meio de distância de Meryton, onde poderia entregar-se ao pleno gozo da sua importância. Livre dos negócios, ocupava-se unicamente em ser delicado com as pessoas. Mesmo maravilhado com sua nova condição, não se tornou altivo. Ao contrário, se desmanchava em atenções com todo mundo. Inofensivo, amistoso e prestativo, sua apresentação em St. James tornara-o cortês.

Mesmo sendo uma boa mulher, *lady* Lucas não era suficientemente esperta para se tornar uma vizinha preciosa para a senhora Bennet. Tinham vários filhos. A mais velha, uma garota sensata e inteligente de 27 anos de idade, era amiga íntima de Elizabeth.

Que as garotas Lucas e Bennets se reunissem para falar sobre o baile era absolutamente indispensável. Logo na manhã seguinte, as primeiras apareceram em Longbourn para ouvir e contar.

– *Você* começou bem a noite, Charlotte – disse a senhora Bennet para a senhorita Lucas. – *Você* foi a primeira que o senhor Bingley escolheu.

– Sim, mas tudo indica que lhe agradou mais a segunda.

– Oh, fala da Jane, suponho eu, por ele ter dançado duas vezes com ela. Talvez este seja um sinal de que ela lhe agradou. Contaram algo a esse respeito, mas não me recordo bem, algo a ver com o senhor Robinson.

– A senhora se refere talvez à conversa que ouvi entre ele e o senhor Robinson? O senhor Robinson lhe perguntou qual a opinião dele sobre as nossas festas em Meryton, se não achava que havia grande número de garotas bonitas na sala, e qual delas ele considerava a mais bonita. Ele imediatamente respondeu: "Oh, a mais velha das senhoritas Bennets, sem sombra de dúvida. Não existem duas opiniões sobre tal assunto".

– Palavra de honra! Bom, foi bastante categórico, na verdade... quase como se…, mas pode não levar a nada, sabe-se lá.

– As *minhas* bisbilhotices foram mais certeiras do que as suas, Eliza – afirmou Charlotte. – Ouvir o senhor Darcy não é tão agradável quanto ouvir o amigo dele, não acha? Pobre Eliza, não passar de "razoável"!

– Agradeço se não enfiar na cabeça de Lizzy a ideia de se sentir incomodada pela falta de tato dele, pois ele é uma pessoa tão desagradável que seria uma infelicidade cair nas boas graças dele. A senhora Long me contou que ele ontem à noite esteve sentado ao lado dela por meia hora sem nunca despregar os lábios.

– Tem certeza, mãe? Não haverá um pequeno engano? – quis saber Jane. – Seria capaz de jurar que vi o senhor Darcy falar com ela.

– Sim, mas foi porque ela acabou por lhe perguntar se gostava de Netherfield, e ele não tinha como deixar de responder. Mas ela achou que ele ficou aborrecido por lhe dirigir a palavra.

– A senhorita Bingley me contou que ele não é de muitas falas, a não ser que se encontre no meio de gente muito íntima. Nessas ocasiões, ele torna-se extremamente agradável – informou Jane.

– Não acredito em nada disso, minha querida. Se ele fosse uma pessoa simpática, teria conversado com a senhora Long. Mas eu suspeito de uma razão para sua atitude. Todos dizem que ele é um poço de orgulho, e eu quase juraria que ele ficou sabendo que a senhora Long não tem carruagem própria e foi ao baile numa alugada.

– Pouco me importa se ele conversou ou não com a senhora Long – disse a senhorita Lucas –, mas gostaria que ele tivesse dançado com a Eliza.

– Da próxima vez, Lizzy – disse-lhe a mãe –, se fosse você, não dançaria com ele.

– Pode ter a certeza, mãe, que nunca dançarei com ele.

– O orgulho dele – disse a senhorita Lucas – não me indigna tanto quanto qualquer outro orgulho o faria, pois ele é, de certo modo, desculpável. Não admira que homem tão belo, de ótima família, rico e com tudo a seu favor tenha um elevado conceito de si. Se é que posso me expressar assim, ele tem o direito de se sentir orgulhoso.

– Tem toda a razão no que diz, e eu seria a primeira a fechar os olhos ao seu orgulho se ele não tivesse ferido o meu – replicou Elizabeth.

– O orgulho – observou Mary, que se vangloriava da solidez das suas reflexões – é um defeito muito vulgar, creio eu. Depois de tudo o que li, estou convencida de que são raros aqueles entre nós que não nutrem um sentimento de autocomplacência baseado em uma ou em outra qualidade, real ou imaginária. Vaidade e orgulho são coisas diferentes. É possível sentir orgulho sem ser vaidoso. O orgulho diz respeito mais à opinião que temos de nós próprios, enquanto a vaidade, ao que queremos que os outros pensem de nós.

– Se eu fosse tão rico quanto o senhor Darcy – exclamou o jovem Lucas, que acompanhara as irmãs –, não me importaria com o meu orgulho. Teria uma matilha de cães de caça e beberia uma garrafa de vinho todos os dias.

– Assim, você beberia mais do que deve – disse a senhora Bennet. – E eu lhe arrancaria a garrafa das mãos.

O rapaz garantiu que ela não se atreveria. Ela continuou dizendo que o faria, e a discussão só acabou com o término da visita.

Capítulo 6

As garotas de Longbourn em breve receberam as de Netherfield, e depois lhes retribuíram a visita. A afabilidade da senhorita Bennet continuava cativando tanto a senhora Hurst quanto a senhorita Bingley, e, embora rotulassem a mãe de insuportável e as irmãs mais novas de indignas de menção, expressavam o desejo de conhecer mais a fundo as duas mais velhas. Jane ficou sensibilizada, mas Elizabeth decididamente não simpatizava com elas. A consideração por Jane, se é que era consideração, só valia enquanto inspirada pela admiração do irmão. Este, na verdade, não escondia quanto a admirava. Mas Elizabeth também via como a irmã cedia à preferência que no seu espírito alimentara desde o primeiro dia em que o vira, caminhando a passos largos para o amor. Contudo, era com prazer que considerava a impossibilidade de tal fato se tornar de domínio público, uma vez que Jane nunca permitiria qualquer suspeita impertinente. E compartilhou o fato com a senhorita Lucas.

– Talvez seja agradável para uma pessoa – replicou Charlotte – ser capaz de, em tais casos, iludir a opinião pública. Mas essa mesma reserva pode se tornar uma desvantagem. Se uma mulher é igualmente hábil em esconder sua afeição do objeto que a motiva, ela se arrisca a perder a oportunidade de cativá-lo, e de nada adiantará manter os outros na mesma ignorância. Em nove entre dez casos, seria preferível uma mulher mostrar mais afeição do que realmente sente. Bingley gosta da sua irmã, mas pode não ir mais além, se ela não lhe der um sinal.

– Mas ela o faz, tanto quanto sua natureza permite. Se até eu vislumbro os sentimentos que Jane nutre por ele, ele é um tonto se não os percebe.

– Ele não conhece tão bem quanto você a natureza de Jane.

– Mas, se uma mulher gosta de um homem e não faz nada para esconder, ele vai acabar descobrindo.

– Talvez isso seja verdade, se ele estiver junto dela o suficiente. Ora, embora Bingley e Jane se encontrem com frequência, nunca é por muito tempo. E, como quando se veem é sempre perto de muita gente, fica impossível aproveitar todos os momentos para conversarem um com o outro. Jane deveria, assim, desfrutar ao máximo a escassa meia hora em que detém a atenção dele. Quando finalmente estiver segura do amor dele, pode se apaixonar como bem entender.

– Tudo isso está muito certo – replicou Elizabeth – para aqueles casos em que o que prevalece é o desejo de se casar bem. Se um dia eu resolver arrumar um marido rico, ou simplesmente um marido, creio que adotarei seu sistema. Mas não é este o caso de Jane; ela não persegue um objetivo. No ponto em que as coisas estão, ela não pode nem sequer estar certa da natureza dos próprios sentimentos, quanto mais da sua sensatez. Conheceu-o há apenas quinze dias. Dançou duas vezes com ele em Meryton, viu-o uma manhã na casa dele, e desde então jantou quatro vezes em sua companhia. Como pode ver, não é suficiente para ela se familiarizar com o jeito de ser dele.

– Claro que não, do modo como você conta. Se ela tivesse se limitado a jantar com ele... mas passaram muitas horas juntos em quatro ocasiões.

– Sim, essas quatro noites mostraram que ambos gostam mais de vinte e um do que de outro jogo, mas não creio que tenha servido para muito além disso.

– Bom – disse Charlotte –, de coração desejo boa sorte para Jane. Se ela se casar com ele amanhã, eu diria que a possibilidade de ser feliz é tão grande quanto se tivessem passado um ano se conhecendo melhor. A felicidade no casamento é uma questão de sorte. Por mais profundos que sejam o conhecimento mútuo ou a identidade entre as partes interessadas antes do enlace, esses fatores em nada contribuem para a felicidade. Quanto menos conhecer os defeitos daquele com quem se vai passar o resto da vida, melhor será.

– Você me diverte, Charlotte, mas isso não faz o menor sentido. Você mesma não agiria assim.

Ocupada em observar a atenção que o senhor Bingley concedia à sua irmã, Elizabeth estava longe de suspeitar de que ela própria se tornara objeto de certo interesse aos olhos do senhor Darcy. A princípio, ele lhe admitira uma certa beleza quase com relutância. No baile, olhara para ela sem admiração e, na vez seguinte, olhou-a apenas para criticá-la. Porém, ainda mal ele se certificara da quase inexistência de um traço bonito naquele rosto quando começou a achá-la especialmente inteligente pela bonita expressão de seus olhos pretos. A esta descoberta sucederam-se outras igualmente desconcertantes. Embora seu olhar crítico tivesse detectado mais de uma falha de simetria perfeita na forma do corpo dela, admitia que era uma figura graciosa e agradável. Apesar de considerar os modos de Elizabeth muito aquém dos do mundo elegante, cativaram-no pela sua graciosidade simples. Ela não dava conta de nada disso. Para ela, ele não passava de um homem antipático, que não a achara suficientemente atraente para dançar.

O senhor Darcy começou a sentir o desejo de conhecê-la melhor e, como primeiro passo para conversar com Elizabeth, passou a assistir às conversas dela com os outros. Tal atitude chamou a atenção de Elizabeth quando se encontravam na casa de *sir* William Lucas, onde se reunia um numeroso grupo de pessoas.

– Que pretenderá o senhor Darcy ao escutar minha conversa com o coronel Forster?

– É essa uma pergunta à qual só o senhor Darcy poderá responder.

– Mas, se ele tornar a fazê-lo, garanto que lhe direi na cara que sei bem o que pretende. Ele tem uma maneira de olhar bastante irônica. Se eu não lhe mostrar minha insolência, em breve ficarei aterrorizada por ele.

Como nesse preciso momento o senhor Darcy se encaminhava em direção a elas, a senhorita Lucas, embora sem mostrar alguma intenção de abrir a boca, incitou a amiga a falar no assunto. Elizabeth, sentindo a provocação, voltou-se para ele e disse:

– Não acha, senhor Darcy, que me exprimi especialmente bem quando, há pouco, atormentava o coronel Forster para organizar um baile em Meryton?

– Com grande energia, mas esse é um assunto que torna qualquer senhora enérgica.

– O senhor é severo conosco.

– Em breve *ela* será a atormentada da vez – disse a senhorita Lucas. – Vou abrir o piano, Eliza, e sabe perfeitamente o que se segue.

– É uma estranha criatura para se ser amiga! Está sempre me fazendo tocar e cantar na frente de todos e de qualquer um! Se minha vaidade fosse voltada para a música, seria inestimável, mas, como não é o caso, preferia não me apresentar perante aqueles que devem estar habituados a artistas consagrados.

Contudo, como a senhorita Lucas insistisse, Elizabeth acrescentou:

– Muito bem, se assim tem de ser, que o seja – falou e olhou com um ar sério para o senhor Darcy. – Há um velho ditado que todos nós conhecemos que diz "Guarde o seu fôlego para resfriar o caldo", e eu guardarei o meu para entoar minha canção.

A atuação de Elizabeth foi agradável, embora de modo algum excelente. Depois de uma canção ou duas, e antes que pudesse responder à insistência das várias pessoas para ela cantar de novo, o lugar ao piano foi avidamente ocupado por sua irmã Mary, que, em consequência da sua feiura, se aplicara na aquisição de conhecimentos e dotes, vivendo na ânsia constante de exibi-los.

Faltava talento a Mary, que tampouco tinha bom gosto. E, embora a vaidade a tivesse tornado aplicada, emprestara-lhe também certo ar de superioridade e afetação nos modos que por si só prejudicaria um grau de perfeição mais elevado do que o que ela atingira. Elizabeth, que não tocava tanto quanto a irmã, prendera muito mais a atenção. Mary, após um longo concerto, para compensar o elogio e a gratidão, tocou árias escocesas e irlandesas alegremente, a pedido das irmãs mais novas, que, com algumas das senhoritas Lucas e assistidas por dois ou três militares, formaram um pequeno grupo de dança numa das extremidades do salão.

O senhor Darcy estava por perto, criticando intimamente tal modo de passar a noite, em detrimento de toda e qualquer espécie de conversa. Estava tão mergulhado em seus pensamentos que não percebeu quando *sir* William Lucas se aproximou, senão quando este lhe disse:

– Considero a dança um dos principais requintes das sociedades cultas. Que encantador divertimento para os jovens, senhor Darcy!

– Perfeitamente de acordo, meu senhor; e tem também a vantagem de ser popular entre as sociedades menos cultas do mundo. Qualquer selvagem sabe dançar.

Sir William apenas sorriu.

– Seu amigo dança maravilhosamente – continuou ele após uma pausa, ao ver Bingley juntar-se ao grupo –, e não duvido que até o senhor seja um adepto de tal arte, senhor Darcy.

– Viu-me dançar em Meryton, creio eu.

– Sim, e o fiz com certo prazer. Dança com frequência em St. James?

– Nunca, meu senhor.

– Não acha que seria um ato lisonjeador para com tal local?

– É esse um lisonjeio que, sempre que posso, evito fazer a um local, seja ele qual for.

– Tem uma casa na capital, presumo?

O senhor Darcy se curvou em sinal de assentimento.

– Tive certa vez a intenção de me estabelecer na capital, pois tenho uma predileção pela alta sociedade, mas não tinha a certeza de que *lady* Lucas se daria bem com os ares de Londres – explicou *sir* William.

Fez uma pausa, na esperança de uma resposta, mas seu interlocutor não estava disposto a dá-la. Como nesse momento Elizabeth passava por eles, ocorreu-lhe de súbito a ideia de um gesto deveras galanteador e chamou-a:

– Querida senhorita Eliza, por que não dança? Senhor Darcy, permita-me que lhe apresente esta jovem como um par desejável. Não se recusará a dançar, creio eu, perante tanta beleza.

Pegando na mão dela, deu-a ao senhor Darcy, que, apesar de extremamente surpreso, fez menção de tocá-la, quando Elizabeth a retirou no mesmo instante e, numa certa agitação, disse para *sir* William:

– Por Deus, meu caro senhor, não tenho nenhuma intenção de dançar. Peço-lhe que não pense que passei por aqui apenas em busca de um par.

O senhor Darcy, compenetrado e correto, pediu-lhe que lhe desse a honra de dançar, mas foi em vão. Elizabeth estava decidida, e nem mesmo *sir* William conseguiu persuadi-la.

– Tem uma maneira tão bonita de dançar, senhorita Eliza, que é cruel da sua parte negar-me a felicidade de apreciá-la. Embora este cavalheiro, de modo geral, despreze tal divertimento, tenho a certeza de que não se oporá a entreter-nos durante uma escassa meia hora.

– O senhor Darcy é de uma delicadeza sem limites – concluiu Elizabeth, sorrindo.

– Ele de fato é, mas, tendo em vista o incentivo, querida senhorita Eliza, não podemos nos espantar com sua complacência; afinal, quem se oporia a tal par?

Elizabeth lançou-lhe um olhar malicioso e se afastou. Sua resistência não feriu o cavalheiro. Ele estava pensando nela quando foi abordado pela senhorita Bingley.

– Acho que sei qual o assunto de meditação tão profunda.

– Creio que não.

– Estava pensando que insuportável seria ter de passar mais de uma noite assim... com tal gente; e, na verdade, estou plenamente de acordo com você. Nunca me senti tão aborrecida! A insipidez e, não obstante, a algazarra: a nulidade e, não obstante, a presunção de toda essa gente! O que eu não daria para ouvi-lo censurá-los.

– Está redondamente enganada. Pensava em coisas bem mais agradáveis. Meditava, por exemplo, no imenso prazer que um par de lindos olhos no rosto de uma mulher bonita podem conceder.

A senhorita Bingley, imediatamente fixando os olhos no rosto dele, desejou saber a que senhora se devia a honra de lhe inspirar tais reflexões. O senhor Darcy, intrépido, replicou:

– A senhorita Elizabeth Bennet!

– A senhorita Elizabeth Bennet? – repetiu a senhorita Bingley. – Estou deveras espantada. Desde quando ela ocupa o lugar de favorita? E, diga-me, quando devo felicitá-lo?

– Era exatamente a pergunta que esperava que me fizesse. A imaginação de uma senhora é de uma rapidez fantástica. Em um instante salta de admiração para amor e de amor para matrimônio. Sabia que faria a gracinha de me felicitar.

– Bom, se é com tal seriedade que encara o assunto, eu o considerei definitivamente resolvido. Terá, na verdade, uma sogra encantadora, e, naturalmente, ela passará a vida em Pemberley.

Ele escutou-a com tal indiferença durante tanto tempo quanto ela quis alongar-se sobre o assunto. Como essa sua tranquilidade a convencesse de que nada estava perdido, a senhorita Bingley deu livre curso à sua ironia.

Capítulo 7

O senhor Bennet tinha uma propriedade que lhe propiciava uma renda de duas mil libras anuais e que, infelizmente para suas filhas, na falta de um herdeiro varão, estava destinada a ir parar nas mãos de um parente distante.

A fortuna da mãe delas, embora suficiente para a sua situação de vida, nunca seria uma substituta conveniente para a falta de renda do pai. O pai da senhora Bennet, que atuara como advogado em Meryton, deixara-lhe quatro mil libras. Ela tinha uma irmã casada com um tal senhor Philips, antigo secretário de seu pai e que lhe sucedera nas funções, e um irmão estabelecido em Londres num respeitável ramo de atividade comercial.

Longbourn ficava a apenas um quilômetro e meio de Meryton, uma distância perfeitamente adequada para as garotas, que em geral tentavam transpô-la três ou quatro vezes por semana, quer para visitar a tia, quer para passar pela loja de chapéus, precisamente do outro lado da rua. As duas mais jovens, Catherine e Lydia, eram as mais dadas a este gênero de atenções. Mais fúteis do que as irmãs, quando nada tinham com que se ocupar, uma ida a Meryton preenchia-lhes a manhã e fornecia-lhes conversa para o serão. Por muito pouco fértil que a região fosse em novidades, elas sempre arranjavam uma maneira de saber alguma por meio da tia. Naquela data encontravam-se, aliás, bem fornecidas, tanto de novidades quanto de uma alegria esfuziante, graças à chegada recente de um regimento militar. O regimento deveria permanecer em Meryton todo o inverno e ali estabelecera seu quartel-general.

As visitas à senhora Philips redundavam agora numa superabundância de informações das mais interessantes. Cada dia acrescentava algo de novo ao seu conhecimento dos nomes dos oficiais militares e de suas relações. Seus alojamentos já não eram segredo, e elas acabaram por travar conhecimento com os próprios oficiais. O senhor Philips visitara todos e, deste modo, abriu às suas sobrinhas o caminho para uma felicidade desconhecida até então. Não falavam de outra coisa senão dos oficiais. A fortuna do senhor Bingley, cuja simples alusão animava sua mãe, nada era para Catherine e Lydia quando comparada àqueles belos uniformes.

Uma manhã, após ter escutado as efusões das filhas sobre o assunto, o senhor Bennet, friamente, observou:

– Pelo que concluo da conversa, vocês devem ser as duas garotas mais tolas do país. De algum tempo para cá que já suspeitava disso, mas agora estou plenamente convencido.

Catherine ficou embaraçada e não respondeu, mas Lydia, com perfeita indiferença, continuou demonstrando sua admiração pelo capitão Carter e a esperança de ainda vê-lo naquele dia, pois na manhã seguinte ele partiria para Londres.

– Surpreende-me, meu caro – disse a senhora Bennet –, a prontidão com que chama de tolas as nossas filhas. Se eu desejasse criticar os filhos de alguém, não escolheria os meus.

– Se minhas filhas são tolas, espero nunca me enganar a este respeito.

– Sim, mas acontece que elas até são todas muito espertas.

– É esse o único ponto de que me gabo de discordar. Sempre tive a esperança de que nossas opiniões fossem ao encontro uma da outra, mas devo diferir de você o bastante para considerar nossas duas filhas mais novas muito tolas.

– Meu caro senhor Bennet, o senhor não pode esperar que garotas como elas tenham o bom senso dos pais. Quando atingirem a nossa idade, creio que pensarão tanto em oficiais quanto nós hoje em dia o fazemos. Recordo-me bem do tempo em que eu também estremecia perante um belo uniforme... e, na verdade, ainda hoje os admiro. Se um jovem e brilhante coronel, com rendimentos superiores a cinco ou seis mil libras, se interessasse por alguma das minhas filhas, não lhe diria que não. Aliás, no outro dia, na casa do *sir* William, achei o coronel Forster muito elegante de uniforme.

– Mãezinha! – exclamou Lydia. – A tia contou que o coronel Forster e o capitão Carter já não visitam a senhorita Watson com tanta frequência. Ultimamente têm sido vistos na biblioteca Clark.

A senhora Bennet foi impedida de responder pela entrada de um criado com um bilhetinho para a senhorita Bennet. Vinha de Netherfield, e o criado aguardava uma resposta. Os olhos da senhora Bennet brilharam de prazer, e, ansiosa, implorava, enquanto a filha lia:

– Então, Jane, de quem é? De que se trata? Que diz ele? Então, Jane, conte logo!

– É da senhorita Bingley – disse Jane, e passou a ler em voz alta:

Minha querida amiga,

Se não vier para cá jantar comigo e com Louisa, correremos o risco de nos detestarmos pelo resto de nossas vidas, pois um tête-à-tête *de um dia inteiro entre duas mulheres nunca acaba sem uma discussão. Venha assim que puder. Meu irmão e os outros senhores vão jantar com os oficiais.*

Sempre sua,

Caroline Bingley

– Com os oficiais! – exclamou Lydia. – Espanta-me que a tia nada nos tenha dito.

– Jantam fora, que pouca sorte – disse a senhora Bennet.

– Posso levar a carruagem? – perguntou Jane.

– Não, minha querida, é melhor ir a cavalo, pois parece que vai chover; e, a esta hora, terá de passar a noite lá.

– Esse seria um bom ardil – comentou Elizabeth – se eles não se oferecessem para acompanhá-la na volta.

– Oh, mas acontece que os cavalheiros precisam da carruagem do senhor Bingley para ir a Meryton, e os Hurst não têm cavalos próprios.

– Eu preferiria ir de carruagem.

– Estou certa de que seu pai não poderá dispensar os cavalos, minha querida. Eles são necessários na fazenda, não é verdade, senhor Bennet?

– Eles são necessários na fazenda com mais frequência do que os tenho ao meu dispor.

– Mas, se exatamente hoje dispuser deles – disse Elizabeth –, o pai irá ao encontro dos desejos da mãe.

Assim, ela conseguiu do pai a confirmação de que os cavalos da carruagem não estavam livres. Jane viu-se deste modo obrigada a ir cavalgando, e a mãe acompanhou-a à porta com muitos e animados prognósticos de um mau tempo. Suas preces foram realizadas, e não havia muito que Jane os deixara quando desabou uma chuva torrencial. As irmãs ficaram um tanto preocupadas, mas a mãe regozijava. A chuva continuou noite adentro, sem parar. Jane não poderia regressar.

– Foi uma ótima ideia a que eu tive, não? – indagou a senhora Bennet mais de uma vez, como se ela fosse responsável pela chuva.

Só na manhã seguinte, contudo, ela se inteirou do êxito completo do seu estratagema. Terminavam o café da manhã quando um criado de Netherfield chegou com o seguinte bilhete para Elizabeth:

Minha querida Lizzy,

Não me sinto bem nesta manhã, o que, suponho eu, se deve atribuir à chuva que apanhei ontem. Minhas bondosas amigas não querem ouvir-me falar em regressar a casa senão quando me sentir completamente restabelecida. Insistem também para que o senhor Jones me examine. Por isso, não se assustem se ouvirem dizer que ele foi chamado por minha causa. Fora a garganta inflamada e uma dor de cabeça, nada mais há que ofereça motivos de preocupação.

A tua, etc.

– Então, minha querida – disse o senhor Bennet quando Elizabeth terminou a leitura do bilhete –, se sua filha tombasse gravemente doente, ou morresse até, serviria de consolação saber que tudo fora em perseguição ao senhor Bingley, e sob as suas ordens.

– Oh! Não tenho nenhum receio de que ela morra. Não se morre de pequeninos e insignificantes resfriados. Além disso, dispensarão a ela todos os cuidados. Desde que ela fique por lá, está tudo muito bem. Gostaria de ir visitá-la, caso possa dispor da carruagem.

Elizabeth, que se sentia deveras aflita com o estado da irmã, estava ansiosa por ir para junto dela, mesmo na falta da carruagem. Como não montava, ir a pé era a única alternativa disponível.

– Que ideia a sua – rebateu a mãe – com toda esta lama! Não poderão olhar para você quando chegar lá.

– Não é para me verem que eu vou para lá. Jane é o meu único propósito.

– É um subterfúgio, Lizzy, para que eu peça os cavalos? – indagou o pai.

– Não é necessário. Não tenho intenção de fugir à caminhada. A distância de nada vale quando se tem um motivo, e, aliás, não passam de cinco quilômetros. Estarei de volta para o jantar.

– Admiro a energia da sua benevolência – observou Mary –, mas todo o impulso afetivo deve ser guiado pela razão; e, na minha opinião, o esforço deveria ser sempre proporcional ao que é requerido.

– Nós vamos acompanhá-la até Meryton – disseram Catherine e Lydia.

Elizabeth concordou, e as três garotas partiram juntas.

– Se nos apressarmos – disse Lydia enquanto caminhavam –, talvez ainda possamos ver o capitão Carter antes de ele partir.

Em Meryton, separaram-se: as duas mais novas tomaram a direção dos alojamentos de uma das mulheres dos oficiais, e Elizabeth continuou sozinha, através dos campos e num passo apressado, transpondo cercas e saltando charcos com uma energia impaciente. Finalmente, achou-se à vista da casa. Tinha os pés dormentes, as meias enlameadas e um rosto afogueado pelo exercício.

Conduziram-na à saleta do café da manhã, onde todos, com exceção de Jane, se encontravam reunidos. Sua aparição os surpreendeu. Que ela tivesse se aventurado a percorrer sozinha cinco quilômetros, tão cedo e com um tempo tão feio, era coisa quase inacreditável para a senhora Hurst e para a senhorita Bingley. Elizabeth se convenceu de que elas a desprezavam por isso. Contudo, receberam-na com toda a delicadeza; e na atitude do senhor Bingley havia mais do que simples delicadeza, havia bondade e boa disposição. O senhor Darcy pouco disse, e o senhor Hurst não abriu a boca. Aquele dividia-se entre a admiração pelo esplendor que o exercício imprimira na tez dela e certa dúvida sobre se a ocasião justificava sua vinda até tão longe. Quanto ao outro, apenas pensava no café interrompido.

As informações sobre a saúde da irmã estavam longe de satisfazê-la. A senhorita Bennet passara mal à noite e, apesar de estar acordada, tinha bastante febre e não se atrevera a deixar o quarto. Elizabeth pediu que a levassem logo para junto dela. Jane, que, receando causar alarde ou transtorno, não disse em seu bilhete quanto desejava tal visita, ficou encantada ao vê-la entrar. Não se sentia animada para grandes conversas. Quando a senhorita Bingley as deixou a sós, apenas exprimiu sua gratidão pela extraordinária bondade com que estava sendo tratada. Elizabeth, silenciosa, cercava-a de cuidados.

Finalizado o café da manhã, as irmãs se reuniram, e Elizabeth sentiu despertar em si certa simpatia por elas, ao ver com que afeição e solicitude tratavam Jane. O boticário chegou e, tendo examinado a paciente, declarou que ela pegara um forte resfriado. Aconselhou-a a se recolher de novo ao leito e receitou alguns medicamentos. Seu conselho foi prontamente acatado, pois os sintomas de febre aumentavam, e a dor de cabeça tornara-se quase insuportável. Elizabeth não abandonou o quarto da irmã, e as outras duas senhoras tampouco se ausentaram.

Quando o relógio marcou três horas, Elizabeth sentiu que deveria partir e, muito contra a vontade, anunciou sua intenção. A senhorita Bingley ofereceu-lhe a carruagem, e ela apenas esperava um pouco mais de insistência para aceitá-la. No entanto, Jane demonstrou tal inquietação por se separarem que a senhorita Bingley se viu forçada a converter a oferta da carruagem num convite para ficar em Netherfield o tempo que fosse preciso. Elizabeth agradeceu e aceitou o convite, e imediatamente um criado foi enviado a Longbourn para levar à família o recado e trazer alguma roupa na volta.

Capítulo 8

Às cinco horas, as duas senhoras se retiraram para se vestir, e às seis e meia Elizabeth foi chamada para jantar. Choveram perguntas, mas ela não pôde dar uma resposta favorável. Jane não havia melhorado. As irmãs repetiram três ou quatro vezes quanto isso as entristecia, que terrível era um resfriado e como elas detestavam adoecer; porém, passado esse momento, não mais voltaram a tocar no assunto, e sua indiferença por Jane quando não estava na presença delas restituiu a Elizabeth toda a sua antipatia original.

O único que ela encarava com alguma complacência era o senhor Bingley. Sua ansiedade por Jane era evidente, e as atenções que ele dispensava a ela própria eram bastante agradáveis. Isso a impedia de se sentir uma intrusa, como Elizabeth acreditava ser considerada por todos os outros. Só ele parecia notar sua presença. A senhorita Bingley estava absorvida no senhor Darcy, e a irmã, pouco menos do que isso. O senhor Hurst, ao lado de quem Elizabeth se sentava, não passava de um indolente, que vivia apenas para comer, beber e jogar cartas e que, descobrindo que ela preferia um prato simples a um bom guisado, nada mais teve a lhe dizer.

Finalizado o jantar, Elizabeth voltou imediatamente para junto de Jane, e, mal ela saiu da sala, a senhorita Bingley começou a criticá-la. Classificou suas maneiras de rudes, um misto de orgulho e impertinência; e disse que ela não tinha nem conversa, nem estilo, nem gosto, nem beleza sequer. A senhora Hurst compartilhava da mesma opinião e acrescentou:

– Ela não tem nada a seu favor, exceto o fato de ser uma ótima caminhante. Nunca esquecerei como nos apareceu nesta manhã. Quase parecia uma selvagem.

– Está certa, Louisa. Eu mal podia me conter. Que disparate vir assim! Qual a necessidade de se embrenhar por esses campos afora, apenas porque a irmã se resfriou? E o cabelo dela, que despenteado, que embaraçado!

– Reparou no saiote? Sujo de lama até uma altura de, pelo menos, seis polegadas. Ela tentava esconder com o vestido, mas sem grande êxito.

– O retrato que nos oferece pode ser muito exato, Louisa – disse Bingley –, mas a mim pouco me diz. Achei a senhorita Elizabeth Bennet deveras encantadora quando apareceu na saleta nesta manhã. Quanto ao saiote enlameado, nem reparei.

– Mas estou certa de que o senhor Darcy reparou, não foi? – disse a senhorita Bingley. – E creio que não gostaria de ver sua irmã fazer tal exibição.

– Claro que não.

– Percorrer cinco, seis ou sete quilômetros com lama pelos tornozelos e completamente sozinha! O que pretendia com isso? A mim, parece indício de uma independência abominável e presunçosa, além de uma total indiferença provinciana pelo decoro.

– Indica um afeto pela irmã digno de menção – disse o senhor Bingley.

– Receio, senhor Darcy – observou a senhorita Bingley num sussurro –, que esta aventura tenha de certo modo afetado sua admiração pelos seus lindos olhos.

– De maneira alguma – replicou ele. – Eles estavam, graças ao exercício, mais vívidos do que nunca.

Seguiu-se uma pequena pausa, e a senhora Hurst prosseguiu:

– Tenho a maior consideração por Jane Bennet, pois ela é uma garota amorosa, e é de coração que a desejo bem instalada na vida. Contudo, com uns pais como os dela, e de relações tão insignificantes, receio que não venha a conseguir.

– Creio ter ouvido dizer que o tio delas é advogado em Meryton.

– Sim, e têm ainda um outro, que vive em algum lugar perto de Cheapside.

– É admirável – acrescentou a irmã, e ambas riram com gosto.

– Mesmo que ela tivesse tios em quantidade que enchesse todo o Cheapside – rebateu Bingley –, não seria isso que as tornaria menos encantadoras.

– Mas deve lhes diminuir consideravelmente as probabilidades de se casarem com algum homem de destaque – replicou Darcy.

Bingley não respondeu, mas as irmãs concordaram vivamente, gracejando durante algum tempo à custa das relações plebeias da querida amiga.

Foi, no entanto, com renovada ternura que foram ao quarto dela, e lá permaneceram até serem chamadas para o chá. O estado de Jane inspirava ainda sérios cuidados, e Elizabeth não deixou sua cabeceira senão muito tarde, quando, vendo-a a dormir, resolveu, mais por dever do que por outra coisa, descer até a sala. Quando entrou, encontrou todos na mesa de jogo, e imediatamente foi convidada a se juntar a eles. Mas, receando que apostassem uma quantia alta, declinou o convite e, usando a irmã como desculpa, disse preferir entreter-se com um livro durante o pouco tempo em que poderia permanecer ali embaixo. O senhor Hurst não escondeu o espanto.

– Diz que prefere ler a jogar? – indagou ele. – Que coisa estranha.

– A senhorita Elizabeth Bennet – disse a senhorita Bingley – tem desprezo pelas cartas. Ela é uma grande leitora, e, fora isso, nada lhe dá prazer.

– Não sou uma grande leitora, e são muitas as coisas que me dão prazer. Não mereço nem tal louvor nem tal censura! – exclamou Elizabeth.

– Que é com prazer que cuida de sua irmã, tenho certeza – disse o senhor Bingley – e espero que em breve o sinta duplicar por vê-la completamente restabelecida.

Elizabeth agradeceu e, em seguida, foi até uma mesa, sobre a qual se encontravam vários livros. O senhor Bingley imediatamente se ofereceu para lhe buscar outros, todos os de que a sua biblioteca pudesse dispor.

– Eu desejaria que a coleção fosse maior, tanto para benefício da senhorita quanto para crédito meu; mas sou um preguiçoso, e, embora não tenha muitos, tenho mais do que aqueles que alguma vez chegarei a ler.

Elizabeth assegurou-lhe que se contentaria perfeitamente com os que havia na sala.

– Espanta-me – disse a senhorita Bingley – que o meu pai tenha deixado uma coleção de livros tão pequena. Que maravilhosa biblioteca a sua de Pemberley, senhor Darcy!

– Não podia deixar de ser boa – replicou ele –, pois ela representa o trabalho de muitas gerações.

– E, além disso, o senhor a tem aumentado bastante, pois está sempre comprando livros.

– Numa época como a nossa, não compreendo que se abandone uma biblioteca de família.

– Tenho a certeza de que o senhor não descuida de nada que possa aumentar a beleza de local tão notável. Charles, quando construir sua casa, gostaria que fosse tão bonita quanto Pemberley.

– Quem me dera.

– Por isso o aconselho a tomar Pemberley como uma espécie de modelo. Não há na Inglaterra província mais bela que Derbyshire.

– Com certeza; até compraria Pemberley se Darcy vendesse.

– Falo apenas de possibilidades, Charles.

– Palavra de honra, Caroline, que acho mais fácil comprar Pemberley do que imitar!

Elizabeth tinha a atenção tão presa no que se passava que se esqueceu do livro no colo. Colocou-o de lado, aproximou-se da mesa e, posicionando-se entre o senhor Bingley e a irmã mais velha, ficou observando o jogo.

– A senhorita Darcy cresceu muito desde a primavera? – perguntou a senhorita Bingley. – Será que ela já está mais alta do que eu?

– Acho que sim. Será aproximadamente da altura da senhorita Elizabeth Bennet, ou talvez mais alta ainda.

– Anseio tanto por tornar a vê-la! Nunca encontrei alguém que me encantasse tanto. Que porte ela tem, e que maneiras... E já tão prendada para a idade dela... Toca piano divinamente.

– Incrível – disse o senhor Bingley – que as garotas tenham paciência para se tornarem tão prendadas como todas elas são.

– Todas elas prendadas! Meu caro Charles, o que quer dizer?

– Sim, todas elas, creio eu. Todas pintam mesas, forram biombos e tecem bolsinhas. Não conheço nenhuma que não faça tudo isso, e tenho a certeza de nunca ter ouvido falar pela primeira vez de uma garota sem ser informado de que ela é muito prendada.

– Sua lista da gama comum de dotes – comentou Darcy – tem muito de verdade. A palavra é aplicada a mais de uma mulher que não a merece além de tecer uma bolsinha ou forrar um biombo. Mas estou longe de concordar com sua apreciação das mulheres em geral. De todas as que conheço, não posso me gabar de conhecer mais de meia dúzia verdadeiramente prendada.

– Nem eu posso afirmar isso – disse a senhorita Bingley.

– Nesse caso – observou Elizabeth –, exige bastante de uma mulher para considerá-la verdadeiramente prendada.

– Exato – disse o senhor Darcy.

– Com certeza! – exclamou sua fiel aliada. – Nenhuma poderá se considerar realmente prendada se não ultrapassar de longe a média. Uma mulher, para merecer tal qualificação, deve ter um conhecimento profundo sobre música, canto, desenho, dança e línguas modernas. Além de tudo isso, deve ter ainda seu jeito de se mover e estar, o tom da voz, trato e expressões, ou só merecerá a qualificação em parte.

– Tudo isso ela deve ter – acrescentou Darcy –, e a tudo isto ela deve juntar ainda algo de mais substancial, que é a prática assídua da leitura para o desenvolvimento do seu espírito.

– Por isso não admira que o senhor conheça apenas seis mulheres prendadas. Chego mesmo a duvidar que conheça alguma.

– Menospreza tanto assim o seu sexo que duvide da possibilidade de tudo isso?

– Nunca encontrei tal mulher. Nunca encontrei tanta capacidade, gosto, aplicação e elegância juntas, tal como o senhor descreve.

A senhora Hurst e a senhorita Bingley protestaram contra a injustiça da dúvida implícita e ambas afirmavam conhecer mais de uma mulher que correspondia à descrição. O senhor Hurst as chamou à ordem, repreendendo-as severamente pela falta de atenção ao jogo diante delas. Como a conversa encontrara assim o seu termo, Elizabeth abandonou a sala pouco depois.

– Eliza Bennet – disse a senhorita Bingley mal a porta se fechou – é o tipo de garota que procura evidenciar-se aos olhos do sexo oposto menosprezando o seu; e creio que com a maioria dos homens ela atinge seu objetivo. Contudo, na minha opinião, é um truque verdadeiramente mesquinho.

– Sem dúvida – replicou Darcy, o principal destinatário da observação – que existe mesquinhez em todos os truques que uma mulher usa para cativar. Tudo o que se assemelha à astúcia é desprezível.

A senhorita Bingley não ficou satisfeita com a resposta a ponto de prosseguir no mesmo assunto.

Elizabeth veio informar que a irmã se sentia pior e que não poderia abandoná-la. Bingley falou em chamar de urgência o senhor Jones, enquanto as irmãs, certas da sua incompetência provinciana, recomendaram que se requeresse a presença de um dos médicos mais eminentes da capital. Elizabeth não quis ouvir nada disso, mas concordou que logo pela manhã se convocaria o senhor Jones caso não se registrasse uma melhora considerável no estado da irmã. Bingley ficou deveras preocupado, e as irmãs assumiram seu ar mais infeliz. Elas, porém, aliviaram a tristeza com duetos após a ceia, enquanto o senhor Bingley procurou o conforto nas recomendações feitas à governanta para que nada faltasse à doente e a Elizabeth.

Capítulo 9

Elizabeth passou grande parte da noite à cabeceira da irmã, e de manhã pôde mandar uma resposta favorável às perguntas que, por meio da governanta, desde muito cedo recebeu do senhor Bingley e àquelas feitas um pouco mais tarde pelas duas elegantes senhoras que serviam as irmãs. Apesar das melhoras, contudo, pediu que um bilhete seu fosse enviado a Longbourn, em que requeria a presença da mãe junto de Jane, para que ela própria desse seu parecer sobre o estado da filha. O bilhete foi imediatamente expedido, e o pedido, atendido sem demora. A senhora Bennet, acompanhada pelas duas filhas mais novas, chegou a Netherfield logo após o café da manhã.

Se fosse encontrar Jane de algum modo em perigo, a senhora Bennet se sentiria realmente aflita; mas, uma vez tranquilizada por ver que o estado da filha não era alarmante, não nutria nenhum desejo pelo seu restabelecimento imediato, pois nessa altura Jane teria de deixar Netherfield. Não atendeu, por esta razão, ao pedido insistente da filha para que a levassem para casa, o que, aliás, o próprio boticário, que também chegara, terminantemente desaconselhou. Após algum tempo na companhia de Jane, com o aparecimento da senhorita Bingley e a convite desta, a mãe e as três filhas seguiram-na até a salinha junto da entrada. Bingley avançou ao seu encontro, exprimindo o desejo de que a senhora Bennet não tivesse encontrado a senhorita Bennet pior do que ela esperava.

– Assim foi, meu caro senhor – respondeu a senhora Bennet. – Ela encontra-se muito doente para ser levada daqui. O senhor Jones é de opinião de que ela ainda não pode sair de casa. Teremos de abusar um pouco mais da sua bondade.

– Levá-la daqui! – exclamou o senhor Bingley. – Nem pensar! Estou certo de que a minha irmã não quererá ouvir falar em tal coisa.

– Esteja certa, minha senhora – disse a senhorita Bingley com uma delicada frieza –, de que a senhorita Bennet receberá todos os cuidados possíveis enquanto permanecer aqui conosco.

A senhora Bennet exprimiu com profusão todo o seu reconhecimento.

– E não sei o que seria dela – acrescentou – se não fossem tão bons amigos, pois ela está de fato muito doente. Sofre muito, pobre coitada, embora com uma paciência de santa, que, aliás, não lhe é estranha, pois ela tem o temperamento mais doce que jamais me foi dado encontrar. É com frequência que digo às minhas outras filhas que elas nada se parecem com Jane. Que bonita sala o senhor tem, senhor Bingley, e com uma linda vista para o jardim. Não conheço algo parecido nos arredores. Não pensará em deixar a casa de um instante para o outro, espero eu, embora a tenha alugado por pouco tempo.

– Tudo o que faço é de um instante para o outro – replicou ele – e, se resolvesse deixar Netherfield, é provável que, passados cinco minutos, eu teria partido. Contudo, considero-me praticamente instalado aqui.

– É exatamente o que eu pensava do senhor – disse Elizabeth.

– Começa a compreender-me, não é? – indagou voltando-se para ela.

– Oh, sim! Compreendo-o perfeitamente.

– Gostaria de poder tomar o comentário como um elogio, mas receio que essa minha transparência seja apenas lamentável.

– As coisas são como são. Uma personalidade profunda e intricada não é necessariamente mais ou menos digna de estima do que uma como a do senhor.

– Lizzy! – exclamou a mãe. – Lembre-se de onde está e modere a impetuosidade que lhe é permitida em casa.

– Não tinha me dado conta – prosseguiu Bingley imediatamente – de que se dedicava ao estudo de personalidades. Deve ser bastante interessante.

– Sim, e as personalidades intrigantes são as que mais divertem. Têm, pelo menos, essa vantagem.

– A província – interveio Darcy – em geral fornece poucos assuntos de interesse para tal estudo. Numa comunidade provinciana, uma pessoa move-se num meio restrito e invariável.

– Mas as próprias pessoas modificam-se tanto que há sempre algo de novo nelas que as torna interessantes pelo resto de suas vidas.

– Naturalmente! – exclamou a senhora Bennet, ofendida pelo modo como ele falara de uma comunidade provinciana. – Asseguro-lhe que a vida social na província é quase tão intensa quanto na capital.

Todos se entreolharam, surpresos, e Darcy, após fitá-la durante algum tempo, afastou-se em silêncio. A senhora Bennet, que imaginava ter conquistado uma vitória retumbante, continuou em ar de triunfo.

– Por mim, não percebo que vantagem Londres possa ter sobre a província, além das lojas e dos locais públicos. A província é de longe mais agradável, não acha, senhor Bingley?

– Quando estou na província – replicou –, custa-me deixá-la; e, quando na capital, sinto o mesmo. Têm cada uma as suas vantagens, e eu fico igualmente feliz nos dois lugares.

– De acordo... é porque o senhor tem bom temperamento. Mas aquele cavalheiro – disse olhando para Darcy – parecia não dar nenhum valor à província.

– Por Deus, mãe, está enganada – interveio Elizabeth, corando por sua mãe. – Não entendeu o que o senhor Darcy disse. Ele apenas quis dizer que a variedade de pessoas na província é menor do que na capital, o que terá de reconhecer como um fato.

– Com certeza, minha querida, ninguém diz o contrário; mas, quanto a não haver pessoas em número nesta vizinhança, não é verdade, pois já nos relacionamos com vinte e quatro famílias, pelo menos.

Nada, a não ser o respeito por Elizabeth, permitia a Bingley guardar sua serenidade. A irmã, menos delicada, olhou para o senhor Darcy com um sorriso bastante expressivo. Elizabeth, procurando algo que desviasse as atenções da mãe, perguntou-lhe se por acaso Charlotte Lucas visitara Longbourn durante a sua ausência.

– Sim, apareceu ontem com o pai. Que simpático homem é *sir* William, não acha, senhor Bingley? E que bom ele é, tão delicado e tão simples!... Tem sempre uma palavra amável para todos. É a isto que eu chamo ser bem-educado; e, quanto àqueles que se julgam muito importantes e nunca abrem a boca, não passam de uma fraude.

– Charlotte jantou com vocês?

– Não, pois precisavam dela em casa. Penso que por causa das tortinhas de carne. Em minha casa, senhor Bingley, disponho sempre de criados competentes; as minhas filhas são educadas de modo diferente. Mas cada um é juiz de si, e as senhoritas Lucas são muito boas garotas, posso-lhe garantir. É uma pena não serem bonitas! Não que *eu* ache a Charlotte *muito* sem graça...

– Pareceu-me uma garota bastante simpática.

– Oh, claro; mas admita que é muito sem graça. A própria *lady* Lucas o diz com frequência e inveja a beleza de Jane. Não gosto de me gabar das minhas filhas, mas, quanto a Jane... não é todos os dias que se veem garotas como ela. É o que, pelo menos, toda a gente diz. Não quero confiar na minha parcialidade. Quando ela tinha apenas 15 anos de idade e a levamos à casa de meu irmão Gardiner, na capital, um senhor apaixonou-se de tal modo por ela que a minha cunhada achou que ele pediria a mão dela antes de regressarmos. Contudo, ele não o fez. Talvez a tenha achado jovem demais. Escreveu-lhe uns versos, bem bonitos, por sinal.

– E assim terminou o seu amor – concluiu Elizabeth, impaciente. – Gostaria de saber quem terá descoberto a eficácia da poesia para espantar o amor!

– Fui habituado a considerar a poesia como o alimento do amor – opinou Darcy.

– De um amor puro, vigoroso e saudável, é possível. Tudo serve de alimento ao que já vingou. Mas, quando se trata de uma inclinação ligeira e efêmera, estou convencida de que um bom soneto espanta tudo de uma vez.

Darcy limitou-se a sorrir; e, na pausa que se seguiu, Elizabeth tremeu com o receio de que a mãe se expusesse de novo ao ridículo. Queria falar, mas não sabia o que dizer. Após um curto silêncio, a senhora Bennet tornou a agradecer ao senhor Bingley pela bondade dispensada a Jane. Pediu desculpa também pelo incômodo que Lizzy pudesse causar. O senhor Bingley respondeu com uma delicadeza simples e obrigou a irmã a ser igualmente delicada e a dizer o que a ocasião requeria. Esta desempenhou seu papel sem muita convicção, mas a senhora Bennet deu-se por satisfeita e pouco depois pediu a carruagem. A este sinal, uma das suas filhas mais novas adiantou-se. As duas garotas tinham passado o tempo da visita a segredarem uma à outra e, como resultado, a mais nova teria de lembrar ao senhor Bingley a promessa que ele fizera à chegada de que daria um baile em Netherfield.

Lydia era uma garota forte e desenvolvida para os seus 15 anos de idade. Tinha uma pele bonita e a expressão risonha. Filha favorita de sua mãe, desde muito cedo fora apresentada à sociedade. De temperamento natural e espontâneo, era segura de si, por ter atraído a atenção dos oficiais, graças aos esplêndidos jantares na casa do tio. Não era, portanto, de estranhar que ela falasse com o senhor Bingley a propósito do baile e que, abruptamente, o lembrasse da promessa feita, acrescentando que seria vergonhoso se ele não a cumprisse. A resposta a este repentino ataque soou maravilhosamente bem aos ouvidos da mãe.

– Fique tranquila, não esqueci a promessa feita. Logo que a sua irmã se restabelecer, peço-lhe o favor de indicar o melhor dia para o baile. Penso que não quererá divertir-se enquanto sua irmã está de cama, certo?

Lydia mostrou-se satisfeita.

– Oh! Claro, será muito melhor esperar que Jane esteja boa, e é natural que nessa altura o capitão Carter já tenha regressado a Meryton.

A senhora Bennet e as filhas partiram finalmente, e Elizabeth voltou para junto de Jane, abandonando seu comportamento e o de sua família aos comentários das duas senhoras e do senhor Darcy. Este último, contudo, evitou censurá-la, apesar da ironia da senhorita Bingley sobre seus *lindos olhos*.

Capítulo 10

A senhora Hurst e a senhorita Bingley passaram parte da manhã junto da doente, que, embora lentamente, continuava melhorando. O dia transcorreu de modo idêntico ao anterior. À noite, Elizabeth juntou-se ao grupo na sala de estar. Desta vez, porém, apenas o senhor Hurst e o senhor Bingley jogavam cartas. O senhor Darcy escrevia, e a senhorita Bingley, sentada junto dele, observava os progressos da carta, desviando repetidamente a atenção com mensagens para a irmã. Quanto à senhora Hurst, assistia ao jogo dos dois cavalheiros.

Elizabeth pegou num pequeno trabalho de costura e entreteve-se a ouvir o que se passava entre Darcy e a companheira. Os constantes elogios tecidos por esta, tanto à volta da letra quanto à uniformidade das linhas e o comprimento da carta, e a indiferença total com que esses mesmos elogios eram recebidos formavam um curioso diálogo, que correspondia exatamente à opinião que ela tinha de cada um.

– A senhorita Darcy ficará feliz ao receber tal carta!

Ele nada respondeu.

– O senhor escreve impressionantemente rápido.

– Está enganada. Escrevo até bastante devagar.

– Quantas cartas não terá de escrever durante o ano! Cartas de negócios, também! Que tarefa odiosa não seria para mim!

– Considere-se, então, muito feliz por tal tarefa dizer respeito exclusivamente a mim.

– Por favor, diga à sua irmã como anseio tornar a vê-la.

– Já escrevi isso, e foi também a seu pedido.

– Parece-me não estar inteiramente satisfeito com sua pena. Deixe que eu a afie. Afio-as muito bem, sabe?

– Agradeço, mas prefiro eu mesmo fazer isso.

– Como consegue escrever de forma tão regular?

Ele se manteve em silêncio.

– Diga à sua irmã que fiquei encantada por saber do seu progresso na harpa; e, por favor, diga-lhe também que fiquei encantada com o pequeno esboço que ela fez de uma mesa; que o achei lindo e infinitamente superior ao da senhorita Grantley.

– Importa-se que eu guarde seu encantamento para um outro dia, quando tornar a escrever para ela? No momento não tenho mais espaço.

– Oh! Não tem importância. Em janeiro estarei com ela. Mas escreve-lhe sempre cartas tão compridas e encantadoras, senhor Darcy?

– Em geral são compridas, mas, se são sempre encantadoras ou não, não cabe a mim dizer.

– Na minha opinião, uma pessoa que escreve uma carta comprida e com facilidade não pode escrever coisas desagradáveis.

– Tal elogio não se enquadra a Darcy, Caroline – observou o irmão –, pois ele não escreve com facilidade. É com dificuldade que ele procura palavras de quatro sílabas. Não é verdade, Darcy?

– Minha maneira de escrever é bastante diferente da sua.

– Oh! – exclamou a senhorita Bingley. – Charles é descuidado para escrever. Omite metade das palavras e risca o resto.

– As minhas ideias fluem com tal rapidez que não me dão tempo para exprimi-las, por isso minhas cartas às vezes não transmitem ideia alguma aos meus correspondentes.

– A sua humildade, senhor Bingley – interveio Elizabeth –, desarma a censura.

– Nada há de mais enganador – disse Darcy – do que a aparência de humildade. Não passa, por vezes, de uma simples preguiça mental, ou então de uma fanfarronice.

– E qual das duas me atribui?

– Fanfarronice, pois confessa que tem orgulho da sua escrita defeituosa. Considera-a resultante da rapidez de pensamento e de um desleixo na execução, que você acha louvável ou pelo menos altamente interessante. Aprecia muito a faculdade de fazer qualquer coisa com rapidez sem se preocupar com a imperfeição da execução. Quando esta manhã disse à senhora Bennet que, se alguma vez resolvesses deixar Netherfield, em cinco minutos o teria feito, estava tecendo uma espécie de autoelogio. Mas o que você encontra de louvável numa precipitação, que necessariamente deixará assuntos importantes de lado?

– Isso não! – exclamou Bingley. – Não relembremos senão os disparates ditos durante a manhã. Mas juro pela minha honra que acreditei ser verdade aquilo que disse sobre mim, assim como acredito neste momento. Pelo menos, não me tornei apressado sem necessidade apenas para me exibir perante as senhoras.

– Acredito em sua sinceridade; contudo, não estou de modo algum convencido de que partiria com tal celeridade. Seu comportamento dependeria tanto do acaso quanto o de outro homem qualquer; e se, já em cima do cavalo, um amigo dissesse: "Bingley, seria melhor ficar aqui até a semana seguinte", provavelmente você concordaria.

– Isso apenas prova – respondeu Elizabeth – que o senhor Bingley não fez inteira justiça ao seu temperamento. Deu agora um destaque que antes nunca pensou em dar.

– Estou muito grato – disse Bingley – pela sua maneira de converter o que o meu amigo disse num elogio à doçura do meu gênio, mas creio que está atribuindo a ele uma intenção que não tinha, pois pensaria que, em tais circunstâncias, eu deveria recusar a sugestão e partir imediatamente, como tinha resolvido.

– Mas, nesse caso, considerará o senhor Darcy a precipitação da sua intenção original de algum modo redimida pela sua obstinação em aderir a ela?

– Francamente, não sei. O próprio Darcy explicará melhor do que eu.

– A senhorita deseja que eu lhe apresente uma explicação para opiniões que me atribui, mas que eu não reconheço como tal. Admitindo que assim fosse, a senhorita Bennet deverá notar que o amigo que interpela o senhor Bingley para este ficar e adiar seus planos de partida apenas expressa um mero desejo. Fará o que quiser, sem se justificar.

– Ceder pronta e facilmente à persuasão de um amigo não é, por conseguinte, nenhum mérito, segundo o senhor.

– Ceder sem convicção também não abona em favor do entendimento dos dois.

– Senhor Darcy, parece-me que o senhor não reconhece a influência da amizade e da afeição. Certa estima pelo solicitador pode, com frequência, levar alguém a ceder prontamente à solicitação que lhe é feita, sem que para isso precise de argumentos que o convençam. Note-se que não me refiro particularmente ao exemplo que o senhor deu a respeito do senhor Bingley. Neste caso específico, penso que o mais aconselhável seria esperar pela ocasião, e, nessa altura, discutir o comportamento do cavalheiro em causa. Mas, na generalidade, de amigo para amigo, em que um deles é solicitado pelo outro a modificar uma resolução de pouca importância, o senhor levaria a mal por atender prontamente a esse desejo?

– Não seria aconselhável, antes de prosseguirmos no mesmo assunto, precisar tanto o grau de importância que se queira atribuir à dita solicitação quanto o grau de intimidade existente entre os dois amigos?

– Com certeza – concordou Bingley –, vamos a isso!... E sem esquecer o peso e a altura de cada um, pois na argumentação pesarão mais do que julga, senhorita Bennet. Garanto-lhe que, se o senhor Darcy não fosse tão alto, não o teria em tão grande estima quanto o tenho. Confesso não conhecer pessoa mais enfadonha que Darcy em certas ocasiões e determinados lugares, particularmente na própria casa, e em um domingo de manhã, em que nada tem para fazer.

O senhor Darcy sorriu, mas Elizabeth, adivinhando nele certa ofensa, reprimiu o riso. A senhorita Bingley, por sua vez, manifestou calorosamente seu ressentimento da afronta por ele recebida numa repreensão ao irmão pelos disparates que acabara de dizer.

– Percebo qual o seu intento, Bingley – disse o amigo. – Não gostou dos argumentos e agora quer se calar.

– Talvez tenha razão. O argumento anda de mãos dadas com a discussão. Agradeço se aguardarem até eu sair da sala. Podem então dizer tudo o que quiserem a meu respeito.

– O que o senhor pede – disse Elizabeth – não representa nenhum sacrifício para mim. Quanto ao senhor Darcy, tem a carta para acabar.

O senhor Darcy seguiu o conselho e acabou a carta.

Uma vez terminada tal tarefa, pediu à senhorita Bingley e à Elizabeth que lhe dessem o prazer de ouvir um pouco de música. A senhorita Bingley se encaminhou com vivacidade para junto do piano. Após delicadamente oferecer a vez a Elizabeth, que sinceramente recusou, sentou-se ela mesma ao instrumento.

A senhora Hurst veio cantar com a irmã, e, enquanto estavam assim ocupadas e ela folheava alguns livros de música espalhados sobre o piano, Elizabeth reparou na insistência com que os olhos do senhor Darcy a procuravam.

Custava para ela admitir que pudesse constituir um objeto de admiração para tão grande homem. A ideia de que ele a fitasse porque ela o desagradava lhe parecia mais estranha ainda. Concluiu, por fim, que talvez lhe chamasse a atenção por, de acordo com as noções dele de decoro, encontrar algo de mais errado e repreensível do que em qualquer outra pessoa presente. Tal suposição estava, porém, longe de magoá-la. Não simpatizava com ele o suficiente para se preocupar com a opinião que pudesse formar a seu respeito.

Após ter tocado algumas canções italianas, a senhorita Bingley mudou o ritmo para uma alegre ária escocesa; no mesmo instante o senhor Darcy se aproximou de Elizabeth e lhe disse:

– Não se sente seriamente tentada, senhorita Bennet, a aproveitar tal oportunidade para dançar?

Ela sorriu, mas não respondeu. Ele repetiu a pergunta, um pouco espantado com o silêncio de Elizabeth.

– Oh! – exclamou ela. – Já o escutei antes, mas ainda não havia decidido o que lhe dizer em resposta. O senhor desejaria que eu lhe dissesse sim, de modo a ter o prazer de desprezar meu gosto, mas deleito-me sempre em sabotar tais planos de um desdém premeditado. Resolvi, por isso, dizer-lhe que não me apetece dançar... Agora despreze-me, se tiver coragem.

– Realmente, não tenho coragem.

Elizabeth, que esperara ofendê-lo, ficou espantada com sua delicadeza. Transparecia na garota um misto de doçura e malícia que a impossibilitava de ofender alguém. Além disso, Darcy nunca antes se sentira tão fascinado por uma mulher. Chegava mesmo a acreditar que, se não fosse pela inferioridade dos parentescos dela, estaria no perigo iminente de se apaixonar.

A senhorita Bingley viu, ou suspeitou, o suficiente para sentir certo ciúme; e sua enorme ansiedade pelo restabelecimento da querida amiga Jane era de certo modo reforçada pelo desejo de se ver livre de Elizabeth.

Tentava frequentemente suscitar em Darcy o desagrado pela hóspede, falando-lhe do suposto casamento entre os dois e da felicidade que ele iria encontrar em tal aliança. Quando, no dia seguinte, os dois passeavam pelo bosque, disse:

– Espero que não deixe de dar a entender à sua sogra, assim que tal acontecimento se realize, qual a vantagem de se manter calada. E, se tiver poder para tanto, não se esqueça de tirar das suas cunhadas mais novas aquela mania de andar atrás dos oficiais. E, se me permite mencionar assunto tão delicado, faça o possível por refrear a pretensão ou a impertinência que a eleita do seu coração possui.

– Tem mais alguma coisa a propor para a minha felicidade doméstica?

– Oh, claro que sim! Reserve um lugar para os retratos dos seus tios Philips na galeria de Pemberley. Coloque-os perto do seu tio-avô, que foi juiz. A área é a mesma, só que em níveis diferentes. Quanto a um retrato da sua Elizabeth, eu o aconselho a não o mandar pintar, pois que pintor retrataria com justiça olhos tão bonitos?

– Não seria fácil captar a expressão, mas sua cor e forma, e as pestanas tão delicadas e perfeitas poderiam ser copiadas.

Nesse momento encontraram-se com a senhora Hurst e a própria Elizabeth, que vinham de outro caminho.

– Não sabia que também tinham intenção de passear – disse a senhorita Bingley um pouco confusa, com receio de que elas tivessem escutado a conversa.

– Trataram-nos muito mal – respondeu a senhora Hurst –, fugindo de nós e sem nos dizer que vinham passear.

E, tomando o braço que o senhor Darcy tinha livre, deixou Elizabeth sozinha. O caminho dava apenas para três pessoas. O senhor Darcy, sentindo a falta de delicadeza das irmãs, imediatamente disse:

– Este caminho não é suficientemente largo para todos nós. Aconselho, por isso, a tomarmos a alameda.

Elizabeth, que não se sentia tentada a continuar em tal companhia, respondeu sorridente:

– Não, não; continuem. Compõem um grupo tão encantador e pitoresco que a admissão de uma quarta pessoa apenas o estragaria. Até logo.

E partiu alegremente, acalentando em si a esperança de dentro de um ou dois dias se encontrar de novo em sua casa. Jane melhorara tanto que nessa mesma noite tencionava deixar o quarto durante algumas horas e juntar-se ao serão.

Capítulo 11

Após o jantar, Elizabeth subiu até junto da irmã e, certificando-se de que esta se encontrava bem agasalhada, acompanhou-a até o salão, onde ela foi acolhida pelas duas amigas no meio de manifestações de grande prazer. Elizabeth nunca as vira tão amáveis quanto naquela hora que antecedeu a entrada dos cavalheiros. Elas sabiam realmente como conversar. Faziam a descrição de uma festa com exatidão, contavam uma anedota com humor e descreviam com presença de espírito as pessoas com quem se relacionavam.

No entanto, mal os cavalheiros entraram, Jane deixou de ser o alvo das atenções. Os olhos da senhorita Bingley imediatamente se fixaram em Darcy, e ele ainda não dera muitos passos quando ela encontrou algo para lhe dizer. Ele, no entanto, dirigiu-se diretamente à senhorita Bennet e congratulou-a, cortês. O senhor Hurst também cumprimentou-a rapidamente e pronunciou algo como estar muito contente. Mas a prolixidade e o calor estavam reservados para a saudação do senhor Bingley, que transbordava de alegria e atenções. A primeira meia hora foi passada a alimentar a lareira, não fosse Jane ressentir-se da diferença de temperatura. E ela foi se instalar no outro lado da lareira, de modo a estar mais longe da porta. Em seguida, ele sentou-se junto dela e quase não falou com mais ninguém. Elizabeth, que costurava no canto oposto, assistia a tudo.

Terminado o chá, o senhor Hurst chamou a atenção da cunhada para a mesa de jogo, mas foi em vão. O senhor Darcy havia dito a ela em confidência que não se encontrava com disposição para jogar, e o senhor Hurst em breve viu até o seu pedido mais franco ser rejeitado. Ela garantiu-lhe que ninguém queria jogar. Darcy pegou um livro, e a senhorita Bingley o imitou. A senhora Hurst estava ocupada brincando com suas pulseiras e seus anéis e uma vez ou outra interferia na conversa do irmão com a senhorita Bennet.

A senhorita Bingley estava ocupada em observar o progresso da leitura do senhor Darcy e em ler o próprio livro. Constantemente lhe fazia perguntas ou olhava para a página dele. Não conseguia, no entanto, atraí-lo para uma conversa, pois ele respondia de forma lacônica e de novo mergulhava na leitura. Por fim, praticamente exausta pelo esforço despendido em tirar algum divertimento do próprio livro, que ela escolhera apenas por ser o segundo volume do dele, deu um bocejo demorado e disse:

– Que agradável modo de passar a noite! No fundo, não há prazer que se compare ao da leitura! Basta ver a facilidade com que uma pessoa se farta de tudo o que não seja um livro! Quando tiver a minha casa, vou me sentir perdida se não dispuser de uma boa biblioteca.

Ninguém lhe respondeu. Ela bocejou, então, de novo, pôs o livro de lado e passou os olhos pela sala em busca de algo que a entretivesse. Ouvindo o irmão mencionar um baile para a senhorita Bennet, voltou-se repentinamente para ele e disse:

– Charles, você está mesmo pensando em dar um baile em Netherfield? Antes de decidir, é melhor ouvir os desejos das pessoas presentes. Muito me engano ou, para alguns de nós, um baile representará mais um suplício do que um prazer.

– Se está falando do Darcy, ele poderá retirar-se quando bem entender. O baile é coisa certa. Logo que Nicholls preparar sopa branca suficiente, começarei a enviar os convites.

– Apreciaria infinitamente mais os bailes – replicou ela – se eles se realizassem de outro modo e evitassem o processo habitual, que é muito enfadonho. Seria um acontecimento muito mais racional se, em vez da dança, se priorizasse a conversa.

– Seria, sem dúvida, muito mais racional, minha querida Caroline, mas dessa forma pouco se pareceria com um baile.

A senhorita Bingley não respondeu e, levantando-se, iniciou um pequeno passeio pela sala. Tinha uma figura elegante e sabia como pisar; mas Darcy, a quem esta manobra era destinada, continuava impassivelmente mergulhado na leitura. A garota fez uma tentativa derradeira de chamar atenção. Voltando-se para Elizabeth, disse:

– Senhorita Eliza Bennet, convido-a a seguir o meu exemplo e dar uma volta pela sala. Acredite que é deveras reconfortante, depois de estar sentada durante tanto tempo na mesma posição.

Elizabeth ficou surpresa, mas aceitou. A senhorita Bingley teve sucesso no verdadeiro objetivo da sua delicadeza: o senhor Darcy levantou os olhos na mesma hora e inconscientemente fechou o livro. Logo foi convidado a juntar-se a elas, mas recusou, declarando ver apenas dois motivos para elas quererem passear pela sala e que, em qualquer dos casos, sua presença era dispensável.

"Que quereria ele dizer com aquilo? Morreria para descobrir qual a sua ideia." E perguntou a Elizabeth se o entendera.

– De modo nenhum – respondeu ela –, mas pode estar certa de que ele nos reprova, e a melhor maneira de desapontá-lo é não tocar no assunto.

A senhorita Bingley, contudo, era incapaz de desapontar o senhor Darcy no que quer que fosse e insistiu em pedir uma explicação para os dois motivos por ele apontados.

– Não vejo nenhum inconveniente em explicar. As senhoritas escolheram tal modo de passar a noite ou porque são confidentes uma da outra e têm assuntos particulares a discutir ou porque têm a consciência de que passeando valorizam as próprias figuras. No primeiro caso, minha adesão ao convite interferiria cabalmente nos seus planos. No segundo, eu as admirarei muito melhor permanecendo sentado perto da lareira.

– Oh, é espantoso! – exclamou a senhorita Bingley. – Nunca ouvi algo tão detestável. Que castigo haveremos de lhe dar por ousar dizer tais coisas?

– Não há nada mais fácil, desde que se sinta inclinada a isso – disse Elizabeth. – Todos nós podemos atormentar e castigar uns aos outros. Ria e faça troça dele. Íntima como é, deverá saber como proceder.

– Mas palavra de honra que *não sei*. Minha intimidade ainda não me ensinou *tal coisa*. Como se fosse possível irritar alguém tão calmo e cuja presença de espírito não desarma! Sinto que por aí não levaremos a melhor. Quanto a fazer troça, é melhor não nos arriscarmos sem motivo.

– O senhor Darcy não serve como motivo de troça! – exclamou Elizabeth. – É uma vantagem incomum, e espero que continue assim, pois seria para mim uma perda inestimável contar entre as minhas relações mais de uma pessoa assim. Adoro uma boa piada.

– A senhorita Bingley – interveio ele – exagerou um pouco. O mais sensato e melhor dos homens, ou, antes, a mais sensata e a melhor das suas ações, pode ser ridicularizada pela pessoa cujo principal objetivo na vida é uma boa piada.

– Não há dúvida – replicou Elizabeth – de que existem tais pessoas, mas espero não ser uma delas. Nunca ridicularizo o que é sensato e bom. A loucura, o disparate, o capricho e a incoerência, confesso que me divertem e, sempre que posso, zombo deles. Mas suponho que são precisamente esses os defeitos que o senhor não tem.

– Ao contrário, ninguém está livre deles. Contudo, toda a minha vida me esforcei por evitar aquelas fraquezas que muitas vezes expõem ao ridículo uma inteligência superior.

– Como, por exemplo, a vaidade e o orgulho.

– Sim, a vaidade é uma fraqueza. Mas o orgulho será sempre bem controlado onde quer que haja uma verdadeira superioridade intelectual.

Elizabeth escondeu um sorriso. E a senhorita Bingley interveio:

– Terminou o exame que aplica ao senhor Darcy, suponho eu. Qual o resultado a que chegou?

– Estou perfeitamente convencida de que o senhor Darcy não tem nenhum defeito. Ele próprio admite isso sem rodeios.

– Não – disse o senhor Darcy –, nunca tive tal pretensão. Meus defeitos são muitos, mas nenhum de inteligência, espero. Quanto ao meu temperamento, não respondo por ele. Meu temperamento poderia talvez ser classificado como vingativo. Minha opinião, uma vez perdida, fica perdida para sempre.

– Esse é um grande defeito, na verdade! – concluiu Elizabeth. – O ressentimento implacável é uma mancha num caráter. Mas o senhor escolheu bem o seu defeito. Não consigo realmente rir dele. Nada tem que temer de mim.

– Creio haver em cada temperamento uma tendência particularmente má, um defeito natural, que nem a melhor educação consegue vencer.

– E o seu defeito é uma propensão a odiar todas as pessoas.

– E o seu – replicou ele com um sorriso – é fazer juízo errado das pessoas, de propósito.

– Vamos tocar um pouco – sugeriu a senhorita Bingley, cansada de uma conversa da qual que ela não participava. – Louisa, não se importa que acorde o senhor Hurst?

A irmã não fez objeção, e o piano foi aberto.

Capítulo 12

Com a aprovação da irmã, na manhã seguinte, Elizabeth escreveu à mãe pedindo-lhe que mandasse a carruagem no mesmo dia. Porém, a senhora Bennet, que contava que as filhas permanecessem em Netherfield até a quinta-feira seguinte, quando terminaria a semana de Jane, não antevia com prazer sua chegada prematura. A resposta não foi, por conseguinte, favorável, pelo menos aos desejos de Elizabeth, que estava impaciente por ir para casa. A senhora Bennet mandou dizer que não havia possibilidade de elas terem carruagem antes de quinta-feira; e acrescentava que, caso o senhor Bingley e a irmã insistissem para que permanecessem mais tempo, ela passava muito bem sem elas. Elizabeth, contudo, estava resolvida a não permanecer nem mais um dia, assim como também receava que as considerassem abusadas por ficarem mais do que o tempo necessário. Incentivou Jane a pedir a carruagem emprestada ao senhor Bingley sem demora.

A decisão provocou calorosos protestos, e com veemência pediram que, em atenção à doença recente de Jane, permanecessem, ao menos, mais um dia. A partida foi adiada para a manhã seguinte.

O dono da casa ficou consternado ao ouvi-las anunciar a partida e por várias vezes tentou persuadir a senhorita Bennet da imprudência, visto que ela não estava completamente restabelecida. Jane, porém, mostrava-se obstinada quando sabia ter razão.

Aquela novidade encheu o senhor Darcy de alívio. Elizabeth já permanecera em Netherfield por tempo suficiente. Ela o atraía mais do que ele desejava, e a senhorita Bingley, além de indelicada com Elizabeth, massacrava-o mais do que de costume. Portanto, estava consciente de que, se tal ideia tivesse sido sugerida, da atitude dele durante o último dia dependeria sua confirmação ou destruição. Firme em seu propósito, quase não lhe falou durante todo o dia de sábado. Em uma das vezes em que permaneceram a sós durante meia hora, ele foi ler um livro e nem sequer olhou para ela.

Após o café da manhã de domingo, ocorreu a separação tão desejável para a maioria. A delicadeza da senhorita Bingley com Elizabeth aumentou muito, assim como sua afeição por Jane.

Ao chegar em casa, não foram muito bem acolhidas pela mãe. A senhora Bennet ficara muito admirada com a chegada, repreendeu as filhas pelo incômodo dado e as fez ver o risco que Jane correra de se resfriar de novo. O pai, porém, embora muito lacônico nas manifestações de prazer, estava deveras contente por tornar a vê-las. A conversa familiar havia perdido a animação e quase todo o sentido com a ausência de Jane e Elizabeth.

Mary, como de costume, encontrava-se mergulhada no estudo da natureza humana e não perdeu tempo em enunciar uma série de observações de uma moralidade antiga. Catherine e Lydia tinham novidades bem diferentes. Muito fora feito e muito se dissera no regimento desde a quarta-feira anterior: vários oficiais tinham jantado ultimamente com o tio, um soldado fora castigado e espalhara-se a notícia do casamento próximo do coronel Forster.

Capítulo 13

– Minha querida – disse o senhor Bennet à sua mulher quando, na manhã seguinte, tomavam o café da manhã juntos –, espero que tenha pensado em um bom jantar para hoje, pois parece que vamos ter um convidado.

– O que quer dizer, meu caro? Não sei quem possa ser, ou trata-se de Charlotte Lucas? Se é o caso, espero que meus jantares sejam bons demais para ela. Ela raramente tem refeições assim na casa dela.

– A pessoa a que me refiro é um cavalheiro.

Os olhos da senhora Bennet brilharam.

– Um cavalheiro! Com certeza se trata do senhor Bingley. E você, Jane, nem nos fala nada, sua tímida!

– Não se trata do senhor Bingley – informou-lhe o marido –, mas de uma pessoa que nunca vi na vida.

Tal afirmação provocou espanto geral, e ele se viu rodeado pela esposa e por cinco filhas que o questionavam com ansiedade. Após ter, durante algum tempo, se divertido com a curiosidade, deu a seguinte explicação:

– Há um mês recebi esta carta, e há cerca de quinze dias tratei de responder, pois considerei o assunto um pouco delicado e, como tal, requerendo atenção imediata. O remetente é o meu primo, o senhor Collins, aquele que, quando eu desaparecer, poderá expulsá-las desta casa.

– Oh, meu caro senhor Bennet, não suporto ouvir falar tal coisa! – exclamou sua mulher. – Pelo amor de Deus, não mencione tal homem. Considero tremendamente injusto que seus bens sejam herdados por outra pessoa que não suas filhas. Se isso se passasse comigo, há muito que eu teria feito algo para mudar a situação.

Jane e Elizabeth tentaram explicar como funciona o sistema morgadio de herança. Já haviam feito isso várias vezes, mas esse assunto ultrapassava o entendimento da senhora Bennet.

– É mesmo injusto – disse o senhor Bennet –, mas nada impedirá o senhor Collins de vir a herdar Longbourn. Queira, contudo, ouvir a leitura da sua carta, pois talvez a maneira como ele se exprime a enterneça.

– Não, não me enternecerei. Considero uma impertinência, uma hipocrisia ele ousar lhe escrever. Odeio a falsa amizade. Por que ele procura a reconciliação se o pai dele a recusou antes?

– Porque parece ter nesse sentido alguns escrúpulos filiais, como verá.

Hunsford, próximo de Westerham, Kent, 15 de outubro

Caro senhor,

Sempre me inquietou bastante a incompatibilidade existente entre o senhor e o meu falecido e venerável pai. Desde que tive a infelicidade de perdê-lo, acalento o desejo de preencher tal abismo. Contudo, durante algum tempo, minhas dúvidas me detiveram, pois receei parecer aos olhos do mundo que reatar as relações com quem ele sempre discordou era um desrespeito a sua memória.

Tendo sido ordenado em Easter, estou agora decidido nesse sentido, pois tive a felicidade de ser distinguido pelo patronato da Baronesa lady *Catherine de Bourgh, viúva de sir Lewis de Bourgh, cuja bondade e beneficência me elegeram reitor desta paróquia, onde farei todo o possível por me portar à altura do respeito e reconhecimento que devo a tão ilustre senhora e executar a rigor todos os ritos e cerimônias instituídas pela Igreja Anglicana. Além de tudo o mais, como clérigo que sou, sinto como meu dever promover e espalhar a bênção da paz por todas as famílias ao alcance da minha influência; e, por esta razão, considero as minhas presentes propostas de boa vontade altamente recomendáveis.*

Espero que o fato de eu ser o presumível herdeiro de Longbourn seja caridosamente ignorado pelo senhor e não o leve a rejeitar o ramo de oliveira que lhe é oferecido. Não posso deixar de sentir certo pesar por, involuntariamente, vir a prejudicar suas amáveis filhas, pelo que desde já me desculpo e lhe garanto prontificar-me a compensá-las na medida do possível. Mas o futuro o dirá.

Caso não tenha objeção em receber-me em sua casa, reservo-me o prazer de os visitar na segunda-feira, 18 de novembro, por volta de quatro horas, e provavelmente abusarei da sua hospitalidade permanecendo até sábado da semana seguinte, o que, para mim, não terá nenhum inconveniente, visto que lady *Catherine não se opõe à minha ausência ocasional no domingo, desde que outro pastor me substitua no serviço dominical.*

Com meus respeitosos cumprimentos para sua esposa e suas filhas, como amigo dedicado me subscrevo,

William Collins

– Portanto, por volta das quatro horas, deveremos ter conosco este mensageiro da paz – disse o senhor Bennet dobrando a carta. – Tudo indica tratar-se, na verdade, de um jovem muito consciencioso e bem-educado. Não tenho dúvida de que se revelará um contato valioso, sobretudo se a tal *lady* Catherine for tão indulgente que o autorize a voltar outra vez.

O senhor Bennet prosseguiu:

– Reparem naquilo que ele diz a respeito das pequenas. Se ele está disposto a compensá-las, não serei eu a desencorajá-lo.

– Embora não imagine o que ele possa ter intenção de fazer como reparação que nos ache devida, o desejo por si só conta a seu favor – comentou Jane.

A Elizabeth impressionara, sobretudo, a deferência dele por *lady* Catherine e seu propósito generoso em doutrinar, casar e acompanhar à sepultura os seus paroquianos, sempre que a ocasião o requeresse.

– Ele deve ser um excêntrico, creio eu – disse ela. – Não o entendo. É muito pomposo na maneira de escrever. E o que pretenderá ao se desculpar por ser o presumível herdeiro? Não nos é dado supor que recusaria a herança se pudesse. Será ele um homem justo e sensato, na verdadeira acepção da palavra, pai?

– Não, minha querida, não estou convencido disso. Tenho grandes esperanças de vir a achar exatamente o contrário. Sua carta denuncia um misto de subserviência e prepotência que promete muito. Estou impaciente por conhecê-lo.

– Sob ponto de vista técnico da redação – opinou Mary –, sua carta não me parece defeituosa. A ideia do ramo de oliveira talvez não seja inteiramente nova, mas considero a expressão adequada.

Para Catherine e Lydia, tanto a carta quanto aquele que a escrevera não ofereciam interesse. Era praticamente impossível que o primo aparecesse de farda, e algumas semanas tinham passado desde o tempo em que sentiam prazer na companhia de um homem sem esse traje. Quanto à sua mãe, a carta do senhor Collins tivera o poder de dissipar grande parte da sua antipatia por ele e preparava-se agora para recebê-lo com uma serenidade que espantava o marido e as filhas.

O senhor Collins chegou na hora combinada e foi recebido amavelmente por toda a família. O senhor Bennet pouco falou. Mas, enquanto as senhoras estavam dispostas a conversar, o senhor Collins, em contrapartida, parecia não precisar de encorajamento nem tinha intenção de permanecer tão calado.

De estatura elevada e corpulento, era um homem na casa dos 25 anos de idade. Tinha um ar grave e solene, e seus modos eram muito formais. Mal se sentara, começou logo a elogiar a senhora Bennet pelas lindas filhas. Acrescentou não duvidar dos anseios dela em vê-las todas bem casadas no seu devido tempo. O galanteio não agradou especialmente a algumas das ouvintes, mas a senhora Bennet, que não regateava elogios, imediatamente respondeu:

– É muito amável, meu caro senhor; e, do fundo do coração, espero que assim seja, pois, do contrário, pouco terão de valor. Ocorrem coisas tão estranhas...

– Refere-se, talvez, ao morgadio.

– Ah, meu caro senhor, é isso mesmo. Terá de admitir que é um rude golpe para as minhas filhas. Não é que eu considere o senhor o culpado, pois sei que tais coisas são fruto do acaso.

– Tenho a perfeita consciência, minha senhora, da privação que representará para as minhas encantadoras primas e poderia adiantar mais sobre o assunto, mas não quero passar por atrevido ou precipitado.

Foi interrompido pelo criado chamando para o jantar, e as garotas sorriram entre si. Elas não eram os únicos objetos da admiração do senhor Collins. A saleta de entrada, a sala de jantar e toda a mobília foram examinadas e elogiadas. Os elogios teriam agradavelmente impressionado a senhora Bennet, não fosse a mortificante suposição de que ele olhava à sua volta como o futuro proprietário. O jantar, por sua vez, também foi muito elogiado, e ele pediu que lhe dissessem a qual das suas encantadoras primas se devia a excelência de tal banquete. A senhora Bennet, com certa aspereza, explicou que dispunham de meios suficientes para garantir um bom jantar, e que as filhas nada tinham que ver com a cozinha. Ele imediatamente lhe pediu perdão por ter sido desagradável.

Capítulo 14

O senhor Bennet pouco ou nada disse durante o jantar. Porém, quando os criados se retiraram, ele decidiu que era hora de conversar um pouco com o hóspede e abordou um assunto que considerava do inteiro agrado do outro, fazendo-o observar a sorte que ele parecia ter tido com sua patroa. A consideração de *lady* Catherine de Bourgh pelos seus desejos e o cuidado com o seu conforto pareciam notáveis. O senhor Bennet não poderia ter escolhido melhor. O senhor Collins era eloquente nos seus elogios a tal senhora. O assunto revestiu-o de uma solenidade ainda maior, e, com o seu ar mais importante, assegurou que nunca na sua vida testemunhara tal comportamento numa pessoa da alta sociedade, tal afabilidade e deferência como ele encontrava em *lady* Catherine.

– Tudo o que nos conta é de uma correção e delicadeza sem par – disse a senhora Bennet –, e estou certa de que se trata de uma mulher encantadora.

É pena hoje em dia já não se encontrarem senhoras da alta sociedade que sejam tão boas pessoas quanto ela. Ela vive próximo do senhor?

– O jardim em que se situa minha humilde residência tem apenas um caminho estreito que o separa de Rosings Park, onde Sua Excelência reside.

– Parece que ouvi dizer que ela é viúva. Tem filhos?

– Apenas uma filha, a herdeira de Rosings e de uma fabulosa fortuna.

– Ah! Trata-se, então, de uma privilegiada. E que tipo de garota é? É bonita? – perguntou a senhora Bennet abanando a cabeça.

– É uma jovem de um encanto extremo. A própria *lady* Catherine diz que, sob o ponto de vista da verdadeira beleza, a senhorita de Bourgh é de longe superior à mais bela do seu sexo, pois existem nela aquelas feições que distinguem a jovem de nobre ascendência. É, infelizmente, de constituição débil, o que lhe tem impedido de alcançar nos vários campos aquele grau de perfeição que, de outro modo, teria atingido sem dificuldade, segundo me informou a senhora que supervisionou a educação dela e que com elas continua residindo.

– Já foi apresentada à corte? Não me recordo de ter ouvido o nome dela.

– Como textualmente disse um dia a *lady* Catherine, a corte britânica se viu privada do seu mais belo adorno. Seu estado de saúde precário a impede, infelizmente, de permanecer na capital.

As expectativas do senhor Bennet foram plenamente satisfeitas. Seu primo, de fato, mostrava-se tão absurdo quanto ele esperava, e era num gozo profundo que o escutava, guardando simultaneamente uma expressão séria e compenetrada e, com a exceção de um olhar ou outro na direção de Elizabeth, não partilhava do seu prazer com ninguém.

Chegada a hora do chá, contudo, a dose já fora mais do que suficiente, e o senhor Bennet teve a satisfação de conduzir o hóspede de novo para a sala. Terminado o chá, convidou-o a ler um pouco para as senhoras. O senhor Collins aceitou prontamente. Um livro lhe foi apresentado; porém, mal olhou para ele e recuou e desculpou-se, dizendo que não era hábito seu ler novelas. Kitty olhou-o espantada, e Lydia soltou uma exclamação. Outros livros lhe foram apresentados, e, após certa ponderação, escolheu os Sermões de Fordyce. Ao vê-lo abrir o livro, Lydia bocejou, e ele não tinha, numa solenidade monótona, lido três páginas quando ela o interrompeu, dizendo:

– A mãe sabe que o tio Philips tem intenção de despedir o Richard e que, se ele o fizer, o coronel Forster o contratará? A tia me contou no sábado.

Pretendo ir amanhã a Meryton para saber mais pormenores e perguntar se o senhor Denny já voltou da capital.

As irmãs mais velhas mandaram Lydia se calar, mas o senhor Collins, muito ofendido, pôs o livro de lado e disse:

– É com frequência que tenho notado o pouco interesse despertado nas jovens por livros de uma certa seriedade, embora escritos exclusivamente para seu benefício. Isso me espanta. Mas não quero, com isso, continuar incomodando minha jovem prima.

Em seguida, voltando-se para o senhor Bennet, ofereceu-se como seu adversário para uma partida de gamão. O senhor Bennet aceitou o desafio, fazendo-o notar que ele agira de forma sensata ao deixar as garotas entregues à sua frivolidade. A senhora Bennet e as filhas pediram amavelmente desculpas pela interrupção de Lydia e prometeram não tornar a ocorrer tal indelicadeza caso ele voltasse ao livro.

Capítulo 15

O senhor Collins não era exatamente o que se pode chamar de um homem sensato, e essa deficiência da natureza pouco ou nada fora auxiliada quer pela educação, quer pelo convívio social. Passou grande parte da vida sob a orientação de um pai letrado e avarento e, embora tivesse frequentado uma universidade, conservara apenas os laços puramente necessários, sem que tivesse sabido cultivar algum conhecimento útil. A submissão em que o pai o educou conferiu-lhe originalmente grande humildade no trato, humildade essa que era agora poderosamente contrabalançada pela vaidade própria de um espírito fraco que vive isolado. Um feliz acaso recomendara-o a *lady* Catherine de Bourgh para uma vaga em Hunsford; e o respeito que ele sentia pela elevada posição social da senhora, assim como sua veneração por ela, acompanhada de uma opinião muito boa de si, da sua autoridade como clérigo e dos seus direitos como pastor, faziam dele uma mistura complexa de orgulho e subserviência, presunção e humildade.

De posse de uma bela casa e de um rendimento mais do que suficiente, ele decidira se casar; e, ao procurar a reconciliação com a família de

Longbourn, tinha em vista uma esposa, pois pretendia fazer a escolha entre as jovens primas, caso elas se mostrassem tão bonitas e simpáticas quanto delas corria a fama. Era este o seu plano quando falava em dever uma reparação por herdar os bens do pai delas.

Na manhã seguinte, após iniciar uma conversa sobre seu presbitério e manifestar suas aspirações de encontrar para ele uma anfitriã em Longbourn, a mãe das garotas, entre afáveis sorrisos e encorajamentos vagos, colocou-o de sobreaviso quanto a Jane. Deu a entender que a mais velha estava já praticamente comprometida com outro.

O senhor Collins tinha apenas de mudar de Jane para Elizabeth. Fez a mudança enquanto a senhora Bennet atiçava o fogo da lareira. Elizabeth, que seguia a Jane tanto na idade quanto em beleza, sucedia-a naturalmente.

A senhora Bennet guardou a insinuação como um tesouro, e, encantada, confiava que em breve teria duas filhas casadas. Quanto ao homem de quem na véspera não podia ouvir falar, tinha-o agora em grande estima e consideração.

A intenção de Lydia de visitar Meryton não fora esquecida, e as irmãs, com exceção de Mary, concordaram em ir também. O senhor Collins, a pedido do senhor Bennet, serviria de companhia, pois este estava ansioso por se ver livre dele e ter a biblioteca à sua inteira disposição, o que não conseguira desde o café da manhã, uma vez que o primo o seguira e lá se preparava para ficar, teoricamente ocupado com um dos maiores volumes da coleção, mas, na prática, interpelando-o vezes sem conta a propósito da sua casa e do jardim em Hunsford. Tal procedimento punha o senhor Bennet fora de si. Na sua biblioteca, o sossego e a tranquilidade eram sempre garantidos e, embora preparado, como disse a Elizabeth, a enfrentar o disparate e a presunção em todos os outros cômodos da casa, habituara-se a encontrar ali o seu refúgio. Daí a sua pronta delicadeza em convidar o senhor Collins a se juntar às filhas no passeio. Collins, que em mais se adaptava a uma caminhada do que a grandes leituras, mostrou enorme satisfação em fechar o volumoso livro e partir.

Mantendo o estilo pomposo que lhe era peculiar, travou uma conversa destituída de todo o interesse, com a qual as primas por mera delicadeza colaboravam, e enfim chegaram a Meryton. As mais novas deixaram de lhe prestar qualquer atenção. Os olhos delas imediatamente se puseram a percorrer a rua em busca dos oficiais, e nada as faria desviar, a não ser um chapéu muito bonito ou uma musselina que constituísse novidade.

Entretanto, a atenção de todas elas em breve se prendeu em um jovem de aparência atraente, que elas não tinham visto antes, caminhando com um oficial no outro lado da rua. O oficial era o próprio senhor Denny, sobre cujo regresso de Londres Lydia viera informar-se, e ele acenou ao vê-las passar. Bem impressionadas com a aparência do desconhecido, tentavam adivinhar de quem se trataria. Kitty e Lydia, decididas a descobrir, fingindo ir à loja em frente, atravessaram a rua e alcançaram a calçada oposta, exatamente na altura em que os dois cavalheiros, que tinham voltado para trás, chegavam ao mesmo local. O senhor Denny logo pediu licença para lhes apresentar seu amigo, o senhor Wickham, que com ele regressara na véspera da capital e que aceitara um cargo em seu regimento. Ao jovem só lhe faltava o uniforme para se tornar realmente irresistível. De inegável beleza, os traços eram delicados; a figura, garbosa; e as maneiras, extremamente agradáveis. Após ter sido apresentado, iniciou uma conversa pronta e fácil, que era natural.

Conversavam agradavelmente quando o barulho de cavalos lhes chamou a atenção para Bingley e Darcy, que, nas suas montadas, desciam a rua. Ao reconhecerem as senhoras do grupo, os dois cavaleiros imediatamente foram até elas e as cumprimentaram, segundo as formas usuais. Bingley era quem falava mais, e a senhorita Bennet era o seu principal objeto.

Iam a caminho de Longbourn, para indagar sobre ela. O senhor Darcy concordou com o amigo com um aceno de cabeça e estava tentando não fixar os olhos em Elizabeth quando eles subitamente se detiveram no desconhecido. Elizabeth, surpreendendo as expressões de ambos ao encararem um ao outro, ficou pasma com o efeito de tal encontro.

Ambos mudaram de cor: um empalideceu, e o outro corou. O senhor Wickham, passados alguns instantes, levou a mão ao chapéu, cumprimento esse a que o senhor Darcy mal se dignou a retribuir. Que quereria dizer aquilo? Era impossível adivinhar, mas impossível também não desejar saber disso.

Pouco depois, o senhor Bingley, sem parecer ter notado o que se passara, fez as despedidas e se afastou com o amigo.

O senhor Denny e o senhor Wickham acompanharam o grupo até a porta do senhor Philips, e lá se despediram, apesar da insistência de Lydia para que entrassem e apesar de a própria senhora Philips reiterar o convite.

A senhora Philips tinha sempre grande alegria em ver as sobrinhas. Recebeu-as com um carinho especial, quando sua atenção e delicadeza foram reclamadas pelo senhor Collins, que Jane lhe apresentava. Ela acolheu-o no seu melhor bom-tom, que ele retribuiu de forma mais exagerada ainda, desculpando-se pela intrusão, uma vez que nenhum conhecimento prévio se tivesse verificado entre eles, mas que ele esperava poder justificar pelo seu parentesco com as jovens que ele acompanhava.

A senhora Philips ficou extasiada perante tamanha boa educação, mas foi interrompida pelas exclamações e perguntas acerca do outro, sobre quem ela nada contou que as sobrinhas já não soubessem, tão somente que o senhor Denny o trouxera de Londres e que ele iria desempenhar o cargo de tenente no destacamento. Disse, ainda, ter estado observando-o durante aquela última hora, enquanto ele por ali passeava, ocupação essa que Kitty e Lydia teriam de bom grado continuado caso o senhor Wickham de novo surgisse.

Infelizmente, ninguém mais passou ali além de alguns oficiais, que, comparados com o recém-chegado, não passavam agora de indivíduos desagradáveis e sem graça. Alguns deles jantariam com os Philips no dia seguinte, e a tia prometeu convencer o marido a visitar o senhor Wickham e convidá-lo também. A senhora Philips salientou que teriam, entre outros, o sempre divertido e barulhento jogo de loteria, seguido de uma ceia leve e reconfortante. A perspectiva de tais prazeres encheu o grupo de regozijo, e se separaram numa boa disposição mútua. O senhor Collins, ao abandonar a sala, mais uma vez se desfez em desculpas.

O senhor Collins fez a alegria da senhora Bennet ao expressar sua admiração pela delicadeza e pelas maneiras da senhora Philips. Ele afirmava que, com a exceção de *lady* Catherine e de sua filha, nunca lhe fora dado deparar com mulher mais elegante, pois ela não só o recebera com a maior cortesia, como também o incluíra formalmente em seu convite para o dia seguinte, mesmo que nunca o tivesse visto antes.

Capítulo 16

Na hora adequada, a carruagem conduziu o senhor Collins com as cinco primas a Meryton. Isso porque nenhuma objeção veio contrariar o compromisso das jovens com a tia, e todos os escrúpulos do senhor Collins em deixar o senhor e a senhora Bennet por uma única noite durante sua visita foram firmemente repelidos. Mal entraram, as garotas foram prontamente informadas de que o senhor Wickham aceitara o convite do tio e já se encontrava ali.

Assim que se acomodaram, o senhor Collins aproveitou o ensejo para olhar à sua volta e admirar, mostrando-se muito impressionado com as dimensões e a própria mobília do local. Declarou poder quase imaginar-se na pequena saleta de Rosings, onde, durante o verão, a família costumva tomar seu café da manhã. Essa comparação não pareceu, a princípio, motivo para grande reconhecimento. Quando a senhora Philips foi por ele elucidada sobre o que era Rosings e quem era sua proprietária, após ouvir a descrição de apenas uma das salas de visita de *lady* Catherine e saber que só a cornija da lareira custara oitocentas libras, ela sentiu toda a força do elogio. Nessa altura, nem a comparação com o quarto da governanta a teria ofendido.

Ele passou agradavelmente o tempo na descrição da grandeza de *lady* Catherine e da sua luxuosa mansão, com digressões ocasionais em louvor da sua humilde habitação e dos melhoramentos que lhe estavam sendo feitos. Na senhora Philips encontrou uma ouvinte atenta, cuja opinião a seu respeito aumentava com o que ouvia e a qual antegozava as delícias de uma narrativa detalhada para as vizinhas, mal tivesse ocasião para isso. Mas, para as garotas, que não queriam prestar atenção no primo e nada tinham a fazer senão examinar as imitações de porcelana sobre a lareira, o intervalo pareceu muito longo.

Os oficiais do destacamento formavam, em geral, um grupo bastante prestigiado e distinto, mas, de todos, o senhor Wickham se destacava pela figura, pelo aspecto e pelo porte. Quando o senhor Wickham entrou na sala, Elizabeth sentiu que não era de modo algum injustificada sua admiração por ele, quer quando o avistara pela primeira vez, quer nas vezes em que desde então a imagem dele lhe ocorreu ao pensamento.

O senhor Wickham foi o felizardo para quem quase todos os olhares femininos se voltaram; e Elizabeth, a felizarda junto de quem ele finalmente veio se sentar. A facilidade e o modo agradável com que ele iniciou a conversa, embora limitada à intempérie daquela noite e às probabilidades de uma estação chuvosa, fizeram-na refletir como o tema mais vulgar, insípido e estagnado poderia tornar-se interessante graças à habilidade do interlocutor.

Com rivais de tal monta na disputa das atenções do belo sexo como o senhor Wickham e os oficiais, o senhor Collins parecia destinado a mergulhar na insignificância. Nada poderia esperar, mas, uma vez ou outra, encontrava ainda na senhora Philips uma ouvinte caridosa, e, graças à sua vigilância, era por ela abundantemente servido de café e bolo.

Quando surgiram as mesas de jogo, ele viu chegada a ocasião de lhe retribuir as atenções, prontamente concordando em participar do jogo de *whist*.

– No momento não estou a par do jogo – disse ele –, mas terei todo o prazer em me aperfeiçoar, pois, na minha situação...

A senhora Philips mostrou-se muito reconhecida pela sua amabilidade, mas não pôde esperar por mais explicações.

O senhor Wickham não jogava *whist* e, com espontânea alegria, foi acolhido na outra mesa, entre Elizabeth e Lydia. Parecia, a princípio, haver o perigo de Lydia o absorver completamente, pois ela era uma faladora inveterada, mas, como acontecia também de ser uma apaixonada pelo jogo da loteria, depressa se deixou envolver pelo interesse do jogo, ansiosa demais em fazer suas apostas e lançar os palpites para dedicar qualquer espécie de atenção a alguém em particular.

Consideradas as exigências normais do jogo, o senhor Wickham encontrou assim disponibilidade suficiente para conversar com Elizabeth, que se mostrou encantada em ouvi-lo, apesar de não ousar esperar que ele lhe contasse o que mais desejava ouvir: a história das relações entre ele e o senhor Darcy. Não se atrevia sequer a mencionar tal cavalheiro. Sua curiosidade, porém, foi inesperadamente satisfeita. O próprio senhor Wickham abordou o assunto. Quis saber a que distância Netherfield se encontrava de Meryton e, após a resposta dela, perguntou, um pouco hesitante, desde quando o senhor Darcy ali se encontrava.

– Há cerca de um mês – disse Elizabeth; e, perante tal oportunidade, acrescentou: – Ele é o dono de extensas terras em Derbyshire, creio eu.

– Sim – replicou Wickham –, suas propriedades são o que há de melhor. Dão um rendimento líquido de dez mil libras anuais. Não poderia ter encontrado pessoa mais apta do que eu para informá-la sobre o assunto, pois estive, desde a minha infância, intimamente ligado à família dele.

Elizabeth não pôde esconder a surpresa. Wickham prosseguiu:

– É muito natural que tal asserção não deixe de surpreendê-la, senhorita Bennet, sobretudo após assistir, como provavelmente terá acontecido, à frieza que presidiu ao nosso encontro de ontem. Tem algum conhecimento íntimo do senhor Darcy?

– Tanto quanto alguma vez o desejaria ter – respondeu Elizabeth com ardor. – Passei quatro dias na mesma casa com ele, e o acho uma pessoa bastante desagradável.

– Não posso dar minha opinião quanto a ele ser desagradável ou não – disse Wickham. – Não estou qualificado. Conheço-o há muito tempo e bem demais para pretender julgá-lo com honestidade. É impossível ser imparcial. Porém, creio que a opinião da senhorita sobre ele causaria o espanto geral, e talvez não ousasse exprimi-la tão vigorosamente em qualquer outro lugar. Aqui sempre está em família.

– Palavra de honra que não digo aqui mais do que diria em qualquer outra casa da vizinhança, exceto em Netherfield. Ele está longe de ser apreciado em Hertfordshire. Seu orgulho caiu mal entre nós. Nunca ouvirá falar bem dele.

– Não posso fingir pena – comentou Wickham após uma pequena pausa – por ele ou qualquer outro não serem mais estimados do que aquilo que realmente merecem; mas, com ele, creio que isso não acontece com frequência. O mundo, cego perante sua fortuna e importância, ou assustado com seu ar superior e imponente, o vê apenas como ele pretende que o vejam.

– Por minha parte, apesar do conhecimento relativo que tenho dele, considero-o um homem de gênio ruim.

Wickham apenas acenou com a cabeça. Em seguida, disse:

– Gostaria de saber se ele ainda ficará muito tempo por estas paragens.

– Não faço a menor ideia, mas nada ouvi sobre sua partida quando estive em Netherfield. Espero que seus planos quanto ao destacamento não sejam afetados pela permanência dele na vizinhança.

– Oh, não! Não serei eu que me afastarei por causa do senhor Darcy. Se deseja me evitar, ele que se afaste. Nossas relações são bastante tensas, e custa-me sempre um pouco me encontrar com ele, mas não tenho outra razão especial para evitá-lo que não possa proclamar ao mundo inteiro, ou seja, o ressentimento de uma grande injustiça e uma tristeza infinita por ele ser como é. O pai dele, o falecido senhor Darcy, foi um dos melhores homens que já existiram e o meu amigo mais sincero. Não há uma vez que eu me encontre com o atual senhor Darcy que não sinta a dor pungente de milhares de recordações ternas. O comportamento dele comigo foi escandaloso, mas, no meu íntimo, creio poder perdoar-lhe tudo, exceto o fato de ele ter contrariado as esperanças do pai e lhe desgraçado a memória.

Elizabeth viu aumentar seu interesse no assunto e nele pôs todo o coração. Contudo, a própria delicadeza nele inerente a impedia de continuar a fazer perguntas. O senhor Wickham abordou, então, tópicos mais gerais, como Meryton, seus arredores e sua sociedade, mostrando-se extremamente satisfeito com tudo o que até então lhe fora dado deparar.

– Foi a perspectiva de relações sociais constantes e de uma boa sociedade – acrescentou ele – que constituiu meu principal objetivo ao entrar para o destacamento. Sabia de antemão que se tratava de uma unidade militar com bastante prestígio e de ambiente agradável, quando meu amigo Denny me veio tentar ainda mais com a descrição do presente quartel e das simpáticas atenções e conhecimentos excelentes que Meryton lhes proporcionara. A vida militar não era a que me estava destinada, mas as circunstâncias me levaram a optar por ela. Minha vocação era o sacerdócio... para ele fui educado, e estaria agora numa ótima situação não fosse a má vontade do cavalheiro de quem há pouco falávamos.

– É mesmo?

– O falecido senhor Darcy havia me legado a sucessão na paróquia mais abastada sob seu domínio. Além de ser meu padrinho, tinha-me em grande estima. Não lhe posso descrever tamanha bondade. Era desejo seu providenciar-me uma vida desafogada, e pensava tê-lo feito; porém, quando o lugar vagou, outro o foi ocupar.

– Meu Deus, mas como é isso possível? Em que se basearam para não acatar seu testamento? E por que razão o senhor não procurou uma reparação legal? – perguntou Elizabeth.

– A informalidade dos termos que redigiam o legado tirou-me qualquer esperança que pudesse advir de um processo legal. Um homem de honra nunca duvidaria da intenção implícita, mas o senhor Darcy preferiu duvidar ou considerar o texto como uma mera recomendação condicional e sustentar que eu perdera o direito a ela por extravagância, imprudência e, em suma, por nada ou qualquer coisa. Certo é que o lugar vagou há dois anos, bem quando atingi a idade adequada, e que ele foi confiado a outrem; assim como também é certo que eu não posso ser acusado de ter feito algo para merecer perdê-lo. Posso, por vezes, ter talvez expressado minha opinião um pouco livremente demais. Não me recordo de nada mais grave. Mas o fato é que somos muito diferentes um do outro, e ele me odeia.

– Mas isso é revoltante! Ele merece ser desmascarado em público.

– Há de chegar o dia, mas não serei eu a fazê-lo. Enquanto conservar em mim a memória de seu pai, não ousarei desafiá-lo ou expô-lo sequer à opinião pública.

Elizabeth felicitou-o por tais sentimentos e considerou-o mais belo do que nunca ao ouvi-lo.

– Mas quais terão sido os motivos de tal cavalheiro? – tornou a perguntar ela após uma pausa. – O que poderá tê-lo levado a agir tão cruelmente?

– Uma perfeita e decidida antipatia por mim, uma antipatia que não posso senão atribuir, em parte, ao ciúme. Tivesse o falecido senhor Darcy gostado menos de mim, talvez seu filho me suportasse melhor. Mas creio que o afeto incomum do pai por mim sempre o irritou desde muito cedo. Ele não era homem para suportar o tipo de competição existente entre nós, a preferência que frequentemente me era dada.

– Não pensei que o senhor Darcy se deixasse levar a tal extremo, e, embora logo de princípio não tivesse simpatizado com ele, nunca o considerei sob tão tenebroso aspecto.

Após alguns minutos de reflexão, ela continuou:

– Eu me lembro de tê-lo ouvido, um dia, em Netherfield, gabar-se da implacabilidade dos seus ressentimentos, de ter um temperamento que dificilmente perdoa. É, sem dúvida, uma criatura detestável.

– Não se fie em mim – replicou Wickham –, pois estou numa posição difícil para julgá-lo.

Elizabeth mergulhou de novo nos próprios pensamentos. Após alguns instantes, exclamou:

– Tratar de tal modo o afilhado, o favorito do pai! – E poderia ter acrescentado: "E um jovem como o senhor, cujo aspecto diz bem da sua amabilidade", mas contentou-se com: – E, para mais, uma pessoa que provavelmente terá sido, desde a infância, seu companheiro de folguedos, unidos, como creio tê-lo anteriormente ouvido dizer.

– Passamos juntos grande parte da nossa juventude. Vivíamos na mesma casa, partilhávamos as mesmas brincadeiras e éramos objeto do mesmo amor paternal. Meu pai começou por exercer na vida a profissão que o seu tio, o senhor Philips, parece tanto honrar, mas acabou por tudo abandonar e pôr-se ao serviço do falecido senhor Darcy, devotando todo o seu tempo à administração da casa de Pemberley. Ocupava lugar de destaque na consideração e estima do senhor Darcy, direi mesmo o de seu amigo íntimo e confidente. O senhor Darcy frequentemente lhe deu a entender todo o seu reconhecimento pelos elevados serviços de meu pai. Quando, pouco antes da morte de meu pai, voluntariamente lhe prometeu olhar pelo meu futuro, estou convencido de que ele o fez tanto por se sentir em dívida com o meu pai quanto pela sua afeição por mim.

– Que estranho! – exclamou Elizabeth. – É abominável! Pergunto-me se não foi o próprio orgulho do atual senhor Darcy que o impediu de ser justo com o senhor! Na falta de motivo melhor, que todo o seu orgulho não o levasse à desonestidade, pois considero tal procedimento nada menos do que desonesto.

– É admirável – replicou Wickham –, pois do orgulho parece provir a maioria das suas ações; e o orgulho tem sido, muitas vezes, seu melhor amigo. Tem-no aproximado mais da virtude do que qualquer outro sentimento. Mas nós somos incompatíveis, e no seu comportamento comigo houve impulsos mais fortes do que o próprio orgulho.

– Poderá orgulho tão horrendo como o dele tê-lo, alguma vez, levado a praticar o bem?

– Sim. Tem, com frequência, levado a ser liberal e generoso, a dar livremente seu dinheiro, a manifestar um grande sentido de hospitalidade, a subsidiar seus rendeiros e a socorrer os necessitados. Tudo isso se deve atribuir a um orgulho de família, a um orgulho filial, pois ele se orgulha bastante da figura do pai. A razão mais poderosa, contudo, é a de não parecer alguma vez desgraçar a família, degenerar as qualidades por todos nele estimadas, ou perder a influência da casa de Pemberley. Cultiva também o orgulho fraternal, que, juntamente com alguma afeição fraterna, o torna um estimável e escrupuloso protetor da irmã; e tanto assim é que, mais de uma vez, terá a oportunidade de vê-lo apontado como o mais atencioso e o melhor dos irmãos.

– Que tipo de garota é a senhorita Darcy?

Ele abanou a cabeça.

– Gostaria de poder incluí-la na categoria das pessoas amáveis. Desgosta-me profundamente falar mal de um Darcy. Mas ela se assemelha demais ao irmão... é muito, muito orgulhosa. Era uma criança encantadora, simpática e meiga. Ao seu entretenimento devotei horas sem fim. Hoje em dia, porém, ela não me é nada. Com os seus 15 ou 16 anos de idade, ela é, indubitavelmente, bonita e creio que superiormente dotada. Vive em Londres desde a morte do pai, na companhia de uma senhora que supervisiona sua educação.

Após numerosas pausas e várias tentativas de enveredar por outros assuntos, Elizabeth não pôde evitar voltar ao primeiro, dizendo:

– Causa-me certo espanto sua intimidade com o senhor Bingley! Como pode o senhor Bingley, que é a boa disposição em pessoa e de uma simpatia sem limites, manter relações de amizade com tal homem? Como é possível adaptarem-se um ao outro? Conhece o senhor Bingley?

– Não, nunca ouvi falar dele antes.

– É um homem encantador, de temperamento afável e meigo. Ele não deve conhecer a verdadeira natureza do senhor Darcy.

– Talvez não; mas o senhor Darcy sabe agradar quando ele bem o entende. Habilidade não lhe falta. É muito capaz de orientar uma conversação agradável, se a acha frutífera. Entre as pessoas do seu nível, ele é totalmente diferente daquilo que aparenta aos menos prósperos. O orgulho nunca o abandona, mas, com os ricos, ele mostra-se liberal, justo, sincero, racional, digno de honra e talvez até agradável... conforme a fortuna e a importância do seu interlocutor.

Tendo terminado o jogo de *whist*, os participantes reuniram-se em volta da outra mesa, e o senhor Collins veio postar-se entre a prima Elizabeth e a senhora Philips. A esta última coube proceder às habituais perguntas sobre os seus resultados no jogo. Não tinham sido brilhantes; perdera todos os pontos; mas, quando a senhora Philips pretendeu exprimir o seu pesar, ele, com uma expressão séria e grave, declarou não ter o assunto alguma importância, que, para ele, o dinheiro pouco valia e rogou-lhe por tudo para que ela não se sentisse de modo algum incomodada com isso.

– Sei perfeitamente, minha senhora – disse ele –, que, quando uma pessoa se senta a uma mesa de jogo, habilita-se a que lhe aconteçam tais coisas, e, felizmente, na situação em que me encontro, cinco xelins nunca causariam grande transtorno.

Algo despertou a atenção do senhor Wickham, que, após observar o senhor Collins durante alguns momentos, em voz baixa perguntou a Elizabeth se o seu parente tinha algum conhecimento íntimo da família de Bourgh.

– *Lady* Catherine de Bourgh – respondeu ela – instituiu-lhe recentemente um presbitério. Não faço ideia de como o senhor Collins lhe foi sugerido.

– Sabe que *lady* Catherine de Bourgh e *lady* Anne Darcy eram irmãs; e que, por conseguinte, ela é tia do atual senhor Darcy?

– Não, não sabia. Não estou a par dos parentescos de *lady* Catherine. Aliás, só anteontem soube da sua existência.

– A filha dessa senhora, a senhorita de Bourgh, herdará um dia uma fortuna fabulosa, e todos são unânimes em acreditar que ela e seu primo unirão as suas riquezas.

Elizabeth sorriu, pois se lembrou da pobre senhorita Bingley. Na verdade, vãs seriam todas as suas atenções, vã e inútil, a sua afeição pela irmã dele, assim como os elogios de que ela o rodeava, uma vez que ele já estava destinado a outra.

– O senhor Collins – disse ela – tem uma elevada opinião tanto de *lady* Catherine quanto da filha; mas, por alguns pormenores daquilo que ele conta sobre Sua Excelência, receio que sua gratidão não o iluda e que ela, mesmo sendo sua protetora, não passe de uma mulher arrogante e presunçosa.

– Creio que é ambas as coisas, e a um elevado grau – replicou Wickham. – Há muitos anos não a vejo, mas recordo-me de nunca ter simpatizado com ela e de que seus modos eram autoritários e insolentes. Tem a reputação de se tratar de uma pessoa muito sensata e esperta; mas prefiro acreditar que essas suas aptidões derivam, em parte, da sua fortuna e posição social e, em parte, do seu feitio autoritário, e o resto do orgulho do seu sobrinho, que entende que todo aquele que com ele se relaciona tem que ser de primeira categoria.

Elizabeth salientou a clareza da descrição que ele acabara de fazer, e os dois continuaram conversando numa satisfação mútua, até que a ceia veio interromper o jogo, permitindo às outras senhoras partilharem também das atenções do senhor Wickham. Era impossível conversar durante a barulhenta ceia da senhora Philips, mas só os modos dele bastaram para causar boa impressão em todos. O que quer que ele dissesse, era bem dito; e tudo o que ele fazia era feito com graciosidade. Elizabeth, quando abandonou a festa, estava totalmente inebriada por ele. No caminho para casa, não pensava em outra pessoa senão no senhor Wickham e em tudo aquilo que ele lhe contara; mas não pôde, na carruagem, sequer mencionar seu nome, pois nem Lydia nem o senhor Collins se calaram um só instante.

Capítulo 17

No dia seguinte, Elizabeth contou a Jane sua conversa com o senhor Wickham. Jane escutou com um misto de espanto e pesar. Não podia admitir que o senhor Darcy fosse a tal ponto indigno da estima do senhor Bingley; e, contudo, não era da sua natureza duvidar da veracidade de pessoa tão encantadora quanto Wickham. Só a hipótese de ele ter alguma vez sofrido tamanha injustiça bastava para lhe despertar os mais ternos sentimentos. Ela não via outra atitude a tomar senão conservar a boa opinião que tinha dos dois, defender o comportamento tanto de um quanto do outro e atribuir a um erro de interpretação tudo o que de outro modo não pudesse ser explicado. Disse ela:

– Estou certa de que não passa de um mal-entendido entre eles, e nada poderemos saber. Quem sabe se não foram interesseiros que os indispuseram um contra o outro. Não podemos adivinhar as causas ou circunstâncias que os afastaram sem conhecermos as versões dos dois lados – opinou Jane.

– Tem toda a razão, e agora, minha querida Jane, o que dizer em defesa dos interesseiros que porventura entraram no negócio? Releve-os também, ou teremos de culpar alguém.

– Zombe de mim, se quiser, mas eu continuarei sendo assim. Minha querida Lizzy, pense só na situação em que isso colocaria o senhor Darcy por tratar de tal modo o favorito do pai dele, alguém a quem o pai prometeu ajudar. Veja que é impossível. Nenhum homem dotado de um mínimo de sentimentos e com um pouco de caráter seria capaz de tal coisa. Seria o caso de seus amigos mais íntimos estarem iludidos a seu respeito? Oh, não!

– Creio mais que o senhor Bingley seja vítima de um logro do que na possibilidade de tudo o que o senhor Wickham me contou ser invenção. Nomes, fatos, tudo ele me mencionou sem a menor hesitação. Se for mentira, o senhor Darcy que venha provar. De resto, ele parecia sincero naquilo que dizia.

– É difícil e aflitivo. A gente não sabe o que pensar.

De uma coisa, pelo menos, Jane estava certa: se o senhor Bingley estivesse sendo enganado, ele iria sofrer muito quando tudo aquilo viesse à tona.

As duas garotas foram chamadas do jardim, onde a conversa decorria, pois tinham acabado de chegar algumas das pessoas sobre quem falavam. O senhor Bingley e as irmãs vinham pessoalmente convidá-las para o baile em Netherfield, que se realizaria na terça-feira seguinte. As duas senhoras estavam encantadas por se encontrarem de novo com sua querida amiga. Falaram na eternidade da separação e repetidas vezes lhe perguntaram em que se ocupara desde então. Ao resto da família deram pouca atenção, evitando tanto quanto possível a senhora Bennet. Pouco falaram com Elizabeth, e para as outras nem sequer olharam. Em breve se prepararam para partir, levantando-se tão decididamente dos lugares que pegaram o irmão de surpresa ao apressar a saída, como que ansiosas para fugirem das gentilezas da senhora Bennet.

A perspectiva do baile em Netherfield era extremamente agradável a todas as mulheres da família. A senhora Bennet resolveu considerar que era dado em homenagem à filha mais velha e ficara particularmente lisonjeada por ter recebido o convite do próprio senhor Bingley, em lugar do cartão formal de costume. Jane antevia uma noite maravilhosa na companhia das duas amigas e rodeada das atenções do irmão delas, enquanto Elizabeth sonhava com o prazer de dançar com o senhor Wickham e em ver confirmado no caráter e nas atitudes do senhor Darcy tudo o que lhe contaram. A felicidade antecipada de Catherine e Lydia não dependia tanto de um simples acontecimento ou de uma pessoa em particular, pois, embora cada uma delas, tal como Elizabeth, pretendesse dançar metade da noite com o senhor Wickham, ele não era de modo algum o único par que as pudesse satisfazer, e um baile sempre era um baile. A própria Mary garantiu à família não sentir aversão por tal divertimento.

– Desde o momento em que possa dispor das minhas manhãs, dou-me por satisfeita. Não acho sacrifício participar de vez em quando de uma festa noturna. Todos nós temos deveres sociais a cumprir, e partilho da ideia de que um momento de recreação e divertimento só vem em benefício das pessoas – comentou Mary.

Elizabeth sentia-se tão animada e bem-disposta que, embora não falasse com o senhor Collins a não ser quando estritamente necessário, não pôde deixar de lhe perguntar se ele pretendia aceitar o convite do senhor Bingley e se achava adequado participar do divertimento da noite. A resposta dele surpreendeu-a. Além de não alimentar escrúpulos, ele não receava uma censura da parte do arcebispo ou da própria *lady* Catherine de Bourgh, por se aventurar a dançar.

– Não acho de modo algum que um baile deste gênero, oferecido por um jovem de caráter respeitável, possa encobrir qualquer tendência perniciosa; e estou tão longe de me guardar de tal prazer que espero ter a honra de dançar com cada uma das minhas encantadoras primas no decorrer da noite. Aproveito desde já o ensejo para lhe solicitar, senhorita Elizabeth, as duas primeiras danças. Espero que minha prima Jane atribua a preferência à justa causa, e não a qualquer desconsideração por ela.

Elizabeth ficou consternada, pois eram exatamente aquelas as danças que reservara para o senhor Wickham! Nunca a sua animação fora tão posta à prova. A felicidade de Wickham e a sua própria foram, por força das circunstâncias, adiadas para um pouco mais tarde, e a proposta do senhor Collins foi aceita com tanta gentileza quanto foi possível exprimir. Não se sentia nem sequer lisonjeada pelo galanteio dele, pois via no primo uma intenção mais remota. Ocorria-lhe agora, pela primeira vez, a ideia de que era ela a eleita entre as irmãs para se tornar a senhora do presbitério de Hunsford e completar a mesa de jogo em Rosings sempre que parceiros mais qualificados não se apresentassem. A ideia em breve se tornou certeza quando o viu multiplicar suas gentilezas com ela, e com frequência tentava elogiá-la pelo seu espírito e sua vivacidade. Não decorreu muito tempo e sua mãe deu a entender quanto lhe agradava a perspectiva de uma união entre eles. Elizabeth preferiu não se dar por vencida, pois pressentia a discussão tempestuosa que uma réplica sua provocaria. Além disso, o senhor Collins podia nunca chegar a fazer o pedido, e, até lá, era inútil discutirem por causa dele.

Não fosse o baile em Netherfield, que exigia certa preparação e proporcionava um assunto inesgotável para conversas, as mais jovens das senhoritas Bennets estariam num estado lamentável. Desde o dia em que receberam o convite até o próprio dia do baile, choveu ininterruptamente, o que tornou impossível irem a Meryton uma só vez. A tia, os oficiais e os mexericos, tudo estava vedado. A própria Elizabeth se ressentiu na sua paciência com o clima e suspendeu por completo a evolução do seu conhecimento com o senhor Wickham. Nada, a não ser o baile de terça-feira, poderia ter tornado sexta-feira, sábado, domingo e segunda-feira suportáveis para Kitty e Lydia.

Capítulo 18

Até o momento em que Elizabeth entrou no salão de Netherfield e, em vão, procurou pelo senhor Wickham por entre os grupos de casacas encarnadas que ali se encontravam reunidos, nunca lhe ocorrera duvidar da sua presença no baile. A certeza de encontrá-lo não fora ensombrada por nenhuma daquelas recordações que poderiam, não sem razão, ter causado certo alarme. Vestira-se com um esmero incomum e, com alegria incontida, preparara-se para conquistar tudo o que ainda existia no coração do jovem, confiante de que não seria mais do que aquilo que poderia ser conquistado no decorrer daquela noite. Porém, no mesmo instante, foi assaltada pela terrível suspeita de que ele tivesse sido excluído do convite de propósito, por inspiração do senhor Darcy. Obteve a confirmação da ausência da boca do amigo, o senhor Denny, junto de quem Lydia ansiosamente foi se informar. Ele contou, com um sorriso bastante significativo, que Wickham se vira, na véspera, forçado a tomar o caminho da capital para tratar de assuntos pendentes e que ainda não regressara.

– Não entendo que assuntos importantes o afastam numa altura destas, a não ser evitar certo cavalheiro que aqui se encontra também.

Esta última frase, se bem que tivesse escapado a Lydia, foi compreendida por Elizabeth. Certa de que Darcy era responsável pela ausência de Wickham, toda a antipatia nutrida pelo primeiro era de tal modo acirrada pelo desapontamento sofrido que foi a muito custo que conseguiu um mínimo de delicadeza na resposta às amáveis perguntas que ele lhe fez após ter ido ao seu encontro. Qualquer atitude denunciando atenção ou indulgência com Darcy era um ultraje contra Wickham. Decidida a não lhe dar réplica, afastou-se com um mau humor que ela dificilmente superou, mesmo na troca de palavras com o senhor Bingley, cuja cega afeição a provocava.

Todavia, Elizabeth não era dada a desânimos. Embora todas as suas expectativas para essa noite se tivessem esvaído, logo se recuperou. Desabafou com Charlotte Lucas, que havia uma semana não via. Logo passou o assunto para as singularidades do primo, e sobre ele chamou a atenção da amiga. As duas primeiras danças, contudo, vieram reavivar sua mágoa.

O senhor Collins, desajeitado e solene, desfazendo-se em desculpas em lugar de prestar atenção e frequentemente dando o passo errado sem que desse por isso, fez com que ela passasse maior vergonha e constrangimento do que um par pode causar ao longo de duas danças. O momento da libertação foi de alívio para ela.

Em seguida, dançou com um oficial, consolou-se em conversar sobre Wickham e soube como ele era estimado por todos. Terminadas essas danças, voltou para junto de Charlotte Lucas e com ela conversava quando se viu interpelada pelo próprio senhor Darcy, que a pegou de surpresa com seu pedido para dançar. Ela aceitou sem saber o que estava fazendo. Ele tornou a afastar-se imediatamente, e ela ficou só, censurando-se pela sua falta de presença de espírito. Charlotte tentou consolá-la:

– Verá como ele é agradável.

– Deus me livre! Seria catastrófico! Sentir prazer na companhia de um homem que se está decidida a odiar. Não me deseje tal coisa.

Contudo, quando a dança recomeçou e Darcy se aproximou para renovar seu convite, Charlotte não se absteve de murmurar ao ouvido da amiga que não se portasse como uma tola e permitisse que sua inclinação por Wickham a tornasse desagradável aos olhos de um homem dez vezes mais influente. Elizabeth não lhe respondeu e foi tomar seu lugar na dança, um pouco embaraçada pela honra de ser conduzida pela mão do senhor Darcy. Percebeu igual espanto estampado nos rostos dos circundantes ao notarem o fato. Durante algum tempo, ficaram sem pronunciar uma palavra, e ela convenceu-se de que o silêncio entre eles duraria até o fim das duas danças. A certa altura, pensou que seria um castigo maior obrigar seu par a falar e fez uma pequena observação sobre a dança. Ele respondeu e, de novo, guardou silêncio. Após uma pequena pausa, ela disse:

– É a sua vez de se pronunciar, senhor Darcy. Como eu já falei sobre a dança, o senhor deve agora referir-se ao comprimento da sala ou ao número de pares que aqui se encontram.

Ele sorriu e garantiu-lhe que diria o que ela quisesse.

– Muito bem. Por agora, essa resposta serve. Talvez, de passagem, eu devesse observar que os bailes particulares são muito mais agradáveis do que os bailes públicos. Mas agora é para permanecermos calados.

– Quer dizer que é para si uma regra falar enquanto dança?

– Por vezes, sim. Penso que se deva falar sempre, por pouco que seja. Seria absurdo permanecermos calados durante a meia hora que ficaremos juntos, e, todavia, no interesse de alguns, a conversa deveria ser de tal modo convencionada que lhes permitisse dizerem o mínimo possível.

– No caso presente, ausculta os seus sentimentos ou, pelo contrário, supõe responder aos meus?

– Ambas as coisas – replicou Elizabeth com malícia. – Desde o princípio que noto uma similaridade na nossa maneira de pensar. De caráter insociável e taciturno, nem sempre estamos dispostos a conversar, exceto se contamos emitir uma opinião capaz de impressionar o salão em peso e de ser transmitida à posteridade como um provérbio.

– Não se pode dizer que salte à vista a semelhança do seu caráter com esse que acabou de me descrever – disse ele. – Não sei dizer até que ponto ele se parece com o meu.

– Não devo me pronunciar sobre a minha própria obra.

Ele não respondeu, e de novo mergulharam no silêncio, até que ele perguntou se ela e as irmãs iam com frequência a Meryton. Elizabeth respondeu afirmativamente e, incapaz de resistir à tentação, acrescentou:

– Quando nos encontramos lá outro dia, tínhamos acabado de fazer um novo conhecimento.

O efeito foi imediato. Uma sombra de altivez profunda espalhou-se sobre as feições de Darcy, mas ele não disse uma palavra, e Elizabeth, embora censurando-se pela sua franqueza, não ousou continuar. Por fim, Darcy falou e, um pouco contrariado, disse:

– O senhor Wickham é dotado de uma afabilidade que lhe permite fazer amigos em qualquer parte, porém o mesmo não direi da sua capacidade em conservá-los.

– Realmente, teve a infelicidade de perder suas boas graças – replicou Elizabeth com ênfase –, e de uma forma que se ressentirá por toda a sua vida.

Darcy não respondeu e parecia ansioso por mudar de assunto. Nessa altura, junto deles surgiu *sir* William Lucas, que, fazendo menção de atravessar por entre os pares para o outro lado da sala, ao deparar com o senhor Darcy parou, curvou-se e o cumprimentou com reverência de extrema cortesia, felicitando-o pelo seu estilo de dança e pelo seu par.

– Estou me deleitando perante tal espetáculo, meu caro senhor. Não é com frequência que se vê alguém dançar tão bem. É evidente que o senhor pertence às mais altas esferas. Permita-me dizer que o seu encantador par em nada o desvaloriza e que espero ver por muitas vezes repetido este meu prazer, sobretudo quando determinado acontecimento tão desejável, querida senhorita Eliza – disse ele olhando de soslaio para Jane e para Bingley –, tiver lugar. Que felicitações não afluirão então! O senhor Darcy que o diga... mas não quero interromper mais. Sei que não me agradecerá os preciosos minutos roubados da conversa fascinante com esta jovem, cujos lindos olhos já estão me fulminando.

Darcy mal ouviu a última frase. A alusão de *sir* William a seu amigo parecia tê-lo impressionado muito. Foi com uma expressão séria que ele fitou Bingley e Jane, que estavam dançando um com o outro.

Contudo, em breve, recuperou uma serenidade aparente e, voltando-se para o seu par, disse:

– Com a interrupção de *sir* William, esqueci-me sobre o que estávamos falando.

– Não me parece que estivéssemos sequer conversando. *Sir* William não poderia ter interrompido outro par na sala que tivesse menos o que dizer um ao outro. Tentamos já dois ou três assuntos sem nenhum êxito, e não faço a menor ideia sobre qual possa ser o nosso tema de conversa seguinte.

– Qual a sua opinião sobre livros? – indagou sorrindo.

– Livros... oh, não! Estou certa de que não lemos os mesmos, ou, então, nunca com a mesma disposição de espírito.

– Lastimo que pense assim; mas, nesse caso, não haverá, pelo menos, o perigo de faltar assunto entre nós. Poderemos comparar as nossas diferentes opiniões.

– Não, não conseguirei pensar em livros numa sala de baile; o meu espírito está sempre absorto em outras coisas.

– O presente a mantém sempre ocupada em tais cenários, é isso? – perguntou ele, lançando um olhar de dúvida.

– Sim, sempre – replicou ela, sem saber bem o que estava dizendo, pois seus pensamentos navegavam em outras águas, como claramente o deu a entender a exclamação súbita que se seguiu: – Lembro-me de tê-lo ouvido afirmar, senhor Darcy, que dificilmente perdoa e que, uma vez suscitado, o seu ressentimento era implacável. Suponho que seja escrupuloso quanto às circunstâncias que originam esse mesmo ressentimento.

– E sou – disse ele com voz firme.

– E nunca admite que um preconceito o cegue?

– Assim o espero.

– Para aqueles cuja opinião não muda, é da sua particular incumbência a certeza de acertarem nos seus juízos logo à primeira vez.

– Posso saber qual o fim de todas essas perguntas?

– Apenas para uma mera ilustração do seu caráter – respondeu ela, procurando disfarçar o tom grave com que até então falara. – Estou tentando decifrá-lo.

– E quais os resultados a que chegou?

Ela abanou a cabeça.

– Pouco avancei. São tão diversas as opiniões a seu respeito que me sinto confusa.

– Não creio – respondeu ele gravemente – que as versões a meu respeito possam variar tanto. Contudo, senhorita Bennet, desejaria que, neste momento, não se debruçasse no estudo do meu caráter, pois é caso para recear que tal atividade não abone em favor de nada.

– Mas, se não o desvendo agora, nunca mais terei outra oportunidade.

– Não pretendo de modo algum constituir entrave ao seu prazer – replicou ele friamente.

Ela nada acrescentou, e, após alguns minutos mais de dança, separaram-se em silêncio, cada um para seu lado e descontentes, embora a um grau diferente, pois no peito de Darcy existia por ela uma ternura de certo modo poderosa, que em breve lhe granjeou o perdão e direcionou todo o seu rancor para outra pessoa.

Não fazia muito tempo que tinham se separado quando a senhorita Bingley se aproximou de Elizabeth e, com uma expressão de altivo desdém, abordou-a nos seguintes termos:

– Então, senhorita Eliza, encontra-se sob o encanto de George Wickham! A sua irmã esteve, há pouco, a falar-me sobre ele e fez-me centenas de perguntas; mas vejo que, entre as suas outras confidências, ele se esqueceu de mencionar para a senhorita que era o filho do velho Wickham, o caseiro do falecido senhor Darcy. Contudo, como sua amiga, eu a aconselho a não confiar cegamente no que ele diz quanto ao senhor Darcy ter agido injustamente com ele. Não passa de uma tremenda mentira. Ao contrário, ele tem sido de uma bondade notável com esse cavalheiro, mesmo que George Wickham tenha se portado de modo infame com o senhor Darcy. Não estou a par dos pormenores, mas sei que a culpa não reside de modo algum no senhor Darcy, que ele não suporta ouvir sequer mencionar George Wickham e que, embora meu irmão não pudesse evitar incluí-lo no convite aos oficiais, ele ficou deveras contente ao verificar que o outro tivera o bom senso de não aparecer. Por si só, sua vinda para esta região denota uma insolência atroz, e espanta-me que ele tenha se atrevido a tanto. Tenho pena da senhorita Eliza por descobrir deste modo a culpabilidade do seu favorito. No fundo, dada a descendência dele, não se poderia esperar muito melhor.

– A culpabilidade e a origem humilde parecem, pelo que acabou de me dizer, ser a mesma coisa – respondeu Elizabeth, irritada. – Não a ouvi acusá-lo de nada de mais grave a não ser o fato de ele ser o filho do caseiro do senhor Darcy, e, sobre isso, pode estar certa de que ele mesmo me informou.

– Perdoe-me então – replicou a senhorita Bingley, afastando-se com um sorriso de desdém. – Desculpe a minha intromissão. Foi por bem que o fiz.

– Criatura insolente! – desabafou Elizabeth. – Está muito enganada se pensa influenciar-me por meio de ataque tão torpe como este. Nele não vejo outra coisa senão a sua obstinada ignorância e a malícia do senhor Darcy.

Procurou, então, sua irmã mais velha, que fora encarregada de obter informações com o senhor Bingley. Jane recebeu-a com um sorriso de tão doce complacência e uma expressão de tão radiosa felicidade que indicava quão satisfeita ela se sentia com as ocorrências da noite. Elizabeth imediatamente percebeu o estado de espírito da irmã e, no mesmo instante, tanto a sua solicitude com Wickham quanto o seu ressentimento contra os inimigos dele, e todo o resto, cederam perante a esperança de Jane se encontrar no caminho da verdadeira felicidade.

– Vinha saber – disse ela tão sorridente quanto a irmã – quais os resultados das suas inquirições sobre Wickham. Mas receio que estivesse demasiado ocupada com coisas bem mais agradáveis para pensar numa terceira personagem, pelo que a perdoo de todo o meu coração.

– Não – replicou Jane –, não o esqueci, mas nada tenho de satisfatório para lhe contar. O senhor Bingley não sabe de toda a história e desconhece por completo quais as circunstâncias que particularmente ofenderam o senhor Darcy. Mas ele responde pela conduta irrepreensível, probidade e honra do seu amigo e está perfeitamente convencido de que o senhor Wickham merecia muito menos atenções do que aquelas que recebeu do senhor Darcy. Custa-me lhe dizer, mas, tanto pelo relato do senhor

Bingley quanto pelo da sua irmã, o senhor Wickham não é de modo algum um jovem respeitável. Receio que ele tenha sido muito imprudente e, com isso, tenha merecido perder a consideração do senhor Darcy.

– O senhor Bingley não conhece o senhor Wickham?

– Não, nunca o tinha visto antes até aquela manhã em Meryton.

– Então, tudo o que ele sabe foi contado pelo senhor Darcy. Nesse ponto, dou-me por satisfeita. Mas o que ele lhe disse sobre a pensão?

– Ele não se recorda exatamente das circunstâncias, embora mais de uma vez as tenha ouvido da boca do senhor Darcy; contudo, ele crê que ela lhe foi legada condicionalmente apenas.

– Não duvido nem um instante da sinceridade do senhor Bingley – disse Elizabeth com veemência –, mas espero que compreenda que afirmações apenas não bastam para me convencer. A apologia do senhor Bingley sobre o amigo é, sem dúvida, digna de consideração; mas, uma vez que ele desconhece parte da história e o resto lhe foi contado pelo próprio amigo, não vejo alternativa senão conservar a opinião que já antes tinha sobre estes dois cavalheiros.

Posto isso, mudou o rumo da conversa para um assunto mais querido de ambas e com relação ao qual não podia haver diferenças de opinião.

Elizabeth escutou, encantada, as sorridentes, mas comedidas, esperanças que Jane alimentava a respeito de Bingley e disse tudo o que estava em seu poder para aumentar a confiança da irmã nelas. Como, entretanto, o próprio senhor Bingley se aproximou, Elizabeth retirou-se para junto da senhorita Lucas e ainda mal tivera tempo para lhe responder às perguntas sobre seu último par quando o senhor Collins surgiu e, com grande alvoroço, contou que, para sua felicidade, acabara de fazer importantíssima descoberta.

– Descobri – disse ele –, graças a uma coincidência extraordinária, que se encontra aqui na sala um parente próximo da minha protetora. Foi por acaso que ouvi esse cavalheiro mencionar à jovem senhora que faz as honras da casa os nomes da sua prima, a senhorita de Bourgh, e da mãe dela, *lady* Catherine. É maravilhoso como tais coisas podem ocorrer! Estava longe de poder imaginar o meu encontro nesta festa com, talvez, um sobrinho da própria *lady* Catherine de Bourgh! Dou graças por esta descoberta ter sido feita a tempo de eu poder lhe apresentar os meus cumprimentos.

– Vai apresentar a si próprio ao senhor Darcy?

– É evidente que vou. E, naturalmente, pedir perdão por não o ter feito antes. Estou certo de que ele é sobrinho de *lady* Catherine, e, nesse caso, estará em meu poder assegurar que Sua Excelência se encontrava bem quando a deixei fez ontem precisamente oito dias.

Elizabeth tudo tentou para dissuadi-lo de tal projeto, assegurando que o senhor Darcy apenas veria impertinência na atitude de falar com ele sem apresentação prévia. O senhor Collins escutou-a com o ar decidido de quem vai seguir a própria inclinação. Quando ela terminou, ele respondeu:

– Cara senhorita Elizabeth, tenho a mais elevada opinião do primoroso bom senso que a orienta em todos os assuntos ao alcance do seu entendimento; porém, deixe-me lembrar-lhe que existe uma grande diferença entre as formalidades de protocolo estabelecidas entre os leigos e aquelas que regulam o clero. Considero a profissão clerical equiparada em dignidade à mais elevada categoria social do reino. Por tudo isto rogo-lhe que me permita seguir os ditames da minha consciência numa ocasião como esta, que me leva à realização daquilo que considero um dever da minha parte. No caso presente, eu me considero, tanto pela educação quanto pela experiência, mais capacitado a decidir sobre o que é correto fazer do que uma jovem como a senhorita.

Com uma reverência, afastou-se dela e tomou a direção do senhor Darcy, cuja recepção ao seu ataque ela perscrutou ansiosamente. Seu espanto ao ser assim abordado se tornava evidente. O primo prefaciou seu discurso com uma reverência solene, e, se bem que ela não pudesse ouvir uma palavra do que ele dizia, era como se o estivesse ouvindo, e pelo movimento dos lábios percebeu as palavras "perdão", "Hunsford" e "*lady* Catherine de Bourgh". Vexava-a vê-lo expondo-se a tal homem. O senhor Darcy olhava-o com uma surpresa ilimitada, e quando, por fim, o senhor Collins o deixou falar, respondeu-lhe com um ar de fria delicadeza. O senhor Collins, contudo, não desistiu de falar com ele de novo, motivo pelo qual o desdém do senhor Darcy pareceu aumentar profusamente com a duração do segundo discurso, e, uma vez terminado este, limitou-se a um ligeiro aceno e afastou-se em outra direção. O senhor Collins voltou, então, para junto de Elizabeth.

– Não tenho razões de queixa, acredite – disse ele –, pelo modo como fui recebido. O senhor Darcy pareceu-me encantado com o gesto. Respondeu-me com toda a delicadeza e até se dignou a elogiar-me, dizendo-me que sua consideração pelo elevado discernimento de *lady* Catherine o assegurava de que ela nunca concederia um favor imerecidamente. Foi mesmo um belo pensamento. No conjunto, estou bastante satisfeito com ele.

Elizabeth logo se desinteressou do assunto, direcionando toda a sua atenção para a irmã e para o senhor Bingley; e a série de pensamentos agradáveis que a sua observação despertou deixou-a quase tão feliz quanto a própria Jane. Imaginou-a instalada naquela mesma casa, e numa felicidade tal como a que um casamento por verdadeiro amor pode conceder; e, nessa altura, sentia-se capaz até de um esforço para simpatizar com as duas irmãs de Bingley.

Percebeu que a mãe estava pensando o mesmo, e decidiu não se aproximar dela para não ouvir demais. Por isso, ao se sentarem para cear, ela considerou desastroso o acaso que as colocou perto uma da outra; e foi com profunda vergonha que ouviu a mãe falar para *lady* Lucas, livre e abertamente, sobre nada menos do que suas expectativas de, em breve, ver Jane casada com o senhor Bingley. Tratava-se de um assunto prolífico, e a senhora Bennet parecia incapaz de qualquer fadiga na enumeração das vantagens de tal união. O fato de se tratar de um jovem tão simpático, tão rico e vivendo a apenas cinco quilômetros de distância deles apresentava aos seus olhos os predicados de maior monta; e, depois, era um conforto saber da grande simpatia que as duas irmãs nutriam por Jane, e estava certa de que elas desejariam muito a união. Além disso, era um acontecimento promissor para as filhas mais novas, pois o fato de Jane realizar casamento tão notável poderia lançá-las no caminho de outros jovens abastados; e, por último, era tão agradável chegar à sua idade e poder confiar as filhas solteiras ao cuidado da irmã e, desse modo, não se sentir obrigada a comparecer em sociedade senão quando lhe aprouvesse. Era necessário tornar tal circunstância um motivo de prazer, pois, em tais ocasiões, faz parte da etiqueta; mas a senhora Bennet seria a última pessoa a sentir algum conforto em ficar em casa em qualquer período da sua vida. E, à guisa de conclusão, exprimiu seus mais sinceros desejos de que *lady* Lucas em breve se visse em situação idêntica, embora, evidentemente, acreditasse, triunfante, que assim não sucederia.

Em vão Elizabeth tentou refrear a mãe ou persuadi-la a descrever sua felicidade num sussurro menos audível, pois, com indizível aflição, percebera que o senhor Darcy, que se encontrava mesmo defronte, estava ouvindo tudo. Sua mãe apenas a censurou por se mostrar tão absurda.

– Que me interessa o senhor Darcy para que eu tenha receio dele? Não me parece que lhe deva alguma delicadeza especial que me impeça de dizer algo que ele possa não gostar de ouvir.

– Pelo amor de Deus, senhora, fale mais baixo. Que vantagem vê em ofender o senhor Darcy? Não é assim que conseguirá que ele a recomende ao amigo.

Contudo, nada do que ela pudesse dizer tinha alguma influência. A mãe persistiria em falar das suas expectativas no mesmo tom inteligível. Elizabeth corava e tornava a corar, de vergonha e vexame. Porém, não pôde deixar de olhar de relance várias vezes para o senhor Darcy, embora cada olhar lhe desse cada vez mais a convicção do que ela temia, pois, apesar de ele não estar sempre fitando sua mãe, ela tinha a certeza de que sua atenção estava invariavelmente fixada nela. A expressão do seu rosto mudara aos poucos de indignado desprezo para uma seriedade calma e serena.

Finalmente, porém, a senhora Bennet não encontrou mais nada para dizer; e *lady* Lucas, que já havia muito bocejava com a repetição dos prazeres que ela não via como partilhar, entregou-se a saborear o presunto e o apetitoso frango. A partir de então, Elizabeth recomeçou a viver. Mas pouco durou o intervalo de tranquilidade, pois, uma vez terminada a ceia, houve quem falasse em cantar, e ela teve a mortificação de ver Mary, que, após uma solicitação pouco entusiástica, se preparava para obsequiar a assembleia. Ainda tentou, com significativos olhares e pedidos silenciosos, tal prova de complacência, mas em vão. Mary não entendeu, pois a oportunidade de se exibir a encantava, e deu início à sua canção. Elizabeth fixou os olhos na irmã e, debatendo-se em dolorosas sensações, acompanhou seu progresso por meio das diversas estrofes numa impaciência que foi muito mal recompensada no final, pois Mary, ao receber os aplausos da mesa, após uma pausa de meio minuto, deu início a outra música. As faculdades de Mary não se adequavam de modo algum a tal exibição: a voz era fraca, e os modos, afetados. Elizabeth sentia-se aniquilada. Olhou na direção de Jane, para ver como ela suportava tal provação; mas Jane encontrava-se serenamente conversando com Bingley. Olhou para as duas outras irmãs e as viu fazer sinais de troça entre si, e para Darcy, que continuava impenetravelmente grave. Em seguida, olhou, implorante, para o pai, para que ele impedisse Mary de cantar a noite inteira. Ele compreendeu-a e, quando Mary terminou a segunda canção, disse em voz alta:

– Por ora chega, minha filha. Já nos deleitou por tempo suficiente. Deixe também para outras jovens a oportunidade de se exibirem.

Mary, ainda que fingindo não ter ouvido, ficara um pouco embaraçada; enquanto Elizabeth, com pena dela e lastimando a frase do pai, receou que sua ansiedade não tivesse dado bom resultado. Entretanto, outras jovens foram solicitadas.

– Se acaso eu tivesse a felicidade de ser capaz de cantar – interferiu o senhor Collins –, estou certo de que teria o maior prazer de oferecer uma ária, pois considero a música uma diversão inocente e perfeitamente compatível com a profissão de um clérigo. Não quero, contudo, com isso afirmar que seja justificável devotarmos demasiado tempo à música, pois é certo que temos outros assuntos a tratar. O reitor de uma paróquia é muito ocupado. Em primeiro lugar, ele precisa administrar os dízimos. Tem que escrever os próprios sermões, e o resto do seu tempo nunca será demais para os deveres da paróquia e para o cuidado e melhoramento da sua habitação, para torná-la tão confortável quanto possível. E não considero de menor importância que ele procure cultivar uma atitude atenciosa e conciliadora com todos, sobretudo com aqueles a quem deve a sua promoção. Não pode ser dispensado de tal obrigação, e repudiaria todo aquele que deixasse alguma vez de testemunhar seu respeito com relação a algum membro da família.

E, com uma mesura em direção ao senhor Darcy, ele deu por concluído o seu discurso, pronunciado com tal sonoridade que quase toda a sala o ouviu. Muitos foram os que o fitaram. E muitos os que sorriram; mas ninguém parecia mais divertido do que o próprio senhor Bennet, enquanto sua mulher, de forma muito compenetrada, tecia um louvor ao senhor Collins por ter falado tão acertadamente, e, a meia voz, comentava a *lady* Lucas que se tratava de um jovem de inteligência notável e excelentes qualidades.

Elizabeth pensou que, se toda a família houvesse entrado em acordo para se expor ao ridículo naquela noite, não poderia ter desempenhado seu papel com mais espírito nem com maior êxito. E achou que Bingley e a irmã tinham sido bastante afortunados, pois parte daquela exibição escapara à atenção do primeiro. Felizmente, os sentimentos de Bingley não eram de natureza a serem alterados com facilidade pelas loucuras que ele deveria ter presenciado. Bastava que as duas irmãs e o senhor Darcy tivessem tido uma oportunidade de ridicularizar seus parentes. E ela não sabia dizer qual das duas atitudes era mais intolerável: se o desprezo silencioso do cavalheiro ou o sorriso insolente das damas.

O resto da noite passou-se sem grande divertimento para Elizabeth. Estava constantemente sendo importunada pelo senhor Collins, que, perseverante, se mantinha ao seu lado. Embora não conseguisse arrastá-la de novo para a dança, impossibilitava-a de dançar com outros. Em vão, ela tentou atrair a atenção dele para qualquer outra pessoa na sala, chegando até a oferecer-se para apresentá-lo a outra garota. Ele assegurou que não tinha nenhum interesse em dançar, que seu principal objetivo era fazer dela o alvo das suas mais delicadas atenções e que, por isso mesmo, fazia questão de se manter junto dela a noite inteira. Contra isso não havia argumentos. Ficava aliviada quando a senhorita Lucas atraía para si a conversa do senhor Collins.

Pelo menos ficava livre de mais reparos da parte do senhor Darcy, e, mesmo que muitas vezes ele se encontrasse a curta distância dela, e quase sempre sozinho, nunca se aproximou o bastante para lhe falar. Viu nessa sua atitude a consequência provável das suas alusões ao senhor Wickham e alegrou-se por isso.

O grupo de Longbourn foi o último a fazer suas despedidas e, graças a uma manobra astuciosa da senhora Bennet, tiveram de esperar pela carruagem mais de um quarto de hora depois de todos os outros terem partido, o que lhes deu a oportunidade de verificar até que ponto algumas das pessoas da casa estavam desejosas de vê-los pelas costas. A senhora Hurst e a irmã apenas abriam a boca para se queixar de cansaço e não escondiam evidentes sinais de impaciência por enfim terem a casa à sua inteira disposição.

Repeliram todas as tentativas da senhora Bennet, que desejava conversar, e isso lançou um torpor em toda a sala, que nem mesmo as longas tiradas do senhor Collins conseguiram dissipar. O senhor Collins deu parabéns ao senhor Bingley e às suas irmãs pela elegância da festa e pela hospitalidade e polidez com que tinham tratado os convidados. Darcy ficou calado. O senhor Bennet, igualmente silencioso, contemplava a cena com prazer. O senhor Bingley e Jane estavam juntos, um pouco separados dos outros, e conversavam. Elizabeth ficou tão calada quanto a senhora Hurst e a senhorita Bingley, e Lydia se limitava a exclamar ocasionalmente "Como estou cansada!", acompanhando estas palavras com um grande bocejo.

Quando afinal se levantaram para partir, a senhora Bennet se desmanchou em amabilidades, na esperança de ver a família toda em Longbourn em breve. Dirigiu-se particularmente ao senhor Bingley para assegurar-lhe que teria o maior prazer em recebê-lo para um jantar em família, sem as formalidades de um convite. Bingley agradeceu com grande prazer e se comprometeu a aparecer na primeira oportunidade, depois de sua volta de Londres, para onde deveria partir no dia seguinte, demorando-se lá pouco tempo. A senhora Bennet ficou inteiramente satisfeita e deixou a casa na deliciosa convicção de que, contando com o prazo necessário para preparar os contratos, as novas carruagens e o enxoval, ela veria sem dúvida a filha instalada em Netherfield dentro de três ou quatro meses no máximo. Pensava com igual certeza no casamento da outra filha com o senhor Collins, e isso lhe dava um prazer apreciável, embora não tão grande. De todas as suas filhas, Elizabeth era de quem ela menos gostava. Embora o marido e o casamento fossem perfeitamente dignos dela, o valor de ambas as coisas era eclipsado pelo senhor Bingley e por Netherfield.

Capítulo 19

O dia seguinte trouxe um novo acontecimento para Longbourn. O senhor Collins fez sua declaração formal. Resolveu proceder a ela sem perda de tempo, uma vez que sua licença terminava no sábado seguinte, e, sem desconfiar que criaria uma situação embaraçosa para si mesmo, fez seu pedido com todas as formalidades que supunha indispensáveis à transação.

Encontrando reunidas, pouco tempo depois do café da manhã, a senhora Bennet, Elizabeth e uma das irmãs mais novas, disse à mãe:

– Poderei eu, minha senhora, no seu próprio interesse e no da sua encantadora filha Elizabeth, solicitar-lhe a honra de uma audiência privada com ela no decorrer da manhã?

Antes que Elizabeth tivesse tempo para algo, exceto corar pela surpresa, a senhora Bennet imediatamente respondeu:

– Oh, meu Deus! Sim, com certeza. Estou certa de que Lizzy terá todo o prazer. Estou certa de que ela não porá objeções. Venha, Kitty, preciso de você lá em cima. – E, arrumando precipitadamente o seu trabalho, preparava-se para deixá-los quando Elizabeth exclamou:

– Mamãe, não vá embora! Peço que não saia. O senhor Collins me desculpará. Ele nada terá para me dizer que outros não possam ouvir. Eu mesma vou sair.

– Não, não, que disparate, Lizzy. Fique onde está! – E, vendo que Elizabeth, extremamente embaraçada e aflita, parecia mesmo querer esgueirar-se, acrescentou: – Lizzy, insisto que fique e ouça o que senhor Collins tem para lhe dizer.

Elizabeth não se oporia a tal determinação e, após considerar por alguns momentos que seria mais sensato acabar com aquilo o quanto antes, tornou a sentar-se e procurou disfarçar os sentimentos que a dividiam entre a aflição e o divertimento. A senhora Bennet e Kitty afastaram-se e, mal elas saíram, o senhor Collins começou.

– Acredite, cara senhorita Elizabeth, que a sua modéstia, longe de lhe causar algum detrimento, apenas vem se juntar às suas outras perfeições. A senhorita parecia menos graciosa aos meus olhos não fosse por essa pequenina má vontade de sua parte. Permita-me lembrar-lhe de que gozo da conceituada autorização da sua mãe para lhe falar nestes termos. Não terá dúvidas quanto ao teor do comunicado que tenho a fazer, se bem que a sua natural delicadeza a leve a dissuadi-la do contrário. Minhas atenções têm sido incisivas para admitirem uma interpretação diferente. Quase imediatamente após ter entrado nesta casa, escolhi a senhorita para companheira da minha vida futura. Mas, antes de me deixar arrastar pelos meus sentimentos neste assunto, será talvez preferível passar a expor as razões que me induzem a casar, e, sobretudo, que me trouxeram a Hertfordshire no intuito de procurar uma esposa, como realmente o fiz.

A ideia de o senhor Collins estar, com toda a sua solene compostura, sendo arrastado pelos seus sentimentos quase provocou em Elizabeth um ataque de riso, o que a incapacitou de interrompê-lo. E ele continuou:

– As razões que me levam a casar são, primeiro, porque considero que um clérigo em situação abastada, como é o meu caso, deve dar o exemplo da harmonia conjugal na sua paróquia. Segundo, porque estou convencido de que, agindo de tal modo, contribuirei grandemente para a minha própria felicidade; e terceiro, que eu deveria talvez ter mencionado antes, porque vou deste modo ao encontro do desejo e da recomendação especial da minha estimada benfeitora. Por duas vezes, ela deu sua opinião sobre o assunto; e ainda no sábado à noite, antes de eu deixar Hunsford, entre duas partidas de cartas e enquanto a senhora Jenkinson arrumava o jogo da senhorita de Bourgh, ela me disse: "Senhor Collins, o senhor deve se casar. Um pastor gozando de uma situação como a sua deve se casar; escolha com acerto, que se trate de uma senhora distinta e educada e que ela seja uma pessoa ativa e útil, não habituada a grandezas, mas capaz de tirar proveito de um pecúlio reduzido. É este o meu conselho. Busque essa mulher tão depressa quanto possível, traga-a para Hunsford e eu a visitarei".

O senhor Collins prosseguiu:

– A propósito, minha querida prima, observo que não considero a atenção e a generosidade de *lady* Catherine de Bourgh entre as vantagens de menor envergadura que tenho para lhe oferecer. Encontrará nela uma distinção superior, que, creio, aceitará de boa mente o espírito e a vivacidade de que a prima dá provas, sobretudo quando moderados pelo silêncio e pelo respeito que a elevada posição social dela inevitavelmente suscitarão. Resta-me dizer por que me decidi por Longbourn em lugar da minha vizinhança, onde lhe asseguro existirem numerosas jovens igualmente encantadoras. Ora, acontece que, na minha qualidade de futuro herdeiro destes bens após a morte de seu pai, que, contudo, espero que viva ainda por muitos e bons anos, nunca me sentiria em paz com minha consciência se não tivesse diligenciado por escolher uma esposa entre as suas filhas, de modo a minimizar o prejuízo a sofrer por altura de tão melancólico acontecimento, o que, como já disse antes, sinceramente espero que só se dê daqui a muitos anos. Foi este o meu principal motivo, querida prima, e estou certo de que não será ele a contribuir de algum modo para a diminuição da sua estima por mim. E, no momento, não me resta mais do que exprimir-lhe numa linguagem vigorosa a intensidade do meu afeto. Quanto a meios de fortuna, é um assunto a que eu devoto uma total indiferença e não farei nesse sentido nenhuma exigência a seu pai, visto que, de antemão, sei não poder contar com isso; e que se limita a um milhar de libras aquilo que a prima por direito receberá, apenas após o falecimento de sua mãe. Sobre este assunto, por isso, guardarei silêncio; e pode estar certa de que nunca uma censura menos generosa passará alguma vez pelos meus lábios, uma vez casados.

– Mas que precipitação é essa? – estranhou ela. – O senhor esquece-se de que ainda não respondi. Aceite o meu agradecimento pelo elogio que está me fazendo. Tenho consciência da honra que o seu pedido me confere, mas é impossível outra atitude senão recusá-lo.

– Não me venha com isso – replicou o senhor Collins com um aceno formal da mão. – Sei que é costume entre as jovens repelir as atenções do homem que, secretamente, elas pretendem aceitar, quando pela primeira vez ele lhes solicita o seu favor, e que, por vezes, a recusa se repete uma segunda e até terceira vez. Não me sinto, por conseguinte, de nenhum modo desencorajado e espero poder em breve conduzi-la ao altar.

– Por Deus, senhor! – exclamou Elizabeth. – Sua esperança é extraordinária após ter ouvido declaração como a minha. Garanto-lhe que não sou como tais jovens (se é que existem) que se mostram tão audaciosas a ponto de arriscar sua felicidade na perspectiva de serem pedidas uma segunda vez. Estou sendo perfeitamente sincera na minha recusa. O senhor nunca poderia me fazer feliz, e estou certa de que seria eu a última mulher no mundo capaz de fazê-lo igualmente feliz. Mais ainda, se acaso a sua amiga *lady* Catherine me conhecesse, creio que ela me consideraria em todos os aspectos inadequada à situação.

– Por certo *lady* Catherine poderia pensar assim – disse o senhor Collins, muito sério –, mas não me parece que Sua Excelência a desaprovaria. E a prima pode estar certa de que, quando me for dada a honra de voltar a avistar Sua Excelência, lhe falarei nos termos mais elevados da sua modéstia, parcimônia e outras qualidades.

– Realmente, senhor Collins, todo o elogio a meu respeito é absolutamente desnecessário. O senhor deve-me a oportunidade de me decidir e me concederá a honra de acreditar no que lhe digo. Desejo-lhe uma felicidade imensa e uma vida próspera, e, ao recusar-lhe a mão, não faço mais do que evitar que o contrário lhe suceda. Ao fazer-me a proposta, o senhor terá satisfeito a delicadeza dos seus sentimentos a respeito da minha família e poderá, assim, uma vez chegada a ocasião, entrar na posse dos bens de Longbourn sem que algum escrúpulo o aflija. Trata-se, por conseguinte, de um assunto decididamente resolvido.

E, levantando-se à medida que assim falava, ela teria certamente deixado a sala, não fosse o senhor Collins falar-lhe:

– Quando de novo me for concedida a honra de retomar o mesmo assunto, espero receber uma resposta bem mais favorável do que aquela que por ora me foi dada; ainda que esteja longe de acusá-la de crueldade no momento presente, pois sei que é costume repelir a primeira solicitação, e talvez a prima tenha se exprimido de tal modo para encorajar o meu pedido, o que está perfeitamente de acordo com a mais pura delicadeza própria do caráter feminino.

– Na realidade, senhor Collins – rebateu Elizabeth com certo ardor –, o senhor me confunde. Se o que acabei de lhe dizer surge aos seus olhos como uma forma de encorajamento, não sei como me exprimir.

– Considero sua recusa ao meu pedido destituída de qualquer fundamento e que, por conseguinte, não passa de uma mera formalidade. Não está sendo sincera na recusa que me faz; atribuo-a ao seu desejo de ver aumentar o meu amor pela incerteza, de acordo com as práticas usuais das jovens elegantes.

– Garanto que não tenho nenhuma pretensão quanto a esse gênero de elegância que consiste em atormentar um cavalheiro respeitável. Preferiria que me elogiasse antes pela minha sinceridade. Deixe de me considerar uma jovem elegante tentando aguilhoá-lo, para ver em mim uma criatura racional que lhe fala do coração.

– A prima é de um encanto sem igual! – exclamou ele com um ar galanteador. – Acredito que, quando aprovada pela autoridade expressa dos seus excelentes pais, minha proposta não deixará de ser aceita.

Perante tal obstinação em iludir a si próprio, Elizabeth nada via a acrescentar, e, em silêncio, tratou de se afastar sem demora, decidida a solicitar a ajuda do pai, cuja negativa seria pronunciada de maneira a não permitir dúvidas e cujo comportamento, pelo menos, nunca poderia ser tomado como afetação ou coquetismo de uma mulher elegante.

Capítulo 20

O senhor Collins não ficou muito tempo contemplando silenciosamente a sua vitória no amor, pois a senhora Bennet, que tinha ficado atenta para surpreender o fim da conversa, assim que viu Elizabeth abrir a porta e ir apressada em direção à escada, entrou na sala e cumprimentou o senhor Collins efusivamente, também felicitando a si mesma. O senhor Collins recebeu e retribuiu as felicitações com igual prazer. Em seguida, passou a relatar os detalhes da entrevista, cujos resultados encarava com satisfação, visto que as recusas da prima decorriam naturalmente do seu pudor e da genuína delicadeza dos seus sentimentos. Essa informação, entretanto, surpreendeu a senhora Bennet. Ela também desejava poder pensar que a filha pretendera encorajá-lo opondo-se às suas propostas. Entretanto, não pôde evitar desconfiar nem exprimir suas desconfianças e disse:

– Mas pode estar certo, senhor Collins – acrescentou ela –, que Lizzy acabará por se convencer. Vou já conversar com ela sobre o assunto. Ela é uma garota muito teimosa e insensata e não sabe ver onde está o seu interesse, mas eu vou lhe mostrar.

– Perdoe a minha interrupção, minha senhora – disse o senhor Collins–, mas, se ela é realmente teimosa e tola, não sei se neste caso será realmente uma esposa ideal para um homem na minha situação, que procura a felicidade no casamento. Portanto, se ela persistir na recusa, talvez fosse melhor não a forçar a me aceitar. Se ela é sujeita a essas variações de gênio, não poderia contribuir muito para a minha felicidade.

– Senhor Collins, o senhor não me entendeu – disse a senhora Bennet, alarmada. – Lizzy parece teimosa apenas em casos como estes. No mais, ela é de uma doçura como eu nunca vi igual. Vou imediatamente falar com o senhor Bennet, e, em breve, poderemos considerar o assunto acertado entre nós.

Não lhe dando tempo sequer para responder, saiu precipitadamente ao encontro do marido, e, entrando de repente na biblioteca, falou agitada:

– Oh, senhor Bennet, necessito com urgência da sua ajuda; estamos todos em alvoroço. E preciso que venha e obrigue Lizzy a se casar com o senhor Collins, pois ela jura de pés juntos que não o fará, e, se o senhor não se apressar, ele poderá mudar de ideia.

O senhor Bennet ergueu os olhos do livro quando a viu entrar e fixou-os no seu rosto, numa calma indiferença que em nada se alterou com o que ela disse.

– Desculpe-me, mas nada entendo do que me diz – disse ele.

– Do senhor Collins e de Lizzy. Ela declara que não quer o senhor Collins, e o senhor Collins começa a dizer que também vai desistir de Lizzy.

– E o que espera que eu faça em tal situação? Parece tratar-se de um assunto sem remédio.

– Converse o senhor com Lizzy. Diga que insiste para que ela case com ele.

– Chame-a, então. Ela ouvirá o que tenho para dizer.

A senhora Bennet tocou a campainha, e a senhorita Elizabeth foi convocada à biblioteca.

– Venha cá, minha filha – disse o pai, ao ver Elizabeth entrar. – Mandei chamá-la para tratar de um assunto importante. Disseram-me que o senhor Collins lhe fez uma proposta de casamento. É verdade?

Elizabeth respondeu que era.

– Muito bem. E você recusou essa proposta?

– Recusei.

– Muito bem, chegamos agora ao assunto. Sua mãe insiste em que você aceite. Não é assim, senhora Bennet?

– Sim, ou eu nunca mais tornarei a vê-la.

– Você está diante de uma situação difícil, Elizabeth. De agora em diante, você terá que se tornar uma estranha para um dos seus pais. Sua mãe nunca mais olhará para você se não se casar com o senhor Collins. E eu nunca mais a verei se você se casar.

Elizabeth não pôde deixar de sorrir diante da conclusão. Mas a senhora Bennet, convencida de que o marido considerava o assunto de um ponto de vista idêntico ao seu, ficou muito desapontada.

– O que é que quer dizer com isso, senhor Bennet? Você prometeu que insistiria com Elizabeth para que ela se casasse.

– Minha cara senhora Bennet – replicou o marido –, tenho dois pequenos favores a lhe pedir. Primeiro, que me permita ter o meu próprio entendimento do assunto. E, em segundo lugar, desejo ter a minha biblioteca a meu inteiro dispor o mais depressa possível.

Mas a senhora Bennet não desistiu do seu intento. Continuou insistente na tarefa de persuadir Elizabeth, entre lisonjas e ameaças. Tentou por todos os meios atrair Jane para a causa, mas esta, com toda a afabilidade ao seu alcance, declinou interferir; e Elizabeth, ora extremamente séria, ora alegre e jocosa, não evitava os ataques da mãe. Embora sua disposição variasse, mantinha-se inabalável.

Enquanto isso, o senhor Collins meditava sozinho sobre o que tinha acontecido. Sua autoestima era elevada demais para compreender o motivo pelo qual a prima o recusava. E, embora sofresse no seu orgulho, intimamente continuava tranquilo. Seu interesse pela prima era imaginário. E a hipótese de ela merecer as repreensões da mãe aplacava o seu rancor.

Enquanto a família estava naquela confusão, Charlotte Lucas apareceu para passar o dia. Lydia a encontrou na saleta de entrada e, correndo para ela, disse em voz baixa:

– Que bom que veio! Aqui está muito divertido. Sabe o que aconteceu hoje de manhã? O senhor Collins fez uma proposta de casamento a Lizzy, e ela recusou.

Antes que Charlotte tivesse tempo para responder, apareceu Kitty, que vinha contar a mesma coisa. E, mal tinham todas entrado na sala de jantar, onde a senhora Bennet se encontrava sozinha, esta abordou imediatamente o assunto, apelando para a compaixão da senhorita Lucas e suplicando-lhe que persuadisse a amiga Lizzy a ceder aos desejos da família:

– Faça isso por mim, minha cara senhorita Lucas, pois ninguém está do meu lado, todos estão contra mim. Ninguém tem pena dos meus pobres nervos.

Charlotte não pôde responder, pois Jane e Elizabeth entraram na sala.

– Aí vem ela – continuou a senhora Bennet. – Tão despreocupada, como se estivéssemos em York! Tudo lhe é indiferente, contanto que ela faça a sua vontade. Mas eu vou lhe dizer uma coisa, senhorita Lizzy: se você continuar a recusar todas as propostas de casamento deste modo, nunca encontrará um marido. E eu não sei quem vai sustentá-la depois que o seu pai morrer. Eu não posso, estou lhe avisando. Não tenho mais nada a ver com você a partir de hoje. Já disse na biblioteca que nunca mais lhe falaria. Pode ficar certa de que cumprirei minha palavra. Não tenho prazer algum em falar com filhos rebeldes. Aliás, não tenho prazer em falar com ninguém. Pessoas que sofrem dos nervos como eu não têm grande inclinação a falar. Ninguém pode saber o que eu sofro! Mas é sempre assim, quem não se queixa não encontra compaixão.

As filhas ouviram em silêncio, compreendendo que qualquer tentativa de trazê-la à razão só serviria para irritá-la ainda mais. A senhora Bennet continuou a falar sem interrupção, até a chegada do senhor Collins, que entrou na sala com ar mais grave do que de costume.

Ao vê-lo, a senhora Bennet se virou para as meninas:

– Agora insisto que todos calem a boca. Deixem o senhor Collins conversar um pouco comigo.

Elizabeth saiu silenciosamente da sala. Jane e Kitty a acompanharam. Mas Lydia ficou onde estava, resolvida a ouvir tudo o que pudesse. E Charlotte, detida a princípio pelas poucas perguntas amáveis que lhe fez o senhor Collins a respeito da sua família, e em seguida movida por um pouco de curiosidade, contentou-se em ir até a janela e fingir que não estava ouvindo. Numa voz chorosa, a senhora Bennet deu início à palestra:

– Oh, senhor Collins!

– Minha cara senhora – replicou ele –, guardemos silêncio para sempre sobre esse assunto. Longe de mim ficar ressentido com o comportamento da sua filha. Resignar-se aos males inevitáveis é um dever que nos cabe a todos. E um dever que incumbe particularmente a um rapaz como eu, tão afortunado no começo da minha carreira. E acredite que estou resignado. E talvez um dos menores motivos que me levam a isso não seja a dúvida que me assalta sobre a minha própria felicidade, caso a minha prima tivesse me honrado com o seu consentimento, pois observei muitas vezes que a resignação nunca é tão perfeita quanto nos casos em que a felicidade que nos é recusada começa a perder uma parte do seu valor a nossos olhos. Espero, minha cara senhora, que não considere a retirada do meu pedido um desrespeito com a família, visto que não pedi sua intervenção perante a senhorita Elizabeth. Minha conduta pode ser reprovável somente porque aceitei a minha recusa dos lábios da sua filha, e não dos seus. Mas todos estamos sujeitos ao erro. A minha intenção sempre foi boa. Meu objetivo foi encontrar uma companheira estimável, sem perder de vista as vantagens que isto representava para a sua família, e, se a minha atitude foi de qualquer modo repreensível, apresento-lhe aqui as minhas desculpas.

Capítulo 21

A discussão sobre o pedido do senhor Collins tinha praticamente acabado, e Elizabeth estava sujeita apenas à sensação desconfortável que sempre acompanha tal situação e ao azedume das alusões que a mãe ocasionalmente lhe dirigia. Quanto ao cavalheiro, seus sentimentos revelavam-se, sobretudo, não numa atitude de embaraço ou abatimento, nem ao tentar evitá-la, mas em uma agravada afetação nos modos, acompanhada de um silêncio rancoroso. Raramente lhe falava, e as atenções assíduas de que ele tanto se ufanava foram transferidas durante o resto do dia para a senhorita Lucas, cuja delicadeza em escutá-lo se tornou uma ajuda preciosa para todos eles e para a sua amiga em especial.

A manhã seguinte não registrou diminuição no mau humor da senhora Bennet ou melhora no seu estado de saúde. O senhor Collins mantinha-se na mesma disposição de orgulho ferido. Elizabeth alimentara a esperança de que seu ressentimento abreviasse a visita, mas seu plano parecia não sofrer alteração. A partida estava marcada para sábado, e até sábado ele fazia questão de ficar.

Após o café da manhã, as garotas foram em passeio a Meryton, para saber do senhor Wickham e lamentar a ausência dele no baile de Netherfield. Na entrada da vila, ele foi ao encontro delas e as acompanhou à casa da tia, onde muito se falou sobre sua falta. A Elizabeth, contudo, ele confessou ter imposto a si próprio a necessidade de se ausentar.

– Considerei – disse ele –, à medida que o tempo se aproximava, que seria preferível não me encontrar com o senhor Darcy, que estar com ele na mesma sala, na mesma festa, durante tantas horas seguidas, seria superior às minhas forças, podendo surgir cenas desagradáveis, não só para mim como também para os outros.

Ela aprovou, entusiasmada, sua atitude, e tiveram ocasião para discussão pormenorizada, assim como para todos os elogios que amavelmente trocavam entre si, visto Wickham e outro oficial as acompanharem no seu regresso a Longbourn e, durante o passeio, ele ter caminhado quase sempre ao lado dela. Nesta sua adesão ao passeio, ela via uma vantagem dupla: além de se tratar de um gesto particularmente lisonjeador para ela, seria um momento propício para apresentá-lo a seus pais.

Pouco depois de terem chegado, entregaram uma carta à senhorita Bennet. Provinha de Netherfield, e imediatamente foi aberta. O envelope encerrava uma elegante folha de papel impecavelmente preenchida com uma letra de senhora, bonita e harmoniosa. Elizabeth viu a fisionomia da irmã se alterar à medida que a lia, e viu-a demorar-se atentamente em algumas passagens. Jane em breve se recompôs, e, guardando a carta, tentou, com sua boa disposição habitual, participar da conversa dos outros; mas Elizabeth não pôde evitar sentir certa ansiedade, que a distraiu até da pessoa do senhor Wickham. Tão logo ele e o companheiro se despediram, um olhar de Jane convidou-a a segui-la. Uma vez a sós, Jane pegou a carta e disse:

– É de Caroline Bingley; seu conteúdo surpreendeu-me bastante. Por estas horas todos já terão deixado Netherfield e encontram-se a caminho da capital; e sem intenção de regressar. Veja o que ela diz.

Então, em voz alta, procedeu à leitura da primeira frase, que a informava que elas tinham, de um momento para o outro, resolvido acompanhar de vez o irmão até a capital, e de sua intenção de jantar ainda naquele dia na rua Grosvernor, onde o senhor Hurst tinha uma casa. A seguir, vieram estas palavras:

Nada tenho que me prenda a Hertfordshire, exceto sua amizade, minha querida amiga; mas tenho a esperança de um dia, no futuro, voltarmos a gozar a repetição dos deliciosos momentos passados juntas e que, entretanto, a dor da separação seja mitigada por uma correspondência assídua e franca. Conto com você para isso.

Elizabeth escutou as estudadas expressões com toda a insensibilidade da desconfiança; e, embora aquela súbita partida não deixasse de surpreendê-la, não via nela caso para lamentar; não era de supor que sua ausência de Netherfield acarretasse a do senhor Bingley também. E, quanto à perda da amizade entre elas, era da opinião de que Jane a devia esquecer, ficando no gozo da companhia do senhor Bingley.

– Foi pena – disse após uma pequena pausa – não terem tido a oportunidade de se encontrar com suas amigas antes de elas partirem. Mas não nos é lícito esperar que o tal dia de felicidade futura, que a senhorita Bingley antevê, ocorra mais cedo do que ela pensa e que os deliciosos momentos vividos por vós como amigas sejam revividos com satisfação maior ainda na qualidade de irmãs? O senhor Bingley não se deixará prender por elas em Londres.

– Caroline afirma com certeza que nenhum deles virá para Hertfordshire neste inverno. Vou ler esta passagem:

Quando meu irmão nos deixou ontem, estava firmemente convicto de que os assuntos que o levavam a Londres estariam concluídos dentro de três ou quatro dias, mas, como estamos certas de que isso não pode acontecer e, ao mesmo tempo, convencidas de que, uma vez na capital, Charles não terá pressa em sair de lá, decidimos acompanhá-lo para que evite os transtornos com um hotel. Várias pessoas que conheço passam o inverno na capital. Seria para mim uma grande alegria se minha querida amiga fizesse também parte do grupo, mas não creio que seja possível. Desejo-lhe sinceramente um Natal em Hertfordshire prolífero em alegrias próprias de estação tão feliz e que não lhe faltem admiradores, para que não sinta a ausência dos três de que a privamos.

– É evidente – acrescentou Jane – que ele não regressa neste inverno.

– Torna-se apenas evidente que a senhorita Bingley não pretende que ele venha.

– O que leva você a pensar assim? É ele que tem de decidir. Ele é senhor de si. Mas não é tudo. Vou ler a passagem que particularmente me feriu. Não pretendo esconder nada:

O senhor Darcy está impaciente por ver a irmã, e, para lhe dizer a verdade, também nós ansiamos encontrá-la de novo. Estou convencida de que Georgiana Darcy não tem par, tanto na beleza e elegância quanto nos dotes, e a afeição que ela nos inspira, a Louisa e a mim, eleva-se a algo de bem mais atraente, pela esperança que ousamos acalentar de um dia ela se tornar nossa irmã. Não me recordo de alguma vez lhe ter mencionado meus sentimentos sobre o assunto, mas não partirei sem ter lhe confiado, e espero que minha boa amiga não os considere de algum modo injustificados. Já há algum tempo que meu irmão devota a esta senhorita grande admiração e terá agora a oportunidade de vê-la com frequência e em maior intimidade. A família dela sente tanto gosto pela união quanto nós próprios, e creio não me iludir na minha parcialidade ao considerar Charles capaz de conquistar qualquer coração feminino. Com todas estas circunstâncias em favor de um afeto recíproco, e sem motivos para impedi-lo, estarei eu enganada, minha querida Jane, ao acreditar na possibilidade de um acontecimento que fará a felicidade de tantos?

– O que você pensa desta frase, minha querida Lizzy? – indagou Jane ao terminar a leitura. – Não é suficientemente clara? Não exprime ela que Caroline não espera nem deseja ver em mim sua futura irmã, que ela está bastante convencida da indiferença do irmão e que ela, suspeitando da natureza dos meus sentimentos por ele, pretende com isto, muito caridosamente, prevenir-me? Poderá pensar de outro modo?

– Sim, claro, pois eu penso de modo totalmente diferente. Quer ouvir?

– Com certeza.

– Pois vai saber em poucas palavras. A senhorita Bingley vê que o irmão gosta de você, mas quer que ele se case com a senhorita Darcy. Ela segue-o até a capital na esperança de lá conservá-lo e tenta persuadi-la de que ele não se interessa por você.

Jane abanou a cabeça.

– Oh, Jane, acredite no que digo! Nenhuma pessoa que os tenha visto juntos poderá duvidar da atração dele por você. A senhorita Bingley, pelo menos, não duvida. Ela não é tão tola. Tivesse ela encontrado uma pequena parcela que fosse de amor idêntico no senhor Darcy, a esta hora teria já encomendado o enxoval. Mas o que se passa é o seguinte: nós não somos suficientemente ricas ou suficientemente importantes para a categoria deles; e, se ela está tão ansiosa por casar o irmão com a senhorita Darcy, é porque imagina que, uma vez unidas as duas famílias, ela terá menos dificuldade em realizar um segundo casamento. É, sem dúvida, bastante engenhoso, e creio que daria certo, não fosse a existência da senhorita de Bourgh. Mas, minha querida Jane, não acredite só porque a senhorita Bingley diz que o irmão admira a senhorita Darcy. Não pense que ele a aprecia menos do que na terça-feira ao se despedirem. Não creia que ela possa alguma vez persuadi-lo de que, apesar de estar apaixonado por você, está também muito apaixonado pela amiga dela.

– Se ambas pensássemos o mesmo da senhorita Bingley – replicou Jane –, sua representação dos fatos me tranquilizaria bastante. Mas eu sei quão injusto é o fundamento. Caroline é incapaz de enganar alguém. Só me resta esperar que seja ela quem está enganada.

– Está certo. Você não poderia ter encontrado ideia mais feliz, uma vez que se recusa a aceitar a minha. Esforça-se para crer que o engano é apenas dela, e, agora que cumpriu sua obrigação com sua amiga, não se preocupe mais.

– Mas, minha querida irmã, como poderei eu aceitar um homem cujas irmãs e amigas o desejam casado com outra?

– Tem que decidir por você – disse Elizabeth. – Se, depois de pensar bastante, concluir que sua tristeza em descontentar as irmãs é superior à felicidade de se tornar esposa dele, nessa altura aconselho-a a recusá-lo.

– Como pode dizer tal coisa? – indagou Jane esboçando um sorriso. – Deveria saber que, embora eu sentisse um grande desgosto pela desaprovação das irmãs, nunca poderia hesitar.

– Sou da mesma opinião. Sendo assim, não vejo caso para grandes aflições.

– Mas, se ele não volta neste inverno, não terei a oportunidade de fazer a minha escolha. E sabe Deus o que pode acontecer nesses seis meses!

Elizabeth se recusou terminantemente a aceitar a ideia de ele nunca mais voltar. Não passava de uma mera sugestão inspirada pelo interesse da senhorita Bingley e não queria, nem por um segundo, admitir que a sugestão, por mais declarada e engenhosa que fosse, pudesse influenciar um jovem tão independente quanto ele.

Ela revelou à irmã, da forma mais convincente possível, sua maneira de encarar o assunto e, em breve, teve o prazer de constatar seu feliz efeito. Jane não era dada à melancolia e, gradualmente, foi serenando, embora, por vezes, a incerteza de ser amada se sobrepusesse à esperança de que Bingley regressasse a Netherfield e correspondesse a todos os desejos do seu coração.

Decidiram informar à senhora Bennet apenas da súbita partida, evitando causar alarde perante o comportamento do cavalheiro. Mas bastou essa informação para preocupá-la, e então deplorou a infelicidade de vê-los partir justo quando estavam se tornando mais íntimos. Após ter se lamentado demoradamente, procurou consolo na ideia de que o senhor Bingley logo regressaria e estaria jantando em Longbourn, e, à guisa de conclusão, reconfortada, declarou que, embora ela o tivesse convidado para um jantar em família, prepararia um farto banquete.

Capítulo 22

A família Bennet foi convidada a jantar com os Lucas, e, novamente, durante a maior parte do dia, a senhorita Lucas teve a bondade de dar atenção ao senhor Collins. Elizabeth achou uma oportunidade para agradecer à amiga:

– Deixe-o de bom humor, que ficarei mais grata do que você imagina.

Charlotte assegurou à amiga que tinha muita satisfação em lhe ser útil e que isto lhe pagava plenamente o pequeno sacrifício do seu tempo. Apesar de as palavras serem muito amáveis, a bondade de Charlotte ia além do que Elizabeth supunha. Seu objetivo era nada menos do que preservá-la de qualquer possível recrudescimento das atenções de senhor Collins, atraindo-as para si. Tal era o plano da senhorita Lucas. E, aparentemente, foi tão bem-sucedida que, quando se separaram à noite, ela teria se sentido quase segura do seu êxito se o senhor Collins não tivesse de partir de Hertfordshire em breve.

Nesse ponto, ela fez uma injustiça ao seu ímpeto e caráter, que o levaram a partir de Longbourn na manhã seguinte com admirável discrição, apressando-se em chegar à residência dos Lucas e lançar-se aos pés dela. Ele evitara notificar os primos, convicto de que, se o vissem partir, não deixariam de discutir seus planos; e ele não tinha intenção de anunciar tal façanha até que fosse completada. Apesar de estar quase plenamente seguro, e com bons motivos para tal, pois Charlotte o encorajou, ele estava um tanto desconfiado, desde os acontecimentos da quinta-feira. Foi recebido, no entanto, da maneira mais lisonjeira. A senhorita Lucas o viu por uma janela no alto, enquanto ele caminhava em direção à residência, e preparou-se para um encontro acidental na rua. Ela não imaginava tamanho amor e eloquência que a esperavam ali.

Num espaço de tempo tão curto quanto permitiram os longos discursos do senhor Collins, tudo foi combinado de forma satisfatória para ambos. E, ao entrar em casa, pediu gravemente que ela marcasse o dia que o faria o mais feliz dos homens. Ainda que tal solicitação devesse ser afastada no momento, a moça não se sentiu inclinada a arriscar sua felicidade. A impermeabilidade com que o dotara a natureza devia privar sua corte de qualquer encanto que pudesse fazer uma mulher desejar prolongá-la. A senhorita Lucas, que o aceitara por puro e desinteressado desejo de firmar sua situação na vida, preocupava-se pouco com a data em que isto aconteceria.

O consentimento de *sir* William e de *lady* Lucas foi rapidamente solicitado e concedido com a maior boa vontade. A situação atual do senhor Collins o tornava um partido muito desejável para a sua filha, a quem só podiam deixar poucos bens. As probabilidades que o senhor Collins tinha de herdar uma fortuna eram bastante evidentes. *Lady* Lucas começou a calcular diretamente, com um interesse que jamais tivera pelo assunto, quantos anos provavelmente o senhor Bennet ainda viveria, e *sir* William manifestou a opinião de que, quando o senhor Collins entrasse na propriedade de Longbourn, seria altamente conveniente que ambos, ele e a esposa, se apresentassem em St. James. Em suma, toda a família se sentiu muito feliz.

Charlotte era bastante serena. Ela conseguia ganhar alguns pontos, isso não se pode negar, mas suas reflexões eram, em geral, apenas satisfatórias. Em contrapartida, o senhor Collins não era nem sensível nem compreensivo, sua companhia era enfadonha e sua afeição por ela deveria ser imaginária, mas, mesmo assim, seria seu marido. Sem ter grandes ilusões a respeito dos homens ou do matrimônio, o casamento sempre fora seu maior desejo. Era a única posição tolerável para uma moça bem-educada, de pouca fortuna. E, por mais incertas que fossem as perspectivas de felicidade, era ainda a forma mais agradável de ficar ao abrigo da necessidade. Agora obtivera essa proteção. Tinha 27 anos e jamais fora bela. A circunstância menos agradável era a surpresa que aquela notícia devia causar a Elizabeth Bennet, de cuja amizade ela precisava mais do que da de qualquer outra pessoa. Elizabeth ficaria espantada e provavelmente a censuraria. Embora isso não afetasse sua resolução, ela se sentiria ferida com semelhante desaprovação. Resolveu comunicar-lhe pessoalmente a decisão e, assim, recomendou ao senhor Collins, quando voltasse a Longbourn para jantar, que tivesse a maior discrição.

Como a partida dele no dia seguinte estava marcada para bem cedo, as despedidas foram naquela mesma noite, pouco antes de as senhoras se retirarem. A senhora Bennet, extremamente delicada e cordial, falou da felicidade que todos teriam de vê-lo de novo em Longbourn.

– Minha querida senhora – replicou ele –, seu convite afeta-me particularmente, pois outra coisa eu não esperava; e pode estar certa de que em breve voltarei.

Houve surpresa geral; e o senhor Bennet, que não tinha o desejo de tornar a vê-lo tão cedo, logo disse:

– Mas não haverá o perigo de incorrer no desagrado de *lady* Catherine? É preferível negligenciar seus parentes a correr o risco de ofender sua benfeitora.

– Meu caro senhor – replicou o senhor Collins –, estou particularmente agradecido por tão amável advertência, e fique ciente de que não darei tal passo sem a aprovação explícita de Sua Excelência.

– Certa cautela nunca é demasiada. Arrisque tudo, exceto dar-lhe motivo para desagrado; e, acaso o senhor receie poder vir a suscitá-lo ao regressar para junto de nós, o que eu considero quase como uma certeza, deixe-se ficar pacatamente em sua casa e não pense que nos sentiremos melindrados com isso.

– Acredite, meu caro senhor, que não tenho palavras para agradecer tão afetuosa atenção. Muito em breve poderá contar com uma missiva da minha parte em agradecimento por sua atitude e por todas as outras provas de atenção de que fui alvo durante minha estada em Hertfordshire.

Com as adequadas manifestações de delicadeza, as senhoras retiraram-se por fim, comentando entre si sua igual surpresa por vê-lo planejar um pronto regresso. A senhora Bennet insistia em não encontrar outra explicação senão no fato de ele pretender transferir suas atenções para uma das filhas mais novas e considerou que Mary seria aquela que mais facilmente se convenceria a aceitá-lo.

Na manhã seguinte, contudo, todas essas esperanças se desvaneceram. A senhorita Lucas fez sua aparição logo após o café da manhã, e, numa entrevista a sós com Elizabeth, colocou-a a par do acontecimento da véspera.

Que o senhor Collins pudesse ter tido a ideia de morrer de amores pela sua amiga ocorrera a Elizabeth pensar uma vez, pelo menos, naqueles dois últimos dias, mas que a própria Charlotte o tivesse encorajado parecia tão impossível que o seu choque ultrapassou os limites do decoro e a levou a exclamar:

– Noiva do senhor Collins, minha querida Charlotte! É impossível!

A expressão séria e decidida que a senhorita Lucas conservara durante o relato da sua história cedeu perante uma perturbação passageira ao ouvir censura tão declarada, mas, como não era mais do que aquilo que já esperava, em breve recuperou a serenidade e calmamente respondeu:

– Por que se surpreende assim, querida Elizabeth? Acaso considera o senhor Collins incapaz de granjear a boa opinião de uma mulher só porque ele não teve a felicidade de conquistar a sua?

Mas Elizabeth recompôs-se a tempo e, com grande esforço, foi capaz de, numa voz razoavelmente firme, assegurar a amiga da satisfação que lhe dava a perspectiva de um parentesco entre elas e desejar-lhe uma felicidade imensa.

– Sei o que pensa – replicou Charlotte. – Deve estar surpresa, pois ainda há muito poucos dias o senhor Collins pretendia se casar com você. Mas, quando refletir, estou certa de que concordará comigo. Como sabe, eu não sou uma romântica. Nunca fui. Apenas desejo um lar confortável; e, considerando o caráter do senhor Collins, suas relações e sua situação na vida, estou convencida de que as probabilidades de vir a ser feliz com ele são tantas quanto as da maioria ao darem tal passo.

– Sem dúvida! – respondeu Elizabeth, serenamente.

Após uma pausa embaraçosa, foram juntar-se ao resto da família. Charlotte não se demorou muito mais, e Elizabeth pôde então refletir sobre o que acabara de ouvir. Levou muito tempo para se reconciliar com ideia tão absurda. A singularidade de o senhor Collins fazer dois pedidos de casamento num prazo de três dias nada era em comparação com o fato de o pedido ter sido agora aceito.

Capítulo 23

Elizabeth estava na sala, com a mãe e as irmãs, refletindo sobre o que ouvira e hesitando se acaso estaria autorizada a contar, quando entrou *sir* William Lucas em pessoa, enviado pela filha para informar sobre o noivado. Depois de muitos cumprimentos e congratulações pelas perspectivas da união entre as duas famílias, ele abordou o assunto, para uma audiência não somente atônita, mas também incrédula, pois a senhora Bennet, com mais perseverança do que polidez, retrucou que ele devia estar completamente enganado. E Lydia, que era, às vezes, muito atirada e quase sempre malcriada, exclamou:

– Puxa, *sir* William, como é que o senhor pode contar uma história destas? Então não sabe que o senhor Collins quer se casar com Lizzy?

Só um cavalheiro, munido de toda a sua tolerância, poderia suportar tal desconsideração sem se zangar. Mas a boa educação de *sir* William conseguiu fazer com que relevasse tudo aquilo. E, embora insistisse para que a família acreditasse na veracidade da sua informação, suportou todas aquelas impertinências com a mais perfeita cortesia.

Elizabeth, sentindo que lhe cabia o dever de salvá-lo daquela situação incômoda, adiantou-se e confirmou suas palavras, mencionando o conhecimento prévio que tivera da própria Charlotte. E procurou pôr fim às exclamações da mãe e das irmãs, dando os mais sinceros parabéns a *sir* William, atitude que Jane imediatamente seguiu, fazendo diversas observações sobre a felicidade que poderia trazer aquela aliança, o caráter excelente do senhor Collins e a distância conveniente que separava Hunsford de Londres.

A senhora Bennet ficou tão surpresa que nada pôde dizer enquanto *sir* William estava presente. Mas, quando ele saiu, seus sentimentos transbordaram. Em primeiro lugar, continuou a duvidar da veracidade das afirmações. Em segundo, ela tinha certeza de que o senhor Collins fora iludido. Em terceiro, estava certa de que nunca seriam felizes. E, em quarto, que o compromisso poderia ser rompido. Duas coisas, no entanto, se podiam claramente deduzir do assunto: primeiro, que era Elizabeth a causa de todo aquele mal; e, segundo, que ela, a senhora Bennet, tinha sido tratada de forma infame por todos. Só depois de um mês pôde conversar novamente com *sir* William e *lady* Lucas, sem ser grosseira, só perdoando Charlotte muitos meses depois.

Os sentimentos do senhor Bennet eram muito mais tranquilos. Ele achou que a situação era muito agradável, pois se sentia satisfeito, dizia, por descobrir que Charlotte Lucas, pessoa que ele julgara toleravelmente sensata, era, na realidade, tão tola quanto sua mulher e mais tola ainda do que sua filha.

Jane se confessou um tanto surpreendida. Mas falou menos em seu espanto do que no desejo sincero de que eles fossem felizes. Elizabeth não conseguiu convencê-la de que aquela felicidade era pouco provável. Kitty e Lydia estavam longe de invejar a senhorita Lucas. Para elas, o senhor Collins era apenas um pastor, e a notícia afetou-as apenas como uma novidade que podiam espalhar em Meryton. *Lady* Lucas não poderia ter resistido ao triunfo de falar à senhora Bennet sobre o conforto que representava para ela o fato de ter uma filha bem casada. Veio a Longbourn com mais frequência do que de costume, para dizer o quanto se sentia feliz, embora os olhares irados da senhora Bennet e suas observações rancorosas ameaçassem, por vezes, estragar sua felicidade.

Entre Elizabeth e Charlotte havia certo constrangimento, que as impedia mutuamente de abordar aquele assunto; e Elizabeth se sentiu convencida de que nenhuma confiança real poderia subsistir daí por diante entre elas. O desapontamento que sofrera fez Elizabeth aproximar-se mais da irmã, em cuja retidão e delicadeza de sentimentos tinha absoluta confiança e cuja felicidade cada dia mais a preocupava, pois fazia uma semana que Bingley partira e ainda ninguém falara na sua volta.

Jane enviara a Caroline uma resposta imediata à sua carta e contava os dias que tinha de esperar até que outra lhe chegasse. A prometida carta de agradecimento do senhor Collins chegou na terça-feira. Era destinada ao senhor Bennet e escrita com tanta solenidade e gratidão como se ele tivesse residido um ano com a família. Depois de tranquilizar sua consciência quanto a este tópico, usando expressões mais calorosas, o senhor Collins passava a informá-lo da sua felicidade de ter conquistado o coração daquela vizinha tão amável, a senhorita Lucas, e explicava que era apenas com a intenção de gozar a companhia de sua prometida que ele manifestara com tanta insistência o desejo de voltar a Longbourn, onde esperava chegar dali a quinze dias. *Lady* Catherine, acrescentava ele, aprovava tanto aquela união que desejava que o acontecimento se desse o mais cedo possível. Com esse argumento, que julgava decisivo, esperava convencer Charlotte a marcar uma data próxima para o dia que havia de torná-lo o mais feliz dos homens.

A volta do senhor Collins para Hertfordshire já não parecia mais tão agradável à senhora Bennet. Ao contrário, estava muito disposta a se queixar ao marido. Achava muito curioso que ele viesse a Longbourn em vez de se hospedar em Lucas Lodge. A visita era também muito inadequada e, principalmente, incômoda. Não gostava de ter hóspedes em casa quando sua saúde não era muito boa. E os noivos eram as pessoas mais desagradáveis do mundo.

Esses murmúrios da senhora Bennet continuaram até que surgiu a preocupação muito maior a respeito da ausência prolongada do senhor Bingley. Nem Jane nem Elizabeth se sentiam tranquilas quanto a isso. Os dias passavam e não havia nenhuma notícia dele, a não ser o boato que circulou em Meryton de que o senhor Bingley não voltaria para Netherfield durante todo o inverno, boato esse que enfureceu a senhora Bennet e que ela nunca deixava de contradizer como se se tratasse da mais escandalosa das mentiras.

Elizabeth, por sua vez, começou a temer não que Bingley fosse indiferente a Jane, mas que as irmãs dele conseguissem impedir seu regresso. Apesar da sua relutância em admitir uma hipótese tão desfavorável para a felicidade de Jane e tão pouco honrosa para o seu namorado, não podia evitar que tal ideia lhe ocorresse frequentemente. Os esforços daquelas criaturas maldosas que eram as duas irmãs de Bingley e do seu autoritário amigo, somados aos atrativos da senhorita Darcy e aos divertimentos de Londres, seriam talvez superiores ao seu interesse por Jane. Quanto a esta última, sua ansiedade durante aquele período de incerteza era naturalmente mais dolorosa do que a de Elizabeth. Mas queria esconder tudo o que sentia, e entre as duas irmãs, portanto, nunca se fazia alusão ao assunto. Mas, como nenhuma delicadeza daquela espécie refreava a senhora Bennet, não se passava uma hora sem que ela falasse em Bingley, sem que exprimisse sua impaciência pela sua chegada ou mesmo sem que exigisse que Jane declarasse de uma vez por todas que, se Bingley não voltasse, ela se consideraria ofendida. Foi necessária toda a doçura e firmeza de Jane para suportar esses ataques com relativa tranquilidade.

O senhor Collins voltou no dia marcado, mas sua recepção em Longbourn não foi tão amável quanto da primeira vez. Porém, ele se sentia tão feliz que não precisava de muita atenção e, felizmente para os outros, suas atribuições de noivo os aliviavam grandemente da sua companhia. Ele passava a maior parte do tempo em Lucas Lodge e muitas vezes voltava a Longbourn apenas a tempo de desculpar-se pela sua ausência antes de a família se retirar para os seus aposentos.

A senhora Bennet estava de fato num estado lamentável. A simples alusão a qualquer detalhe relativo ao casamento precipitava-a num acesso de mau humor. Em qualquer lugar onde se encontrasse tinha certeza de ouvir falar naquele assunto. A presença da senhorita Lucas era insuportável para ela. Olhava-a com ciúme, despeito e horror, como sua sucessora naquela casa. Cada vez que Charlotte vinha visitá-los, ela concluía que a intenção da jovem era antecipar a hora da posse, e, cada vez que Charlotte falava em voz baixa ao senhor Collins, tinha certeza de que cochichavam da propriedade de Longbourn e planejavam expulsá-la e às suas filhas da casa assim que o senhor Bennet morresse. Queixava-se amargamente de tudo aquilo ao marido.

– Realmente, senhor Bennet – dizia ela –, é muito duro pensar que Charlotte Lucas será um dia dona desta casa e que eu serei forçada a lhe ceder o meu lugar!

– Não pense nessas coisas tristes, meu bem. Tenhamos confiança no futuro. Encaremos a possibilidade de que eu sobreviva a você.

Isso não era muito consolador para a senhora Bennet. Portanto, em vez de responder, continuou como antes.

– Não posso suportar a ideia de que eles possuirão toda esta propriedade. Se não fosse essa questão de sucessão, eu não me importaria.

– De que é que você não se importaria?

– De nada.

– Então vamos agradecer a Deus, porque você está preservada de cair num tal estado de insensibilidade.

– Não posso ser grata a nada que se refira a essa sucessão, senhor Bennet. Como é que alguém pode ficar tranquilo ao saber que as filhas vão ficar privadas da propriedade que possuem? E em favor de quem? Do senhor Collins! Por que ele e não outra pessoa qualquer?

– Confio-lhe a resolução desse problema – disse o senhor Bennet.

Capítulo 24

Quando a carta da senhorita Bingley chegou, finalmente, sanou todas as dúvidas. Logo na primeira frase, começava por comunicar a certeza da permanência de todos eles em Londres durante o inverno inteiro e concluía comunicando o pesar do irmão em ter partido sem que lhe fosse dado tempo para uma palavra de atenção a todos os seus amigos de Hertfordshire.

Não havia mais esperanças, estavam todas perdidas, completamente perdidas. E, quando Jane pôde continuar a leitura, nada encontrou para consolá-la a não ser as expressões de afeto da missivista. Os elogios à senhorita Darcy eram o assunto principal da carta. Seus muitos atrativos eram novamente descritos. Caroline se gabava muito animada da crescente intimidade entre elas; arriscava-se a predizer a realização dos desejos que exprimira na carta anterior. Comunicava também, com grande alegria, que o irmão era hóspede do senhor Darcy e mencionava com entusiasmo os planos deste último, relativos a uma nova mobília que encomendara.

Elizabeth, a quem Jane comunicou tudo isso sem demora, ouviu-a, cheia de silenciosa indignação. Seus sentimentos estavam divididos entre a preocupação pela irmã e o ressentimento contra todos os outros. Não deu crédito à afirmação de Caroline de que o irmão se interessava pela senhorita Darcy.

Ainda acreditava, mais do que nunca, na sinceridade da afeição que Bingley tinha por Jane. Apesar da simpatia com que sempre o considerara, não podia pensar, sem cólera e quase com desprezo, naquela maleabilidade de gênio, na falta de iniciativa pessoal que o tornava uma marionete nas mãos dos seus intrigantes amigos e o levava a sacrificar a própria felicidade ao capricho das inclinações alheias.

Se a única coisa em jogo fosse sua própria felicidade, poderia arriscá-la como bem entendesse, mas a irmã estava envolvida naquilo, e ele devia ter consciência disso. Enfim, era um assunto ao qual seria necessário dedicar uma longa reflexão sem que se pudesse chegar de fato a algum resultado. Não encontrava outra hipótese. E, no entanto, quer a afeição de Bingley tivesse realmente diminuído, sufocada ou não pela interferência dos seus amigos, quer ele tivesse consciência da afeição de Jane, ou, ao contrário, a ignorasse, em qualquer um dos casos, e embora a sua opinião acerca de Bingley variasse forçosamente segundo essas hipóteses, a situação da irmã permanecia a mesma, e sua paz de espírito estava igualmente perturbada.

Passaram-se um ou dois dias antes que Jane adquirisse coragem para falar à irmã acerca dos seus sentimentos; mas, afinal, um dia em que a senhora Bennet, depois de se queixar com mais irritação do que de costume sobre Netherfield e seu proprietário, deixara-as sozinhas, Jane disse:

– Oh, eu queria que mamãe tivesse mais domínio sobre si. Ela não tem ideia da dor que me causa falando sempre nisso. Mas eu não me queixarei; não pode durar muito tempo. Ele será esquecido, e todos seremos felizes como antes.

Elizabeth olhou para a irmã com solicitude e incredulidade, mas não disse nada.

– Duvida de mim? – indagou Jane, corando um pouco. – Você não tem razão. Talvez ele continue a viver na minha memória como o homem mais atraente que já conheci. Mas é tudo. Nada tenho que esperar ou temer. E não tenho nenhum motivo para censurá-lo. Graças a Deus, não tenho essa dor. Dê-me um pouco de tempo e certamente eu tentarei esquecê-lo.

Numa voz mais forte, acrescentou, pouco depois:

– Eu tenho desde já este consolo: tudo não foi mais do que um erro da minha imaginação, e esse erro não fez mal a ninguém, a não ser a mim mesma.

– Minha querida Jane – respondeu Elizabeth –, você é boa demais. Sua doçura e seu desinteresse são realmente angélicos. Sinto que nunca lhe fiz a devida justiça e que nunca a amei como você merece.

A senhorita Bennet protestou com veemência contra os méritos extraordinários que lhe conferiam e atribuiu o elogio à grande afeição da irmã.

– Não – disse Elizabeth –, isso não está certo. Você quer pensar que todas as pessoas são respeitáveis e se sente ferida se eu falo mal de alguém. Quero apenas pensar que você é perfeita e você se volta contra mim. Não tenha medo de que eu caia em algum excesso nem lance mão do seu privilégio de boa vontade universal. Seria inútil. São poucas as pessoas a quem eu quero realmente, e menos ainda aquelas das quais eu tenho uma boa opinião. Quanto melhor eu conheço o mundo, menos ele me satisfaz; e cada dia vejo confirmada a minha crença na inconsistência de todos os caracteres humanos e na pouca confiança que se pode depositar nas aparências do mérito ou do bom senso. Ultimamente encontrei dois exemplos; um deles eu não mencionarei, o outro é o casamento de Charlotte. É inexplicável! Sob todos os pontos de vista, é inexplicável.

– Querida Lizzy, não se entregue a sentimentos dessa espécie. Eles arruinarão sua felicidade. Você não deixa nenhuma margem para diferenças de situação e de temperamento. Pense na respeitabilidade do senhor Collins, no caráter prudente e firme de Charlotte. Lembre-se de que a família dela é muito grande; de quanto ele é um partido muito desejável. E mostre-se pronta a acreditar, para o bem de todo mundo, que Charlotte possa sentir realmente respeito e estima pelo nosso primo.

– Para lhe fazer a vontade, eu tentarei acreditar em quase tudo. Mas ninguém se beneficiará disso. Pois, se eu estivesse convencida de que Charlotte o respeita, de fato ela desceria no conceito que tenho da sua inteligência, o mesmo que perdeu antes no valor que eu atribuía ao seu coração. Minha querida Jane, o senhor Collins é um homem tolo, pomposo, pretensioso e de ideias estreitas. Você sabe que ele é tudo isso tão bem quanto eu. E deve sentir, como eu, que uma mulher que se casar com ele não pode ter uma visão muito justa das coisas. Você não há de querer defendê-la só porque ela é Charlotte Lucas. Você não pode, por causa de um caso individual, mudar o sentido de "bom senso" e "integridade" nem procurar se convencer ou a mim de que o egoísmo é a prudência, e a insensibilidade diante do perigo, certeza de felicidade.

– Acho que suas expressões são muito fortes e espero que se convença disso vendo-os casados e felizes. Quanto a isso, basta. Mas você aludiu a outra coisa. Você mencionou dois exemplos. Sei o que está pensando. Mas eu lhe peço, querida Lizzy, que não me cause mágoa julgando que aquela pessoa é culpada. Nem dizendo que ela desceu em seu conceito. Não devemos ser precipitadas e julgar que fomos feridas de propósito. Não podemos exigir que um rapaz despreocupado seja sempre prudente e circunspecto. Muitas vezes, é apenas a nossa vaidade que nos engana. As mulheres superestimam a admiração dos homens com facilidade.

– E os homens fazem tudo para mantê-las nessa ilusão.

– Se o fazem de propósito, não pode haver justificativa. Mas eu acredito que não há tanta má vontade no mundo quanto as pessoas acreditam.

– Estou longe de atribuir qualquer aspecto da conduta do senhor Bingley a uma intenção perversa – disse Elizabeth –, mas, mesmo sem a intenção deliberada de errar ou de tornar os outros infelizes, pode haver enganos e tristezas. Pouco caso, falta de atenção para com os sentimentos de outras pessoas ou falta de firmeza produzem os mesmos efeitos.

– E você atribui algum desses defeitos a ele?

– Sim, todos. Mas, se continuar, incorrerei no seu desagrado, dizendo o que penso sobre as pessoas que você estima. Detenha-me enquanto é tempo.

– Persiste então em supor que as irmãs dele o influenciaram?

– Sim, junto com o amigo dele.

– Eu não consigo acreditar nisso. Por que tentariam influenciá-lo? Só podem desejar sua felicidade, e, se ele me ama, nenhuma outra mulher pode lhe trazer essa felicidade.

– Sua primeira suposição é falsa. Podem desejar muitas coisas além da felicidade dele. Podem almejar o aumento da sua fortuna e da sua importância. Podem desejar que ele se case com uma moça que tenha *status* social, dinheiro, relações de alta classe e orgulho.

– Sem dúvida. Eles desejam que escolha a senhorita Darcy. Mas isso pode originar-se de sentimentos melhores do que você supõe. Eles a conhecem há muito mais tempo do que a mim. Não é de espantar que a prefiram. Mas, quaisquer que sejam os seus desejos, é muito pouco provável que elas pudessem se opor à vontade do irmão. Que irmã se sentiria justificada em fazer uma coisa dessas, a não ser que existisse um motivo muito mais forte? Se acreditassem que ele gosta mesmo de mim, não tentariam nos separar, pois, se esse fosse o caso, não o conseguiriam. Mas, supondo tal afeição, você faz todo mundo agir maldosa e erradamente e me torna muito infeliz. Não discuta essa minha ideia. Não estou envergonhada por me ter enganado, ou pelo menos a vergonha é pouca. Não é nada em comparação com o que eu sentiria se pensasse mal dele ou das suas irmãs. Deixe-me ver as coisas de outro modo, um modo capaz de esclarecê-las.

Elizabeth não podia se opor a esse desejo. E, a partir desse dia, o nome do senhor Bingley quase nunca mais foi mencionado entre elas. A senhora Bennet continuou ainda a estranhar e a queixar-se de que ele não voltava mais. E, embora não se passasse um dia sem que Elizabeth desse uma explicação razoável, parecia haver poucas chances de que a senhora Bennet considerasse aquele fato com menos perplexidade. A filha procurava convencê-la de uma coisa em que ela mesma não acreditava: de que as atenções de Bingley tinham sido o efeito de uma simpatia transitória, cessando depois que a perdera de vista. Mas, embora a probabilidade dessa afirmação fosse admitida no momento, Jane era obrigada a repeti-la no dia seguinte. O melhor consolo da senhora Bennet era lembrar-se de que Bingley tornaria a voltar no verão.

O senhor Bennet pensava de maneira diferente.

– Então, Lizzy – disse um dia –, sua irmã teve um desgosto amoroso, creio eu. Ela merece os meus parabéns. Depois do casamento, o que uma moça mais gosta é de um desgosto amoroso de vez em quando. É uma coisa que dá o que pensar e lhe confere uma espécie de distinção entre suas companheiras. Quando chegará a sua vez? Você não há de querer ser suplantada por Jane. Chegou a sua hora. Há bastantes oficiais em Meryton para desapontar todas as moças da região. Escolha Wickham. É um sujeito simpático e lhe daria o fora agradavelmente.

– Obrigada, meu pai, mas um homem menos agradável seria suficiente para mim. Não devemos todas esperar a boa sorte de Jane.

– É verdade – disse o senhor Bennet –, mas é um conforto pensar que, o que quer que lhe suceda nesse gênero, você tem uma mãe afetuosa que saberia tirar o melhor partido disso.

A companhia do senhor Wickham ajudava eficientemente a dissipar a tristeza que as últimas ocorrências tinham trazido para muitos dos habitantes de Longbourn. Viam-no com frequência agora, e às suas outras qualidades acrescia a de uma franqueza absoluta. O que Elizabeth já sabia – suas queixas do senhor Darcy e o que sofrera por sua causa –, tudo era agora publicamente discutido. E todos se sentiam contentes de pensar que sempre tinham antipatizado com o senhor Darcy, mesmo antes de saber qualquer coisa contra ele.

Jane era a única criatura que supunha que pudessem existir circunstâncias atenuantes no caso, desconhecidas para a sociedade de Hertfordshire. Com doce e firme candura, invocava sempre a tolerância e a possibilidade de enganos. Mas todos os outros condenavam o senhor Darcy como ao pior dos homens.

Capítulo 25

A chegada do sábado arrebatou o senhor Collins da companhia de sua adorável Charlotte, depois de uma semana cheia de promessas de amor e planos de felicidade. A dor da separação seria nele, contudo, aliviada pelos preparativos para a recepção da noiva, pois não era sem fundamento que alimentava a esperança de, no próximo regresso a Hertfordshire, ver finalmente fixado o dia em que se tornaria o mais feliz dos mortais. Às formosas primas renovou seus votos de um futuro feliz e próspero e ao pai delas prometeu outra carta de agradecimento. E se despediu dos seus parentes de Longbourn com tanta solenidade como anteriormente.

Na segunda-feira seguinte, a senhora Bennet teve o prazer de receber o irmão e a cunhada, que vieram como de costume passar o Natal em Longbourn. O senhor Gardiner era um homem fino e sensato, muito superior à irmã, tanto em natureza como em educação. As senhoras de Netherfield dificilmente acreditariam que um homem que vivia no comércio e morava próximo aos seus armazéns pudesse ser tão bem-educado e agradável. A senhora Gardiner, que era muitos anos mais moça do que a senhora Bennet ou a senhora Philips, era uma mulher elegante, agradável, inteligente e muito querida pelas sobrinhas de Longbourn. Entre ela e as duas mais velhas, sobretudo, existia uma forte amizade. As meninas tinham morado muitas vezes na casa dela na cidade. A primeira coisa que a senhora Gardiner fez ao chegar consistiu na distribuição dos presentes que trazia e na descrição das modas mais recentes.

Feito isso, seu papel se tornou menos ativo. Chegou a sua vez de ouvir. A senhora Bennet tinha muitas queixas a relatar. Sofrera grandes decepções desde a última vez em que vira a cunhada. Duas das suas filhas tinham estado a ponto de se casar e afinal tudo tinha dado em nada.

– Eu não culpo Jane – continuou ela –, pois ela teria aceitado o senhor Bingley. Mas Lizzy! Oh, é muito duro pensar que podia ser agora a esposa do senhor Collins se não fosse tão insensata. Ele fez uma proposta aqui mesmo nesta sala. E ela o recusou. A consequência disso é que *lady* Lucas casará uma das filhas antes de mim. E a propriedade de Longbourn está mais do que nunca destinada a passar para mãos estranhas. Os Lucas são gente muito esperta, minha irmã, só pensam nas vantagens que podem obter. Sinto muito dizer isso deles, mas é verdade. Causa-me um grande nervosismo ser assim contrariada na minha própria família e ter vizinhos que pensem mais em si do que nos outros. No entanto, sua visita neste momento é o maior consolo que eu poderia receber, e fico feliz de saber o que você acaba de nos contar a respeito das mangas compridas.

A senhora Gardiner, a quem a maior parte dessas notícias já fora transmitida por Jane e por Elizabeth na correspondência que mantinham com ela, deu à cunhada uma resposta evasiva. E, com pena das suas sobrinhas, mudou o tema da conversa.

Mais tarde, sozinha com Elizabeth, tornou a abordar o assunto:

– É provável que tenha sido um partido desejável para Jane. Lamento que o projeto tenha fracassado. Mas essas coisas acontecem tanto! Um rapaz como o senhor Bingley, a julgar pela descrição que me fizeram, apaixona-se facilmente por uma moça bonita durante algumas semanas e, quando um acaso os separa, esquece-a com facilidade. Inconstâncias dessa espécie são muito frequentes.

– De certo modo isso é um excelente consolo – disse Elizabeth. – Mas não serve para nós. Não sofremos por acaso. Não acontece com tanta frequência assim que um rapaz independente se deixe persuadir pelos amigos a esquecer uma moça que ele amava apaixonadamente poucos dias antes.

– Mas essa expressão "amar apaixonadamente" é tão gasta, tão duvidosa, tão indefinida.... Ela não me diz nada. Muitas vezes, é aplicada a sentimentos que surgem depois de meia hora apenas de contato, como igualmente a afeições reais e fortes. Diga-me: qual era o grau de violência do amor do senhor Bingley?

– Nunca vi uma inclinação mais promissora. Ele estava se tornando esquecido das outras pessoas e inteiramente absorto por Jane. Cada vez que se encontravam, isto se tornava mais claro. No baile que ele próprio ofereceu, ofendeu duas ou três moças, esquecendo-se de tirá-las para dançar! E eu mesma falei com ele duas vezes sem ter resposta. Podem existir melhores sintomas? Não é a desatenção geral a própria essência do amor?

– Oh, sim, dessa espécie de amor que suponho tenha sido o dele. Pobre Jane! Tenho pena dela, porque com o seu feitio talvez não o esqueça de imediato. Seria melhor que isso tivesse lhe acontecido, Lizzy, pois, graças ao seu bom humor, você teria esquecido mais depressa. Mas acha que podemos convencê-la a voltar conosco? As mudanças de lugar podem ser úteis. E talvez sua ausência de casa por algum tempo faça um grande bem a Jane.

Elizabeth ficou muito contente com a proposta e plenamente convencida da pronta aquiescência da irmã.

– Espero – acrescentou a senhora Gardiner – que nenhuma consideração por esse rapaz a influencie. Moramos em pontos tão afastados da cidade, todas as nossas relações são tão diferentes e, como você sabe, saímos tão raramente que é muito pouco provável que se encontrem. A não ser que ele de fato venha visitá-la.

– É inteiramente impossível, pois ele está sob a vigilância do amigo, e o senhor Darcy não toleraria que ele fosse visitá-la num quarteirão de Londres tão pouco elegante. Minha cara tia, como a senhora pode supor tal coisa? O senhor Darcy talvez tenha ouvido falar em Gracechurch Street, mas, se alguma vez entrasse lá, creio que levaria um mês se purificando.

– Tanto melhor. Espero que eles não se encontrem. Mas Jane não se corresponde com a irmã do senhor Bingley? Essa pessoa não poderá deixar de visitá-la.

– Ela cortará relações por completo.

No entanto, apesar da certeza com que Elizabeth fingia acreditar no que diziam, bem como na possibilidade de Bingley ser impedido de visitar Jane, esse assunto a preocupava de tal maneira que, depois de refletir, convenceu-se de que não considerava o caso inteiramente perdido. Parecia-lhe possível e, algumas vezes, até mesmo provável que a afeição do senhor Bingley recrudescesse e que a influência dos seus amigos pudesse ser contrabalançada com êxito pelas influências mais naturais dos atrativos de Jane.

A senhorita Bennet aceitou o convite da tia com prazer. E se, ao mesmo tempo, se lembrava dos Bingleys, era apenas para desejar que lhe fosse possível ocasionalmente passar uma ou outra manhã com a amiga. E podia fazê-lo sem correr o perigo de ver Bingley, já que Caroline não morava com o irmão. Os Gardiners ficaram uma semana em Longbourn. E não se passou um dia sem compromissos sociais, sem visitarem ou receberem visitas dos Philips, dos Lucas e dos oficiais. A senhora Bennet tinha planejado tão cuidadosamente esses divertimentos para seus parentes que nem uma só vez eles se sentaram juntos para um jantar em família. Quando havia convidados em casa, entre eles se encontravam sempre alguns oficiais, e um deles era sempre o senhor Wickham. E, nessas ocasiões, a senhora Gardiner, em cujo espírito os calorosos elogios de Elizabeth tinham despertado suspeitas, observava os dois com grande atenção. Sem supor, pelo que estava vendo, que eles estivessem seriamente apaixonados, a preferência que manifestavam um pelo outro era suficiente para inquietá-la; resolveu falar a Elizabeth sobre o assunto antes de partir de Hertfordshire e fazer ver a imprudência que ela cometia encorajando aquela inclinação.

Wickham tinha um meio de interessar a senhora Gardiner independente dos seus múltiplos encantos. Há dez ou doze anos, antes do seu casamento, a senhora Gardiner residira muitos anos na mesma região de Derbyshire em que nascera o senhor Wickham. Tinham, portanto, muitos conhecidos em comum. E, embora o senhor Wickham só tivesse ido lá poucas vezes depois da morte do pai do senhor Darcy, há cinco anos, ele podia dar notícias mais recentes dos antigos amigos da senhora Gardiner do que as que ela poderia obter de outro modo.

A senhora Gardiner tinha estado em Pemberley e conhecia de nome o falecido senhor Darcy; aí estava, portanto, um assunto inesgotável. Comparando suas lembranças de Pemberley com as descrições minuciosas que Wickham lhe fazia e prestando ao caráter do seu antigo possuidor seu tributo de admiração, a senhora Gardiner deliciava a si mesma e a seu interlocutor. Ao ser informada sobre o tratamento que o atual senhor Darcy lhe dispensara, ela procurou se lembrar da reputação que ele tinha quando criança. E acreditou, afinal, recordar-se de ter ouvido dizer que o senhor Fitzwilliam Darcy tinha sido um menino muito orgulhoso e de mau caráter.

Capítulo 26

Na primeira oportunidade favorável que houve para falar a sós com Elizabeth, a senhora Gardiner alertou a sobrinha em tom de grande afabilidade. Após ter lhe dito sinceramente o que pensava, prosseguiu:

– Você é uma garota bastante sensata, Lizzy, para não se apaixonar só porque a previnem contra tal, e é essa a razão pela qual não receio falar tão abertamente sobre o assunto. Deve ter cautela. Não se envolva nem dê a ele ocasião de se envolver num afeto que a falta de meios de fortuna tornaria deveras imprudente. Trata-se de um jovem muito atraente e agradável; e, se ele tivesse a fortuna que lhe estava destinada, você não poderia escolher melhor. Porém, no pé em que as coisas estão, não se deixe arrastar pela fantasia. Tenha a cabecinha no lugar, e todos esperamos que faça bom uso dela. Estou certa de que o seu pai conta com sua firmeza e sua prudência. Evite a todo o custo desiludi-lo.

– Minha querida tia, trata-se, na verdade, de um assunto sério.

– Sim, e espero convencê-la a se portar à altura dele.

– Bom, nesse caso não terá de que se afligir. Olharei por mim e pelo senhor Wickham também. Ele não se apaixonará por mim se eu puder evitar.

– Elizabeth, agora não está falando sério.

– Perdoe-me. Vou tentar de novo. No momento, não estou apaixonada pelo senhor Wickham; não, é certo que não estou. Contudo, ele é, sem dúvida alguma, o homem mais simpático que já encontrei, e, caso se prenda verdadeiramente a mim, creio que será preferível que ele não o faça. Oh, aquele detestável senhor Darcy! A opinião de meu pai tem para mim inestimável valor e me sentiria desgraçada no momento em que a perdesse. Meu pai, porém, simpatiza com o senhor Wickham. Em resumo, minha querida tia, a mim custaria bastante tornar-me motivo de infelicidade para algum de vocês; mas, se diariamente assistimos ao enlace de jovens cuja falta de fortuna raramente os impede de unir os seus destinos, como poderei eu, uma vez tentada, prometer ser mais sensata que eles ou como poderei alguma vez saber qual a sensatez em resistir? A única coisa que posso lhe prometer é não ter pressa. Não terei pressa em considerar-me o principal objeto a seus olhos. Quando na sua companhia, nada desejarei. Enfim, farei o melhor que puder.

– Talvez também não fosse má ideia dissuadi-lo de vir aqui tantas vezes. Pelo menos, você não deveria lembrar sua mãe de convidá-lo.

– Como fiz no outro dia – disse Elizabeth, com um sorriso malicioso. – Tem razão, será mais sensato evitá-lo. Mas não julgue que ele tem passado aqui os dias. É por sua causa que ele tem sido convidado com tanta frequência no decorrer desta semana. Sabe como é a minha mãe e o que ela pensa da necessidade de um entretenimento constante para os amigos. Mas, sinceramente, e pela minha honra, tentarei proceder da maneira que achar mais conveniente; e agora espero tê-la tranquilizado.

A tia assegurou-a da sua inteira satisfação, e as duas se separaram após Elizabeth ter agradecido a amabilidade da sua atitude, exemplo maravilhoso de um inofensivo conselho abordando matéria tão delicada.

O senhor Collins regressou a Hertfordshire pouco depois de os Gardiners e Jane terem partido; mas, como vinha para se instalar na casa dos

Lucas, sua chegada não trouxe grande inconveniente para a senhora Bennet. O casamento dele aproximava-se agora a passos largos, mas ela já estava, por fim, suficientemente resignada, a ponto de o considerar inevitável e repetidas vezes proferir, num tom azedo, que lhes desejava muitas felicidades.

Quinta-feira seria o dia da cerimônia, e na quarta-feira a senhorita Lucas fez sua visita de despedida; e, quando ela se ergueu para partir, Elizabeth, envergonhada pela atitude relutante da mãe, acompanhou-a à porta. Quando desciam juntas as escadas, Charlotte disse-lhe:

– Espero que me escreva com frequência, Eliza.

– Pode estar certa.

– Tenho outro favor a pedir: virá um dia visitar-me?

– Teremos inúmeras oportunidades de nos vermos aqui em Hertfordshire, creio eu.

– Não sairei de Kent tão cedo. Prometa-me que virá a Hunsford.

Elizabeth não podia recusar, embora antevisse a visita com pouco prazer.

– Meu pai e Maria irão me ver em março – acrescentou Charlotte –, e espero que concorde em acompanhá-los. Acredita, Eliza, que será para mim tão bem-vinda como qualquer um deles.

Realizado o casamento, os noivos partiram logo em seguida para Kent, e o acontecimento foi bastante discutido e comentado por todos, como é habitual. Elizabeth em breve teve notícias da amiga, e entre elas estabeleceu-se uma correspondência tão regular e frequente como outrora, embora não tão franca, pois isso seria impossível. Elizabeth nunca lhe falava sem que sentisse um vazio dentro de si, pois havia cessado aquele conforto da intimidade, e, embora decidida a não faltar com as suas cartas, escrevia mais por aquilo que entre elas existira do que pelo que agora existia. As primeiras cartas de Charlotte foram recebidas com certa ansiedade, explicada apenas pela curiosidade em saber como ela falaria do seu novo lar, o que achara de *lady* Catherine e até que ponto ousaria pronunciar-se sobre sua própria felicidade.

Jane escreveu algumas linhas à irmã para anunciar sua chegada a Londres. Quando ela tornou a lhe escrever, Elizabeth esperava que já pudesse lhe contar algo sobre os Bingleys.

A segunda carta, porém, não correspondeu à sua impaciência. Há uma semana que Jane se encontrava na capital sem que Caroline tivesse dado algum sinal de vida. Ela atribuía ao fato de a sua última carta enviada de Longbourn à amiga ter se extraviado.

A minha tia – escreveu ela – *pretende ir amanhã para aqueles lados da cidade, e eu aproveitarei a oportunidade para uma visita à Grosvernor Street.*

Após a visita, em que estivera com a senhorita Bingley, ela tornou a escrever:

Não achei Caroline muito bem-disposta, mas mostrou-se bastante contente por me ver e queixou-se de não a ter avisado da minha vinda a Londres. Afinal, ela nunca chegou a receber aquela minha carta. Perguntei-lhe pelo irmão, naturalmente. Respondeu-me que ele estava com perfeita saúde, mas tão ocupado com o senhor Darcy que raramente o via. Percebi que esperavam a senhorita Darcy para jantar. Gostaria de a ter visto. Minha visita não durou muito tempo, pois Caroline e a senhora Hurst preparavam-se para sair. Creio que em breve as verei aqui.

Elizabeth contemplou a carta, bastante desanimada. Estava convencida de que só por um acaso o senhor Bingley viria a saber da presença da irmã na capital.

Quatro semanas passaram sem que Jane soubesse alguma coisa dele. Tentou convencer-se de que não o lastimava; mas não poderia continuar a iludir-se sobre o desinteresse da senhorita Bingley. Após ter, durante quinze dias, permanecido todas as manhãs em casa, e em cada manhã ter inventado uma nova desculpa para o fazer, a amiga dignou-se enfim a retribuir-lhe a visita, porém, o pouco tempo que ficou e, sobretudo, a alteração dos seus modos tiraram qualquer dúvida de Jane. A carta que, pela ocasião, escreveu à irmã demonstra o que ela sentiu:

Minha querida Lizzy, sei que será incapaz de uma atitude de triunfo quando lhe confessar que estava inteiramente iludida a respeito da estima da senhorita Bingley por mim. Contudo, minha querida irmã, se bem que o que aconteceu venha lhe dar razão, não me julgue obstinada ao continuar a afirmar que, perante o comportamento dela no decorrer da nossa amizade, a minha fé era tão justificada quanto a sua reserva. Não entendo qual o intuito dela ao alimentar certa intimidade comigo, mas, se as mesmas circunstâncias voltassem a se repetir, estou certa de que me deixaria de novo iludir.

Só ontem Caroline me retribuiu a visita, e até lá não recebi da sua parte uma palavrinha sequer. Quando, finalmente, apareceu, tornou evidente que não tinha nenhum prazer nisso. Deu uma desculpa ligeira e formal por não me visitar mais cedo, nada disse quanto a desejar me ver de novo e comportou-se de modo tão estranho e diferente que, quando ela saiu, eu estava perfeitamente decidida a não continuar como sua amiga. Tenho pena dela, mas não posso deixar de a censurar. Foi incorreta ao sacudir-me do modo como fez.

Posso, sem receio, afirmar que todas as iniciativas para uma maior intimidade partiram sempre dela. Contudo, lastimo, pois deve sentir que agiu mal e porque estou certa de que foi a sua ansiedade pelo irmão que lhe inspirou tal atitude. Não será necessário alongar-me no assunto. Embora saibamos que tal ansiedade é descabida, uma vez que ela a sente, vejo facilmente justificado o seu comportamento comigo. Além disso, o irmão devota-lhe tal ternura que qualquer que seja a ansiedade dela a seu respeito é sempre norteada por sentimentos naturais e sãos. Não deixo, contudo, de estranhar que precisamente agora alimente esses receios, pois, se ele tivesse algum interesse por mim, há muito tempo que nos teríamos encontrado. Creio que ele sabe da minha presença na capital, pois foi, pelo menos, o que deduzi da conversa dela. Porém, pela sua maneira de falar, fiquei também com a impressão de que ela tentava persuadir-se a si própria de que o irmão de fato se interessava pela senhorita Darcy. Não compreendo. Se não receasse alguma precipitação ou crueldade no meu juízo, ficaria tentada a dizer que existe em tudo isso uma forte aparência de duplicidade. Enfim, tentarei banir do meu pensamento tudo o que me atormenta e pensar naquilo que me fará verdadeiramente feliz, ou seja, na sua afeição e na infatigável bondade dos meus queridos tios. Não demore para me escrever. A senhorita Bingley falou em nunca mais voltarem a Netherfield e terem intenção de largar a casa, mas, por ora, nada é certo ainda. É melhor não dizer nada sobre isso em casa. Alegra-me que tenha recebido notícias tão agradáveis dos nossos amigos em Hunsford. Por que não acompanha sir *William e Maria? Estou certa de que acabaria por gostar.*

A tua, etc.

A carta entristeceu Elizabeth, mas logo se tranquilizou ao pensar que Jane não continuaria sendo enganada, pelo menos pela senhorita Bingley. Quanto ao irmão, tinha ruído toda a expectativa que ela criara. Não desejava nem sequer que ele tentasse retomar com Jane. Quanto mais analisava o caráter dele, tanto maior era o seu desânimo. Como punição para ele, assim como possível vantagem para Jane, esperava que, em breve, ele se casasse com a irmã do senhor Darcy, pois, segundo o senhor Wickham, ela depressa o faria lastimar o que ele desdenhara.

A senhora Gardiner, entretanto, escrevera a Elizabeth, lembrando--a da sua promessa referente àquele cavalheiro e pedindo-lhe notícias, ao que Elizabeth prontamente acedeu, embora elas fossem motivo de maior regozijo para a tia do que para ela própria. Sua aparente inclinação acalmara, suas atenções tinham cessado, e ele era agora o admirador de outra. Elizabeth era suficientemente perspicaz para constatar tal fato, e, ao observá-lo e escrever sobre ele, fazia sem grande mágoa. Seu coração tinha sido apenas um pouco afetado, e ela se envaidecia em acreditar que seria ela a eleita, tivesse a fortuna permitido. A súbita aquisição de dez mil libras constituía o principal encanto da jovem junto de quem ele presentemente se fazia valer de toda a sua amabilidade. Mas Elizabeth, menos sagaz nesse caso do que no de Charlotte, não criticou seu desejo de independência. Pelo contrário, nada poderia ter transcorrido de forma mais natural; e, tendo-lhe sido dado supor que representava para ele um doloroso esforço renunciar a ela, Elizabeth, em contrapartida, prontificou-se a aceitar tal atitude como uma medida sensata e desejável para ambos, e muito sinceramente desejou-lhe felicidade.

De tudo isso a senhora Gardiner foi informada; e, após o relato das circunstâncias, ela continuou:

Estou agora convencida, querida tia, de que não cheguei a estar verdadeiramente apaixonada; pois, se acaso eu tivesse experimentado essa pura e elevada paixão, a essas horas não suportaria ouvir mencionar seu nome e lhe desejaria todo o mal. Acontece que não só meus sentimentos por ele são extremamente cordiais, como nada tenho contra a senhorita King. Não sinto em mim nenhum ódio por ela, nem má vontade, tampouco alguma coisa que me impeça de ver nela uma boa garota. Nunca poderia ter se tratado de amor. Minha cautela foi providencial. E, embora eu tenha me tornado um objeto de maior interesse aos olhos dos outros, não posso dizer que lastime minha relativa insignificância. Kitty e Lydia ficaram mais sentidas do que eu mesma. Elas pouco conhecem do mundo e ainda não estão preparadas para admitir a ideia de que um jovem bonito necessita tanto de dinheiro para viver como qualquer outro.

Capítulo 27

Janeiro e fevereiro passaram sem outros grandes acontecimentos na família de Longbourn, apenas entrecortados pelos passeios a Meryton, algumas vezes com chuva, outras com frio. Em março, Elizabeth iria para Hunsford.

No começo, ela não tinha encarado com muita seriedade a possibilidade de ir, mas Charlotte contava com a amiga, e, aos poucos, Elizabeth se habituou a pensar na visita com mais interesse e certeza. O tempo aumentara o desejo de rever Charlotte e enfraquecia a sua repugnância pelo senhor Collins. Havia também o sabor da novidade. Com a mãe que tinha, e irmãs tão pouco camaradas, sua casa não seria um lugar muito divertido. Além disso, a viagem lhe daria a oportunidade de se avistar com Jane. Em suma, à medida que o dia se aproximava, menos desejava adiar a partida. Tudo ficou combinado de acordo com os planos de Charlotte. Elizabeth iria em companhia de *sir* William e da segunda filha dele. Ao plano inicial acrescentou-se um novo detalhe: eles passariam a noite em Londres.

Elizabeth lamentou apenas ter de deixar o pai, que certamente sentiria sua falta e que, chegado o dia, se mostrou tão pouco satisfeito com sua partida que recomendou à filha que lhe escrevesse e quase prometeu responder à carta. A despedida entre Elizabeth e o senhor Wickham foi cordial. Da parte dele, ainda mais do que isso. Seus planos atuais não o faziam esquecer que Elizabeth fora a primeira a despertar e a merecer sua admiração. A primeira que o ouvira e se compadecera dele; e, quando disse adeus a Elizabeth, desejou-lhe todos os prazeres, lembrou-lhe a descrição que fizera de *lady* Catherine de Bourgh e disse que esperava que a opinião de ambos a respeito daquela senhora, bem como sobre todas as outras pessoas, coincidisse. Em suas palavras transpareciam solicitude e interesse. Elizabeth sentiu que esses sentimentos sempre a uniriam a ele numa sincera afeição. E separou-se do senhor Wickham convencida de que, casado ou solteiro, ele sempre representaria a seus olhos o ideal de uma pessoa agradável e sedutora.

Seus companheiros de viagem não eram capazes de desfazer nela a boa impressão que Wickham lhe deixara. Tanto *sir* William como a filha

Maria, uma jovem alegre, mas tão fútil quanto ele, nada tinham a dizer que valesse a pena ser ouvido. Elizabeth tinha uma predileção pelo absurdo, mas conhecia *sir* William há muito tempo. O relato maravilhoso da sua apresentação na corte e da sua investidura já não era novidade para ela; e suas delicadezas tinham sofrido um desgaste idêntico ao da sua conversa.

Não teriam, nesse dia, mais de quarenta quilômetros a percorrer, mas, quando saíram, ainda era madrugada, pois tinham a intenção de estar em Gracechurch Street por volta do meio-dia. Quando pararam à porta do senhor Gardiner, Jane estava a uma das janelas da sala aguardando sua chegada. Quando entraram em casa, ela os recebeu, e Elizabeth, olhando-a demoradamente, ficou feliz por vê-la tão saudável e encantadora como nunca. Ao topo das escadas, acotovelava-se um pequeno grupo de crianças, rapazes e garotas, cuja ânsia de ver a prima não lhes permitira esperar na sala de visitas, pois há um ano que a não viam, e cuja timidez lhes impedia de descer ao seu encontro.

O ambiente era de alegria e afabilidade. O dia decorreu da forma mais agradável; a tarde foi passada no alvoroço das compras, e a noite, num dos teatros. Ali, Elizabeth se aproximou da tia. O primeiro assunto a ser abordado entre elas foi a respeito de sua irmã. Foi maior preocupação do que espanto ao ouvir, em resposta às suas minuciosas inquirições, que, embora Jane continuasse lutando por manter a boa disposição, tinha períodos de desânimo e melancolia. Era, contudo, de esperar que eles não durassem muito tempo.

A senhora Gardiner contou também todos os detalhes da visita da senhorita Bingley à Gracechurch Street e repetiu as várias conversas que desde então tivera com Jane e que lhe davam a entender não existir da sua parte interesse em continuar tal amizade.

A senhora Gardiner referiu-se, repetidas vezes, à deserção de Wickham e felicitou a sobrinha por suportá-la com tanta dignidade.

– Mas, querida Elizabeth – acrescentou ela –, que tipo de garota é a senhorita King? Difícil ver que o nosso amigo, afinal, não passa de um interesseiro.

– Pelo amor de Deus, querida tia, qual a diferença entre o casamento por interesse e o casamento por prudência? Onde acaba a prudência e começa a cobiça? No Natal, a tia receava que ele casasse comigo, pois seria uma imprudência; e agora, porque ele procura cativar uma garota que possui dez mil libras, conclui que ele é um interesseiro.

– Basta que você me diga que tipo de garota é a senhorita King, e eu saberei o que pensar dele.

– Ela é uma boa garota, creio eu. Nunca ouvi dizer o contrário.

– Mas ele nunca lhe deu importância, senão quando o avô morreu e lhe deixou sua fortuna.

– Se não lhe era permitido conquistar minha afeição, já que eu não tinha dinheiro, por que razão haveria ele de se voltar para uma garota por quem não se interessava e que era tão pobre quanto eu?

– Mas parece pouco delicado da parte dele rodear de atenções essa moça após a morte tão recente do avô.

– Um homem em situação embaraçosa não tem tempo para considerações dessa ordem e que outros podem acatar. Se ela não tem objeções, por que nós teremos de ter?

– Não se justifica. Demonstra que também nela há ausência de algo: bom senso ou sentimentos.

– Pois bem – respondeu Elizabeth –, como queira, minha tia. Ele é um interesseiro e ela, uma tola.

– Não, Lizzy, não é isso que eu quero dizer. Lamentaria muito pôr defeito num jovem que durante tanto tempo viveu em Derbyshire.

– Se é só isso, tenho uma péssima opinião dos jovens que viveram ali em Derbyshire; e seus amigos íntimos que vivem em Hertfordshire não são melhores. Estou farta de todos eles. Graças a Deus! A partir de amanhã gozarei da companhia de um homem destituído de qualquer qualidade, bom senso ou distinção. Os estúpidos são, no fundo, os únicos que vale a pena conhecer.

– Tome cuidado, Lizzy; o que acabaste de dizer encerra qualquer coisa de muito parecido com desilusão.

Pouco antes do fim da peça que viria finalizar sua conversa, Elizabeth teve a inesperada alegria de um convite para acompanhar os tios num passeio que eles planejavam para o verão. Disse a senhora Gardiner:

– Ainda não decidimos aonde iremos, mas uma das ideias é visitar a região dos Lagos.

– Minha querida, querida tia, que delícia! Que felicidade! É como se revivesse. Adeus, desilusão e melancolia. O que são os homens comparados com as rochas e as montanhas? Oh! Que horas de êxtase não serão as nossas! E, quando regressarmos, não acontecerá como com os outros viajantes, que não são capazes de dar uma ideia exata de nada. Nós saberemos aonde fomos, descreveremos o que vimos. Lagos, montanhas e rios não se misturarão nas nossas imaginações; e, na nossa tentativa de descrever determinado cenário, não discutiremos quanto à sua situação relativa. Não deixaremos que as nossas primeiras efusões sejam tão insuportáveis como as da maioria dos viajantes! – exclamou ela animada.

Capítulo 28

Aos olhos de Elizabeth tudo era interessante. Ela estava bastante animada, pois não só a boa aparência da irmã afastara todas as preocupações a respeito da sua saúde como a perspectiva do passeio pelo Norte era para ela uma fonte de alegria constante.

Quando deixaram a estrada principal para tomar a trilha que os conduziria a Hunsford, esperaram a todo o momento e a cada curva do caminho deparar com a casa paroquial. A cerca do Parque Rosings limitava a estrada de um lado. Elizabeth sorriu ao recordar-se de tudo o que lhe tinham contado sobre seus habitantes.

Por fim avistaram a casa. O jardim descia em rampa suave até a estrada; a cerca verde, as sebes de loureiro, tudo indicava que estavam chegando. O senhor Collins e Charlotte apareceram à porta, e a carruagem, no meio de acenos e sorrisos, parou em frente a um pequeno portão que dava acesso à casa. Logo estavam todos exultantes pela alegria de tornarem a se ver.

A senhora Collins recebeu a amiga com uma manifestação de genuíno prazer, e Elizabeth sentiu-se feliz pela recepção tão carinhosa. Ela imediatamente notou que os modos do primo não tinham sofrido nenhuma modificação com o casamento. Mantinha aquela delicadeza formal que, durante alguns minutos, a deteve junto ao portão, enquanto perguntava sobre a família toda. Foram, em seguida, conduzidos para dentro de casa.

O senhor Collins chamou a atenção para a beleza da entrada, e, assim que chegaram à sala, tornou a dar as boas-vindas e repetiu todas as recomendações da esposa para que os visitantes ficassem à vontade.

Elizabeth percebeu que, ao apontar para a proporção ideal da sala, o aspecto e a mobília, ele estava falando particularmente com ela, como que desejando mostrar o que perdera ao recusá-lo. Contudo, embora a Elizabeth tudo parecesse belo e confortável, não estava dentro das suas possibilidades mostrar algum sinal de arrependimento. Ao contrário, olhou de relance a amiga com um espanto mal disfarçado, por vê-la tão animada junto ao companheiro.

Depois de terem permanecido na sala tempo suficiente para admirar todos os objetos de mobiliário, desde o aparador ao guarda-fogo, e para contarem os pormenores da viagem e tudo o que tinham feito em Londres, o senhor Collins convidou-os para um pequeno passeio pelo jardim, que era grande e muito bem cuidado pessoalmente por ele.

Do jardim, o senhor Collins preparava-se para conduzi-los através dos dois prados que também lhe pertenciam, mas as senhoras, que não dispunham de sapatos adequados para enfrentar uns restos de geada, preferiram voltar. Enquanto *sir* William o acompanhava no aludido passeio, Charlotte reconduziu a irmã e a amiga para casa, extremamente satisfeita por ter a oportunidade de mostrá-la sem a ajuda do marido.

A casa era pequena, porém bem construída e aconchegante. Tudo nela se harmonizava e estava disposto com arte e bom gosto, que Elizabeth atribuiu exclusivamente a Charlotte. Uma vez esquecido o senhor Collins, podiam ficar mais à vontade. Pela animação que transparecia no rosto de Charlotte, Elizabeth concluiu que ela o esquecia sempre que podia.

Já a haviam informado que *lady* Catherine ainda estava por ali. Durante o jantar tocaram novamente no assunto, e o senhor Collins observou:

– Sim, a senhorita Elizabeth terá a honra de ver *lady* Catherine de Bourgh no próximo domingo na igreja, e nem preciso lhe repetir que ficará encantada com ela. É de uma afabilidade e condescendência sem par. Ouso afirmar que a incluirá, bem como à minha irmã Maria, em todos os convites que se digne a nos fazer durante a sua estada aqui.

– *Lady* Catherine é, na realidade, uma senhora muito respeitável e sensata – acrescentou Charlotte – e uma vizinha muito atenciosa.

O serão foi amplamente preenchido com a conversa suscitada pelas notícias de Hertfordshire e pela repetição dos assuntos já referidos. Depois, na intimidade do seu quarto, Elizabeth ficou meditando sobre o grau de contentamento de Charlotte, sua serenidade em suportar o marido, e reconheceu a perfeição com que ela desempenhava seu papel.

No dia seguinte, Elizabeth estava no quarto se preparando para um passeio quando ouviu alguém disparar escadas acima e gritar pelo seu nome.

Abriu a porta e encontrou Maria, que, sem fôlego, tal a sua agitação, exclamou:

– Oh! minha querida Eliza! Desça comigo à sala de jantar. Você ficará deslumbrada com o que verá! Não lhe direi do que se trata. Depressa, venha comigo.

Elizabeth tentou em vão obter resposta às suas perguntas, mas Maria estava decidida a nada lhe dizer, e, em atropelo, desceram até a sala de jantar, que dava para a estradinha. Eram duas senhoras numa pequena carruagem parada em frente ao portão do jardim.

– É isso? – indagou Elizabeth. – Esperei, pelo menos, que fossem os porcos que tivessem invadido o jardim, mas, afinal, não passa de *lady* Catherine e da filha.

– Que ideia, minha querida – disse Maria, um pouco ofendida com o engano. – Não é *lady* Catherine. A senhora idosa é a senhora Jenkinson, que vive com elas. A outra é a senhorita de Bourgh. Repare nela. É tão franzininha. Nunca pensei que fosse tão frágil e pequena!

– Ela é de uma crueldade atroz por obrigar Charlotte a sair com uma ventania dessas. Por que não entra?

– Oh! Charlotte diz que ela raramente o faz. É uma honra quando a senhorita de Bourgh se digna a entrar nesta casa.

– Agrada-me a aparência dela – disse Elizabeth, lembrando-se subitamente de uma coisa. – Tem um aspecto doentio e de pessoa mal-humorada. Sim, parecem ter nascido um para o outro. Ela será a esposa ideal para ele.

O senhor Collins e Charlotte estavam ao portão conversando com as senhoras. *Sir* William, para regozijo de Elizabeth, conservava-se na soleira da porta, contemplando gravemente a grandeza perante os seus olhos e fazendo repetidas reverências sempre que a senhorita de Bourgh olhava na sua direção.

Por fim, o assunto se esgotou, o carro partiu, e os outros voltaram para casa. O senhor Collins, mal deparou com as duas garotas, começou a felicitá-las pela sua sorte. Charlotte explicou que todos tinham sido convidados para jantar em Rosings no dia seguinte.

Capítulo 29

A satisfação do senhor Collins diante do convite foi completa. A possibilidade de exibir a magnificência da sua benfeitora aos olhos maravilhados dos seus hóspedes e de os deixar entrever a delicadeza de Sua Excelência com ele próprio e sua mulher era o que mais desejava.

– Confesso – dizia ele – que não me surpreenderia se acaso no domingo Sua Excelência nos convidasse para tomar chá e passar a tarde em Rosings. Conhecendo sua afabilidade, acho natural que isso aconteça. Mas quem poderia prever uma prova de atenção como esta? Quem imaginaria que receberíamos um convite para jantar, um convite, aliás, que abrange todo o grupo, tão imediatamente após a sua chegada?

– Sou eu o menos surpreso de todos – replicou *sir* William. – Na corte são habituais tais manifestações, reveladoras de uma educação primorosa.

Pouco mais se falou durante o resto do dia e na manhã seguinte, senão na visita a Rosings. O senhor Collins teve a precaução de os esclarecer sobre as maravilhas que os esperavam, de modo a que a visão dos salões, dos inúmeros criados e do opulento jantar não os surpreendesse completamente.

Antes de as senhoras se retirarem, a fim de se prepararem, ele disse a Elizabeth:

– Não se preocupe demasiado com o seu traje, querida prima. *Lady* Catherine está longe de exigir de nós a elegância que ela e a filha ostentam. Aconselho-a, portanto, a escolher seu vestido mais elegante, apenas, pois a ocasião pouco mais requer. *Lady* Catherine não levará a mal a simplicidade da sua aparência. Ela gosta de ver preservada a distinção das classes.

Enquanto elas se vestiam, o senhor Collins veio por duas ou três vezes bater à porta dos quartos e recomendar que não se demorassem, pois *lady* Catherine não gostava que a fizessem esperar para jantar.

Como o tempo estava bom, o passeio pelo parque foi muito agradável. Elizabeth sentia-se satisfeita com o que via, embora não se entregasse às efusões que o senhor Collins esperava que o cenário nela suscitasse.

Enquanto subiam a escadaria da entrada, a emoção de Maria aumentava a cada momento, e o próprio *sir* William deixava transparecer o nervosismo. A coragem de Elizabeth, porém, não a abandonou. Ela nada ouvira a respeito de *lady* Catherine que a impressionasse, quer por quaisquer talentos extraordinários ou virtude miraculosa, e, quanto à pompa de que tanto o dinheiro como a classe a rodeavam, ela acreditava poder contemplar sem desfalecer.

Da sala de entrada, cujas belas proporções e ricos ornamentos o senhor Collins fez ressaltar com ar extático, seguiram os criados atravessando uma antecâmara até a sala onde se encontravam *lady* Catherine, a filha e a senhora Jenkinson.

Apesar de já ter sido recebido em St. James, *sir* William estava tão impressionado pelo esplendor que o rodeava que apenas teve ânimo para uma profunda reverência e sentou-se sem dizer uma só palavra. Sua filha, terrivelmente assustada, ocupou a borda de uma cadeira e não sabia para que direção olhar. Elizabeth sentia-se bastante à vontade e pôde observar com serenidade as três senhoras à sua frente.

Lady Catherine era uma mulher alta e forte, de feições muito carregadas e que teriam sido belas. Seu ar não cativava, e a atitude dela ao recebê-los não os fazia esquecer sua inferioridade. Quando em silêncio, nada tinha de terrível; mas suas palavras eram pronunciadas num tom tão autoritário que revelava toda a sua presunção, o que imediatamente trouxe o senhor Wickham ao espírito de Elizabeth. Pelo que observou no decorrer desse dia, ela acreditou na veracidade da imagem que ele lhe fez de *lady* Catherine.

Após o exame da mãe, descobriu semelhança com o senhor Darcy no semblante e no comportamento. Elizabeth voltou os olhos para a filha e partilhou do espanto de Maria ao considerá-la tão frágil e miudinha. Não existia, tanto na figura como no rosto, nenhuma semelhança entre as duas senhoras. A senhorita de Bourgh era pálida e de compleição doentia; suas feições, embora não fossem feias, eram insignificantes.

Após permanecerem alguns minutos sentados, foram todos levados para junto de uma das janelas, a fim de admirarem o panorama. O senhor Collins encarregou-se de lhes indicar o que era digno de ser visto, e *lady* Catherine, amavelmente, observou que no verão é tudo muito mais belo.

O jantar foi magnífico, com muitos criados e a esplêndida baixela de prata de que o senhor Collins falara. Conforme ele adiantara, sentou-se por desejo expresso de *lady* Catherine, à cabeceira da mesa. Pela sua expressão radiante, era como se sentisse que, para ele, a vida nada tinha de mais grandioso para lhe oferecer. *Lady* Catherine, contudo, parecia satisfeita com aquela admiração excessiva e concedia a graça de um sorriso ou outro, sobretudo quando alguma das iguarias se revelava uma novidade para eles. O grupo, porém, não era de índole a permitir uma conversa generalizada. Elizabeth estava pronta a pronunciar-se sempre que via ocasião, mas estava sentada entre Charlotte e a senhorita de Bourgh. Enquanto a primeira tinha a sua atenção absorvida por *lady* Catherine, a segunda não lhe disse uma só palavra durante todo o jantar.

Em seguida, as senhoras voltaram para o salão e, até a hora do café, nada mais fizeram senão ouvir *lady* Catherine. Esta falava sem interrupção, dando sua opinião sobre cada assunto com uma segurança que mostrava não estar habituada a que lhe contestassem. Fez inúmeras perguntas a Charlotte a respeito de assuntos domésticos, com familiaridade e minúcia; e aconselhou-a generosamente. Disse como tudo deveria ser regulado numa família pequena como a dela e ensinou-a cuidar das vacas e das aves.

Elizabeth verificou que nenhum assunto, por mais humilde que fosse, escapava à atenção de *lady* Catherine, contanto que neles encontrasse uma oportunidade para doutrinar. Nos intervalos das suas recomendações à senhora Collins, fazia algumas perguntas a Maria e a Elizabeth, sobretudo a esta última, que conhecia menos e que, observou ela para a senhora Collins, era uma garota muito simpática e atraente. Perguntou várias vezes quantas irmãs ela tinha, se eram mais novas ou mais velhas, se alguma delas estava em vias de se casar, se eram bonitas, onde tinham sido educadas, qual a situação de seu pai e o nome de solteira de sua mãe. Elizabeth sentiu toda a impertinência contida nas perguntas, mas respondeu com grande simplicidade. *Lady* Catherine então observou:

– A propriedade de seu pai está destinada, pela sucessão, a cair nas mãos do senhor Collins. Alegro-me por sua causa – continuou ela, virando-se para Charlotte –, mas, de outro modo, não vejo por que privam a descendência feminina do direito de herdar propriedades. Na família de *sir* Lewis de Bourgh não julgaram necessário tomar tal medida. Sabe tocar piano e cantar, senhorita Bennet?

– Um pouco.

– Oh, nesse caso, espero que um dia desses nos dê o prazer de ouvi-la. Nosso piano é maravilhoso, o que há de melhor. Provavelmente superior ao... Você tem de experimentá-lo. Suas irmãs também sabem tocar e cantar?

– Uma delas sabe.

– Por que as outras não aprenderam também? Todas deviam saber música. As senhoritas Webbs todas sabem tocar; e o pai delas não é mais rico que o seu. Sabe desenhar?

– Não, minha senhora.

– O quê, nenhuma de vocês?

– Nenhuma de nós.

– Que curioso. Mas com certeza não tiveram oportunidade. Sua mãe deveria tê-las levado na primavera para a capital, para receberem lições.

– Minha mãe não poria objeção, mas o meu pai detesta Londres.

– Sua preceptora foi despedida?

– Nunca tivemos preceptora.

– Nunca tiveram preceptora? Como isso é possível? Educar cinco filhas sem uma mestra! Nunca ouvi tal coisa! Sua mãe deve ter sido uma escrava da educação de vocês.

Elizabeth não pôde deixar de sorrir ao responder que esse não fora o caso.

– Então, quem as ensinou? Quem se encarregou da sua educação? Sem a assistência de uma mestra, deve ter deixado a desejar.

– Em comparação com a de certas famílias, acredito que sim. Mas, lá em casa, quem quis se instruir teve todos os meios. Sempre nos encorajaram a prática da leitura, e tivemos todos os professores necessários. Porém, quem não quis estudar também teve essa opção.

– Sem dúvida, mas seria isso justamente o que uma preceptora permanente teria evitado. Se acaso eu conhecesse sua mãe, teria aconselhado que contratasse uma preceptora. Para uma educação perfeita, é preciso uma instrução constante e regular, e isso só uma mestra pode garantir. É espantoso o número de famílias nas quais eu coloquei preceptoras.

Logo em seguida, *lady* Catherine prosseguiu:

– Alguma das suas irmãs mais novas já foi apresentada à sociedade, senhorita Bennet?

– Sim, minha senhora, todas elas.

– O quê? Todas as cinco de uma vez? É muito estranho. E a senhorita é apenas a segunda! As mais novas já frequentam a sociedade mesmo antes de as mais velhas se casarem! Suas outras irmãs são muito novinhas?

– A mais nova ainda não fez 16 anos. Talvez seja um pouco cedo demais para ter vida social, mas, realmente, minha senhora, considero uma crueldade excluí-las de divertimentos e relações sociais apenas porque a mais velha não teve oportunidade ou inclinação para se casar mais cedo.

– Por Deus, a senhorita exprime a sua opinião de forma muito decidida para uma pessoa tão jovem. Diga-me, quantos anos tem? – indagou *lady* Catherine.

– Com três irmãs mais novas já adultas – replicou Elizabeth –, Vossa Excelência não pode esperar que eu lhe dê uma resposta.

Lady Catherine pareceu ficar atônita por não ter recebido uma resposta direta, e Elizabeth suspeitou que ela fora a primeira pessoa que jamais ousara ludibriar tão pomposa impertinência.

– A senhorita não pode ter mais de 20 anos, portanto não precisa esconder sua idade.

– Ainda não fiz 21 anos.

Capítulo 30

A visita de uma semana de *sir* William em Hunsford bastou para convencê-lo de que a filha estava magnificamente instalada e de que tinha um marido e uma vizinha como poucos. Durante o tempo em que *sir* William permaneceu em Hunsford, o senhor Collins dedicava-lhe as suas manhãs. Levava-o a passear na sua charrete para conhecer a região. Quando ele partiu, a família voltou às suas ocupações habituais, e Elizabeth ficou feliz por não o ter tão constantemente na sua companhia, pois a maior parte do tempo, entre o café da manhã e o almoço, ele passava trabalhando no jardim, lendo ou escrevendo e olhando pela janela da biblioteca, que dava para a estrada.

A sala das senhoras ficava nos fundos. Elizabeth, a princípio, estranhou que Charlotte não preferisse a salinha de jantar para uso comum, pois era maior e mais agradável. Em breve compreendeu que a amiga tinha um excelente motivo para a escolha. Sem dúvida, o senhor Collins passaria muito menos tempo na sua biblioteca se elas optassem por uma sala igualmente agradável.

Da salinha de estar não viam a estrada, e cabia ao senhor Collins o relatório sobre carruagens que surgiam e o número de vezes que a senhorita de

Bourgh passava no seu veículo, coisa que ele jamais deixava de anunciar, embora se tratasse de um acontecimento quase diário. Com frequência, a senhorita de Bourgh parava no presbitério e conversava alguns minutos com Charlotte, mas muito raramente descia. Poucos dias decorriam sem que o senhor Collins fosse a Rosings, e era frequente que sua mulher achasse seu dever acompanhá-lo.

Elizabeth só compreendeu o sacrifício de tantas horas quando se lembrou de que possivelmente existiam outros cargos eclesiásticos que dependiam da família. De vez em quando, *lady* Catherine honrava-os com uma visita, e, nessas ocasiões, nada do que se passava na sala escapava à sua atenção. Ela observava as várias ocupações das garotas, olhava para os seus trabalhos e aconselhava que os fizessem de modo diferente. Tinha sempre algum reparo a fazer sobre a disposição dos móveis ou descobria alguma negligência da criada. Se ficava para alguma refeição, não perdia a ocasião de observar que as porções da senhora Collins eram grandes demais para a família.

Elizabeth logo descobriu que essa grande senhora, embora não fosse investida dos poderes de juiz de paz para o condado, desempenhava na sua paróquia, muito ativamente, as funções de magistrado, e nada se passava sem que ela informasse o acontecido ao senhor Collins.

Os jantares em Rosings aconteciam duas vezes por semana, e, não fosse a ausência de *sir* William e o fato de apenas se formar uma mesa de jogo, não passariam da repetição exata do primeiro. Elizabeth se entretinha conversando com Charlotte e, como fazia um tempo excepcionalmente bom para aquela época do ano, encontrava grande prazer nos passeios ao ar livre.

Desse modo sereno passaram os primeiros quinze dias da sua visita. Aproximava-se a Páscoa, e a semana que a precedia traria uma pessoa a Rosings. Pouco depois da sua chegada, Elizabeth ouvira dizer que o senhor Darcy era esperado em Rosings dali a poucas semanas. Embora ela preferisse qualquer outra pessoa que conhecia, a chegada do senhor Darcy contribuiria para o aparecimento de um rosto de certo modo novo nos jantares em Rosings. Além disso, ela teria a oportunidade de observar a atitude dele com a prima, a quem estava, evidentemente, destinado por *lady* Catherine, e até que ponto eram infundadas as esperanças da senhorita Bingley nele. *Lady* Catherine falava na sua vinda com a maior satisfação, referia-se a ele nos termos mais elogiosos e quase se zangou ao saber que a senhorita Lucas e Elizabeth já o conheciam.

A notícia da sua chegada logo alcançou o presbitério, pois o senhor Collins passou a manhã inteira passeando perto dos portões do parque, a fim de não perder o acontecimento. Quando viu surgir a carruagem, fez uma reverência e correu para casa. Na manhã seguinte, tomou o caminho de Rosings a fim de ir apresentar cumprimentos, função esta que ele duplicou, pois eram dois os sobrinhos de *lady* Catherine.

O senhor Darcy tinha trazido consigo o coronel Fitzwilliam, o filho mais novo de seu tio, o *lord*. Para grande surpresa de todos, quando o senhor Collins voltou com os dois cavalheiros, Charlotte, que os avistara da janela do quarto do seu esposo, correu para perto das outras e avisou, acrescentando:

– Eliza, este gesto de amabilidade é por sua causa. O senhor Darcy não viria aqui tão cedo por minha causa.

Elizabeth ainda não tivera tempo para protestar contra tal homenagem quando o toque da campainha anunciou a chegada dos cavalheiros, que pouco depois fizeram sua aparição na sala. O coronel Fitzwilliam, que entrou primeiro, aparentava ter aproximadamente 30 anos de idade. Não era belo, mas nas atitudes e nos modos mostrava-se um verdadeiro senhor. O senhor Darcy não mudara. Apresentou seus cumprimentos à senhora Collins, com a reserva habitual, e, quaisquer que fossem os seus sentimentos para com a amiga da dona da casa, ele a cumprimentou de forma discreta.

Elizabeth respondeu com um ligeiro aceno, sem pronunciar uma só palavra. O coronel Fitzwilliam iniciou imediatamente a conversa, com a simplicidade de um homem bem-educado. Sua conversa era muito agradável; mas seu primo, após ter feito uma breve observação sobre a casa e o jardim, guardou silêncio durante algum tempo. Por fim, achou-se na obrigação de perguntar pela família de Elizabeth. Esta respondeu com simplicidade e, após uma curta pausa, acrescentou:

– Minha irmã mais velha esteve em Londres nestes últimos três meses. Por acaso não a encontrou?

Ela sabia perfeitamente que ele nunca a poderia ter encontrado, mas pretendia ver se Darcy revelaria algo que se passara entre os Bingleys e Jane. O senhor Darcy respondeu não ter tido a felicidade de encontrar a senhorita Bennet. O assunto não tornou a ser mencionado e, pouco depois, os dois cavalheiros partiram.

Capítulo 31

Todas as senhoras concordaram que o coronel Fitzwilliam contribuiria muito para alegrar os jantares em Rosings. No entanto, alguns dias se passaram antes que recebessem novo convite, pois, havendo visitas em casa, eles não eram tão necessários. Só no domingo de Páscoa, quase uma semana depois da chegada dos cavalheiros, foram convidados a passar apenas a tarde com a família. Durante essa semana, raramente tiveram a ocasião de ver *lady* Catherine ou sua filha. O coronel Fitzwilliam visitou várias vezes o presbitério, mas o senhor Darcy apenas foi avistado na igreja.

O convite foi aceito e, na hora marcada, eles se reuniram ao grupo que já estava no salão de *lady* Catherine. Ela recebeu-os amavelmente, mas era evidente que a companhia deles não lhe agradava tanto como nos dias em que não tinha mais ninguém. *Lady* Catherine se deixava absorver pelos sobrinhos e falava com eles, sobretudo com Darcy, mais do que com qualquer outra pessoa na sala.

O coronel Fitzwilliam parecia realmente encantado por estar ali. Em Rosings, tudo o que apresentasse novidade era bem-vindo para ele, e a atraente amiga da senhora Collins o impressionava. Ele procurou um lugar perto dela e falou tão agradavelmente sobre Kent, Hertfordshire, viagens, livros e música que Elizabeth se divertiu muito. A conversa de ambos decorria tão animada que em breve atraiu a atenção de *lady* Catherine, bem como a do senhor Darcy. Os olhos deste volveram repetidas vezes naquela direção com uma expressão de curiosidade; e, dentro em pouco, tornou-se evidente que *lady* Catherine partilhava dos sentimentos do sobrinho, pois, sem reservas, ela indagou:

– O que diz, Fitzwilliam? Conversam sobre o quê? O que conta à senhorita Bennet? Quero saber o que é.

– Falamos de música, minha senhora – disse ele, quando não pôde mais evitar uma resposta.

– De música! Então fale em voz alta. É, de todos os assuntos, o meu preferido. Se estão falando de música, quero tomar parte na conversa. Creio que existem poucas pessoas na Inglaterra que apreciem música como eu ou que tenham um gosto para ela mais natural do que o meu. Se tivesse aprendido convenientemente, seria uma grande intérprete. E Anne também, se a sua saúde o tivesse permitido. Estou certa de que ela tocaria de forma divina. Georgiana tem feito muitos progressos, Darcy?

O senhor Darcy louvou afetuosamente o talento da irmã.

– Fico muito satisfeita com o que me conta – disse *lady* Catherine. – Diga-lhe que ela só poderá brilhar se estudar com afinco.

– Pode estar certa, minha senhora – replicou ele –, de que ela não precisará de tal conselho. Ela estuda e pratica com muita regularidade.

– Tanto melhor. Nunca será demais. Quando tornar a lhe escrever, recomendarei que não descuide a prática do piano. Sempre repito às jovens que nenhuma distinção poderá ser alcançada na música sem uma prática constante. Por várias vezes disse à senhorita Bennet que ela nunca chegará a tocar realmente bem se não se dedicar mais ao instrumento; e, uma vez que o senhor Collins não possui piano em casa, torno a renovar o meu convite para diariamente vir a Rosings exercitar-se no piano no quarto da senhora Jenkinson. Naquela parte da casa, ela não correrá o risco de incomodar alguém.

O senhor Darcy pareceu um pouco embaraçado com a grosseria da tia e nada respondeu. Depois do café, o coronel Fitzwilliam lembrou a Elizabeth a promessa que ela lhe fizera de tocar para ele; e ela imediatamente se encaminhou ao piano. Ele aproximou sua cadeira. *Lady* Catherine ouviu metade de uma canção e de novo reatou a conversa com o outro sobrinho. Mas este logo se afastou dela e, resolutamente, encaminhou-se em direção ao piano, colocando-se de maneira a obter uma visão perfeita do rosto da bela executante. Elizabeth teve consciência da sua presença e, na primeira pausa, voltou-se para ele e disse, com um sorriso malicioso:

– É para me assustar, senhor Darcy, que se aproximou com toda essa imponência? Mas eu não ficarei alarmada, embora sua irmã toque tão bem. Existe em mim uma ousadia que a vontade dos outros é incapaz de intimidar. Nesses momentos, minha coragem não se faz ignorada.

– Não lhe direi que está enganada – replicou ele –, pois a senhorita nunca poderia realmente acreditar que eu tivesse a intenção de alarmá-la. Tenho o prazer de a conhecer já há bastante tempo para saber que gosta ocasionalmente de exprimir opiniões que não são as suas.

Elizabeth riu da imagem que ele oferecia dela e disse para o coronel Fitzwilliam:

– Seu primo lhe dará uma bela ideia a meu respeito e o ensinará a não acreditar numa palavra do que eu digo. É azar meu encontrar alguém capaz de expor meu verdadeiro caráter num lugar onde eu acalentara a esperança de deixar uma boa impressão. Realmente, senhor Darcy, é uma falta de generosidade da sua parte mencionar aqui tudo o que descobriu sobre as minhas fraquezas. Considero, além disso, sua atitude muito pouco delicada, pois me incita a represálias. Receio dizer coisas que escandalizem os seus parentes.

– Não tenho medo de você – comentou ele, sorrindo.

– Oh, deixe que eu ouça as acusações que tem para lhe fazer – disse o coronel Fitzwilliam. – Gostaria de saber como ele se comporta entre estranhos.

– Eu lhe direi... mas prepare-se para ouvir coisas horríveis. A primeira vez que o vi em Hertfordshire foi num baile. E, nesse baile, que pensa o senhor que ele fez? Dançou apenas quatro danças! Dançou apenas quatro danças, embora os cavalheiros fossem escassos; e, de meu conhecimento, mais de uma garota ficou sentada por falta de par. Senhor Darcy, o senhor não pode negar isso.

– Na época não conhecia outras garotas no salão além das do meu próprio grupo.

– É verdade; e ninguém pode ser apresentado a outro num salão de baile. Bem, coronel Fitzwilliam, o que devo tocar em seguida? Meus dedos esperam ordens suas.

– Talvez – disse Darcy – eu devesse ter solicitado uma apresentação, entretanto considero-me mal qualificado para me recomendar pessoalmente a pessoas estranhas.

– Deveremos perguntar a seu primo qual a explicação para tal atitude? – indagou Elizabeth, dirigindo-se sempre ao coronel Fitzwilliam. – Deveremos perguntar-lhe por que razão um homem bem-educado e sensato e que tem a experiência do mundo se considera mal qualificado para se recomendar a pessoas estranhas?

– Posso responder à sua pergunta sem consultá-lo – disse Fitzwilliam. – É porque ele não quer ter esse trabalho.

– O que é certo é que eu não tenho o talento que muita gente tem – rebateu Darcy – de falar facilmente com pessoas que nunca vi antes. Não sou capaz de entrar no estilo de conversa ou fingir que me interesso pelos problemas dos outros, como vejo acontecer.

– Meus dedos – disse Elizabeth – não se movem sobre este instrumento de modo tão magistral como os de muitas mulheres. Eles não têm a mesma força e a mesma rapidez nem têm a mesma força de expressão; mas disso eu culpo só a mim, pois nunca me dei ao trabalho de praticar.

Darcy sorriu e disse:

– Tem toda a razão. Empregou o seu tempo muito melhor. Nenhum dos que terão tido o privilégio de a ouvir poderá apontar algum erro. Nenhum de nós se mostra para estranhos.

Foram interrompidos por *lady* Catherine, que quis saber sobre o que conversavam. Elizabeth imediatamente recomeçou a tocar. *Lady* Catherine aproximou-se e, após ouvir durante alguns momentos, disse para Darcy:

– A senhorita Bennet não tocaria nada mal se praticasse mais e pudesse gozar as lições de um mestre londrino. Ela articula bem, mas não com tanta expressão como Anne. Anne seria uma pianista notável se a sua saúde o permitisse.

Elizabeth olhou para Darcy, para ver como ele acolhia aquele elogio à sua prima. Mas não percebeu o mais leve sintoma de amor.

Lady Catherine continuou com suas observações sobre a execução de Elizabeth, alternando-as com conselhos sobre a técnica e a expressão. Elizabeth ouviu paciente e amavelmente. A pedido dos cavalheiros, permaneceu ao piano até a carruagem de *lady* Catherine ser chamada para os conduzir.

Capítulo 32

Na manhã seguinte, Elizabeth estava sozinha em casa, escrevendo para Jane, quando a campainha da porta a sobressaltou. Como não ouvira o ruído de nenhuma carruagem, calculou que se tratasse de *lady* Catherine e, apreensiva, tratou de esconder a carta que escrevia, a fim de evitar perguntas indiscretas, quando a porta se abriu e, para sua grande surpresa, o senhor Darcy entrou na sala.

Ele pareceu igualmente surpreso por encontrá-la sozinha e desculpou-se pela intrusão, dizendo ter pensado encontrar todas as senhoras em casa.

Sentaram-se, então, e, após ela ter delicadamente informado sobre as moradoras de Rosings, pareciam recair num silêncio total. Era, pois, absolutamente necessário introduzir qualquer assunto. Nessa emergência, Elizabeth se lembrou da última vez que o vira em Hertfordshire e disse:

– Com que rapidez todos partiram de Netherfield em novembro passado, senhor Darcy! Deve ter sido uma surpresa muito agradável para o senhor Bingley revê-los tão cedo depois que partiu. Se não me engano, ele saiu no dia anterior, não? Espero que o tenha deixado bem, a ele e a suas irmãs, agora quando deixou Londres.

– Perfeitamente, obrigado.

Elizabeth compreendeu que não receberia outra resposta; e, após uma curta pausa, acrescentou:

– Pelo que entendi, o senhor Bingley não pretende voltar a Netherfield.

– Nunca o ouvi dizer tal coisa; mas é provável que daqui para a frente ele lhe dedique menos tempo. Ele tem muitos amigos e está numa idade em que os amigos e os compromissos aumentam continuamente.

– Se ele pretende passar tão pouco tempo em Netherfield, seria preferível para a vizinhança que ele desistisse inteiramente do lugar, pois, nessa altura, outra família se instalaria ali. Contudo, talvez o senhor Bingley pense menos na conveniência dos vizinhos do que na sua própria.

– Não me surpreenderia que ele optasse pela desistência se surgir uma oportunidade vantajosa – respondeu Darcy.

Elizabeth nada acrescentou. Receava continuar falando do amigo dele. Como nada mais tinha para lhe dizer, resolveu deixar para ele a tarefa de encontrar um novo assunto.

Darcy logo começou:

– Esta casa parece muito acolhedora. *Lady* Catherine, creio eu, reformou-a bastante para a vinda do senhor Collins para Hunsford.

– Sim, e estou certa de que ela não poderia ter dispensado sua bondade a uma pessoa mais reconhecida.

– O senhor Collins parece ter tido muita sorte com a esposa que escolheu.

– Sim, os seus parentes têm motivos para satisfação, pois ele encontrou uma das poucas mulheres sensatas que alguma vez o teriam aceitado. Minha amiga é muito compreensiva, e, embora não considere o seu casamento com o senhor Collins um dos seus atos mais ajuizados, reconheço que ela parece feliz. Sob o ponto de vista da prudência, ela realizou o casamento ideal.

– Deve ser bastante agradável para ela viver a tão curta distância de sua família e amigos.

– Curta distância? São quase cinquenta quilômetros!

– E o que são cinquenta quilômetros em uma boa estrada? Pouco mais de meio dia de viagem. Sim, é uma distância fácil de ser percorrida.

– Eu nunca deveria ter considerado a distância como uma das vantagens da união – falou Elizabeth. – Eu nunca deveria ter dito que o senhor Collins estava próximo da família dela.

– Essa é uma prova da sua ligação com Hertfordshire. O que quer que esteja além da vizinhança de Longbourn, suponho que pareça distante.

Enquanto falava, havia nele uma espécie de sorriso que Elizabeth julgou compreender. Ele devia supor que ela pensava em Jane e em Netherfield e enrubesceu ao lhe responder:

– Não quis com isso dizer que uma mulher não deva morar um pouco longe da família. Depende de várias circunstâncias. Eu creio que a minha amiga só se consideraria perto da família se a distância fosse metade do que é.

O senhor Darcy aproximou um pouco a sua cadeira e disse:

– Mas a senhorita não pode alimentar sentimento tão bairrista. Não poderá viver sempre em Longbourn.

Elizabeth olhou-o surpresa. O senhor Darcy pareceu mudar de ideia; recuou a cadeira, pegou num jornal que se encontrava em cima da mesa e disse num tom de voz mais frio:

– Agrada-lhe Kent?

Seguiu-se um curto diálogo sobre o condado que a chegada de Charlotte e de sua irmã interrompeu. A cena pareceu surpreendê-las. O senhor Darcy contou sobre o engano que ocasionara a intrusão e, após ter permanecido sentado mais alguns minutos num silêncio quase absoluto, foi-se embora.

– O que quererá dizer isto? – disse Charlotte, após ele ter partido. – Minha querida Eliza, ele deve estar apaixonado por você ou nunca nos teria visitado tão sem cerimônia.

Entretanto, quando Elizabeth contou do silêncio dele, a ideia pareceu menos plausível. Após várias conjecturas, elas concluíram que a visita se devia apenas à dificuldade de encontrar qualquer outra coisa com que se ocupar, o que não era de estranhar para a época do ano. Todos os desportos ao ar livre estavam fora de questão. Dentro de casa havia *lady* Catherine, livros e uma mesa de bilhar, o que nunca entreteria um homem por muito tempo.

Os dois primos se sentiam tentados a percorrer aquela distância quase todas as manhãs. Chegavam a horas variadas, por vezes juntos, outras vezes separados e, de vez em quando, acompanhados pela tia. Tornava-se evidente a todos que o coronel Fitzwilliam vinha porque se sentia bem na companhia dos moradores de Hunsford, fato esse que por si só abonava em seu favor; e a satisfação que Elizabeth experimentava ao vê-lo. Lembrava-lhe o seu antigo favorito George Wickham. Se comparasse, via que havia menos doçura cativante nas maneiras do coronel Fitzwilliam, mas ele era mais bem formado.

Mas por que o senhor Darcy viria com tanta frequência era mais difícil de compreender. Certamente não seria pelo prazer da companhia, pois ele permanecia a maior parte do tempo calado, por vezes durante dez minutos seguidos. Raramente se animava. A senhora Collins não sabia o que fazer. O coronel Fitzwilliam costumava troçar do ar sombrio do primo, o que indicava que, numa situação normal, ele não se comportaria assim. Como gostaria de ver nessa mudança o efeito do amor e, como objeto desse amor, sua amiga Eliza, Charlotte dispôs-se seriamente a procurar a causa. Observava-o sempre que o encontrava em Rosings ou quando ele visitava Hunsford, mas sem grande sucesso. Ele olhava bastante para a sua amiga, mas era duvidosa a expressão daquele olhar. Era um olhar sério, fixo, mas Charlotte não estava certa de que se tratasse de um olhar admirativo. Parecia não passar de distração.

Algumas vezes insinuara a Elizabeth a possibilidade de o senhor Darcy estar interessado nela, mas ela sempre ria de tal ideia. Então a senhora Collins achou mais prudente guardar para si suas suspeitas e não despertar esperanças que pudessem acabar em desapontamento. Na sua opinião, toda a relutância da amiga se acabaria quando o supusesse em seu poder.

Nos planos que arquitetava para Elizabeth, por vezes imaginava-a se casando com o coronel Fitzwilliam. Ele era, sem comparação, o mais atraente. Admirava-a, sem dúvida, e a sua situação na vida era de destaque; mas, a contrabalançar tais vantagens, enquanto o senhor Darcy tinha considerável influência na igreja, o primo não tinha nenhuma.

Capítulo 33

Durante seus passeios pelo parque, mais de uma vez Elizabeth teve a surpresa de se encontrar com o senhor Darcy. Ela estranhava a coincidência do acaso, que o levava aonde ninguém mais costuma aparecer. Para impedir que tal incidente voltasse a ocorrer, teve o cuidado de informá-lo de que aquele era o seu passeio favorito. Achou muito estranho, portanto, que o acaso se repetisse. Ele pouco falava, e Elizabeth não se dava ao trabalho de escutá-lo com muita atenção.

Certo dia em que Elizabeth, no seu passeio habitual, encontrava-se relendo a última carta de Jane, sobretudo determinado trecho em que a irmã se mostrava mais deprimida, viu, ao erguer os olhos, que se encontrava diante do coronel Fitzwilliam, e não do senhor Darcy, como ela supunha. Guardou imediatamente a carta, forçou um sorriso e disse:

– Não o tinha visto por estes lados ainda.

– Estava dando a volta no parque como costumo fazer todos os anos e pretendia encerrar o passeio com uma visita à casa paroquial. Pretende continuar?

– Não, eu já ia voltar.

E, dizendo isto, ela tomou a direção oposta e, juntos, trilharam o caminho da casa paroquial.

– Está mesmo decidido a deixar Kent no sábado? – perguntou Elizabeth.

– Sim, a menos que Darcy torne a adiar a partida. Mas estou ao seu inteiro dispor e ele que decida como bem entender.

– Se não for do seu agrado o programa, terá sempre, pelo menos, o deleite da escolha. Não conheço ninguém que pareça ter tanto prazer em fazer as próprias vontades como o senhor Darcy.

– Tem razão, ele gosta muito de fazer o que quer – replicou o coronel Fitzwilliam. – Como todos nós, aliás. Só que ele tem meios para se dar a tal luxo, pois é rico, e os outros, na sua maioria, são pobres. Falo com sinceridade. Na minha qualidade de filho mais novo, como sabe, tenho de estar preparado para o sacrifício e a obediência.

– Na minha opinião, o filho mais novo de um nobre nunca se familiarizará o bastante com tais aspectos da vida. Diga-me, seriamente, que sabe o senhor a respeito de sacrifício e obediência? Quando foi o senhor impedido, por falta de dinheiro, de se locomover livremente ou de obter as coisas que desejava?

– São perguntas de caráter privado, e talvez eu não possa dizer que tenha experimentado muitas dificuldades dessa ordem. Porém, em assuntos de maior importância, é possível que eu sofra pela falta de dinheiro. Os filhos mais novos nem sempre podem se casar segundo as suas inclinações.

– A não ser que simpatizem com mulheres ricas, o que não é raro.

– O hábito que temos de gastar dinheiro nos torna dependentes demais, e são poucos aqueles que, em situação idêntica à minha, se aventurem a se casar sem considerar a questão monetária.

"Estará ele pensando em mim?", lembrou-se Elizabeth, que corou com a ideia; mas, dominando-se, falou, num tom alegre:

– E, diga-me, qual o preço habitual para o filho mais novo de um nobre? A não ser que o irmão mais velho seja muito doente, não creio que possam exibir além de cinquenta mil libras.

Ele respondeu no mesmo tom, e o assunto morreu. Para interromper um silêncio que poderia fazer crer ao coronel que ela se sentira afetada pelo que se passara, Elizabeth prosseguiu, pouco depois:

– Imagino que o seu primo o tenha trazido consigo apenas com o intuito de ter alguém à disposição. Sendo assim, não entendo por que não se casa. Teria, desse modo, o problema resolvido. Mas talvez a irmã, no momento, preencha esses requisitos, pois ela está inteiramente sob seu cuidado e ele pode fazer com ela o que quiser.

– Não – disse o coronel Fitzwilliam –, essa é uma vantagem que ele tem de partilhar comigo. Exerço, juntamente com ele, a tutela da senhorita Darcy.

– Ah, sim? Que espécie de tutores são os senhores? Essa tutela dá muito trabalho? As jovens da idade dela são, por vezes, difíceis de levar, e, se ela tem o verdadeiro espírito dos Darcys, deve ser voluntariosa.

Enquanto assim falava, Elizabeth reparou que ele a olhava seriamente, e, pela maneira como lhe perguntou, pouco depois, por que ela supunha que a senhorita Darcy lhes pudesse causar preocupações, ficou convencida de que andara próximo da verdade. Ela imediatamente respondeu:

– Não se assuste. Nunca ouvi nada de mal a respeito dela. Tenho-a na conta de uma das pessoas mais maleáveis do mundo. Conheço duas senhoras que a apreciam bastante, a senhora Hurst e a senhorita Bingley. Creio que já o ouvi dizer que as conhece também.

– Conheço vagamente. O irmão delas é muito simpático e bem-educado. É um grande amigo de Darcy.

– Ah, sim – disse Elizabeth, secamente –, o senhor Darcy é bastante atencioso com o senhor Bingley e tem com ele um cuidado muito prodigioso.

– Cuidado com ele! Sim, não me custa acreditar. Darcy cuida e vela por ele, sobretudo nas situações mais delicadas e que exigem cautela. Pelo que ele me contou na nossa viagem para cá, tenho razões para pensar que Bingley deve muito a Darcy. Contudo, ele terá de me desculpar, pois não tenho o direito de supor que Bingley seja o protagonista dessa história. É uma simples conjectura.

– O que quer dizer com isso?

– É uma coisa que Darcy não desejará com certeza que se espalhe, pois, se chegasse aos ouvidos da família da garota, seria bastante desagradável.

– Pode ter a certeza de que nada direi a tal respeito.

– E lembre-se de que não estou absolutamente certo de que isso se passe realmente com Bingley. O que ele me contou foi apenas o seguinte: que ele se felicitava a si mesmo por ter salvo um amigo dos inconvenientes de um casamento dos mais imprudentes, mas não mencionou nome ou qualquer detalhe. Suspeitei de que se tratasse de Bingley apenas porque o tenho na conta de um desses rapazes capazes de se meter em tais apuros e porque sei que eles estiveram juntos todo o verão passado.

– E o senhor Darcy expôs os motivos dessa interferência?

– Compreendi que havia objeções muito fortes contra a garota.

– E que artifícios ele empregou para separá-los?

– Ele não me pôs a par da manobra – disse Fitzwilliam, sorrindo. – Apenas me disse o que acabei de lhe contar.

Elizabeth não respondeu e continuou a caminhar, o coração repleto de indignação. Após observá-la durante alguns instantes, Fitzwilliam perguntou por que estava tão pensativa.

– Pensava no que me contou. A conduta do seu primo não se coaduna com os meus sentimentos. Por que ele se achou no direito de julgar?

– Parece estar disposta a considerar a atitude dele inoportuna.

– Não entendo com que direito o senhor Darcy pode determinar de que maneira aquele amigo poderá ser feliz. Mas – continuou ela, voltando a si –, como não temos nenhum conhecimento das circunstâncias, não é justo condená-lo. Não deve existir grande amor no caso.

– A suposição não é improvável – disse Fitzwilliam –, porém diminui bastante o triunfo do meu primo.

Essas palavras foram ditas em tom de gracejo, mas, para Elizabeth, pareceram um retrato tão fiel de Darcy que achou mais prudente calar-se, para não se trair na resposta. Mudaram repentinamente de assunto e falaram de coisas indiferentes até chegarem ao presbitério.

Fechada no seu quarto, mal o visitante a deixou, pôde pensar sem interrupção sobre tudo o que ouvira. Não havia dúvida de que se tratava da sua família. Não poderiam existir no mundo dois homens sobre os quais o senhor Darcy exercesse um domínio tão absoluto. Ela nunca imaginara que ele tivera influência nas medidas adotadas para separar o senhor Bingley de Jane. Sempre atribuíra à senhorita Bingley a iniciativa do plano e a parte mais importante da execução. Se a sua vaidade não o iludira, o senhor Darcy era, pelo seu orgulho e capricho, a causa de tudo o que Jane tinha sofrido. Ele arruinara por algum tempo todas as esperanças de felicidade para o coração mais afetuoso e mais generoso do mundo; e ninguém poderia prever quão duradouro era o mal por ele infligido.

"Havia fortes objeções contra a garota." Foram essas as palavras do coronel Fitzwilliam; e essas fortes objeções eram, provavelmente, o fato de ela ter um tio advogado na província e outro comerciante em Londres.

"Contra a própria Jane não poderia haver qualquer possibilidade de objeção. Ela é extremamente doce e bondosa! É inteligente, educada, e suas maneiras são cativantes. Nada têm contra meu pai. É um pouco excêntrico, mas tem qualidades que nem o senhor Darcy pode desdenhar, acrescidas de uma respeitabilidade que ele provavelmente nunca alcançará", refletiu.

Contudo, quando pensou na mãe, sua confiança declinou um pouco; mas não admitia que quaisquer objeções nesse campo pesassem aos olhos do senhor Darcy. Por fim, ela concluiu que o senhor Darcy se deixara levar em parte pelo seu desmedido orgulho e em parte pelo desejo de guardar o senhor Bingley para sua irmã.

A agitação e as lágrimas que o assunto provocou trouxeram a Elizabeth uma dor de cabeça que, agravando-se pela tarde e aliada à sua aversão pelo senhor Darcy, a impediram de acompanhar os primos a Rosings, onde deviam ir tomar chá. A senhora Collins, vendo que ela realmente não estava bem, não insistiu e poupou-a à própria insistência do senhor Collins, que, apesar de tudo, não escondia seu receio de que *lady* Catherine se aborrecesse por Elizabeth ficar em casa.

Capítulo 34

Elizabeth, como se tivesse intenção de exasperar-se ainda mais contra o senhor Darcy, escolheu como ocupação a leitura de todas as cartas que Jane lhe enviara desde que ela, Elizabeth, estava em Kent. Elas não continham nenhuma queixa expressa nem relembravam acontecimentos passados ou comunicavam sofrimentos presentes. Contudo, em todas elas, em quase cada linha, sentia-se a falta daquela animação que sempre caracterizara o estilo de Jane e que procedia da serenidade de um espírito tranquilo e bem-disposto consigo e com todos. Com uma atenção maior do que na primeira leitura, notava agora a inquietude em algumas frases. A vergonhosa atitude do senhor Darcy a respeito dos sofrimentos que ele pudesse ter causado fazia com que ela sentisse mais dolorosamente os sofrimentos da irmã.

Ao pensar na partida de Darcy, lembrou-se de que o primo também o acompanharia. Embora o coronel Fitzwilliam fosse muito simpático, Elizabeth não estava disposta a sofrer por sua causa.

Enquanto assim pensava, foi subitamente despertada pelo som da campainha da porta. A princípio, ficou um pouco emocionada com a ideia de que pudesse ser o coronel Fitzwilliam, que já uma vez aparecera bastante tarde e que agora viesse saber notícias dela. Esta ideia, porém, foi logo banida, e a emoção foi inteiramente diversa quando viu, para sua imensa surpresa, o senhor Darcy avançar pela sala. Um pouco em atropelo, ele fez várias perguntas sobre a saúde dela, atribuindo sua visita ao desejo de vir encontrá-la um pouco melhor. Ela respondeu com fria amabilidade. Darcy conservou-se sentado durante alguns instantes e depois, levantando-se, pôs-se a passear pela sala. Elizabeth estava espantada, mas nada disse. Após um silêncio de alguns minutos, aproximou-se, agitado, e disse:

– Em vão tenho lutado, mas de nada serve. Meus sentimentos não podem ser reprimidos, e permita-me dizer-lhe que a admiro e a amo ardentemente.

Elizabeth ficou abismada. Olhou-o fixamente, corou, duvidou e não pronunciou palavra alguma. O senhor Darcy viu nisso um encorajamento e fez a confissão de tudo o que ele sentia e desde quando o sentia. Ele exprimiu-se bem, mas, em suas palavras, outros sentimentos podiam ser percebidos, além dos do coração, e ele não falava com maior eloquência da sua ternura do que do seu orgulho. O sentimento da inferioridade de Elizabeth, do rebaixamento que aquele amor representava, os obstáculos da família que a razão sempre opusera à inclinação foram descritos com um ardor que provinha do triunfo da sua afeição, mas que recomendava pouco as suas pretensões.

Apesar da sua profunda antipatia, Elizabeth não poderia permanecer indiferente à paixão de tal homem, e, embora as suas intenções a tal respeito não mudassem por um só instante que fosse, a princípio sentiu pena por se ver obrigada a decepcioná-lo. Ressentida de novo com tudo o que ele lhe disse, ela perdeu toda a compaixão na sua cólera. Procurou, no entanto, dominar-se, para, com paciência, saber responder assim que ele acabasse de falar.

Ele concluiu descrevendo a força da sua afeição, que, apesar de todas as suas tentativas, não conseguira dominar; e exprimiu sua esperança de ver essa afeição recompensada pela aceitação de Elizabeth. Ela percebeu, assim, que ele não duvidava de que a sua resposta fosse positiva. Ele falava em apreensão e ansiedade, mas, no seu rosto, transparecia a certeza. Tal atitude só a exasperava ainda mais, e, quando terminou, o sangue subiu ao rosto de Elizabeth, que lhe disse:

– Em casos como este, creio que é costume exprimir nossa gratidão pelos sentimentos que nos são confessados, qualquer que seja a incapacidade de os retribuir. É natural o sentimento de obrigação, e, se eu me sentisse de qualquer modo reconhecida, não deixaria de lhe agradecer. Mas nada disso me é possível. Nunca desejei sua boa opinião, que, aliás, o senhor me confere contra a sua vontade. Custa-me decepcionar alguém. Não é propositadamente que o faço e só me resta esperar que não dure muito. Os sentimentos que, segundo o senhor me disse, o impediram durante muito tempo de reconhecer seu amor hão de socorrê-lo facilmente após a minha explicação.

O senhor Darcy, que estava apoiado contra a cornija da lareira, com os olhos fixos no rosto de Elizabeth, pareceu receber a comunicação dela com um ressentimento não menor do que sua surpresa. Seu rosto tornou-se pálido de cólera, e a perturbação era visível em cada um dos seus traços. Lutava por aparentar serenidade e não ousava pronunciar-se. A pausa era insuportável para Elizabeth. Por fim, numa voz que ele esforçava por manter calma, disse:

– E é esta a única resposta a que eu tinha direito e com a qual tenho de me contentar! Desejaria, talvez, ser informado da razão por que me rejeita assim, sem a menor tentativa de delicadeza da sua parte. Mas não tem importância.

– Também eu poderia perguntar – replicou ela – por que, com o intuito tão evidente de me ofender e insultar, resolveu o senhor dizer-me que gostava de mim contra a sua vontade, contra a sua razão e mesmo contra o seu caráter? Não é essa desculpa suficiente para a minha falta de cortesia? Se é que realmente cometi tal falta. Mas tenho outros motivos para me sentir ferida. O senhor conhece bem. Se acaso os meus sentimentos não me indispusessem contra o senhor, se eles fossem indiferentes ou mesmo favoráveis, está convencido de que qualquer consideração me inclinaria a aceitar um homem que arruinou talvez para sempre a felicidade da minha adorada irmã?

Ao ouvi-la pronunciar tais palavras, o senhor Darcy mudou de cor; mas a emoção pouco durou, e ele continuou a ouvir sem tentar interrompê-la.

– Tenho mil e uma razões para pensar mal do senhor – prosseguiu Elizabeth. – Nenhum motivo poderá desculpar o ato injusto e mesquinho que praticou. O senhor não ousará, não poderá negar que foi o principal, senão o único, agente na separação daquelas duas pessoas e em expô-las à censura e ao ridículo do mundo, uma delas por capricho e instabilidade e a outra pela decepção das suas esperanças, envolvendo os dois numa situação extremamente embaraçosa.

Ela fez uma pequena pausa e viu, com grande indignação, que ele a escutava com ar de quem não sentia remorso. Ele olhava, até, com um sorriso de incredulidade afetada.

– Acaso nega o que fez? – replicou ela.

Com uma fingida tranquilidade, ele então respondeu:

– Não desejo negar que fiz tudo o que pude para separar meu amigo da sua irmã; nem negarei que me alegro desse êxito. Fui mais precavido com ele do que comigo mesmo.

Elizabeth se negou a mostrar que compreendera a delicadeza dessa observação, mas o seu sentido não lhe escapou, nem era de natureza que a tranquilizasse.

– Mas não é apenas daí que data a minha antipatia – continuou ela. – Muito antes disso já eu tinha opinião formada a seu respeito. Seu caráter me foi revelado há alguns meses pelo senhor Wickham. Que ato imaginário de amizade poderá o senhor alegar para se justificar? Que falsos motivos poderá inventar para iludir os outros?

– A senhorita denota um ávido interesse por esse cavalheiro – disse Darcy, com uma voz menos firme e corando intensamente.

– Qual a pessoa que, conhecendo o seu infortúnio, pode deixar de se interessar por ele?

– O seu infortúnio! – repetiu Darcy, com desprezo. – Sim, o seu infortúnio foi realmente grande.

– E foi o senhor quem o infligiu! – exclamou Elizabeth, energicamente. – Foi o senhor quem o reduziu ao seu estado atual de relativa pobreza. O senhor quem lhe recusou as vantagens que lhe estavam destinadas. Privou-o, durante os melhores anos da sua vida, da independência a que ele tinha direito, daquela que, aliás, merecia. Tudo isto o senhor fez e atreve-se agora a ouvir o relato do seu infortúnio com desprezo e ironia.

– É, então, essa a opinião que tem de mim! – rebateu Darcy, caminhando agitado pela sala. – É esse o valor que me dá! Agradeço por ter se mostrado tão explícita. Minhas faltas, tais como as representa, são realmente pesadas! Essas ofensas nunca teriam sido reveladas se eu não tivesse ferido seu orgulho ao confessar-lhe com toda a sinceridade os escrúpulos que, durante tanto tempo, me impediram de tomar uma resolução. Poderia ter evitado suas amargas acusações se me tivesse mostrado mais hábil, escondendo minhas lutas e fazendo crer que era movido por uma inclinação a que nada opunha, nem a razão, nem a reflexão, nem qualquer outro motivo. Mas eu odeio toda a espécie de fingimento; nem me envergonham os sentimentos que lhe exprimi. São naturais e justos. Acaso esperava que me regozijasse pela inferioridade dos seus parentes? Ou que me alegrasse com a esperança de me relacionar com pessoas de condição tão decididamente inferior à minha?

Elizabeth sentia sua cólera crescer a todo o momento; contudo, esforçou-se por responder serenamente:

– Está enganado, senhor Darcy. Sua atitude apenas me poupou qualquer sentimento de pena que eu pudesse alimentar ao ter de recusar o seu pedido, acaso ele tivesse sido feito de uma forma mais cavalheiresca.

Ela notou como ele se sobressaltara ao ouvir tais palavras, mas o senhor Darcy nada disse, e ela continuou:

– Eu teria recusado de qualquer modo.

De novo o seu espanto se tornou evidente; ele olhou-a com incredulidade e mortificação. Ela prosseguiu:

– Desde o princípio, no primeiro instante em que o vi, posso afirmá-lo, suas maneiras me convenceram de que era um homem arrogante, pretensioso e que devota a maior indiferença pelos sentimentos dos outros. Essa impressão foi tão profunda que constituiu, por assim dizer, o alicerce sobre o qual os acontecimentos subsequentes elevaram uma indestrutível antipatia; ainda não o conhecia há um mês e já estava convencida de que o senhor seria o último homem no mundo com quem me convenceriam a casar.

– Não precisa acrescentar mais nada, minha senhora. Compreendo perfeitamente seus sentimentos e nada me resta senão envergonhar-me dos meus. Perdoe-me ter tomado seu precioso tempo e aceite os meus mais sinceros votos de felicidade.

E, com essas palavras, ele abandonou apressadamente a sala e, após alguns minutos, Elizabeth ouviu-o abrir a porta da frente e sair. Incapaz de se manter de pé, deixou-se cair sobre uma cadeira e chorou durante meia hora. Sua surpresa aumentava a cada recordação do que se passara. Recebera uma proposta de casamento do senhor Darcy! Há vários meses que ele estava apaixonado por ela! E amava-a tanto que desejava desposá-la apesar de todas as objeções que tinham contribuído para que ele impedisse o casamento do amigo. Era agradável saber que ela tinha inspirado uma afeição tão forte. Mas a piedade que, por momentos, a ideia de tal paixão suscitara em Elizabeth foi imediatamente sufocada pela do orgulho do senhor Darcy, seu abominável orgulho, pela cínica confissão da sua atitude com Jane, sua imperdoável tranquilidade ao reconhecer o que tinha feito, embora não o pudesse justificar, e pela maneira desapiedada com que se referira ao senhor Wickham, sem que tentasse negar a crueldade com que o tinha tratado.

Essas agitadas reflexões prosseguiram torturando-a, até ela ouvir o ruído da carruagem de *lady* Catherine, fato que a fez correr para o seu quarto, pois não se sentia em condições de enfrentar a perspicaz atenção de Charlotte.

Capítulo 35

Ao acordar na manhã seguinte, Elizabeth encontrou os mesmos problemas e reflexões. Ainda não havia se recuperado da surpresa. Logo após o café, foi exercitar-se ao ar livre. Encaminhara-se para o seu passeio favorito quando se lembrou de que o senhor Darcy costumava aparecer por lá. Em vez de seguir para o parque, Elizabeth tomou a trilha em volta.

Depois de percorrer por duas ou três vezes aquele trecho, parou junto a um dos portões e contemplou o parque. Durante as cinco semanas que permanecera em Kent, uma grande transformação se operara, e cada dia as árvores ficavam mais verdes. Ela preparava-se para continuar o passeio quando, no pequeno bosque que limitava o parque, avistou de relance um homem caminhando na sua direção. Receando que se tratasse do senhor Darcy, Elizabeth tratou de se afastar, mas a pessoa já estava suficientemente perto para poder ver. Apressando o passo, essa pessoa aproximou-se e pronunciou seu nome. Estendendo-lhe uma carta, que ela instintivamente aceitou, disse com ar altivo:

– Andei pelo bosque na esperança de encontrá-la. Quer dar-me a honra de ler esta carta? – E, fazendo uma ligeira reverência, o senhor Darcy se virou e partiu.

Sem nenhuma expectativa de prazer, mas com grande curiosidade, Elizabeth abriu a carta e, com um espanto sempre crescente, viu que o envelope continha duas folhas de papel, preenchidas por uma letra apertada. Prosseguindo no seu passeio pela alameda, Elizabeth começou a ler. A carta estava datada de Rosings, das oito horas da manhã, e constava do seguinte:

Não fique alarmada, minha senhora, ao receber esta carta, pela apreensão de que ela contenha a repetição daqueles sentimentos ou a renovação das propostas que ontem à noite tanto a maçaram. Escrevo-lhe sem nenhuma intenção de a aborrecer, ou de me humilhar, insistindo em exprimir esperanças que, para a felicidade de ambos, não poderão ser esquecidas cedo demais. O esforço que esta carta poderá representar, para mim ao escrevê-la e para você ao lê-la, teria sido poupado acaso o meu caráter não exigisse que ela fosse escrita e lida. Necessito, pois, que me perdoe a liberdade com que exijo sua atenção. Sei que os seus sentimentos serão de relutância, mas não posso deixar de o fazer.

Duas foram as acusações que ontem à noite me fez, diferentes tanto na natureza como na importância. Acusou-me, primeiro, de ter separado o senhor Bingley de sua irmã, indiferente aos sentimentos de ambos, e de ter arruinado a possibilidade imediata e as probabilidades futuras do senhor Wickham, desafiando abertamente quaisquer direitos, a própria honra e a humanidade. Ter repudiado voluntária e gratuitamente o companheiro da minha infância, o favorito declarado de meu pai, um rapaz que dependia exclusivamente da nossa proteção e a quem esta fora prometida seria uma perversidade incomparavelmente mais grave do que a separação de duas pessoas cuja afeição, embora verdadeira, nunca poderia ter crescido tanto durante aquelas poucas semanas que estiveram juntas. Espero, no futuro, estar salvaguardado da severidade das censuras que me foram feitas com tanta veemência sobre estes dois casos, após a leitura da explicação dos meus atos e motivos. Se nesta minha exposição me vir na iminência de exprimir sentimentos que a possam ofender, apenas me resta comunicar-lhe o meu sincero pesar. A necessidade a isso me obriga – e quaisquer outras desculpas seriam absurdas. Pouco tempo depois da nossa chegada a Hertfordshire, percebi, juntamente com outras pessoas, que Bingley preferia a sua irmã mais velha a qualquer outra moça na região. Porém, foi só por ocasião do baile em Netherfield que, pela primeira vez, receei que ele se apaixonasse de verdade. Já várias vezes o vira apaixonado. No baile, enquanto dançava com ela, soube, através da informação acidental de sir *William, que as atenções de Bingley para com a sua irmã tinham causado um rumor geral acerca do casamento de ambos.* Sir *William fez-lhe referência como a um acontecimento positivo, do qual só a data era incerta. A partir desse momento dediquei toda a minha atenção à atitude do meu amigo e reparei que a inclinação dele pela senhorita Bennet era mais evidente do que qualquer uma das que lhe tinha visto anteriormente. Observei também a sua irmã. O olhar e as maneiras eram francos, alegres e atraentes como sempre, mas sem nenhum sintoma especial de afeição, o que definitivamente me convenceu de que, embora ela aceitasse as atenções de Bingley com prazer, nada indicava que partilhasse do mesmo sentimento. Aqui, se a garota não se enganou, enganei-me eu. Seu conhecimento íntimo de sua irmã tornará mais provável a última hipótese. Nesse caso, se o meu erro me levou a causar um desgosto à sua irmã, seu ressentimento não é injustificado. Porém, nada me impedirá de afirmar que a serenidade do rosto de sua irmã e a tranquilidade dos seus modos eram tais que trariam ao observador mais perspicaz a convicção de que, apesar de toda a amabilidade do seu temperamento, o coração não era dos mais fáceis de atingir. Desejava acreditar na indiferença dela, mas ouso afirmar que minhas investigações e decisões não são geralmente influenciadas pelas minhas esperanças ou meus receios. Não foi porque o desejasse que acreditei na indiferença da sua irmã, mas, simplesmente, porque cheguei a esta convicção imparcial, e ela é tão sincera quanto o meu desejo. Minhas objeções contra tal casamento não foram apenas aquelas que ontem à noite lhe expus e que, no meu caso, exigiram toda a força da paixão para serem vencidas. A desigualdade social não representaria um mal tão grande para o meu amigo como para mim. Mas existiam outras causas para a minha resistência. São causas que, embora ainda existentes e idênticas para ambos os casos, tentei esquecer porque não diziam imediatamente respeito a mim. Tais causas necessitam ser mencionadas, embora sumariamente. A situação da família de sua mãe, se bem que pouco recomendável, nada era em comparação com aquela falta total de delicadeza tão frequente e quase permanentemente demonstrada por tal senhora, pelas suas três irmãs mais jovens e, por vezes, até pelo seu pai. Perdoe-me. Custa-me ofendê-la. Contudo, qualquer que seja o aborrecimento que seus parentes mais próximos lhe possam causar ou a tristeza que a presente descrição não deixará de lhe suscitar, espero que a seguinte reflexão lhe sirva de consolo: que o fato universalmente reconhecido de que tanto a senhorita como a sua irmã mais velha sempre se comportaram de modo a evitar uma censura semelhante é o melhor elogio que se poderá fazer à sensatez e ao caráter de ambas. Acrescentarei apenas que tudo o que se passou naquela noite veio confirmar a minha opinião sobre todas as pessoas em questão e fortalecer minha resolução de proteger o meu amigo de uma aliança que eu considerava altamente desastrosa. Ele deixou Netherfield no dia seguinte, como decerto está lembrada, com a intenção de regressar em breve. Devo agora explicar qual a minha interferência no caso. A inquietude das irmãs de Bingley fora igualmente despertada, e logo descobrimos a coincidência dos nossos sentimentos a tal respeito. Convencidos da urgência em afastar o irmão, decidimos acompanhá-lo a Londres. Foi o que fizemos, e não perdi tempo em revelar ao meu amigo os inconvenientes da sua escolha. Descrevi e frisei com toda a gravidade. No entanto, por mais que esta advertência possa ter abalado sua resolução, não creio que ela teria sido suficiente para impedir o casamento se não tivesse sido apoiada pela afirmação, que não hesitei em fazer, de que a sua irmã lhe era indiferente. Ele acreditara até àquele momento que a se-*

nhorita Jane correspondia à sua afeição com sinceridade, se não com igual intensidade. Mas Bingley é, por natureza, muito modesto e dependente da minha opinião. Convencê-lo, portanto, de que ele estava enganado não foi tarefa difícil. Persuadi-lo de voltar a Herfordshire, após ter firmado o primeiro ponto, foi coisa de um instante. Não me arrependo de o ter feito. Existe apenas uma parte da minha conduta que não me satisfaz inteiramente. Condescendi em usar de certos artifícios para esconder de Bingley o fato de sua irmã se encontrar em Londres. Sabia dessa presença, bem como a senhorita Bingley, mas o irmão desta ainda agora o ignora. É, talvez, provável que eles se encontrassem sem outras consequências, mas seu afeto não me pareceu suficientemente extinto para que ele pudesse ver sua irmã sem correr algum perigo. Talvez tal encobrimento, tal subterfúgio, seja indigno de mim. Contudo, é um fato consumado e assistido das melhores intenções. Sobre este assunto nada mais se me oferece dizer-lhe, nem outras explicações a dar-lhe. Se acaso causei desgosto à sua irmã, foi sem saber que o fiz, e, embora os motivos que inspiraram a minha conduta lhe pareçam naturalmente insuficientes, não vejo ainda razões para condená-los. Quanto à outra acusação que me foi feita, a mais grave e a que diz respeito ao senhor Wickham, só poderei refutá-la revelando-lhe a história da sua relação com a minha família. Ignoro se ele formulou alguma acusação particular à minha pessoa. Mas sobre a verdade do que vou relatar poderei indicar-lhe mais de uma testemunha insuspeita. O senhor Wickham é filho de um homem muito respeitável que, durante vários anos, geriu os bens da propriedade de Pemberley e cuja conduta irrepreensível no desempenho do seu cargo mereceu, naturalmente, a gratidão de meu pai, que se refletiu sobretudo em George Wickham, seu afilhado, para com o qual se mostrou de uma generosidade sem limites e lhe devotou grande afeição. Meu pai pagou-lhe os estudos num colégio e, mais tarde, em Cambridge, auxílio este deveras importante, pois o pai do senhor Wickham, que as extravagâncias da esposa privavam quase sempre do necessário, não estava em condições de dar ao filho uma educação liberal. Meu pai não só apreciava a companhia de George Wickham, cujas maneiras, aliás, eram sempre muito cativantes, como tinha por ele a maior admiração e, alimentando a esperança de que o rapaz abraçasse a carreira eclesiástica, pretendia reservar-lhe um lugar nela. Quanto a mim, desde há muito tempo que me desiludira a respeito dele. Suas más inclinações, a falta de escrúpulos, que ele tinha o cuidado de esconder do seu melhor amigo, não poderiam passar despercebidas a um rapaz da sua idade, que o observava e tinha a oportunidade de o ver em momentos de descuido, coisa que ao senhor Darcy era totalmente impossível. De novo, me vejo forçado a magoá-la – até que ponto, só a senhorita poderá dizer. Mas, quaisquer que sejam os sentimentos que o senhor Wickham lhe possa ter inspirado, a suspeita que alimento acerca desses sentimentos não me impedirá de lhe revelar o verdadeiro caráter de tal pessoa, e apenas constituirá mais um motivo.

Meu estimado pai morreu há cerca de cinco anos, e sua afeição pelo senhor Wickham manteve-se tão firme até o fim que, nas suas últimas vontades, me recomendou que me encarregasse de velar pelo bem-estar do afilhado e, acaso ele se ordenasse, providenciasse para que fosse ocupar um importante posto, mal este vagasse. Deixou-lhe também um legado de mil libras. O pai dele não sobreviveu muito tempo ao meu e, meio ano após estes acontecimentos, recebi uma carta do senhor Wickham em que ele me informava ter decidido não tomar ordens e me pedia o adiantamento da compensação pecuniária pelo lugar que ele nunca ocuparia. Tencionava, acrescentava ele, dedicar-se ao estudo de Direito e esperava que eu compreendesse que o rendimento de mil libras não bastaria para tal. Apesar do meu desejo em acreditar na sua sinceridade, não consegui. Mesmo assim, mostrei-me favorável à sua proposta. Eu sabia que o senhor Wickham nunca enveredaria pela carreira eclesiástica. O assunto foi em breve arrumado. Ele desistiu de toda a proteção relativa à sua entrada na igreja, mesmo se algum dia estivesse em situação de recebê-la, e aceitou em troca a quantia de três mil libras. A partir daí, nada tínhamos que dizer um ao outro. O que eu sabia a respeito dele era suficiente para não o desejar como amigo. Não o convidava para Pemberley nem procurava a sua companhia na capital. Ali instalado, creio que praticamente sempre, sua pretensão de estudar Direito não passou de um subterfúgio e, achando-se nessa altura liberto de qualquer obrigação, entregou-se a uma vida de indolência e dissipação.

Durante três anos, poucas notícias tive dele; mas, quando faleceu a pessoa que ocupava o posto que lhe fora destinado, ele tornou a escrever-me, solicitando sua apresentação para o dito lugar. Sua atual situação, dizia ele, e o que não me custou a acreditar, era bastante precária. Descobrira que o estudo de Direito era pouco proveitoso e estava agora absolutamente resolvido a tomar ordens acaso eu o apresentasse para o posto que acabara de vagar, coisa que ele não duvidava, pois estava informado de que não havia outro pretendente e confiava que eu tivesse presente as intenções do meu venerando pai. Creio que não me censurará por lhe ter recusado tal pretensão e rejeitado todas as suas tentativas no mesmo sentido. Seu ressentimento foi proporcional à situação desesperada em que se encontrava – e mostrou-se, sem dúvida, tão violento no ataque que à minha pessoa fez na opinião dos outros como nas recriminações que me fez. Após esse período, todas as relações de mera formalidade foram cortadas. Como ele viveu, não sei. Mas, no verão passado, tornou a atravessar-se no meu caminho, e da forma mais repugnante. Devo agora mencionar certas circunstâncias que eu mesmo desejaria esquecer e que apenas uma obrigação tão forte como a atual me levam a revelá-las a alguém.

Depois de ter dito isto, confio inteiramente na sua discrição. Minha irmã, dez anos mais jovem do que eu, foi deixada em tutela ao sobrinho da minha mãe, o coronel Fitzwilliam, e a mim próprio. Há cerca de um ano, ela saiu do colégio e foi morar em Londres, na companhia de uma senhora encarregada de superintender na sua educação. No verão passado, ela e essa senhora foram para Ramsgate. O senhor Wickham, obedecendo sem dúvida a um plano, partiu para o mesmo lugar. Descobri depois que houvera um entendimento prévio entre ele e a senhora Younge, sobre cujo caráter nos enganamos desgraçadamente. Com o auxílio e a conivência de tal pessoa, George Wickham conseguiu captar de tal modo as boas graças de Georgiana, cujo coração extremamente afetivo conservava ainda viva a impressão da bondade com que ele a tratara quando criança, que ela se convenceu de que o amava realmente e consentiu em ser raptada. Ela tinha então apenas 15 anos, o que lhe servirá de desculpa. Após ter constatado sua imprudência, tenho o consolo de poder acrescentar que soube disto por ela própria. Cheguei a Ramsgate, inesperadamente, um ou dois dias antes da projetada fuga, e Georgiana, incapaz de suportar a ideia de desgostar e ofender um irmão que ela considerava quase como um pai, confessou-me tudo. Pode imaginar como me senti e como agi. A fim de não prejudicar a reputação da minha irmã e não ofender os sentimentos dela, abstive-me de qualquer ato de represália em público. Mas escrevi ao senhor Wickham, que partiu imediatamente. Quanto à senhora Younge, não hesitei em despedi-la. O principal objetivo do senhor Wickham era, sem dúvida, apoderar-se da fortuna de minha irmã, que é de trinta mil libras. Não posso deixar de pensar que o desejo de se vingar de mim tenha também influído fortemente nele. Sua vingança seria, de fato, completa.

Esta é a narrativa fiel dos acontecimentos que nos dizem respeito a ambos. Se não a rejeitar como absolutamente falsa, espero que me sirva de atenuante para a crueldade com que agi contra o senhor Wickham. Não sei de que modo, nem as falsidades de que ele usou para atraí-la à sua causa, mas o êxito por ele alcançado não é de estranhar. Dada a sua ignorância total dos fatos e das personagens, não só não estava em seu poder desmascarar essas falsidades, como, além de tudo, seu temperamento não é dado à desconfiança. Talvez se surpreenda por eu não lhe ter contado tudo isto ontem à noite, mas, naquele momento, não tinha suficiente domínio sobre mim mesmo para decidir o que deveria e o que não deveria revelar. Quanto à verdade de tudo o que aqui ficou relatado, posso apelar particularmente para o testemunho do coronel Fitzwilliam, que, dado o nosso parentesco e constante intimidade, e sobretudo a sua qualidade de executor testamentário de meu pai, foi posto necessariamente a par de todos os detalhes concernentes a esses acontecimentos. Se acaso a antipatia que por mim nutre a impedir de dar o devido valor às minhas asserções, o mesmo não acontecerá em relação ao meu primo, e, para que haja a possibilidade de consultá-lo, procurarei entregar-lhe esta carta logo de manhã.

Acrescentarei apenas: Deus a abençoe!

Fitzwilliam Darcy

Capítulo 36

Imagine com quanta avidez Elizabeth percorreu o conteúdo da carta, quantas emoções contraditórias aquela mensagem produziu em seu espírito. Ao receber a carta, ela não esperava que contivesse a repetição das propostas dele, tampouco tinha alguma ideia sobre o que ela pudesse versar. Seus sentimentos durante a leitura eram indefinidos. Começou por constatar, com assombro, que ele acreditava poder desculpar-se, pois estava persuadida de que um justo pudor o impediria de dar qualquer explicação. Fortemente prevenida contra tudo o que ele pudesse dizer, começou a ler o relato do que tinha acontecido em Netherfield. Leu com uma ansiedade que quase a impedia de compreender; a impaciência de saber o que a próxima frase dizia a incapacitava de aprofundar o sentido daquela que tinha diante dos olhos. Elizabeth desde logo decidiu que era falsa a alegação do senhor Darcy de que ele acreditara na insensibilidade da sua irmã. Suas outras objeções contra o casamento, as mais difíceis de aceitar, enfureciam-na a tal ponto que aboliam todo o seu desejo de ser justa. As palavras de Darcy não exprimiam arrependimento. Seu estilo não era o de quem se queria desculpar. Era arrogante, orgulhoso e insolente.

Quando passou para o outro assunto, depois de ter lido, com mais atenção, o relato de acontecimentos que, se verdadeiros, deitariam por terra sua elevada opinião do senhor Wickham, e que, aliás, ofereciam uma semelhança alarmante com a história que o senhor Wickham contara a seu próprio respeito, seus sentimentos aumentaram de intensidade e tornaram-se ainda mais difíceis de definir. Assombro, apreensão e até horror oprimiam-na. Recusando-se a acreditar em tal coisa, exclamava repetidamente: "É falso! Não pode ser! Trata-se de uma tremenda mentira!". Após ter lido toda a carta, apesar de ter passado por alto e já não se lembrar do que lera nas duas últimas páginas, Elizabeth guardou-a precipitadamente, decidida a não tornar a olhar para ela.

Nesse confuso estado de espírito, assaltada por pensamentos que não se concretizavam, ela continuou andando, sem rumo certo. Mas não era a solução. Em meio minuto, a carta foi de novo desdobrada, e, concentrando toda a sua atenção, ela retomou a mortificante leitura de tudo o que dizia respeito a Wickham e esforçou-se por pesar o sentido de cada frase. A história das suas relações com a família de Pemberley condiziam exatamente com o que ele próprio lhe contara. A bondade do falecido senhor Darcy, embora anteriormente não lhe conhecesse toda a sua extensão, concordava igualmente com as próprias palavras dele. Até aqui as duas narrativas coincidiam: mas, quando ela chegou ao testamento, a diferença era grande. Conservava ainda frescas na memória as palavras de Wickham, e, ao compará-las ao presente relato, tornava-se evidente a existência de uma grosseira duplicidade em qualquer dos lados; e, por alguns momentos, ela teve a esperança de que a verdade coincidisse com os seus desejos. Porém, depois de ler e reler com a maior atenção os detalhes que se seguiam imediatamente à desistência de Wickham de todos os direitos ao lugar que lhe fora destinado, recebendo em troca a soma considerável de três mil libras, novamente ela foi forçada a hesitar. Afastou a carta, pesou cada circunstância com aquilo que considerava imparcialidade, ponderou na probabilidade de cada testemunho, mas sem grande êxito. Tanto de um lado como do outro, havia apenas as afirmações em que se basear. Retomou a leitura. Mas cada linha provava mais claramente que a história, que a princípio achara impossível interpretar de maneira a tornar a conduta do senhor Darcy menos infame, podia ser vista sob um prisma que o ilibava inteiramente.

A extravagância e a dissolução que o senhor Darcy não hesitava em atribuir ao caráter do senhor Wickham a feriam muito; tanto mais que ela não podia apresentar uma prova de que essas acusações eram injustas. Elizabeth nunca ouvira falar em Wickham antes da sua entrada no destacamento, no qual ele se incorporara por sugestão de um jovem que ele acidentalmente encontrara em Londres. Nada se sabia em Hertfordshire que dissesse respeito à vida anterior, a não ser o que ele próprio tornara público. Quanto ao seu verdadeiro caráter, mesmo que isso lhe fosse possível, Elizabeth nunca se sentira tentada a aprofundar-se e fazer investigações nesse sentido. Sua figura, voz e modos haviam bastado para que ela lhe atribuísse todas as virtudes. Ela buscou nas suas recordações algum exemplo de bondade, de algum traço marcante de integridade ou de benevolência que o pudesse imunizar dos ataques do senhor Darcy. Mas nada encontrou dessa natureza. Recordava-se perfeitamente dele, com todo o encanto das suas boas maneiras, mas não via forma de atribuir-lhe um ato concreto de virtude que merecesse a aprovação geral. Após refletir muito sobre este ponto, voltou de novo a ler. Mas, infelizmente, a história que se seguia, relativa aos seus desígnios de raptar a senhorita Darcy, era confirmada pela conversa que tivera com o coronel Fitzwilliam na manhã anterior; e, por fim, o senhor Darcy apelava para o testemunho do coronel Fitzwilliam, de modo que ela pudesse obter a confirmação de cada pormenor da sua versão. Sabia, por informação prévia do coronel, que este estava intimamente ligado a todas as circunstâncias da vida de seu primo e não tinha motivo algum para duvidar do seu caráter. Por momentos, ela esteve quase tentada a procurar o coronel, mas logo pôs a ideia de lado, pois não só tal atitude exigiria uma explicação embaraçosa, como também estava ciente de que o senhor Darcy jamais a teria sugerido se não tivesse a certeza absoluta da confirmação do seu primo.

Ela lembrava-se perfeitamente da conversa que tivera com o senhor Wickham, naquela primeira noite na casa da senhora Philips. Muitas das expressões que ele usara conservavam-se ainda frescas na sua memória. Ela compreendeu, então, de súbito, toda a impropriedade que havia naquelas confidências feitas a uma pessoa estranha e admirou-se de nunca haver pensado nisso antes. Percebeu a indelicadeza daquela exibição e a incongruência entre suas afirmações e sua atitude. Lembrava-se de que ele se ufanara de não temer um encontro com o senhor Darcy, que o outro se afastasse, caso quisesse, mas que ele se manteria ali. Contudo, na semana seguinte ele encontrou maneira de fugir do baile em Netherfield. Recordou-se também de que, até o momento da partida da família de Netherfield, ele se abstivera de contar sua história a outra pessoa, mas que, a partir daí, ela fora comentada em toda a parte; que ele não tivera então nenhum escrúpulo em denegrir o caráter do senhor Darcy, apesar de lhe ter declarado a ela que o respeito pela memória do pai sempre o impediria de acusar o filho.

Tudo lhe parecia agora tão diferente! Suas atenções com a senhorita King eram a consequência de odiosas intenções puramente mercenárias; e a reduzida fortuna da garota não provava tanto a moderação dos desejos do pretendente como sua ansiedade em se agarrar à primeira oportunidade que lhe aparecesse. Quanto à atitude dele com ela própria, Elizabeth era levada a pensar que ou ele se enganara a respeito da sua fortuna ou agira por pura vaidade, encorajando uma preferência que ela tivera a imprudência de revelar.

Todos os esforços de Elizabeth para justificar se tornaram cada vez mais tênues. E, como justificação adicional ao que dissera o senhor Darcy, ela não podia esquecer-se do que dissera o senhor Bingley, que, quando interrogado por Jane, respondera categoricamente pela inocência do amigo. Por mais orgulhosos e desagradáveis que fossem os modos do senhor Darcy, nunca Elizabeth, no decurso das suas relações com ele, encontrara algo que o definisse como uma pessoa sem escrúpulos ou injusta. Todos os seus amigos o prezavam, e até Wickham lhe havia reconhecido qualidades como irmão. Ouvira-o várias vezes falar afetuosamente da sua irmã, o que provava que ele era capaz de sentimentos ternos. Acaso os seus atos fossem tais como Wickham os descrevera, acaso houvesse violado de forma tão brutal todos os direitos, dificilmente ele poderia ocultar essa sua conduta aos olhos do mundo. E, se ele fosse capaz de tamanha injustiça, não se explicaria sua amizade com um homem tão estimável como o senhor Bingley.

Elizabeth sentiu então uma vergonha profunda. Não podia pensar em Darcy nem em Wickham sem notar que ela havia sido cega, parcial, injusta e absurda.

"Como foi mesquinho o meu comportamento! Eu, que me orgulhava tanto do meu discernimento, das minhas capacidades! Eu, que tantas vezes desdenhei a generosa candura da minha irmã e gratifiquei minha vaidade com inúteis e censuráveis desconfianças. Como é humilhante esta descoberta! Mas como é justa esta humilhação! Não poderia ter agido mais cegamente se estivesse apaixonada! Mas foi a vaidade, e não o amor, a minha loucura! Lisonjeada pela preferência de um deles e ofendida com a negligência do outro, logo no início das nossas relações cortejei a parcialidade e a ignorância e expulsei a razão. Até este momento, eu não conhecia a minha verdadeira natureza", refletiu.

Dela para Jane e de Jane para Bingley, seus pensamentos seguiram um curso que em breve lhe sugeriram a ideia original de que a explicação do senhor Darcy a esse respeito lhe parecera insuficiente, e ela voltou a lê-la. Que diferente foi o efeito desta segunda leitura. Como lhe seria possível dar valor às afirmações do senhor Darcy num ponto e negar em outro? Declarava ele que estava longe de suspeitar da afeição de sua irmã; e Elizabeth recordou-se da opinião de Charlotte. Nem tampouco poderia negar que fosse justa a sua descrição de Jane. Ela sabia que Jane, embora capaz de fervorosas afeições, pouco as exteriorizava; e reconhecia que havia nos seus modos uma placidez que raramente se encontra unida a uma grande sensibilidade.

Quando chegou àquela parte da carta em que sua família é mencionada, em termos mortificantes, mas merecidos, ela sentiu-se ainda mais envergonhada. No entanto, a justiça de tais afirmações era inegável, e as circunstâncias que ele mencionava, particularmente as que se referiam ao baile de Netherfield e que confirmavam suas primeiras impressões desfavoráveis, não haviam causado uma impressão mais forte no espírito dele do que no dela.

Elizabeth não ficou insensível ao elogio que Darcy lhe fizera, bem como à irmã. Tal elogio, porém, embora suavizasse sua mortificação, não compensava o desdém que o resto da sua família suscitava pela sua conduta. E, ao refletir que o desgosto de Jane tinha sido realmente causado pelos seus parentes mais próximos, cuja singularidade prejudicava o bem de ambas, ela sentiu-se tão deprimida como nunca antes estivera.

Após ter passeado durante duas horas, entregando-se a toda espécie de pensamentos, relembrando acontecimentos, determinando probabilidades e reconciliando-se como podia com uma mudança tão súbita e tão importante, o cansaço e a lembrança de que ficara muito tempo ausente fizeram com que ela voltasse para casa. Ao entrar, fez um esforço sobre si mesma, a fim de parecer alegre como de costume, reprimindo todas as reflexões que a incapacitassem de tomar parte na conversação.

Informaram-lhe que os dois cavalheiros de Rosings tinham aparecido durante sua ausência, o senhor Darcy apenas por alguns minutos, mas que o coronel Fitzwilliam esperara pelo menos uma hora pelo seu regresso, quase se decidindo a partir a pé em procura dela. Elizabeth fingiu sentir-se decepcionada; mas, na verdade, ficou feliz. Tinha perdido todo o interesse pelo coronel Fitzwilliam; ela só pensava na carta.

Capítulo 37

Os dois primos partiram na manhã seguinte, e o senhor Collins, que tinha ido se despedir deles, voltou trazendo a boa notícia de que eles pareciam estar com perfeita saúde e relativamente bem-dispostos, apesar da melancolia que parecia ter se abatido sobre Rosings. O senhor Collins foi então apressadamente para Rosings a fim de consolar *lady* Catherine e a filha e, quando regressou, trazia, com grande satisfação, um recado de *lady* Catherine, que, dizendo-se cheia de tédio, os convocava a todos para jantar em sua casa.

Elizabeth, de novo na presença de *lady* Catherine, não pôde deixar de pensar que, se o tivesse desejado, poderia agora ser-lhe apresentada como sua futura sobrinha e sorriu ao imaginar a indignação com que Sua Excelência receberia tal notícia.

O primeiro assunto abordado foi a diminuição que sofrera o grupo de Rosings.

– Ninguém sente tanto a ausência dos amigos como eu. Tenho grande afeição por aqueles dois jovens e sei que eles também gostam muito de mim! Ficaram tristíssimos por partir! O coronel conseguiu dominar seus sentimentos até o fim, mas Darcy parecia consternado. Mais do que no ano passado. Vê-se que aprecia Rosings cada vez mais.

O senhor Collins aproveitou a ocasião para elaborar um elogio, que foi recebido com um sorriso pela mãe e pela filha. *Lady* Catherine constatou, após o jantar, que a senhorita Bennet parecia melancólica, e, atribuindo a tristeza à proximidade da sua partida, acrescentou:

– Escreva à sua mãe pedindo que a deixe ficar mais um pouco. Estou certa de que a senhora Collins terá o maior prazer em gozar por mais algum tempo da sua companhia.

– Agradeço tão amável sugestão – replicou Elizabeth –, mas, infelizmente, não posso aceitar. Preciso estar em Londres no próximo sábado.

– Mas, sendo assim, só terá passado aqui seis semanas. Contava que permanecesse dois meses, pelo menos. Foi o que eu disse à senhora Collins, antes da sua vinda. Não pode haver motivo para uma partida tão prematura. A senhora Bennet passará bem sem você outros quinze dias.

– Mas o mesmo não poderei dizer de meu pai. Ele me escreveu na semana passada, pedindo que eu abreviasse minha estada.

– Se a sua mãe a dispensa, também o seu pai o fará. Uma filha nunca é muito necessária a um pai. E, se quiser ficar mais um mês, eu poderei levá-la comigo até Londres. Preciso ir para lá em princípios de junho. Demorarei uma semana, e na minha carruagem haverá espaço para uma de vocês. Se o tempo estiver fresco, poderão ir as duas, pois ambas são magrinhas.

– É muita bondade sua, *lady* Catherine, mas creio que serei obrigada a seguir o meu plano anterior.

Lady Catherine pareceu resignar-se.

– Senhora Collins, deverá mandar uma criada com elas. Sabe como eu digo sempre o que penso e não suporto a ideia de duas jovens viajarem sozinhas numa diligência. É deveras impróprio. Terá de tratar de mandar alguém com elas. As jovens devem ser sempre adequadamente acompanhadas e protegidas, de acordo com sua situação na vida. Quando minha sobrinha Georgiana se deslocou a Ramsgate no verão passado, fiz questão de que dois criados a acompanhassem. A senhorita Darcy, filha do senhor Darcy de Pemberley e de *lady* Anne, não poderia viajar de maneira diferente. Senhora Collins, providencie para que John acompanhe estas duas senhoritas. Alegra-me ter-me ocorrido tal pormenor.

– Meu tio combinou comigo de mandar-nos um criado para nos acompanhar.

– Oh, o seu tio! Ele tem um criado? Ainda bem que há alguém na sua família que pense nestas coisas. Onde mudarão de cavalos? Bromley, naturalmente. Se mencionarem o meu nome lá, serão muito bem servidas.

Lady Catherine fez ainda muitas perguntas a respeito da viagem, e, como ela própria não respondia a todas, era necessário prestar atenção, coisa que Elizabeth apreciou, pois, de outro modo, com as preocupações que a absorviam, ela correria o risco de se esquecer até do lugar onde se encontrava. Suas reflexões deveriam ser reservadas para horas solitárias; e, quando se achava só, entregava-se a elas com alívio. Não passava um dia sem que fizesse um passeio sozinha, e nele podia dar-se o consolo de recordar as coisas desagradáveis.

Sabia quase de cor a carta do senhor Darcy. Estudava cada frase, e os seus sentimentos com relação ao autor variavam frequentemente. Quando se recordava do seu estilo, enchia-se de indignação, mas, quando considerava a injustiça com que o tinha condenado e tratado, sua cólera voltava-se contra si, e o desapontamento por ele sofrido tornava-o objeto da sua compaixão. O senhor Darcy despertava-lhe gratidão, e o seu caráter, respeito. Mas Elizabeth não podia concordar com a conduta dele nem arrepender-se de o ter recusado, tampouco sentir vontade de tornar a vê-lo.

Sua atitude era uma fonte constante de amargura e ressentimento, e os infelizes defeitos da própria família, um motivo ainda mais forte de aborrecimento. Seu pai, limitando-se a troçar, nunca faria um esforço para corrigir as leviandades das filhas mais jovens, e a mãe, cujas maneiras não eram muito melhores, continuava naturalmente insensível a esse mal. Elizabeth sempre reunia o seu esforço ao de Jane, numa tentativa de refrear as imprudências de Catherine e de Lydia; mas, uma vez que elas eram protegidas pela indulgência da própria mãe, que possibilidades teriam de se emendar? Catherine, muito influenciável e fraca e completamente sob o domínio de Lydia, levava sempre a mal os conselhos das irmãs mais velhas; e Lydia, voluntariosa e descuidada, nem sequer lhes dava ouvidos. Ambas eram ignorantes, indolentes e vaidosas. Enquanto existisse um oficial em Meryton, elas continuariam namorando. Enquanto Meryton se conservasse àquela distância de Longbourn, elas viveriam caminhando para lá.

Outra das suas maiores preocupações era o futuro de Jane, e a explicação do senhor Darcy, inocentando Bingley, realçava o valor daquilo que Jane perdera. Sua afeição provava ter sido sincera, e sua conduta ficara livre de toda a censura, a não ser, talvez, a de uma demasiada confiança no seu amigo. Como era triste, pois, pensar que Jane fora privada de uma situação tão desejável, tão rica em vantagens e promessas de felicidade, pela extravagância e insensatez da própria família!

Quando a essas recordações se acrescentava a decepção que sofrera com o senhor Wickham, era fácil acreditar que a coragem e o bom humor de Elizabeth, tão difíceis de reprimir, estavam agora tão afetados que lhe era quase impossível manter na companhia das outras pessoas o mesmo tom alegre de outrora.

Os convites para Rosings durante a última semana sucederam-se com a mesma frequência com que foram feitos a princípio. A última noite foi passada ali; e Sua Excelência de novo se informou minuciosamente de todos os pormenores da viagem. Deu conselhos sobre a melhor maneira de fazer as malas e insistiu tanto nesse tema que Maria, ao regressar, se sentiu na obrigação de desfazer todo o trabalho da manhã e tornar a fazer novamente a mala.

Quando se despediram, *lady* Catherine, com grande amabilidade, desejou-lhes uma boa viagem e convidou-as a voltarem a Hunsford no ano seguinte. E a senhorita de Bourgh levou sua benevolência a ponto de fazer uma reverência e estender a mão para as duas.

Capítulo 38

Elizabeth e o senhor Collins encontraram-se para o café da manhã de sábado, momentos antes de os outros aparecerem, e ele aproveitou a oportunidade para apresentar suas despedidas com toda a formalidade que julgava indispensável:

– Não sei, senhorita Elizabeth, se a senhora Collins já teve a ocasião de lhe exprimir a gratidão pela visita que nos fez; mas estou certo de que não deixará esta casa sem receber todos os seus agradecimentos. Asseguro-lhe que o privilégio da sua companhia foi muito apreciado. Temos consciência dos reduzidos atrativos da nossa humilde habitação. Nossa vida simples, a exiguidade das dependências, o pequeno número de criados e o pouco que vemos do mundo devem tornar Hunsford extremamente aborrecido para uma jovem como a senhorita. Fizemos tudo ao nosso alcance para passar o seu tempo da forma mais agradável.

Elizabeth respondeu assegurando-lhe que tinha passado uma temporada muito feliz. Tinham sido seis semanas muito agradáveis; e o prazer de estar com Charlotte, assim como as numerosas atenções de que ela fora alvo, faziam com que fosse ela quem devesse mostrar-se reconhecida. O senhor Collins ficou satisfeito e, sorrindo, replicou com solenidade:

– Sinto enorme alegria por saber que não passou o seu tempo de modo desagradável. Fizemos tudo o que estava ao nosso alcance e tivemos a felicidade de ter podido apresentá-la à mais alta sociedade. Graças às nossas relações com Rosings, tivemos a oportunidade de variar frequentemente a humilde cena doméstica, e creio podermos nos gabar de lhe termos proporcionado assim uma visita a Hunsford pouco enfadonha. É, é preciso reconhecer que, apesar de todos os inconvenientes deste humilde presbitério, seus hóspedes não são de modo algum objeto de compaixão, desde o momento em que compartilham da nossa intimidade com Rosings.

As palavras eram insuficientes para traduzir a elevação dos seus sentimentos; e, na sua agitação, ele pôs-se a caminhar de um lado para o outro na sala, enquanto Elizabeth procurava servir simultaneamente a delicadeza e a verdade.

– Creio que poderá levar consigo para Hertfordshire um relato muito favorável a nosso respeito, minha cara prima – continuou ele. – Presenciou as atenções com que quase diariamente *lady* Catherine cumula a senhora Collins; e espero que se tenha tornado evidente que sua amiga não fez mal ao... Mas sobre este ponto prefiro guardar meu silêncio. Permita-me apenas, minha querida senhorita Elizabeth, que lhe deseje do fundo do coração uma felicidade igual no casamento. Minha adorável Charlotte e eu só temos um espírito e um pensamento. Existe sob todos os aspectos entre nós uma notável semelhança de caráter e de ideias. Tudo indica que nascemos um para o outro.

Elizabeth pôde afirmar que era essa uma grande felicidade e com igual sinceridade acrescentou que ela acreditava firmemente na sua harmonia doméstica, com o que muito se alegrava. Não a contrariou, contudo, ter sido interrompida no seu discurso pela entrada da pessoa cuja felicidade comentavam. Pobre Charlotte! Era triste deixá-la só em tal companhia. No entanto, era necessário reconhecer que ela escolhera de olhos abertos; e, embora aparentasse certa tristeza por vê-las partir, não parecia querer sua compaixão. A casa, as tarefas domésticas, a paróquia, a sua criação de aves e tudo o mais ainda não haviam perdido o seu encanto.

Finalmente, a carruagem chegou, as malas foram amarradas; os embrulhos, levados para o interior; e a partida, anunciada. Depois de afetuosa despedida, Elizabeth foi conduzida à carruagem pelo senhor Collins, e, enquanto atravessavam o jardim, este encarregou-a de transmitir seus mais respeitosos cumprimentos a toda a sua família, não esquecendo seus agradecimentos pelas atenções que recebera em Longbourn quando ali estivera e suas saudações para o senhor e a senhora Gardiner, embora não tivesse o prazer de conhecê-los. Então, ele a ajudou a subir na carruagem. Maria imitou-a, e a porta estava a ponto de ser fechada quando, de repente, ele lembrou que elas tinham se esquecido de deixar uma mensagem para as senhoras de Rosings.

– Naturalmente – acrescentou ele – desejarão que eu transmita seus humildes respeitos, com os mais cordiais agradecimentos, pela bondade de que foram objeto enquanto aqui permaneceram?

Elizabeth não pôs objeção; a porta pôde ser enfim fechada, e a carruagem se afastou.

– Meu Deus! – exclamou Maria, após alguns minutos de silêncio. – Parece que chegamos ontem, e, no entanto, quanta coisa sucedeu!

– Muita coisa mesmo – concordou Elizabeth, com um suspiro.

– Jantamos nove vezes em Rosings, além das duas vezes que lá fomos tomar chá. Tenho tanta coisa para contar!

E Elizabeth pensou: "E eu tenho tanto a esconder!".

A viagem decorreu praticamente em silêncio e sem nenhum incidente. Quatro horas depois de terem saído de Hunsford, chegaram à casa do senhor Gardiner, onde deveriam passar alguns dias.

Jane parecia em perfeita saúde, e Elizabeth não teve oportunidade de observar as verdadeiras disposições da irmã, graças aos vários divertimentos que a tia tivera a bondade de organizar para elas. Mas Jane regressaria com ela, e, em Longbourn, teria a ocasião de observá-la mais detidamente. Não foi sem esforço, no entanto, que ela esperou até Longbourn para contar à irmã a resposta do senhor Darcy. Sabia ter em seu poder a possibilidade de fazer uma revelação que não só causaria grande assombro em Jane como despertaria agradavelmente em si o resto de vaidade que lhe restava. Era uma tentação a que nada se poderia opor, senão o estado de indecisão dela sobre o número exato de fatos que deveria revelar e o medo de ter de repetir certas coisas a respeito de Bingley que poderiam ferir Jane ainda mais.

Capítulo 39

As três jovens de Gracechurch Street partiram na segunda semana de maio com destino a uma cidade na região de Hertfordshire. Ao se aproximarem do lugar em que a carruagem do senhor Bennet deveria encontrá-las, elas avistaram, como garantia da pontualidade do cocheiro, Kitty e Lydia, numa das janelas superiores de uma hospedaria. Havia mais de uma hora que elas estavam naquela localidade fazendo visitas frequentes a uma modista em frente, olhando de soslaio e demoradamente a sentinela de plantão e preparando um molho para a salada.

Depois de darem as boas-vindas às irmãs, elas exibiram uma mesa posta com várias espécies de carnes frias, que tinham conseguido encontrar na dispensa da hospedaria:

– Que dizem disto? Não acham uma surpresa agradável?

– Queremos convidar vocês – acrescentou Lydia –, mas terão de nos emprestar dinheiro, pois gastamos o nosso naquela loja ali defronte.

Em seguida, mostrando as suas aquisições, prosseguiu:

– Olhem, comprei este chapéu. Não acho nada de especial, mas, em casa, vou desmanchá-lo e ver o que poderei fazer com ele.

E, quando as irmãs lhe disseram que ele era muito feio, ela acrescentou:

– Oh, mas havia dois ou três ainda mais feios na loja. Quando eu comprar um cetim bonito para enfeitar, vão ver como ele ainda vai ficar. Além disso, não interessa muito o que podemos usar neste verão, pois o destacamento sai de Meryton dentro de quinze dias.

– Ah, sim? – indagou Elizabeth, com grande satisfação.

– Vão acampar perto de Brighton. Queria tanto que papai nos levasse até lá para passarmos o verão... Seria maravilhoso. Creio que não sairia caro, e a mamãe ficaria encantada de ir. Pensem só que verão mais enfadonho teremos se ficarmos por aqui.

"Sim", pensou Elizabeth. "Imaginem! Estas senhoritas à solta em Brighton, com um acampamento repleto de oficiais, quando aqui há apenas um reduzido destacamento e um baile mensal em Meryton".

– Tenho ainda outra novidade – disse Lydia. – Trata-se de uma novidade formidável e importantíssima, e é sobre uma pessoa de quem todas gostamos muito.

Jane e Elizabeth olharam uma para a outra, e o criado foi informado de que podia ir embora. Lydia riu e disse:

– Acham que o criado não deve ouvir, como se ele se importasse! Estou certa de que ele terá ouvido coisas muito piores do que a que eu tenho para dizer. Bem, passemos agora à novidade: é acerca do nosso querido Wickham. Não há perigo de ele se casar com Mary King. Ela foi morar com um tio dela, em Liverpool, definitivamente. Wickham está salvo.

– E Mary King está salva! Salva de um casamento financeiramente imprudente – acrescentou Elizabeth.

– Ela é uma tola em partir se gosta dele.

– Mas espero que não haja uma paixão muito forte em ambos os lados – disse Jane.

– De que não há do lado dele, estou certa. Aposto em como ele nunca se importou com ela. Quem se interessaria por uma insignificante daquelas? E cheia de sardas!

Elizabeth pensou, com certa amargura, que, embora ela fosse incapaz de se exprimir com tanta grosseria, aqueles sentimentos não eram menos brutais que os que anteriormente ela mesma abrigara em seu coração e considerara liberais.

Após todas terem comido, as mais velhas pagaram a despesa, e elas pediram a carruagem. Instaladas todas as malas, caixas e embrulhos, além das aquisições de Kitty e Lydia, todas subiram e tomaram os respectivos lugares. Lydia comentou:

– Estou contente por ter comprado aquele chapéu, pois, de qualquer modo, terei mais uma caixa bem jeitosa. Bom! Vamos conversar e rir até chegarmos a casa. Em primeiro lugar, contem vocês o que se passou desde que daqui partiram. Conheceram rapazes simpáticos? Divertiram-se? Tive esperanças de que uma de vocês regressasse com promessas de um casamento. Jane, se não tomar providências, em breve será uma velha solteirona. Ela tem quase 23 anos! Sentirei uma vergonha imensa se eu não me casar antes disso! A tia Philips só pensa em vê-las casadas. Ela acha que Lizzy deveria ter aceito o senhor Collins. Mas ele deve ser muito chato. Meu Deus! Que graça eu acharia se me casasse antes de todas. Eu as acompanharia a todos os bailes. Nós nos divertimos tanto no outro dia, na casa do coronel Forster. Kitty e eu tínhamos ido lá passar o dia, e a senhora Forster, que se tornou uma amiga inseparável, prometeu organizar uma pequena festa para esta noite. Convidou as duas Harringtons, mas, como

Harriet estava adoentada, Pen teve de ir sozinha. Sabem o que fizemos? Vestimos o Chamberlayne com roupas de mulher. Foi engraçadíssimo, e que cara a dele! Ninguém sabia disso, fora o coronel e a mulher, Kitty e eu e a nossa tia, que foi quem emprestou o vestido. Quando Denny, Wickham e Pratt e mais dois ou três deles entraram, não o reconheceram. Como nós rimos! E a senhora Forster também. Eu estava quase sem ar de tanto rir. Claro que, àquela altura, os outros começaram a desconfiar e acabaram descobrindo toda a tramoia.

Com histórias desse gênero e diversos episódios divertidos, Lydia, auxiliada pelas sugestões de Kitty, distraiu as companheiras durante todo o caminho até Longbourn. Elizabeth tentava não ouvir, mas sua atenção era constantemente despertada pelas frequentes alusões ao nome do senhor Wickham.

A recepção em casa foi afetuosa. A senhora Bennet alegrava-se por constatar a beleza sempre igual de Jane; e, mais de uma vez durante o jantar, o senhor Bennet se voltou para Elizabeth e disse:

– Estou contente por você estar de volta, Lizzy.

O grupo que se sentou para jantar era numeroso, pois quase todos os Lucas tinham vindo para rever Maria e ouvir as novidades. Foram vários os assuntos abordados; *lady* Lucas fazia várias perguntas a Maria, que estava do outro lado da mesa, acerca da prosperidade e criação de aves da sua filha mais velha. A senhora Bennet, duplamente ocupada, de um lado indagava qual era a última moda e do outro repetia essas informações para as filhas mais jovens dos Lucas; e Lydia, numa voz mais alta e estridente do que a de qualquer outra pessoa, enumerava os vários acontecimentos da manhã para todos.

– Oh, Mary – disse ela –, que pena não ter vindo conosco. Durante o caminho, Kitty e eu fechamos todas as cortinas da carruagem e fingimos que não havia ninguém dentro. Teríamos continuado assim até chegar, mas Kitty começou a sentir-se enjoada; e, quando chegamos à hospedaria, creio que nos portamos como deveríamos, pois regalamos as outras três com o melhor almoço frio do mundo, e, se tivesse nos acompanhado, também a teríamos convidado. E, depois, a volta também foi muito divertida. Pensei que nunca caberíamos naquela carruagem. Quase morri de tanto rir. Falamos e rimos tão alto que qualquer pessoa nos ouviria a quinze quilômetros de distância.

Mary replicou, gravemente:

– Longe de mim menosprezar tais prazeres, minha querida irmã; são os que sem dúvida se enquadram mais nos temperamentos femininos. Mas confesso que não me seduzem. Prefiro um bom livro.

Mas Lydia não ouviu uma só palavra dessa resposta. Ela não dava atenção a ninguém durante mais de meio minuto e nunca ouvia o que Mary dizia.

Lydia insistiu com as outras para que fossem todas a Meryton saber das novidades. Mas Elizabeth foi contra. Diriam que as senhoritas Bennets não aguentam meio dia em casa sem sair correndo atrás dos oficiais. Havia ainda outro motivo para essa oposição. Seria extremamente penoso encontrar-se com Wickham, e estava resolvida a evitá-lo tanto quanto possível. A partida do destacamento causava-lhe grande alívio. Dentro de quinze dias, os oficiais partiriam, e ela esperava ficar livre deles para sempre.

Pouco depois de chegar em casa, Elizabeth descobriu que a viagem a Brighton, a que Lydia aludira na hospedaria, estava em constante discussão entre os pais. Percebeu imediatamente que o pai não tinha a menor intenção de ceder, mas suas respostas eram tão vagas e evasivas que a mãe, embora muitas vezes desanimada, não perdia a esperança de alcançar um triunfo.

Capítulo 40

Elizabeth não conseguiu segurar por mais tempo sua impaciência em contar a Jane o que tinha sucedido. Omitiu todos os detalhes a respeito da irmã e de Bingley e contou-lhe, na manhã seguinte, grande parte da cena que se passara entre o senhor Darcy e ela mesma.

No começo, Jane ficou assombrada, mas logo a forte afeição fraternal e a admiração que sentia por Elizabeth fizeram com que tudo parecesse perfeitamente natural. Era mesmo lamentável que o senhor Darcy tivesse manifestado sua afeição de forma tão pouco cativante; mas o que mais a entristeceu foi o desgosto que a recusa da irmã teria causado nele.

– A certeza que ele tinha do seu êxito foi despropositada – disse Jane –, e não deveria ter deixado transparecer. Isto torna ainda mais cruel seu desapontamento.

– Tenho muita pena dele, mas o senhor Darcy tem outros sentimentos que logo expulsarão a admiração que ele possa ter por mim. Não me censura por ter recusado, não é? – indagou Elizabeth.

– Censurar você! Oh, não.

– Mas censura-me por ter aludido tão calorosamente a Wickham?

– Não, não tenho conhecimento de causa para apontar o mal naquilo que disse.

– Mas em breve o terá, quando lhe contar o que se passou na manhã seguinte.

Elizabeth falou então na carta, repetindo tudo o que ela continha na parte referente a Wickham.

Foi um grande choque para a pobre Jane, que, de bom grado, passaria pelo mundo sem se aperceber de que existia nele tanta maldade como a que se concentrava num só indivíduo. Com grande seriedade, Jane procurou ainda provar que havia uma chance de erro, tentando justificar um deles sem acusar o outro.

– Isso de nada adianta, minha querida Jane – disse Elizabeth –, nunca conseguirá descobrir um modo de provar que ambos são bons. Faça a sua escolha, mas terá que se contentar com apenas um deles. As qualidades dos dois reunidas dariam um homem bom, mas ultimamente as situações têm-se invertido várias vezes. Estou inclinada a acreditar no senhor Darcy, mas pode escolher quem quiser.

Passou-se algum tempo, contudo, antes que um sorriso aparecesse no rosto de Jane.

– Não me lembro de ter alguma vez sofrido tamanha desilusão – disse ela. – Wickham é assim tão mau? É quase inacreditável. Coitado do senhor Darcy! Imagine só, Lizzy, o que ele não terá sofrido. Que decepção! E saber do mau conceito que você tinha dele! E ter de revelar tal coisa da sua própria irmã! É, realmente, muito triste. Creio que se sente como eu.

– Oh! Não! Toda a minha compaixão e meu remorso desaparecem ao ver você tão atormentada pelos mesmos sentimentos. Sua generosidade dispensa a minha. Se continuar se lamentando por muito mais tempo, meu coração ficará tão leve quanto uma pena.

– Pobre Wickham! O rosto dele parece exprimir tanta bondade! E seus modos são tão abertos e simpáticos.

– Houve, certamente, um grande erro na educação desses dois jovens. Um deles tem todas as qualidades, e o outro, apenas a aparência.

– Para dizer a verdade, eu nunca achei que o senhor Darcy aparentasse aquilo que você via – comentou Jane.

– E eu me considerava tão perspicaz ao tomar tão violentamente partido contra ele, sem nenhum fundamento. Uma antipatia tão forte como a que eu tinha por ele abre o caminho para a ironia. Uma pessoa pode gracejar sem nada exprimir de justo, mas não pode rir a vida inteira de um homem sem volta e meia esbarrar com algo de espirituoso.

– Lizzy, estou certa de que, quando leu a carta pela primeira vez, não encarava as coisas como agora.

– É verdade, fiquei muito perturbada. Depois, não tinha ninguém com quem me abrir, não tinha uma Jane para me consolar e me mostrar como tinha sido fraca, leviana e insensata como agora sei que fui. Oh, como eu desejei ter você junto de mim!

– Foi pena ter usado expressões tão fortes ao falar de Wickham ao senhor Darcy, pois agora vê-se claramente quão imerecidas elas foram.

– Certamente. Mas a infelicidade de ter falado de forma tão amargurada foi uma consequência natural dos preconceitos que eu vinha alimentando dentro de mim. Há um ponto sobre o qual eu necessito do seu conselho. Devo ou não revelar aos nossos conhecidos qual o verdadeiro caráter do senhor Wickham?

Jane fez uma pequena pausa e respondeu:

– Acho que não há motivo para tão terrível denúncia. O que pensa sobre isso?

– Penso em não dar tal passo. O senhor Darcy não me autorizou a tornar públicas as suas revelações; pelo contrário, rogou-me que guardasse para mim todos os pormenores relativos ao episódio passado com sua irmã. E, se eu não mencionar este fato, quem acreditará em mim? A antipatia contra o senhor Darcy é de tal modo violenta que metade da população de Meryton preferiria morrer a vê-lo colocado sob uma luz mais favorável. Não me sinto com forças para luta tão feroz. Wickham em breve partirá. Depois disso, pouco importa que ninguém aqui saiba qual o seu verdadeiro caráter. Algum dia ele acabará por ser desmascarado, e, nessa altura, poderemos rir da estupidez dos outros por não o terem adivinhado há mais tempo. Por enquanto, nada direi.

– Está certa. Denunciar publicamente seus erros poderia representar para ele a ruína de toda a sua vida. Quem sabe se ele já não se arrependeu do que fez e vive ansioso por refazer sua reputação.

A conversa ajudou Elizabeth a colocar um pouco de ordem no tumulto dos seus pensamentos. Libertara-se de dois segredos que lhe pesavam há quinze dias e encontrara em Jane uma ouvinte atenta e interessada, que não hesitaria em prestar-se de boa vontade a uma nova conversa sobre o assunto. Havia, porém, algo mais que se escondia na sombra e que a prudência de Elizabeth a impedia de desvendar. Não ousava relatar a Jane a outra metade da carta de Darcy nem revelar quão sinceramente Bingley correspondera ao seu afeto. Esse segredo ela não poderia compartilhar com ninguém. Estava certa de que só se veria livre dele quando entre ambos se restabelecesse um entendimento perfeito.

Agora, em sua casa, ela tinha toda a oportunidade de observar os sentimentos da irmã. Jane não estava feliz. Ela conservava ainda muito viva a afeição por Bingley. Como nunca antes se julgara apaixonada, esses sentimentos tinham todo o calor e toda a frescura de um primeiro amor. Em razão de sua personalidade e idade, havia maior firmeza do que essas primeiras paixões em geral têm. Ela guardava em tão fervoroso culto a lembrança de Bingley e de tal modo o preferia a qualquer outro homem que precisava lançar mão de todo o seu bom senso e de toda a sua consideração dos sentimentos alheios para dominar aquelas tristezas, que corriam o risco de tornar-se prejudiciais à sua saúde e à tranquilidade das pessoas que a rodeavam. Um dia a senhora Bennet perguntou:

– Então, Lizzy, qual a sua opinião sobre o insucesso de Jane? Quanto a mim, estou decidida a não falar mais no assunto a ninguém. Foi o que disse à minha irmã Philips, no outro dia. Mas não sei se Jane se encontrou com ele em Londres. Bem, isso só revela que ele não a merece, e suponho que ela não terá possibilidade de revê-lo. Ninguém sabe dizer se vem passar o verão em Netherfield.

– Creio que ele nunca mais voltará a Netherfield.

– Oh, pois bem! Ele fará o que quiser. Ninguém lhe pede que volte. Mas eu continuarei dizendo que ele se portou de maneira muito desleal para com a minha filha. Jane morrerá de desgosto, e, nessa altura, ele se arrependerá do que fez.

Como Elizabeth não via consolação em tal prognóstico, preferiu não responder.

– Então, Lizzy – continuou a mãe –, os Collins vivem bem, não é? Muito bem, espero que isso dure. E que tal a comida da casa deles? Charlotte é uma excelente dona de casa, creio eu. Se ela é tão econômica como a mãe, devem estar guardando bastante dinheiro. Extravagância é coisa que não se ouve falar na casa deles, não?

– É verdade. Eles velam por uma boa administração dos seus bens, pode estar certa.

– Sim, sim, aqueles nunca correrão o risco de gastar mais do que aquilo que têm. Nunca terão dificuldades de dinheiro. E, é claro, estão constantemente arquitetando planos sobre Longbourn, depois da morte de seu pai, não? Já devem considerá-la propriedade deles.

– Nunca mencionaram esse assunto na minha frente.

– Claro! Era só o que faltava. Mas aposto que toda hora discutem o assunto entre eles. Pois bem, se não têm escrúpulos em apoderar-se dos bens que legalmente não lhes pertencem, tanto melhor para eles. No lugar deles, eu me esconderia de vergonha.

Capítulo 41

A primeira semana após o regresso delas se passou rápido, e uma segunda começou. Era a última da estada do destacamento em Meryton, e todas as jovens das redondezas definhavam de desgosto. A melancolia era quase geral. Apenas as duas mais velhas da família Bennet conseguiam ainda comer, beber, dormir e passar seu tempo da forma habitual. Frequentemente eram acusadas de insensibilidade por Kitty e Lydia, cujo desgosto era profundo, e não compreendiam a indiferença em qualquer membro da família.

– O que vai ser de nós? Vamos nos ocupar com quem? – indagavam elas amarguradamente. – Como pode se mostrar tão sorridente, Lizzy?

A senhora Bennet, que era uma mãe afetuosa, compartilhava da tristeza das filhas. Ela recordava-se do que sofrera vinte e cinco anos antes, numa situação idêntica.

– Compreendo-as perfeitamente – dizia ela. – Chorei durante dois dias seguidos quando o regimento do coronel Miller partiu. Pensei que morreria de desgosto.

– Acho que é o que vai me acontecer – concordou Lydia.

– Se ao menos pudéssemos ir até Brighton! – observou a senhora Bennet.

– Oh! Sim! Se ao menos nós pudéssemos ir até Brighton! Mas nosso pai é um desmancha-prazeres.

– Alguns banhos de mar me restabeleceriam para sempre.

– E a tia Philips disse que uma mudança de ares me faria muito bem – acrescentou Kitty.

Eram muitas as lamentações que constantemente se ouviam em Longbourn. Elizabeth procurava rir delas, mas sua vergonha lhe roubava todo o prazer. Ela se lembrava da justiça das objeções do senhor Darcy e se sentia disposta a perdoar sua interferência na vida do amigo.

As perspectivas negativas de Lydia em breve foram dissipadas, pois a senhora Forster, a mulher do coronel do destacamento, convidou-a para acompanhá-la a Brighton. Essa inestimável amiga era bastante jovem e estava casada há muito pouco tempo. A boa disposição e a frivolidade de ambas recomendaram uma à outra e, após três meses, tinham se tornado grandes amigas.

O encantamento de Lydia, sua adoração pela senhora Forster, a alegria da senhora Bennet e a mortificação de Kitty eram impossíveis de descrever. Inteiramente indiferente aos sentimentos da irmã, Lydia corria pela casa expandindo sua enorme felicidade, exigindo as congratulações de todos, rindo e falando com uma estridência maior do que o costume. Enquanto isso, a desafortunada Kitty permanecia na sala, lamentando seu destino em termos despropositados e numa voz ressentida.

– Não compreendo por que a senhora Forster não me convidou também – dizia ela. – Embora eu não seja tão íntima dela, tenho tanto direito de ser convidada quanto Lydia, e mais até, pois sou dois anos mais velha.

Em vão, Elizabeth procurou incutir-lhe sentimentos mais sensatos; e Jane, maior resignação. Quanto a Elizabeth, esse convite estava longe de lhe produzir os mesmos sentimentos que em sua mãe e Lydia, pois ela considerava como uma espécie de sentença de morte para todas as possibilidades de sua irmã vir um dia a ter algum bom senso. Apesar da repugnância que isso lhe causava, não hesitou em aconselhar confidencialmente seu pai a não deixá-la ir. Chamou a atenção para todas as impropriedades da conduta de Lydia e para as poucas vantagens que lhe poderiam advir da intimidade com uma mulher como a senhora Forster e para a probabilidade de a irmã se tornar ainda mais imprudente na companhia de tal pessoa e num lugar onde as tentações seriam maiores que em casa. Após ouvir com atenção, ele respondeu:

– Lydia não descansará enquanto não lhe acontecer alguma coisa. Nunca ela encontrará melhor ocasião para fazer uma tolice como a atual, em que não dará despesas ou trabalho à família.

– Se o senhor se desse conta – disse Elizabeth – dos grandes inconvenientes que o comportamento leviano de Lydia, em público, pode nos trazer, ou melhor, já nos trouxe, encararia a questão de modo diferente.

– Já trouxe? – repetiu o senhor Bennet. – Será que ela já afugentou algum dos seus apaixonados? Minha pobre Lizzy! Mas não desanime. Esses jovens difíceis, que não suportam a proximidade de um pouco de absurdo, não são dignos de consideração. Vamos, dê a lista dos pobres coitados que foram postos em fuga pelas tolices de Lydia.

– Está enganado, meu pai. Não tenho desgostos desses a lamentar. Não é de dissabores particulares, mas de inconvenientes que eu me queixo. Nossa reputação é necessariamente afetada pela leviandade, pela imprudência e pelo desprezo de Lydia por qualquer restrição, características do seu caráter. Perdoe-me, mas preciso falar claramente. Se não for o pai a dar-se ao trabalho de reprimir a excessiva exuberância dela e a fazê-la enxergar que suas atuais ocupações não constituem a essência da vida, em breve perderá a possibilidade de alguma vez corrigi-la. Seu caráter está se definindo e, aos 16 anos, ela só pensará em namorar, expondo a si mesma e à família ao ridículo. E, quando falo em namorar, refiro-me a coisa bem pior, sem que ela não tenha outros atrativos que não sejam sua juventude e boa aparência. Sua ignorância e futilidade a tornarão incapaz de vencer o desprezo geral que seu apetite imoderado de admiração provocará. Kitty também corre o mesmo perigo. Ela acompanhará de olhos fechados os passos de Lydia. Vaidosa, ignorante, ociosa e absolutamente descontrolada! Oh, meu querido pai, como pode supor que elas não sejam censuradas e desprezadas em qualquer lugar que apareçam e que as suas irmãs se vejam frequentemente envolvidas em seu desprezo?

O senhor Bennet percebeu a profunda ansiedade da filha, e, tomando afetuosamente a mão dela, respondeu:

– Não se preocupe tanto, meu amor. Onde quer que você e Jane apareçam, serão sempre respeitadas e apreciadas; e não serão menos admiradas por terem duas, ou melhor, três irmãs bastante tolas. Se Lydia não for a Brighton, não teremos um momento de sossego nesta casa. Deixemos ir, portanto. O coronel Forster é um homem sensato e tomará precauções para que nada de mal lhe aconteça. Por sorte, ela é suficientemente pobre para não se tornar objeto de grandes cobiças. Em Brighton, ela passará mais despercebida do que aqui.

Elizabeth se contentou com tal resposta, mas sua opinião continuava inabalável, e, desanimada e triste, ela deixou o pai. Contudo, não estava em sua natureza remoer seus desgostos, tornando-os assim ainda maiores.

Se Lydia e a mãe tivessem alguma vez sabido da conversa que Elizabeth tivera com o senhor Bennet, toda a sua volubilidade conjunta não seria suficiente para exprimir a indignação que sentiriam. Na imaginação de Lydia, uma visita a Brighton compreendia todas as possibilidades de felicidade terrena. Ela via as ruas daquela alegre cidade balneária repletas de militares. Imaginava-se o centro das atenções de dezenas deles.

Se ela tivesse sabido que a irmã procurara arrancá-la de tais perspectivas e realidades, qual não seria a sua indignação? Ela apenas poderia ser compreendida pela mãe, cujos sentimentos se assemelhariam aos seus. Mas viviam na ignorância do que se passara; e seus êxtases continuaram com pequenos intervalos, até o dia da partida.

Elizabeth veria, então, o senhor Wickham pela última vez. Depois de seu regresso, haviam se visto frequentemente em sociedade. As emoções da sua antiga preferência tinham se desvanecido por completo. Conseguia, mesmo, distinguir certa afetação e monotonia nas gentilezas que, a princípio, a tinham deliciado. Além disso, na conduta atual de Wickham com Elizabeth, encontrava uma nova fonte de contrariedade, pois a vontade que ele manifestava em renovar aquelas atenções, que tinham caracterizado os primeiros tempos das suas relações, agora, após tudo o que se passara, apenas serviam para irritá-la ainda mais. Ela acabou por perder todo o respeito por ele, ao ver-se assim escolhida como objeto de tão fúteis galanteios.

No último dia em que o destacamento permaneceu em Meryton, Wickham jantou em Longbourn, juntamente com outros oficiais. Elizabeth estava tão pouco disposta a deixá-lo partir impune que, quando Wickham quis saber como ela passara o tempo em Hunsford, respondeu que o coronel Fitzwilliam e o senhor Darcy tinham passado três semanas em Rosings, e perguntou-lhe se conhecia o coronel.

Ele pareceu surpreso e alarmado, mas, após alguns minutos de concentração, respondeu, sorrindo, que outrora se encontrara frequentemente com ele. Depois de observar que ele era um autêntico cavalheiro, perguntou se Elizabeth simpatizara com ele. Ela deu-lhe uma resposta calorosamente afirmativa. Com ar de perfeita indiferença, pouco depois ele acrescentou:

– Quanto tempo disse que eles passaram em Rosings?

– Perto de três semanas.

– E o viu com frequência?

– Sim, praticamente todos os dias.

– Suas maneiras diferem bastante das de seu primo.

– Sim, bastante. Mas sou agora de opinião de que o senhor Darcy ganha muito quando o conhecemos melhor.

– É mesmo?! – exclamou Wickham, com um olhar que não escapou a Elizabeth. Mas se refreou e acrescentou em tom mais alegre: – Terá sido na maneira de falar que ele melhorou? Terá se dignado a introduzir um pouco de cortesia em seu estilo habitual? Pois não ouso esperar que ele tenha melhorado no essencial.

– Oh, não! – disse Elizabeth – Quanto ao essencial, creio que ele continue exatamente como sempre foi.

Enquanto ela falava, Wickham, pela sua expressão, parecia hesitar se haveria de se mostrar alegre pelas suas palavras ou desconfiar do sentido delas. Notava qualquer coisa no rosto de Elizabeth que o obrigava a seguir as palavras dela com ansiosa atenção. Elizabeth acrescentou:

– Quando eu disse que ele ganhava em ser conhecido, não queria dizer que seu espírito e suas maneiras estavam em vias de aperfeiçoamento, mas que, graças a um conhecimento mais íntimo, seu caráter se tornara mais compreensível.

A inquietude de Wickham transparecia agora no rubor que lhe subira ao rosto e no seu olhar pouco tranquilo. Durante alguns minutos não pronunciou uma palavra sequer, até que, finalmente, vencendo seu embaraço, voltou-se de novo para Elizabeth e disse, em tom muito grave:

– A senhorita, que conhece tão bem meus sentimentos para com o senhor Darcy, compreenderá quanto eu me alegro por vê-lo assumir, pelo menos, a aparência de justiça. Nesse sentido, o orgulho dele prestará o melhor dos serviços, pois o impedirá de cometer tão flagrantes injustiças como as de que eu fui vítima. Temo somente que essas precauções, às quais a senhorita acaba de aludir, sejam apenas adotadas durante as visitas a casa de sua tia, por cuja opinião e julgamento ele nutre o maior respeito. O temor que sua tia lhe inspira sempre atuou nele, quando se encontram juntos, e grande parte se deve atribuir ao desejo que ele tem de favorecer seu projetado casamento com a senhorita de Bourgh, que ele há muito tempo planeja.

Elizabeth não pôde deixar de sorrir, mas respondeu apenas com um ligeiro aceno de cabeça. Compreendeu que ele desejava arrastá-la para o assunto das suas mágoas e não estava disposta a tolerá-lo. Durante o resto da noite, Wickham buscou mostrar-se alegre e despreocupado como sempre, mas cessou todas as suas atenções com Elizabeth. Separaram-se com mútua cortesia e, possivelmente, com o igual desejo de nunca mais se encontrarem.

Quando chegou a hora de as visitas se retirarem, Lydia seguiu com a senhora Forster para Meryton, de onde partiriam no dia seguinte, logo de madrugada. A separação dela do resto da família foi mais ruidosa do que patética. Kitty foi a única que chorou, mas suas lágrimas eram de humilhação e inveja. A senhora Bennet mostrou-se prolífica em seus desejos de felicidade para a filha e eloquente nas incitações para que ela não perdesse uma oportunidade de se divertir, conselho este que, como tudo levava a crer, seria seguido fielmente; e, no meio do clamor com que Lydia exprimia sua felicidade, os adeuses mais discretos das irmãs quase não foram ouvidos.

Capítulo 42

O conceito de felicidade conjugal e conforto doméstico não seria dos melhores se Elizabeth dependesse do exemplo dado pela própria família. Seu pai tinha se casado com uma pessoa cuja mediocridade intelectual e insensatez em breve o impediu de sentir por ela qualquer afeição. Ele foi cativado pela vivacidade, beleza e animação que a juventude em geral confere às mulheres. O respeito, a estima e a confiança tinham se desvanecido para sempre, e todos os seus anseios de felicidade doméstica foram destruídos. Contudo, o senhor Bennet não era desses homens que procuram alívio para as suas desilusões, causadas pelas próprias imprevidências, entregando-se a esses prazeres em que os infelizes buscam uma compensação para as suas loucuras e para os seus vícios. Ele gostava do campo e dos livros e daí tirava suas principais distrações. Quanto à sua mulher, ele nada lhe devia, além dos divertidos momentos que o espetáculo da sua ignorância e a sua falta de senso lhe haviam proporcionado. Não é essa a espécie de felicidade que os homens em geral desejam encontrar no casamento, mas, na falta de outros dons, o verdadeiro filósofo se contenta com o pouco que lhe é concedido.

Elizabeth, no entanto, nunca fora cega aos defeitos do pai como marido. Mas admirava suas qualidades e era grata pela maneira afetuosa como ele a tratava. Porém, nunca, como agora, sentira tão fortemente qual seria a ameaça para os filhos dos inconvenientes causados por um casal tão pouco unido.

Após o alívio que lhe causara a partida de Wickham, Elizabeth encontrou menos prazer do que esperava com a saída do próprio destacamento. As festas eram menos frequentes; e em casa tinha uma mãe e uma irmã cujas contínuas lamentações sobre o tédio da vida que levavam projetavam uma nuvem negra sobre o círculo da família.

Ela se dava conta de que os acontecimentos por elas esperados com tanta impaciência não produziam, ao realizar-se, aquela satisfação tão prometida. Necessitava marcar outro período para o começo da sua verdadeira felicidade, ter outros pontos de apoio para os seus desejos e suas esperanças. Sua viagem aos Lagos, por exemplo, constituía agora o objeto dos seus pensamentos mais felizes. Era o seu refúgio para os momentos desagradáveis que o descontentamento de Kitty e da mãe tornavam inevitáveis. Para tornar o seu plano perfeito, só faltava incluir Jane.

"Ainda bem que tenho alguma coisa a desejar, pois, se tudo no meu plano fosse perfeito, a decepção seria mais do que certa. Sendo assim, levando comigo uma fonte de contínua tristeza, a saudade de minha irmã, poderei, de certo modo, esperar que todas as minhas expectativas de prazer se realizem. Um plano perfeito nunca tem realização", pensava ela.

Lydia, na hora da partida, prometera escrever frequente e detalhadamente para a mãe e Kitty. Mas essas cartas, longamente esperadas, eram sempre muito curtas. Nas que escrevia à senhora Bennet, pouco mais lhe dizia do que terem acabado de regressar da biblioteca, onde tais e tais oficiais as haviam acompanhado e onde tinham visto trajes de enlouquecer; ter comprado um vestido novo ou uma nova sombrinha que ela desejaria descrever com mais detalhes, mas não podia, pois a senhora Forster acabara precisamente de a chamar para irem dar um passeio para os lados do acampamento. As cartas para Kitty não eram muito mais esclarecedoras, embora mais longas. Boa parte do sentido vinha nas entrelinhas.

Após três semanas de ausência de Lydia, a saúde, o bom humor e a alegria recomeçaram a aparecer em Longbourn. Tudo tomou um aspecto mais agradável. As famílias que tinham ido passar o inverno em Londres começaram a regressar e recomeçaram os divertimentos de verão. A senhora Bennet voltou à sua exuberância habitual e, em meados de julho, Kitty havia melhorado tanto que já era capaz de entrar em Meryton sem derramar uma lágrima, acontecimento bastante promissor que deu a Elizabeth a esperança de que no próximo Natal ela tivesse juízo suficiente para não mencionar sequer o nome de um oficial mais de uma vez por dia, a não ser que, por uma ordem maliciosa e cruel do Departamento de Guerra, outro destacamento viesse acampar em Meryton.

A data fixada para sua viagem pelo Norte aproximava-se rapidamente. Faltavam apenas quinze dias quando chegou uma carta da senhora Gardiner, que não só adiava a partida como abreviava a duração do passeio. Os negócios impediam o senhor Gardiner de sair de Londres até quinze dias depois da data marcada e o obrigavam a regressar dentro de um mês. Não daria para irem tão longe quanto planejaram e impediria, pelo menos, que visitassem tudo com o vagar e o conforto que haviam idealizado. Viam-se, desse modo, obrigados a desistir de vez dos Lagos. Urgia fazer um circuito mais reduzido. De acordo com o novo plano, não iriam além de Derbyshire. Naquele condado havia muito que ver e daria para preencher as três semanas de que dispunham. Para a senhora Gardiner, tal plano tinha um encanto particular; considerava aquela região, onde ela passara alguns anos da sua vida, tão digna de atenção quanto a célebre região dos Lagos.

Elizabeth ficou muito desapontada. Desejava ardentemente ver os Lagos e achava que teriam tempo suficiente para isso. Não tinha, porém, alternativa senão contentar-se, e em breve a sua decepção passou.

Muitas ideias se associavam a esse condado de Derbyshire. Era impossível ler a palavra sem pensar em Pemberley e em seu proprietário: "Decerto poderei penetrar naquela região e espraiar por ela os meus olhos, sem que ele dê por mim".

O período de espera fora agora duplicado. Seriam quatro semanas até a chegada dos tios. Essas semanas, porém, em breve passaram, e o senhor e a senhora Gardiner apareceram finalmente em Longbourn, acompanhados dos quatro filhos. As crianças, duas garotas de seis e oito anos de idade e dois rapazes mais novos, ficariam entregues aos cuidados da prima Jane, cujo bom senso, doçura e gênio pareciam destiná-la à missão de cuidar das crianças.

Os Gardiners ficaram apenas uma noite em Longbourn e partiram na manhã seguinte com Elizabeth, em busca de aventuras. Um prazer, pelo menos, estava garantido para ela: o de ter bons companheiros de viagem, saudáveis e empreendedores para suportar os pequenos contratempos, bem-humorados para realçar todos os prazeres e afetuosos e inteligentes de modo a sugerirem novas distrações caso deparassem com decepções no caminho.

Não vamos fazer a descrição de Derbyshire nem dos vários locais famosos pelos quais passaram. Oxford, Blenheim, Warwich, Kenilworth, Birmingham, etc. Apenas uma pequena parte de Derbyshire nos interessa, a cidade de Lambton, onde a senhora Gardiner residira e para onde eles se encaminharam. Descobrira recentemente que ali ainda se encontravam alguns dos seus velhos conhecidos, e ali Elizabeth soube, pela tia, que Pemberley estava a oito quilômetros de distância. Para lá chegar teriam de fazer um pequeno desvio de cinco quilômetros. Na véspera, ao conversarem sobre o itinerário, a senhora Gardiner tornou a manifestar seu desejo de rever a propriedade. O senhor Gardiner concordou e perguntaram a Elizabeth se ela aprovava a ideia. A tia questionou:

– Minha querida, não gostaria de ver esse lugar de que tanto ouviu falar? Um lugar onde muitos dos seus conhecidos já moraram. Wickham passou ali a sua mocidade.

Elizabeth ficou embaraçada. Ela não sentia interesse em ver Pemberley e foi obrigada a manifestar sua pouca disposição. Declarou que estava cansada de ver grandes casas e, após percorrer tantas, já não encontrava prazer nos belos tapetes ou nas cortinas de cetim.

A senhora Gardiner zombou da sua ingenuidade.

– Se Pemberley fosse apenas uma casa ricamente mobiliada, também eu não teria grande empenho em ir; mas o parque é lindo, e os bosques são dos mais belos do país.

Elizabeth não respondeu, mas, em seu íntimo, não concordava. Imediatamente lhe ocorrera a possibilidade de encontrar o senhor Darcy enquanto visitava o local, e isso seria horrível. A simples ideia a fazia corar. Talvez fosse preferível contar tudo à tia a correr tal risco. Mas havia objeções. Decidiu, por fim, não recorrer a tais meios caso as indagações particulares que fizessem lhes revelassem a presença da família em Pemberley.

Nessa ordem de ideias, à noite, quando se retirou para se deitar, perguntou à criada se era verdade que Pemberley era um local bonito, qual era o nome do proprietário e, com íntimo alarme, se a família ali se encontrava passando o verão. Por sorte, a última pergunta teve resposta negativa. Ela sentiu agora grande curiosidade em ver a casa. Quando o assunto foi de novo abordado no dia seguinte e novamente lhe perguntaram sua opinião, ela respondeu, prontamente e com ar de indiferença, que não tinha objeções ao plano.

Capítulo 43

No caminho, Elizabeth esperava, emocionada, a primeira aparição dos bosques de Pemberley. Quando finalmente passaram os portões e entraram no parque, sua agitação cresceu ainda mais. O parque era imenso e tinha aspectos muito variados. Entraram nele pela parte mais baixa e, durante algum tempo, rodaram por um belo e extenso bosque.

Elizabeth via e admirava todas as vistas e recantos pitorescos. Durante quase um quilômetro, foram subindo suavemente, até que chegaram ao topo de um morro bastante alto, onde o bosque cessava.

No outro lado do parque avistava-se de imediato a casa de Pemberley, e a estrada, virando bruscamente, descia em direção a ela. Tratava-se de um belo e imponente edifício, situado na encosta de uma colina, por detrás da qual se elevava uma ou outra série de colinas arborizadas. Em frente à casa, corria um riacho regular que, represado, formava um pequeno lago. Suas margens não haviam sido adornadas pela mão do homem. Elizabeth estava encantada. Nunca vira lugar tão bem-dotado pela natureza. Ali, sua beleza natural não fora ainda adulterada por artifícios de um gosto duvidoso. Todos manifestavam sua admiração; e, naquela altura, Elizabeth sentiu que ser proprietária de Pemberley significaria alguma coisa!

Desceram a colina, atravessaram a ponte e aproximaram-se da residência. Ao examiná-la de perto, Elizabeth foi de novo assaltada pelas suas apreensões de um possível encontro com o dono da casa. Receava que a criada tivesse se enganado. Depois de pedirem para ver a casa, foram introduzidos na sala de entrada. Enquanto esperavam pela governanta,

Elizabeth teve todo o tempo para se conscientizar a respeito do lugar em que estava.

Chegou a governanta, uma senhora idosa, de aspecto respeitável, muito mais simples e amável do que Elizabeth esperava. Seguiram-na até a sala de jantar. Tratava-se de uma dependência bastante grande, bem proporcionada e mobiliada com gosto e elegância.

Após examiná-la, Elizabeth foi até uma das janelas para apreciar a vista. A colina pela qual tinham descido, coroada pelas frondosas árvores, parecia mais abrupta e ganhava em beleza vista de longe. Tudo naquele local tinha as condições ideais; e ela contemplou toda a paisagem com encanto; o rio, as árvores espalhadas pelas suas margens e o vale serpenteando até se perder de vista.

À medida que passavam de quarto em quarto, a cena variava e, de todas as janelas, a vista era magnífica. Os quartos eram espaçosos e elegantes, e a mobília revelava a riqueza do proprietário. Elizabeth reparou, enquanto admirava seu bom gosto, que os móveis não eram nem vistosos demais nem exageradamente rebuscados. Eram mais sóbrios e também mais elegantes que os de Rosings.

"E pensar que eu poderia ser a dona de tudo isto! A essas horas já estaria suficientemente familiarizada com todos esses quartos! Em vez de os percorrer como uma estranha, poderia alegrar-me de os possuir e receber neles, como visitantes, meu tio e minha tia", pensou. Mas, voltando a si, continuou: "Mas não, isso nunca poderia acontecer. Meu tio e minha tia estariam perdidos para mim. Jamais me autorizariam a recebê-los".

Essa foi uma lembrança oportuna, pois evitou sentir algo parecido com um arrependimento. Estava ansiosa para perguntar à governanta se acaso o senhor sempre se ausentava, mas não tinha coragem. Finalmente, a pergunta acabou sendo feita pelo tio. Ela afastou-se um pouco, alarmada, quando a senhora Reynolds respondeu que ele estava ausente e acrescentou:

– Mas o esperamos amanhã com um grupo de amigos.

Elizabeth deu graças a Deus por terem vindo exatamente naquele dia, e não no dia seguinte. A tia chamou-a, então, para ver um quadro. Ela aproximou-se e viu sobre a lareira, entre várias miniaturas, um retrato do senhor Wickham. A senhora Gardiner perguntou, sorrindo, se Elizabeth gostava do quadro. A senhora Reynolds aproximou-se e disse que se tratava de uma gravura do filho do administrador do seu falecido patrão, que o tinha educado como se fosse seu filho:

– Ultimamente ingressou no Exército – acrescentou ela –, mas receio que ele não vá muito longe.

A senhora Gardiner olhou para a sobrinha com um sorriso que Elizabeth não pôde retribuir.

A senhora Reynolds apontou para outra miniatura e disse:

– Este é o meu atual patrão. O retrato é bastante fiel e foi feito ao mesmo tempo que o outro, há oito anos.

– Tenho ouvido dizer que seu patrão é um belo homem – disse a senhora Gardiner, olhando para o retrato. – Parece simpático. Mas, Lizzy, você é que nos poderá dizer se ele se parece ou não.

– Esta senhorita conhece o senhor Darcy?

Elizabeth corou e respondeu:

– Um pouco.

– E não o acha um belo tipo de homem?

– Sim, é mesmo.

– Creio que não conheço alguém que o supere, mas, na galeria lá em cima, verão outro retrato dele, maior e melhor. Esta sala era o lugar favorito do meu falecido patrão, e essas miniaturas estão exatamente no lugar onde estavam quando ele era vivo. Ele gostava muito delas.

A senhora Reynolds chamou, em seguida, a atenção dos visitantes para um retrato da senhorita Darcy, pintado quando ela tinha apenas oito anos de idade.

– E a senhorita Darcy também é bonita? – perguntou o senhor Gardiner.

– Oh, sim! É a moça mais bonita que eu já vi. É tão bem-dotada! Toca piano e canta o dia inteiro. Na sala contígua está um novo instrumento que acabou de chegar para ela. É um presente do meu patrão. Ela chega amanhã também.

O senhor Gardiner, com o seu modo agradável e comunicativo, encorajava a senhora Reynolds com perguntas e observações. Ela, por orgulho ou afeição, demonstrava um prazer evidente em falar do patrão e da irmã dele.

– Seu patrão vem muitas vezes a Pemberley?

– Não tanto quanto eu desejaria, mas calculo que, ao todo, passe metade do ano aqui. A senhorita Darcy vem sempre todos os verões.

"Exceto", pensou Elizabeth, "quando ela vai para Ramsgate".

– Se o seu patrão se casasse, a senhora o teria mais vezes aqui.

– Sem dúvida, mas não sei quando isso acontecerá. Não conheço ninguém que esteja à altura dele.

O senhor e a senhora Gardiner sorriram, então Elizabeth não pôde evitar dizer:

– Esse é um grande elogio que está lhe fazendo.

– Mas é a pura verdade, e todos os que o conhecem dirão a mesma coisa – replicou a senhora Reynolds.

Elizabeth achou que ela exagerava, mas, com maior assombro ainda, ouviu a governanta acrescentar:

– Nunca o ouvi dizer uma palavra ríspida em toda a minha vida. E eu o conheço desde que ele tinha quatro anos de idade.

Era o elogio mais extraordinário de todos, mais oposto às ideias de Elizabeth. Ela considerava o senhor Darcy um homem mal-humorado. Sua curiosidade foi despertada. Queria mais informações, e intimamente ficou grata ao tio, pois este continuou:

– Tem muita sorte em ter um patrão assim.

– Sim, senhor, sei muito bem disso. Se eu saísse por esse mundo afora, estou certa de que não encontraria outro melhor. Mas já notei que as pessoas de bom caráter em criança também o são quando adultos. E o senhor Darcy, quando pequenino, tinha um temperamento de anjo e um coração de ouro.

Elizabeth ficou boquiaberta. "Será a mesma pessoa?", pensou ela.

– O pai era um homem excelente – disse a senhora Gardiner. – Era mesmo, minha senhora. O filho não ficará atrás. É igualmente afável com os pobres.

Elizabeth ouvia espantada e duvidava, mas ficou impaciente. A senhora Reynolds não poderia interessá-la de outro modo. Em vão, ela falava sobre as personagens que os quadros representavam, as dimensões da sala e o preço dos móveis. O senhor Gardiner, a quem enternecia aquela afeição pela família, sentimento ao qual ele atribuía os excessivos louvores da senhora Reynolds, voltou a introduzir o assunto. A senhora Reynolds discorreu, enérgica e calorosa, sobre as qualidades do patrão enquanto subiam a ampla escadaria.

– Ele é o proprietário mais bondoso e o melhor dos patrões que jamais existiu – dizia ela. – Não é como os jovens de hoje, que só pensam em si. Não existe um só dos seus rendeiros ou criados que não fale dele com admiração. Há quem diga que ele é orgulhoso, mas nunca pensei isso. Deve ser porque ele é mais fechado que a maioria dos outros jovens.

"Sob que luz favorável ela o coloca", pensou Elizabeth.

– Essas informações não condizem com o seu procedimento para com o nosso pobre amigo – sussurrou a tia enquanto caminhavam.

– Talvez estejamos enganadas.

– Não é provável. O testemunho é dos melhores.

Após chegarem ao espaçoso patamar, foram introduzidos numa linda sala de estar, decorada recentemente, e com maior elegância e graça. Informaram que tudo aquilo tinha sido feito em atenção à senhorita Darcy, que tinha manifestado preferência por aquela sala da última vez que estivera em Pemberley.

– Ele é, certamente, um bom irmão – comentou Elizabeth, enquanto se encaminhava para uma das janelas.

A senhora Reynolds antecipava a surpresa da senhorita Darcy ao entrar naquele aposento.

– Tudo o que ele possa fazer para agradar a irmã manda imediatamente executar. E é sempre assim o seu modo de agir. Não existe algo que não faça para procurar deixá-la feliz.

A galeria de retratos e os dois ou três quartos de dormir principais eram tudo o que lhes restava para ver. A galeria continha muitos quadros interessantes, mas Elizabeth pouco entendia de pintura. Já quando lhe tinham mostrado os outros, no andar inferior, ela afastara-se para examinar uns desenhos a lápis, de autoria da senhorita Darcy, cujos assuntos eram, em geral, mais interessantes e também mais fáceis de entender.

Na galeria havia também muitos retratos da família. Esses quadros, porém, pouco interesse ofereciam a uma estranha. Elizabeth procurou neles, apenas, os traços que conhecia.

Por fim, um desses retratos despertou sua atenção. Tratava-se de alguém cujo rosto se parecia notavelmente com o do senhor Darcy e no qual transparecia um sorriso que ela se lembrava de já ter visto nele quando ele a contemplava. Parou durante vários minutos diante do quadro, olhando-o fixamente. Antes de sair da galeria, voltou para examiná-lo mais uma vez. A senhora Reynolds informou que o quadro do falecido senhor Darcy fora pintado ainda em vida.

Existia naquele momento, no coração de Elizabeth, um sentimento de ternura para com o atual proprietário de Pemberley como jamais tivera no período em que melhor o conhecera. Os elogios a ele tecidos pela senhora Reynolds não eram pouca coisa. Nenhum louvor é mais valioso do que o de um criado inteligente. Após terem terminado a visita, tornaram a descer as escadas e, ao despedirem-se da governanta, foram entregues aos cuidados do jardineiro, que os esperava na sala de entrada.

Enquanto atravessavam o gramado em direção ao riacho, Elizabeth voltou-se para ver novamente a casa. Sua tia também se detivera, e, enquanto a primeira fazia conjecturas sobre a data em que o edifício fora construído, o proprietário em pessoa surgiu de súbito na alameda que conduzia às cocheiras, do outro lado da casa.

Seu aparecimento fora tão repentino que fora impossível a Elizabeth esconder-se. Seus olhares imediatamente se cruzaram, e ambos ficaram muito corados. Ele teve um sobressalto e, por momentos, a surpresa o paralisou. Voltando a si, ele adiantou-se para o grupo e falou com Elizabeth, se não com uma calma absoluta, pelo menos com uma amabilidade sem limites.

Elizabeth, que se virara de forma instintiva ao vê-lo se aproximar, deteve-se e recebeu os cumprimentos com um embaraço impossível de dominar. Se sua aparência, a princípio, ou sua semelhança com o retrato que tinham acabado de examinar não bastassem para o senhor e a senhora Gardiner perceberem que se encontravam perante o senhor Darcy em pessoa, a expressão de surpresa do jardineiro ao ver o patrão teria sido suficiente para o revelar.

Conservaram-se um pouco afastados enquanto ele conversava com a sua sobrinha, e esta, atônita e embaraçada, mal ousava erguer os olhos e respondia inconscientemente às perguntas de cortesia que ele lhe fazia sobre a sua família. Bastante surpresa com a alteração dos seus modos desde a última vez que o vira, cada frase que ele pronunciava aumentava ainda mais a confusão dentro dela. Tomando de novo consciência de toda a inconveniência de ele a encontrar ali, os poucos minutos em que estiveram juntos tornaram-se os mais penosos da sua vida. Ele tampouco parecia estar à vontade. Enquanto falava, o tom da sua voz não aparentava a firmeza habitual. As perguntas, várias vezes repetidas, de quando ela saíra de Longbourn e por quanto tempo se demoraria em Derbyshire, assim como o atropelo com que ele as pronunciava, tornavam evidente quão distantes seus pensamentos andavam. Por fim, nada mais encontrou para dizer; e, após ter permanecido alguns momentos em silêncio, o senhor Darcy voltou de súbito a si e despediu-se.

Os outros, então, juntaram-se a ela e exprimiram toda a sua admiração por tão garbosa figura. Elizabeth, inteiramente absorta em seus pensamentos, não ouviu uma palavra sequer do que lhe disseram. Acompanhou-os em silêncio; sentia-se esmagada de vergonha e de contrariedade. Ir ali fora a ideia mais irrefletida e infeliz do mundo. Como ele deveria estranhar tal encontro! E sob que luz não a colocaria aos olhos de homem tão vaidoso!

Poderia até parecer que ela se colocara no seu caminho de propósito! Oh, por que tinham vindo? Ou por que havia ele de vir na véspera do dia em que era esperado? Se tivessem saído dez minutos mais cedo de Pemberley, ele não a teria reconhecido de longe, pois era evidente que chegara naquele momento e que tinha acabado de se apear do cavalo ou da carruagem. Ela corou várias vezes ao recordar-se da perversidade daquele acaso. E o que significaria aquela alteração em seus modos? Era espantoso que ele lhe tivesse dirigido a palavra, sequer. E falar com tanta amabilidade e perguntar pela família dela! Elizabeth nunca lhe vira maneiras tão cordiais e tão pouco cerimoniosas. Nunca ele lhe falara com tanta doçura como durante aquele inesperado encontro. Que diferença desde aquela ocasião em que falara com ela em Rosings Park, a fim de lhe entregar a carta. Ela não sabia o que pensar nem como explicar tudo aquilo.

Tinham agora penetrado numa simpática vereda que acompanhava as margens do riacho e, a cada passo que davam, aproximavam-se cada vez mais de uma das mais belas partes do bosque. Só algum tempo depois é que Elizabeth despertou para o que a rodeava, e, embora respondesse mecanicamente aos repetidos apelos dos tios para que contemplasse os panoramas que lhe apontavam, não distinguia bem nenhum detalhe da paisagem. Seus sentimentos voltavam-se para a casa de Pemberley e procuravam adivinhar em que lugar o senhor Darcy se encontrava agora. Adoraria saber o que lhe passava naquele momento pelo espírito, de que maneira pensava nela e se, apesar de tudo, ainda tinha alguma afeição por ela. Talvez ele tivesse se mostrado tão amável porque se sentisse indiferente. No entanto, na voz dele havia transparecido certa insegurança. Elizabeth não sabia se ele sentira aborrecimento ou prazer ao vê-la, mas certamente não permanecera indiferente.

Por fim, as observações dos tios à sua distração acabaram por despertá-la, e ela lembrou-se de que era necessário aparentar maior naturalidade.

Adentraram o bosque e, dizendo adeus ao riacho por algum tempo, subiram para uma região mais elevada. Ali, através de clareiras ocasionais, descobriram encantadoras vistas do vale, das colinas do outro lado, recobertas de extensos bosques, e do riacho. O senhor Gardiner exprimiu seu desejo de percorrer todo o parque, e, se possível, a pé, mas o jardineiro, triunfante, informou que o parque tinha mais de quinze quilômetros de extensão. Teriam, portanto, de se contentar com o circuito habitual. Elizabeth desejara explorar os meandros do riacho, mas, depois de atravessarem a ponte e perceberem a distância que estavam da casa, a senhora Gardiner, que não gostava muito de caminhar, declarou não poder avançar mais e desejar voltar para a carruagem o mais depressa possível. Elizabeth viu-se, assim, obrigada a submeter-se, e o grupo tomou de novo a direção da casa, do outro lado do rio, enveredando pelo caminho mais curto. A caminhada, porém, era lenta, pois o senhor Gardiner, que gostava muito de pescar, mas raramente tinha a oportunidade de o fazer, detinha-se a todo o instante para observar as trutas e fazer perguntas ao homem que os acompanhava.

Enquanto caminhavam, tiveram novamente a surpresa de avistar o senhor Darcy, que se aproximava deles a pequena distância. O espanto de Elizabeth por pouco ultrapassou aquele que sentira no primeiro encontro. A vereda pela qual seguiam, que era menos abrigada que a do outro lado, permitiu vê-lo antes de se encontrarem. Elizabeth, embora espantada, estava preparada para a entrevista. Resolveu que se exprimiria com calma, acaso o senhor Darcy pretendesse de fato abordá-los. Por um instante, ela pensou que ele iria virar para outro caminho, mas a ideia apenas prevaleceu enquanto uma curva da alameda o ocultava da sua vista, pois, feita a volta, ele surgiu diretamente diante deles. Elizabeth percebeu que o senhor Darcy nada tinha perdido da sua recente amabilidade; e, para o imitar na sua cortesia, após se encontrarem, ela começou a louvar as belezas do sítio. Porém, mal tinha pronunciado as palavras "lindo" e "encantador", uma infeliz lembrança a assaltou, e, receando que seus elogios a Pemberley pudessem ser mal interpretados, empalideceu e nada mais disse.

A senhora Gardiner detivera-se um pouco atrás; e, quando Elizabeth se calou, o senhor Darcy pediu que ela lhe desse a honra de o apresentar aos seus amigos. Elizabeth não esperava tal demonstração de cortesia e não pôde deixar de sorrir ao vê-lo agora procurar o conhecimento daquelas mesmas pessoas contra as quais seu orgulho se tinha revoltado quando lhe propusera casamento.

"Que surpresa a dele quando lhe disser quem eles são! Toma-os, naturalmente, por pessoas de elevada categoria", pensou ela.

A apresentação foi feita; e, ao mencionar o parentesco que os unia, Elizabeth não pôde deixar de olhar de soslaio para o senhor Darcy, esperando vê-lo fugir o mais depressa que pudesse da companhia de gente tão modesta.

Sua surpresa foi evidente contudo, ele suportou-a e, longe de se voltar para partir, fez questão de regressar com eles e travou uma conversa com o senhor Gardiner. Elizabeth inevitavelmente sentiu-se lisonjeada. Entretanto, não experimentava nenhum sentimento de triunfo, e era consolador ter a certeza de que ele sabia agora que ela não precisava se envergonhar dos seus parentes. Ouvia com a maior atenção tudo o que se passava entre eles e ficava radiante cada vez que uma expressão ou uma frase do tio revelava sua inteligência, seu bom gosto e suas boas maneiras.

Em breve conversavam sobre a pesca. Ela ouviu o senhor Darcy convidar seu tio, com a maior delicadeza, para pescar no parque todas as vezes que quisesse. Ele ofereceu-lhe também os equipamentos necessários e indicou os trechos do riacho em que a pesca em geral era mais proveitosa.

A senhora Gardiner, que caminhava de braço dado com Elizabeth, lançou na direção da sua companheira um expressivo olhar de surpresa. Ela nada disse, mas sentiu-se muito satisfeita. Não havia dúvida de que aquela galante atitude lhe era dirigida, mas seu espanto era ilimitado, e, frequentemente, ela repetia para si: "Por que razão estará ele tão modificado? Qual será o motivo de tudo isto? Não será por minha causa, pois tudo o que eu lhe disse em Hunsford não poderia causar nele tão grande alteração. É impossível que ele ainda nutra algum amor por mim".

Após caminharem durante algum tempo naquela disposição – as duas senhoras à frente e os dois cavalheiros atrás –, ao chegarem à margem do rio onde esperavam examinar uma curiosa planta aquática, operou-se uma ligeira alteração. A senhora Gardiner, fatigada pelo exercício daquela manhã, achou o braço de Elizabeth inadequado para nele se apoiar e preferiu o do marido. O senhor Darcy tomou o lugar ao lado de Elizabeth e retomaram a caminhada. Após um curto silêncio, Elizabeth foi quem primeiro tomou a palavra. Desejava tornar do conhecimento do senhor Darcy o fato de ela ter feito as necessárias indagações e lhe terem assegurado que ele se encontraria ausente, condição essencial para sua decisão em visitar o local. Começou, portanto, por observar que sua chegada fora inesperada.

– Sua governanta – acrescentou ela – informou-nos de que o senhor apenas chegaria amanhã. Além disso, antes de sairmos de Backwell, disseram-nos que o senhor não era esperado tão cedo.

Ele confirmou a informação e respondeu que, por causa de alguns negócios a tratar com seu administrador, se vira forçado a adiantar-se algumas horas aos seus companheiros de viagem.

– Chegarão amanhã cedo – continuou ele – e entre eles virão algumas pessoas que a conhecem: o senhor Bingley e as irmãs.

Elizabeth respondeu com um leve aceno da cabeça. Seus pensamentos imediatamente a levaram para a ocasião em que, pela última vez, o nome do senhor Bingley fora pronunciado entre eles. A julgar pela expressão do rosto dele, seus pensamentos haviam tomado rumo semelhante.

– Do grupo faz parte, também, outra pessoa – continuou ele, após uma pausa – que deseja particularmente conhecê-la. Se me permite, eu lhe apresentarei minha irmã durante a sua estada em Lambton, ou será que lhe peço muito?

A surpresa de Elizabeth diante de tal pedido foi grande. Na sua perturbação, ela concordou, mas sem saber de que maneira o fazia. Compreendeu imediatamente que esse desejo da senhorita Darcy só poderia ter sido inspirado pelo irmão, e não era preciso refletir muito para descobrir quanto isso a satisfazia. Era agradável saber que o ressentimento do senhor Darcy não o indispusera totalmente contra ela.

Continuaram caminhando em silêncio, ambos mergulhados nas próprias reflexões. Elizabeth não se sentia à vontade, pois isso era impossível, mas sentia-se lisonjeada e satisfeita. O desejo dele em lhe apresentar a irmã era muito lisonjeador. Em breve se haviam distanciado bastante dos outros, e, quando chegaram perto da carruagem, o senhor e a senhora Gardiner estavam ainda a uns duzentos metros mais atrás.

O senhor Darcy convidou-a a entrar, mas Elizabeth declarou não estar cansada, e eles esperaram juntos no relvado. Em uma ocasião como aquela, muitas coisas podiam ser ditas, e o silêncio era embaraçoso. Elizabeth gostaria de conversar, mas em quase todos os assuntos parecia haver um obstáculo. Por fim, ela lembrou-se de que estivera viajando, e então falaram de Matlock e de Dove Dale com grande insistência. Contudo, o tempo e a tia pareciam caminhar lentamente, e, antes que o diálogo terminasse, ela tinha esgotado a paciência e o assunto. Quando o senhor e a senhora Gardiner enfim chegaram, foram convidados a entrar; e, tendo recusado, todos se separaram com a maior cortesia. O senhor Darcy ajudou as senhoras a entrarem na carruagem e, quando esta se afastou, Elizabeth viu-o caminhar devagar em direção à casa.

As observações dos tios tiveram então início. Ambos declararam que o tinham achado infinitamente superior ao que esperavam.

– Ele é impecável de educação, afabilidade e modéstia – disse o senhor Gardiner.

– Existe um quê de frieza nos seus modos – replicou a senhora Gardiner. – Mas, parafraseando a senhora Reynolds, embora haja quem o considere orgulhoso, nada notei dessa natureza.

– O que mais me surpreendeu foram suas maneiras conosco. Eram mais do que polidas, eram atenciosas. E, contudo, suas relações com Elizabeth são bastante recentes.

– Naturalmente, Lizzy – opinou a senhora Gardiner –, ele não será tão bonito quanto o senhor Wickham, embora seus traços sejam perfeitamente regulares. Não compreendo por que nos disse que ele era tão desagradável.

Elizabeth desculpou-se da melhor forma; falou que o achara mais simpático da última vez que estivera com ele em Kent e que nunca o vira tão amável como naquela manhã.

– Talvez ele seja um pouco excêntrico em suas amabilidades – replicou o senhor Gardiner. – É frequente nos homens importantes; por isso, não tomarei ao pé da letra seu convite para pescar, pois é possível que amanhã tenha mudado de ideia e me expulse do seu parque.

Elizabeth sentiu que eles se enganavam redondamente sobre o verdadeiro caráter do senhor Darcy, mas nada disse.

– Pelo que vimos dele – continuou a senhora Gardiner –, jamais poderia imaginar que fosse capaz de agir de maneira tão cruel contra alguém como o fez com o pobre Wickham. Sua expressão não revela mau-caráter, pelo contrário, ele tem um modo de mover os lábios quando fala que muito me agrada, e há uma dignidade no seu rosto que dificilmente daria a alguém uma ideia desfavorável do seu coração. Aliás, a boa mulher que nos mostrou a casa atribui-lhe as melhores qualidades. Creio que ele deva ser um patrão condescendente, e, aos olhos de um criado, isso resume todas as virtudes.

Elizabeth sentiu que era o momento de dizer alguma coisa para justificar o procedimento de Darcy em relação a Wickham e deu a entender aos tios que, pelo que ouvira de seus parentes em Kent, os atos dele eram suscetíveis de uma interpretação totalmente diferente. Que, além disso, seu caráter não era de longe tão defeituoso quanto o tinham suposto em Hertforshire e que, em contrapartida, o de Wickham estava longe de ser tão perfeito. E, para confirmar o que lhes dizia, relatou os detalhes de todas as transações monetárias em que ele se envolvera, sem revelar, no entanto, o nome da pessoa que a informara, acrescentando que ela era digna de todo o crédito.

A senhora Gardiner mostrou-se surpreendida e preocupada; mas, como se aproximavam do lugar onde ela residira na mocidade, a tia entregou-se a todo o encanto das suas recordações e estava tão ocupada em mostrar ao marido as maravilhas das redondezas que se esqueceu do resto.

Apesar de todas as fadigas da manhã, logo após o almoço tornaram a sair em busca dos conhecidos da senhora Gardiner, e esta passou a tarde entregue ao prazer de reatar antigos laços de amizade.

As ocorrências desse dia tinham sido muito interessantes para que Elizabeth viesse a prestar maior atenção a esses novos amigos; e não podia fazer outra coisa senão pensar e refletir com assombro nas amabilidades do senhor Darcy e, sobretudo, no seu desejo de lhe apresentar a irmã.

Capítulo 44

Elizabeth combinara com o senhor Darcy que ele traria a irmã para conhecê-la logo no dia seguinte ao da chegada dela a Pemberley e decidiu não se afastar da hospedaria durante essa manhã. Porém, logo na manhã seguinte ao da sua chegada a Lambton, surgiram os visitantes. Elizabeth e os tios tinham andado passeando pela cidade com alguns dos seus novos amigos e acabavam de regressar à hospedaria, a fim de se vestirem para jantar com a mesma família, quando o ruído de uma carruagem os atraiu a uma janela. Elizabeth imediatamente reconheceu a libré e, compreendendo o que significava, informou, com grande surpresa dos seus parentes, a honra que estava esperando.

Seus tios ficaram estupefatos; e tanto o embaraço de Elizabeth ao comunicar tal acontecimento como a circunstância em si, acrescida ainda à lembrança das muitas outras coisas do dia precedente, deu-lhes uma nova visão do que realmente se passava. Nada o havia sugerido antes, mas sentiam agora não haver outra maneira de explicar as atenções do senhor Darcy sem supor um interesse dele pela sobrinha. Enquanto essas novas ideias lhes tomavam o pensamento, a perturbação de Elizabeth crescia a cada instante. Ela mesma se surpreendeu com seu nervosismo. Além de outras inquietações, ela temia que o senhor Darcy, com sua parcialidade, houvesse exagerado na apologia da sua pessoa; e, ansiosa como nunca por agradar, desconfiava naturalmente de que todos os seus recursos seriam escassos.

Elizabeth afastou-se da janela, receando ser vista; e, enquanto caminhava de um lado para o outro, procurando acalmar-se, reparou nos olhares curiosos dos tios, o que dificultou tudo ainda mais.

O senhor Darcy e a irmã apareceram, e aquela temível apresentação teve lugar. Com espanto, Elizabeth percebeu que a nova conhecida estava tanto ou mais embaraçada do que ela. Desde que se encontrava em Lambton, Elizabeth ouvira várias vezes dizer que a senhorita Darcy era extremamente orgulhosa. Mas aquele exame de alguns minutos bastou para constatar que ela era apenas bastante tímida. Foi muito difícil arrancar dela outras palavras que não fossem simples monossílabos.

A senhorita era alta e mais corpulenta do que Elizabeth, e, embora contasse pouco mais de 16 anos, suas formas eram bem desenvolvidas, e sua aparência era graciosa. Seus traços eram menos regulares e belos do que os do irmão, mas transparecia neles o bom senso e a cordialidade, e seus modos eram perfeitamente simples e delicados. Elizabeth, que receava encontrar nela uma observadora tão perspicaz e implacável como o senhor Darcy se mostrara, sentiu-se bastante aliviada ao discernir tamanha diferença de personalidade.

Poucos momentos depois de chegar, o senhor Darcy informou que Bingley também viria apresentar seus cumprimentos, e Elizabeth mal tivera tempo de exprimir sua satisfação quando ouviu na escada os passos rápidos de Bingley e, no mesmo instante, ele surgiu na sala. Há muito que se tinha acalmado todo o ressentimento de Elizabeth contra ele. Mesmo que ainda conservasse um resto daqueles sentimentos, teria sido impossível resistir à singela cordialidade dele ao tornar a vê-la. Ele perguntou pela sua família, embora de um modo vago, falando com a mesma tranquilidade bem-humorada de sempre.

O senhor e a senhora Gardiner olharam para ele também com muito interesse. Há muito que desejavam conhecê-lo. O grupo todo, aliás, despertava neles a mais viva curiosidade. As suspeitas que neles brotaram em relação ao senhor Darcy e à Elizabeth fizeram com que os observassem atenta, mas reservadamente. Concluíram que um deles, pelo menos, sabia o que era o amor. Quanto aos sentimentos da sobrinha ficaram um pouco na dúvida, mas era evidente que o jovem tinha por ela uma fervorosa admiração.

Elizabeth, por sua vez, tinha muito que fazer. Queria certificar-se dos sentimentos de cada um dos visitantes, dominar os seus e tornar-se agradável para todos. Em Bingley encontrou a melhor das disposições, Georgiana ansiava por satisfazê-la, e Darcy estava ávido por suas atenções.

Diante de Bingley, Elizabeth lembrou-se naturalmente da irmã; e, naquele momento, ela teria dado tudo para saber se os pensamentos dele tinham tomado o mesmo rumo que os seus. Por vezes, ela tinha a sensação de que ele falava menos do que o costume; e outras vezes parecia que, ao olhar para ela, ele procurava encontrar em seu rosto a semelhança de outra pessoa. Mas, embora tudo isso não passasse de pura imaginação, Elizabeth não se iludia quanto ao comportamento dele com a senhorita Darcy, na qual certas pessoas tinham esperado encontrar uma rival de Jane. Nem de um lado nem de outro, um só olhar deixou transparecer algum interesse especial. Nada se passou entre eles que pudesse justificar as perspectivas da senhorita Bingley.

Antes de partirem, um ou dois pequenos fatos ocorreram que, segundo a interpretação ansiosa de Elizabeth, denotavam uma recordação de Jane, não destituída de ternura, e um desejo de dizer algo mais que poderia conduzir à menção do seu nome, tivesse ele ousado. O senhor Bingley observou, numa dada altura, em que todos os outros estavam conversando, e num tom que demonstrava certa mágoa, que "há muito tempo ele não tinha o prazer de vê-la". Antes que ela pudesse responder, acrescentou: "Há mais de oito meses. Não nos vemos desde o dia 26 de novembro, quando nos encontrávamos todos dançando em Netherfield". Num outro momento ele lhe perguntou se todas as suas irmãs estavam em Longbourn. A pergunta nada tinha de excepcional, assim como a observação precedente, mas seu olhar e sua atitude eram significantes.

Elizabeth não teve muitas ocasiões de voltar os olhos para o senhor Darcy, mas, todas as vezes que o olhava de relance, surpreendia nele uma expressão de contentamento, e tudo o que ele dizia era num tom tão diferente da sua antiga altivez e desdém que Elizabeth se convenceu de que a melhoria nos modos dele que ela presenciara na véspera, por mais temporária que fosse, demorava pelo menos mais de um dia. Quando ela o via assim, ocupado em procurar a companhia e a boa opinião de pessoas com as quais, ainda há tão poucos dias, teria julgado desonroso manter relações, quando o ouvia tratar com a maior amabilidade não só a ela, Elizabeth, mas aos seus próprios parentes, que ele tão abertamente desdenhara durante aquela cena no presbitério de Hunsford, a mudança parecia tão radical e impressionava-a a tal ponto que só com o maior esforço ela conseguia esconder sua surpresa. Nunca o vira tão desejoso de agradar, tão livre de orgulhos e rígidas reservas como agora.

Os visitantes permaneceram com eles mais de meia hora; e, quando se levantaram para partir, o senhor Darcy dirigiu-se à irmã, pedindo que reiterasse o convite que ele fazia aos Gardiners e a Elizabeth para um jantar em Pemberley antes da sua partida. A senhorita Darcy logo concordou, embora com uma timidez que revelava o pouco hábito de fazer convites. A senhora Gardiner olhou para a sobrinha, desejosa de saber se Elizabeth, a quem o convite principalmente se destinava, estava disposta a aceitar, mas ela voltara o rosto. Presumindo, porém, que tal atitude exprimia mais um momentâneo embaraço do que qualquer desagrado na proposta e percebendo que o marido, que apreciava a sociedade, estava disposto a aceitar, ela deu seu consentimento, e o jantar foi marcado para dali a dois dias.

Bingley exprimiu então todo o seu prazer em tornar a ver Elizabeth, pois tinha ainda muito o que lhe dizer e perguntas a fazer sobre seus amigos de Hertfordshire. Elizabeth, notando nisso o seu desejo de ouvir falar em Jane, ficou satisfeita.

Depois que os visitantes partiram, ela ficou pensando naquela última meia hora com certa satisfação. Ansiosa por ficar sozinha e temendo as perguntas e alusões dos tios, permaneceu na companhia deles apenas o tempo necessário para ouvir suas opiniões favoráveis sobre Bingley, depois os deixou precipitadamente, pretextando ter de se vestir.

Entretanto, ela não tinha razão em temer a curiosidade do senhor e da senhora Gardiner, pois nenhum deles desejava forçar suas confidências. Ficou evidente que Elizabeth conhecia o senhor Darcy muito mais intimamente do que eles tinham suposto. E percebiam que ele estava apaixonado por ela. Sentiam por tudo aquilo um grande interesse, porém nada que justificasse perguntas.

Quanto ao senhor Darcy, ansiavam por imaginar as melhores coisas a respeito dele e, tanto quanto o conheciam, não encontravam nele nenhum defeito. Não podiam deixar de se sentir impressionados pela sua delicadeza; e, se fossem julgar seu caráter pelas próprias impressões e pelas informações da governanta, sem referência a outro respeito, o círculo de pessoas de Hertfordshire no qual ele era conhecido não o teria reconhecido como sendo o do senhor Darcy. Viam agora certo interesse em acreditar nas palavras da governanta; e, em breve, concluíram que a opinião de uma criada, que o conhecera desde os quatro anos de idade e cuja aparência era a de uma pessoa digna e respeitável, não poderia ser sumariamente rejeitada. Seus amigos de Lambton, em contrapartida, nada sabiam que pudesse diminuir o valor daquele testemunho. De nada o acusavam, a não ser do seu orgulho. Todos eram unânimes, no entanto, em ver nele um homem generoso e pródigo com os pobres.

Quanto a Wickham, os visitantes logo souberam que ele não era muito estimado no lugar, e, embora nada de preciso se soubesse sobre as suas relações com o filho do seu protetor, era, no entanto, sabido que, ao sair de Derbyshire, deixara muitas dívidas, que acabaram por ser saldadas pelo senhor Darcy.

Elizabeth pensou mais em Pemberley naquela noite do que na anterior. Embora as horas lhe parecessem difíceis de passar, não foram suficientes para chegar a uma conclusão sobre seus sentimentos, e ficou duas horas acordada, tentando ler seu coração. Certamente não o odiava. Não, o ódio há muito se dissipara, e há muito também que se envergonhava de ter alguma vez antipatizado com ele. O respeito que as suas valiosas qualidades lhe inspiravam, embora a princípio admitido com relutância, já há bastante tempo deixara de repugnar aos seus sentimentos. Tinha agora se transformado num sentimento mais cordial, graças aos testemunhos tão altamente favoráveis e à impressão positiva que Darcy lhe produzira na véspera. Mas, acima de tudo, encontrava em si mesma um motivo de boa vontade que não poderia ignorar: era a gratidão. Gratidão não só porque ele a amara, mas porque ele ainda a amava o bastante para esquecer toda a petulância com que ela o rejeitara e todas as acusações injustas que fizera ao rejeitá-lo. Ela chegara a imaginar que o senhor Darcy a evitaria como a pior inimiga. No entanto, durante aquele encontro acidental, ele mostrara-se ansioso por reatar relações. Sem exibir indelicadeza de sentimentos ou excentricidade de maneiras que sugerisse aquilo que dizia respeito apenas a eles dois, ele procurava angariar a boa opinião dos amigos dela e insistira em apresentá-la à sua irmã. Tal mudança num homem tão orgulhoso suscitava não só espanto, mas também gratidão. Só ao amor, e a um amor ardente, é que ela poderia ser atribuída; e a impressão que esse amor sobre ela produzia não era de modo algum desagradável, embora não pudesse ser exatamente definido. Ela o respeitava, estimava, era grata e sentia um real interesse pelo seu bem-estar; e quereria apenas saber até que ponto ela desejava que aquele bem-estar dependesse dela e, para a felicidade de ambos, até que ponto ela deveria empregar o poder que imaginava ainda ter para fazer com que ele renovasse suas atenções.

Concluíram naquela noite, tia e sobrinha, que uma delicadeza tão decisiva como aquela manifestada pela senhorita Darcy, em vir visitá-las no dia da própria chegada a Pemberley, deveria ser retribuída por um esforço de cortesia da sua parte. Decidiram pela conveniência de uma visita a Pemberley na manhã seguinte. Elizabeth gostou da ideia, e, embora se perguntasse sobre o motivo desse contentamento, não encontrou resposta.

O senhor Gardiner deixou-as logo após o café da manhã. O convite para pescar fora renovado no dia anterior, e um encontro havia sido marcado com alguns dos cavalheiros em Pemberley ao meio-dia.

Capítulo 45

Ciente de que a antipatia da senhorita Bingley era causada pelo ciúme, Elizabeth não podia deixar de antever quão desagradável seria a sua visita a Pemberley para ela e sentia certa curiosidade em ver até que ponto ela se mostraria amável ao reatar relações.

Ao entrarem na casa, foram conduzidas, através da sala de entrada, ao salão, que, virado ao norte, se tornava muito agradável no verão. Descortinava-se uma vista encantadora das altas colinas cobertas de arvoredo e dos belos carvalhos e castanheiros.

Foram recebidas pela senhorita Darcy e pela senhora com quem ela morava em Londres. A senhora Hurst e a senhorita Bingley também estavam presentes. Georgiana recebeu-as com toda a amabilidade, embora transparecesse aquele embaraço da sua timidez e do seu medo de errar, que poderiam facilmente ser tomados por orgulho e reserva pelas pessoas que lhe eram inferiores. A senhora Gardiner e a sobrinha, no entanto, compreendiam-na e tinham pena dela.

A senhora Hurst e a senhorita Bingley limitaram-se a cumprimentá-las de longe com um pequeno aceno de cabeça. Quando todas se sentaram, houve uma pausa embaraçosa durante alguns minutos, que foi quebrada pela senhora Annesley, uma pessoa muito gentil e simpática que, ao tentar introduzir um assunto de conversação, provava ser bem mais educada que qualquer uma das outras duas. Estabeleceu-se uma conversa entre essa senhora e a senhora Gardiner, com o apoio ocasional de Elizabeth. Quanto à senhorita Darcy, parecia desejar apenas certo encorajamento para participar, e, por vezes, arriscava uma frase curta, quando parecia não haver o perigo de ser ouvida.

Elizabeth logo notou que estava sendo atentamente observada pela senhorita Bingley e que não dizia uma só palavra, sobretudo quando se dirigia à senhorita Darcy, sem que a outra não se pusesse à escuta. Esse exame não teria impedido Elizabeth de procurar estabelecer uma conversa com a senhorita Darcy, não fosse esta encontrar-se a uma distância tão inconveniente dela. Esperava a cada momento a entrada dos cavalheiros. Desejava, e ao mesmo tempo temia, que o dono da casa aparecesse entre eles; e não discernia qual dos seus sentimentos era o mais forte, se o desejo ou o temor. Após permanecerem assim durante um quarto de hora e sem ouvir a voz da senhorita Bingley, Elizabeth teve a sua atenção despertada por uma fria pergunta que aquela lhe fazia sobre a sua família. Ela respondeu com igual indiferença e concisão, e a outra nada mais disse.

O acontecimento seguinte foi a entrada dos criados, que traziam travessas de carnes frias, bolos e uma grande variedade das melhores frutas da estação; mas isso só aconteceu após muitos olhares significativos e sorrisos da senhora Annesley para a senhorita Darcy, lembrando-lhe suas obrigações como dona da casa. Havia agora ocupação suficiente para o grupo inteiro, pois, embora nem todas pudessem conversar, todas podiam comer; e as pessoas presentes reuniram-se em volta da mesa, diante das apetitosas pirâmides de uvas, ameixas e pêssegos.

Assim ocupada, Elizabeth teve a oportunidade de refletir se ela realmente temia o aparecimento do senhor Darcy ou se, pelo contrário, o desejava; e, nessa altura, embora minutos antes fosse esse o desejo que predominara, começou a recear que ele aparecesse.

O senhor Darcy conservara-se durante algum tempo junto do senhor Gardiner, que pescava na companhia de outros dois cavalheiros da casa, mas, ao receber a informação de que Elizabeth e a tia tinham resolvido fazer uma visita a Georgiana naquela manhã, voltou para casa. Assim que ele chegou, Elizabeth resolveu sensatamente fazer o possível para se mostrar bastante tranquila e à vontade, resolução essa mais fácil de ser tomada do que cumprida, pois ela percebeu que a atenção de todo o grupo fora despertada para ambos e, desde o momento em que ele entrou na sala, todos os olhares se voltaram para observar a atitude do senhor Darcy. Porém, em nenhuma fisionomia se espelhava curiosidade tão forte como na da senhorita Bingley, apesar dos seus derramados sorrisos sempre que lhe falava, pois o ciúme ainda não a fizera se desesperar e, de forma alguma, desistiria de encher o senhor Darcy de atenções. Com a chegada do irmão, a senhorita Darcy fez um esforço ainda maior para conversar. Elizabeth percebeu que ele ansiava que a irmã a conhecesse melhor, encorajando todas as tentativas de conversação entre elas. A senhorita Bingley também percebeu tal atitude. Na imprudência da sua cólera, aproveitou a primeira oportunidade para dizer, com um sarcasmo mal disfarçado:

– É verdade, senhorita Eliza, que o destacamento de milícia foi removido de Meryton? Deve ter sido uma grande perda para a sua família.

Na presença de Darcy ela não ousava pronunciar o nome do senhor Wickham, mas Elizabeth compreendeu que era nele que a senhorita Bingley estava pensando. Por instantes, todas aquelas tristes recordações a lançaram numa certa confusão. Mas, incitando-se vigorosamente para responder a tão malévolo ataque, ela respondeu num tom indiferente. Enquanto falava, lançou um olhar involuntário para Darcy e viu que este, com o rosto alterado, olhava fixamente para ela, e que a irmã dele, confusa, mantinha os olhos baixos. Se acaso a senhorita Bingley adivinhasse a perturbação que causaria em sua querida amiga, decerto teria evitado a alusão; mas sua intenção fora apenas perturbar Elizabeth, mencionando um homem por quem acreditava que ela nutria afeição, obrigando-a a mostrar uma suscetibilidade que poderia prejudicá-la aos olhos de Darcy, lembrando-lhe todas as loucuras e os absurdos de certos membros da família de Elizabeth. A senhorita Bingley nada sabia a respeito do planejado rapto da senhorita Darcy. Ninguém sabia, além de Elizabeth; e Darcy desejaria esconder tal fato da família de Bingley, de acordo com aquela esperança que Elizabeth desde há muito lhe atribuía de que um dia aquela família se tornasse a de sua irmã. Ele deve ter formado esse plano, e, embora não admitisse que tal intenção tivesse pesado na sua tentativa de separar o amigo da senhorita Bennet, era provável que aumentasse seu interesse pela vida do amigo.

Contudo, a atitude digna de Elizabeth em breve acalmou aquela emoção. Como a senhorita Bingley, contrariada e desiludida, não ousasse fazer nenhuma menção mais direta a Wickham, Georgiana recompôs-se pouco a pouco, mas não ousou dizer mais uma palavra. Darcy, cujos olhos Elizabeth temia encontrar, já esquecera quase por completo o interesse que esta tivera por Wickham, e aquele ataque, cujo propósito fora afastar seus pensamentos de Elizabeth, pareceu ter efeito exatamente contrário.

Pouco depois terminou a visita. E, enquanto o senhor Darcy acompanhava as senhoras à carruagem, a senhorita Bingley dava expansão aos seus sentimentos, criticando Elizabeth, as suas maneiras e o seu traje. Georgiana, contudo, não a encorajava. Bastava-lhe a recomendação do irmão. Aos seus olhos, o julgamento dele era considerado infalível; e Darcy tinha lhe falado de Elizabeth em termos tão elogiosos que Georgiana desde logo se dispusera a encontrar nela todos os encantos e as qualidades imagináveis. Quando Darcy voltou ao salão, a senhorita Bingley não se absteve de repetir uma parte do que momentos atrás dissera à irmã dele.

– Eliza Bennet pareceu muito indisposta nesta manhã! – exclamou ela. – Nunca vi uma pessoa mudar tanto em tão pouco tempo. Sua tez tornou-se tão escura e áspera! Louisa e eu estávamos precisamente dizendo que quase não a reconhecemos.

Por mais que essas palavras tivessem desagradado ao senhor Darcy, ele limitou-se a dizer que não notara nela nenhuma alteração, a não ser que estava um pouco bronzeada, fato esse que nada tinha de espantoso numa pessoa que viaja no verão.

– Aliás – continuou a senhorita Bingley –, devo confessar que nunca a considerei bonita. Seu rosto é fino demais, a pele não tem frescor, e os traços não são belos. O nariz é insignificante e nada tem de distinto em suas linhas, e os dentes são razoáveis, mas também nada têm de extraordinário. Quanto aos olhos, há quem diga que são lindos, mas também nada encontro de excepcional. Seu olhar é duro e falso. E das suas maneiras desprende-se uma vaidade deselegante que considero intolerável.

A senhorita Bingley acreditava que Darcy admirava Elizabeth, e aquela não seria, portanto, a atitude mais adequada para se fazer valer aos seus olhos, mas o ciúme a fazia perder as estribeiras. Tudo que conseguiu foi vê-lo um pouco irritado. No entanto, ele permaneceu resolutamente calado. Decidida a fazê-lo falar, ela prosseguiu:

– Lembro-me perfeitamente de quando a vi pela primeira vez em Hertfordshire e de como nós nos surpreendemos de que ela tivesse a fama de ser bonita. Recordo-me particularmente de ouvi-lo dizer, certa noite, depois de um jantar para o qual foram convidados em Netherfield: "Se ela é bonita, nesse caso a mãe dela é inteligente". Mas, a partir daí, parece-me que mudou um pouco de opinião, pois já o ouvi declarar uma vez que a considerava muito bonita.

– Sim – replicou Darcy, incapaz de se conter por mais tempo –, isso foi quando a vi pela primeira vez, pois há muito tempo que a considero uma das mulheres mais belas que conheço.

Ele então afastou-se, e a senhorita Bingley se viu entregue à satisfação de o ter forçado a dizer uma coisa que não magoava a ninguém a não ser a ela própria.

No regresso, a senhora Gardiner e Elizabeth conversaram a respeito de tudo o que acontecera durante a visita, exceto sobre seu principal interesse. Discutiram a atitude e as palavras de todos, exceto as da pessoa que mais fortemente havia atraído sua atenção. Falaram na irmã, nos amigos, na casa, nas frutas, em tudo, exceto nele próprio. Contudo, Elizabeth ansiava por saber a opinião da senhora Gardiner sobre ele; e a senhora Gardiner teria ficado muito satisfeita se Elizabeth tivesse introduzido o assunto.

Capítulo 46

Ao chegar a Lambton, Elizabeth ficou decepcionada por não encontrar uma carta de Jane. No terceiro dia, contudo, sua expectativa foi recompensada, e Jane, reabilitada, pois recebeu da irmã duas cartas ao mesmo tempo, numa das quais vinha assinalado o seu desvio. Elizabeth não se surpreendeu, pois Jane escrevera o endereço de maneira quase ilegível.

Preparavam-se para sair quando as cartas chegaram, e seus tios, querendo deixá-la à vontade com a correspondência, partiram sem ela. A carta extraviada deveria ser lida primeiro, pois fora escrita cinco dias antes. O começo continha o relato de todas as pequenas reuniões e divertimentos da família, assim como as últimas novidades da região; mas a segunda parte, que datava do dia subsequente e fora evidentemente escrita em grande agitação, traria notícias bem mais importantes:

Minha querida Lizzy,

Ocorreu um fato inesperado e de extrema gravidade. Para não assustá-la, adianto que nos encontramos todos bem. O que eu tenho para contar diz respeito à nossa pobre Lydia. Um mensageiro chegou ontem à noite, quando já estávamos todos deitados. Veio da parte do coronel Forster e nos comunicou que Lydia tinha partido para a Escócia com um dos seus oficiais, mais especificamente com o Wickham! Imagine a nossa surpresa. Kitty, porém, não pareceu tão surpreendida. Estou muito triste. Considero um casamento altamente imprudente para ambos. Mas pretendo esperar o melhor e faço o possível para crer que o caráter dele foi incompreendido. Ele será um inconsciente e um insensato, mas um ato como este não me parece revelar um mau coração. Sua escolha por Lydia é desinteressada, pois ele não deve ignorar que o nosso pai nada tem para dar à filha. A mamãe, pobrezinha, está muito desgostosa, enquanto o papai suporta tudo isso muito melhor. Considero um feliz acaso nada lhes termos contado do que sabíamos contra ele. No momento, precisamos também esquecer tais coisas.

Partiram no sábado por volta da meia-noite, ao que parece, mas sua ausência só foi notada ontem de manhã, às oito. Imediatamente enviaram o mensageiro. Minha querida, eles devem ter passado a quinze quilômetros de distância daqui. O coronel Forster diz que tem motivos para esperar para breve o regresso de Wickham. Lydia deixou algumas linhas escritas à senhora Forster, informando sua decisão. Preciso concluir, pois não posso manter-me muito tempo afastada da nossa pobre mãe. Espero que compreenda esta carta, pois já nem sei o que escrevi.

Sem perder tempo a refletir e sem saber exatamente quais eram os seus sentimentos, Elizabeth, ao acabar a carta, abriu imediatamente a outra, com grande impaciência, e leu o que se segue (a carta fora escrita um dia depois da conclusão da primeira):

Quando receber esta carta, minha querida irmã, já terá em seu poder uma primeira. Faço votos para que a segunda seja mais inteligível, pois, embora dispondo de tempo suficiente, sinto a cabeça confusa e não me responsabilizo pela coerência das minhas palavras. Minha querida

Lizzy, eu nem sei o que escrever. Tenho más notícias para dar e não posso adiá-las. Por mais imprudente que seja o casamento do senhor Wickham com nossa pobre Lydia, vivemos agora na ânsia de obter a confirmação de que ele tenha sido realmente realizado, pois existem fortes motivos para acreditar que eles não foram para a Escócia. O coronel chegou aqui ontem, tendo saído de Brighton no dia anterior, poucas horas depois de ter enviado o expresso. Embora o bilhete de Lydia para a senhora Forster desse a entender que eles tinham ido para Gretna Green, Denny dissera que, na sua opinião, Wickham não pretendia de modo algum ir para a Escócia nem casar com Lydia. Ao saber disso, o coronel Forster ficou muito alarmado e saiu imediatamente de Brighton, com o intuito de ir no encalço dos fugitivos. Conseguiu descobrir facilmente o caminho que tinham tomado até Clapham, mas, a partir daí, não havia sinais dos dois, pois, nesse local, tomaram uma diligência e deixaram o carro que os trouxera de Epson. Tudo o que se sabe deles depois disso é que foram vistos na estrada para Londres. Não sei o que pensar! Após ter feito todos os questionamentos possíveis daquele lado, o coronel Forster voltou para Hertfordshire, detendo-se em todas as encruzilhadas e hospedarias em Barnet e Hartfield, mas sem nenhum resultado. Ninguém os tinha visto passar. Preocupado por nossa causa, ele veio atenciosamente a Longbourn e revelou-nos suas apreensões da forma mais delicada e honrosa para o seu caráter. Tenho uma pena sincera por ele e pela senhora Forster, mas ninguém os poderá acusar de nada. Nossa aflição é grande, minha querida Lizzy. Nossos pais acreditam no pior, mas eu não posso crer que ele seja assim tão perverso. É muito possível que Lydia e ele tenham julgado mais conveniente realizar o casamento em segredo, em Londres, e desistido do primeiro projeto. Mesmo que ele tenha planos tão perversos contra uma garota bem relacionada como Lydia, o que não é provável, não posso crer que ela tenha perdido todo o juízo. É impossível! Lamento, no entanto, dizer que o coronel Forster não acredita no casamento. Ele abanou a cabeça quando lhe exprimi minhas esperanças, e disse que temia que Wickham não fosse um homem de confiança. Pobre mamãe, ela está realmente abatida e não quer abandonar o quarto. Seria preferível que ela se esforçasse por reagir, mas não é provável. Quanto ao papai, nunca na minha vida o vi tão perturbado. Ele zangou-se muito com a pobre Kitty por ela ter escondido aquele namoro, mas, como se tratava de um segredo, acho natural essa atitude da parte dela. Alegra-me, querida Lizzy, que tenha sido poupada dessas cenas penosas, mas agora não posso deixar de lhe dizer que anseio pelo seu regresso. Não serei, no entanto, egoísta a ponto de pedir muita pressa, se isso não lhe for conveniente. Até breve.

Tomo novamente a minha pena para fazer o contrário do que acabo de lhe dizer, mas as coisas estão de tal modo que lhe suplico que venham todos o mais depressa possível. Conheço os tios muito bem e não receio fazer tal pedido, apesar de eu ter ainda outra solicitação a fazer. O papai vai partir imediatamente para Londres com o coronel Forster, a fim de procurar os fugitivos. Numa circunstância como esta, os conselhos e o auxílio de meu tio seriam inestimáveis. Ele compreenderá imediatamente o que eu sinto. Confio na sua bondade.

– Oh, onde estará o meu tio? – indagou Elizabeth, dando um salto da cadeira mal acabara de ler a carta, na ansiedade de ir falar com ele sem perda de um minuto.

Contudo, ao chegar à porta, esta foi aberta por um criado, e o senhor Darcy apareceu. A palidez do rosto de Elizabeth e seus gestos agitados o fizeram se sobressaltar, e, antes que ele pudesse voltar a si e falar, ela, que apenas pensava na situação aflitiva de Lydia, exclamou precipitadamente:

– Sinto muito, mas tenho que deixá-lo! Preciso encontrar o senhor Gardiner imediatamente. O assunto é urgente e não tenho um instante a perder.

– Meu Deus, mas que terá acontecido? – perguntou ele, com mais inquietude do que cortesia. Mas, recompondo-se, acrescentou: – Não a deterei um instante, mas deixe que eu próprio vá chamar o senhor e a senhora Gardiner ou mande lá um criado. No estado em que está, quem não poderá ir é a senhorita.

Elizabeth hesitou, mas os joelhos tremiam tanto que ela compreendeu que não poderia ir muito longe. Chamando o criado, ela encarregou-o de partir imediatamente em busca dos patrões e dizer-lhes que voltassem para casa.

Depois de o criado ter saído, Elizabeth sentou-se, incapaz de se manter de pé por mais tempo. Seu estado era tão lamentável que Darcy compreendeu ser impossível deixá-la; e, num tom doce e apiedado, disse:

– Deixe que eu chame a sua criada. Quer tomar alguma coisa? Posso oferecer-lhe algum reconstituinte, um copo de vinho? Está indisposta.

– Não, obrigada – replicou ela, procurando dominar-se. – Nada tenho. Sinto-me perfeitamente bem. Estou apenas muito aflita por causa de más notícias que acabo de receber de Longbourn.

Ao aludir tal fato, ela começou a chorar e, durante alguns minutos, não conseguiu dizer palavra. Darcy, penalizado e aflito, pôde apenas exprimir vagamente sua preocupação e observá-la num silêncio de comiseração. Por fim, ela tornou a falar:

– Acabo de receber uma carta de Jane com terríveis notícias. Não é possível escondê-las de ninguém. Minha irmã mais nova abandonou todos os seus parentes... e fugiu; entregou-se a... Wickham. Partiram juntos de Brighton. Conheço-o bem demais para não ter dúvidas quanto ao resto da história. Ela não tem dinheiro, relações, nada que o possa tentar. Está perdida para sempre!

Darcy ficou imobilizado de espanto.

– E quando eu penso – acrescentou ela, num tom mais agitado – que eu poderia ter evitado isso, eu, que sabia quem ele era, se tivesse apenas revelado à minha própria família uma parte do que vim a saber. Se o caráter dele fosse conhecido, nada disso teria acontecido. Mas agora é tarde, demasiado tarde.

– Estou muito desgostoso! – exclamou Darcy, aflito. – Mas isso é certo, absolutamente certo?

– Oh, sim. Eles saíram de Brighton juntos, sábado à noite, e foram seguidos quase até Londres. Certamente não foram para a Escócia.

– E o que foi feito, o que foi tentado para recuperá-la?

– Meu pai seguiu para Londres, e Jane escreveu pedindo o auxílio imediato do meu tio. Partiremos, assim o espero, dentro de meia hora. Enquanto isso, nada mais poderá ser feito. Sei muito bem que nada há a fazer. Como obrigar um homem como aquele a proceder corretamente? Como, ao menos, descobrir o seu paradeiro? Não tenho nenhuma esperança. É horrível!

Darcy abanou a cabeça, numa silenciosa aquiescência.

– Quando descobri qual era o verdadeiro caráter daquele homem... Oh, se eu soubesse o que deveria fazer! Mas eu não sabia... tinha medo de ir demasiado longe. Que asneira, meu Deus!

Darcy não respondeu. Ele mal parecia ouvi-la, e caminhava de um lado para o outro na sala, em profunda meditação, as sobrancelhas franzidas e a expressão sombria. Elizabeth imediatamente compreendeu que a sua ascendência sobre Darcy diminuiria. Nada poderia resistir a tal demonstração de fraqueza da parte de sua família, a tão grande escândalo. Não se surpreendia nem o condenava. Considerou que ele exercia sobre si mesmo um grande domínio, mas isso não lhe trouxe consolação, e Elizabeth nunca sentira tão claramente como naquele momento, quando todo o amor era vão, que poderia tê-lo amado.

No entanto, as considerações pessoais, embora ocorressem, não a absorviam. Lydia, a humilhação e a desgraça que ela estava causando à família dominaram todos os pensamentos de caráter particular; e, cobrindo o rosto com o lenço, Elizabeth esqueceu tudo o mais. Após uma pausa de vários minutos, a voz do outro a fez voltar à realidade; e, no tom daquela voz, se transparecia a piedade, havia também constrangimento:

– Creio que há muito estará desejando a minha ausência – disse Darcy – e, a não ser a minha simpatia sincera, porém inútil, nada lhe posso oferecer que justifique minha presença. Quem dera eu pudesse fazer ou dizer algo que a consolasse, mas não a atormentarei mais, exprimindo meus vãos desejos e como que solicitando propositadamente sua gratidão. Receio que esse infeliz acontecimento impeça minha irmã de vê-la hoje à noite em Pemberley.

– Oh, sim, tenha a bondade de apresentar as nossas desculpas à senhorita Darcy. Diga-lhe que assuntos urgentes nos obrigam a voltar imediatamente. Esconda a infeliz verdade por tanto tempo quanto puder. Sei que não poderá ser por muito tempo.

Ele assegurou que ela poderia contar com sua discrição, tornou a exprimir seu pesar por tão grande aflição, desejou que o caso tivesse uma conclusão mais favorável do que no momento era possível esperar e, deixando cumprimentos para o senhor e a senhora Gardiner, apenas com um grave olhar de despedida foi-se embora.

Após ele ter abandonado a sala, Elizabeth sentiu que era muito pouco provável que os dois tornassem a se encontrar em termos tão cordiais como os que tinham marcado os seus vários encontros em Derbyshire. Ao lançar um olhar retrospectivo sobre suas relações com Darcy, tão prenhe de contradições e surpresas, não pôde deixar de suspirar pela perversidade daqueles sentimentos que agora teriam promovido sua continuação, quando anteriormente rejubilariam pela sua cessação.

Se a gratidão e a estima são fundamentos suficientes para a afeição, a alteração no sentir de Elizabeth não seria nem improvável nem inadequada. Mas se, pelo contrário, a afeição oriunda de tais motivos é insensata e pouco natural, comparada com aquela que, em geral, dizem originar-se no próprio instante do encontro e mesmo antes de qualquer palavra ser trocada, nada poderá ser dito em defesa de Elizabeth, a não ser que ela experimentou esse último método com Wickham e que seu fracasso talvez a autorize a procurar a outra espécie menos interessante de afeição. Seja como for, foi com tristeza que ela o viu partir. E, ao refletir sobre esse infeliz acontecimento, encontrou um motivo adicional de angústia por pensar que esse era apenas um exemplo dos males que a leviandade de Lydia poderia causar. Nem por um só instante, desde que lera a segunda carta de Jane, Elizabeth tivera a esperança de que Wickham pretendesse realmente casar-se com sua irmã. Ninguém, a não ser Jane, poderia alimentar tais esperanças. A surpresa fora o que ela menos sentira naquela ocasião. Ao lembrar-se do conteúdo da primeira carta, surpreendia-se enormemente que Wickham pretendesse alguma vez casar com aquela garota sem meios de fortuna ou que Lydia estivesse sequer apaixonada por ele. Mas agora achava tudo bastante natural. Numa aventura daquelas, a irmã teria encontrado o encanto suficiente; e, embora Elizabeth não imaginasse que Lydia concordasse deliberadamente com uma fuga sem intenção de casamento, tinha razões para acreditar que nem a virtude nem o entendimento da irmã a preservariam de se tornar uma presa fácil.

Enquanto o destacamento permanecera em Hertfordshire, nunca vira que Lydia manifestasse qualquer preferência por Wickham; mas tinha, porém, a consciência perfeita de que a irmã se apegaria a quem quer que a encorajasse. Entre os oficiais, ela mudava constantemente de favorito, conforme as atenções de que eles a rodeavam. Seus entusiasmos sofriam contínuas flutuações, mas nunca sem motivo. Só agora Elizabeth compreendia o erro que cometera ao confiar demais numa garota daquela índole.

Elizabeth ansiava por estar em casa, para ver, ouvir e compartilhar com Jane os cuidados que, numa situação dessas, deveriam cair sobre ela, numa família tão desorganizada, com o pai ausente e a mãe incapaz de um esforço e exigindo constantes atenções. E, embora praticamente certa de que nada poderia ser feito por Lydia, a interferência do tio parecia-lhe ser da maior importância, e sua impaciência tornou-se intolerável enquanto não o viu entrar na sala. O senhor e a senhora Gardiner tinham regressado depressa, alarmados, supondo, pela versão do criado, que a sobrinha tivesse adoecido subitamente. Após tranquilizá-los sobre esse ponto, Elizabeth não perdeu tempo em revelar a verdadeira causa de tudo aquilo. Leu as duas cartas em voz alta e insistiu no *post scriptum* da última com trêmula veemência, embora Lydia nunca tivesse sido a favorita dos tios. O senhor e a senhora Gardiner mostraram-se muito afetados, e não apenas por causa de Lydia. Após as primeiras exclamações de surpresa e horror, o senhor Gardiner prontamente se pôs à disposição, prometendo fazer todo o possível. Elizabeth, embora nunca duvidando de tal atitude da parte dele, agradeceu com lágrimas de gratidão; e, como todos os três viviam na mesma tensão, os pormenores relativos à viagem foram logo combinados. Resolveram partir naquele mesmo instante.

– Mas o que faremos a respeito de Pemberley? – indagou a senhora Gardiner. – John disse que o senhor Darcy estava aqui quando nos mandou chamar. É verdade?

– Sim, e eu lhe disse que não contasse conosco. Por esse lado, está tudo resolvido.

Dentro de uma hora tudo estava pronto; e como, entretanto, o senhor Gardiner tratara da conta da hospedaria, nada lhes restava fazer senão partir; e Elizabeth, depois de todas as aflições da manhã, encontrou-se, mais cedo do que esperava, instalada na carruagem e a caminho de Longbourn.

Capítulo 47

Quando já se afastavam da cidade, o tio revelou que estivera refletindo sobre o caso e disse que se sentia mais inclinado a encarar as coisas como a sua irmã mais velha:

– Parece-me muito pouco provável que qualquer rapaz possa formar um desígnio desses contra uma garota que não é de forma alguma desprotegida nem carece de relações e que, além disso, residia com a família do coronel do próprio destacamento. Por tudo isso me inclino a acreditar no melhor. Poderia ele supor que os amigos dela não interviriam a seu favor? Poderia ele esperar ser novamente aceito pelo destacamento depois de tal afronta ao coronel Forster? O risco seria maior do que a tentação.

– Dou minha palavra de honra que eu também começo a ser da opinião do seu tio – disse a senhora Gardiner. – Tal ato representa tão grande violação da decência, da honra e do bom senso que não considero Wickham capaz de praticá-lo. E você, Lizzy, mudou tanto de opinião a respeito de Wickham que o julga agora capaz disso?

– Não o julgo capaz de descuidar os seus próprios interesses, mas, quanto ao resto, ponho as minhas dúvidas. Se, ao menos, eu pudesse acreditar no que acabam de me dizer! Mas não ouso esperar. Se tudo isso é verdade, por que eles não foram para a Escócia?

– Em primeiro lugar – replicou o senhor Gardiner –, não temos provas concludentes de que eles não tenham ido para a Escócia.

– Oh, mas o fato de eles terem tomado uma diligência indica claramente sua intenção. Além do mais, não encontraram sinais da passagem dos dois na estrada de Barnett.

– Bom, supondo que estejam em Londres, poderão ter ido lá apenas para se esconder. Não é provável que algum deles tenha dinheiro suficiente, e é justo que tenham achado mais econômico se casarem em Londres do que na Escócia.

– Mas, então, por que todo esse mistério? Por que se escondem? Por que razão desejam casar em segredo? O mais íntimo amigo de Wickham, como puderam ver pela carta de Jane, acredita que ele nunca teve a intenção de se casar com ela. Wickham nunca se casará com uma mulher que não tenha meios de fortuna. Ele não poderá sustentá-la. E que atrativos possui Lydia, além da frescura da sua mocidade, para que ele renuncie por sua causa a um casamento rico? Quanto à ofensa aos brios de um regimento que esse atentado contra a honra de uma garota possa produzir, não sei até que ponto isso lhe terá trazido alguma hesitação, assim como também não sei quais as consequências de tal ato. Mas, quanto à sua outra objeção, não creio que ela tenha muito peso. Lydia não tem irmãos que a possam defender; e Wickham, que conhece meu pai, terá julgado que, com a indolência e a pouca atenção que ele parece dar à família, meu pai pouco faria e pensaria o menos possível no assunto.

– Mas você pensa que Lydia está tão perdidamente apaixonada por ele que consinta em viver com um homem sem serem casados?

– Tudo indica, e é bem triste – respondeu Elizabeth, com lágrimas nos olhos –, ter de pôr em dúvida o senso da decência e da virtude de uma irmã! Mas, realmente, não sei o que dizer. Talvez eu esteja sendo injusta, mas Lydia é muito jovem e inexperiente, nunca lhe ensinaram a pensar em coisas sérias. Durante os últimos seis meses, ou melhor, durante todo o ano, ela não fez mais do que divertir-se e dar margem à sua vaidade. Desde que o destacamento militar foi para Meryton, ela não pensou em outra coisa senão em namorar os oficiais. Fez tudo o que estava em seu poder para, pensando ou falando sobre o assunto, dar maior... como direi?... suscetibilidade aos sentimentos, já por natureza facilmente inflamáveis. E, como sabemos, a Wickham não faltam qualidades para cativar uma mulher.

– Mas, como pode ver – disse-lhe a tia –, Jane não o julga capaz de tal procedimento.

– Haverá alguém de quem Jane possa alguma vez pensar mal? Mas Jane conhece esse Wickham tão bem quanto eu. Ambas sabemos que se trata de um dissoluto em todos os sentidos da palavra. Ele não tem integridade nem honra. É tão falso e perigoso como insinuante.

– E sabe realmente tudo isso? – indagou a senhora Gardiner, curiosa.

– Sim, sei! – replicou Elizabeth, corando. – Já no outro dia os pus a par da sua infame conduta com o senhor Darcy. E a própria tia, quando esteve em Longbourn da última vez, ouviu de que maneira ele falou de um homem que se mostrou tão generoso com ele. Existem ainda outras circunstâncias que não vale a pena mencionar. Mas as mentiras dele a respeito da família de Pemberley são inumeráveis. Pelo que ele me disse da senhorita Darcy, julgava encontrar nela uma garota orgulhosa, fechada e desagradável. No entanto, ele deve saber que, pelo contrário, ela é amável e modesta.

– Mas Lydia nada sabe de tudo isso? Será que ela ignora o que você e Jane parecem compreender tão bem?

– Oh, sim, e é isso que me amargura! Até ir para Kent e conhecer mais intimamente tanto o senhor Darcy como o coronel Fitzwilliam, seu primo, eu mesma ignorava toda a verdade. Ao voltar para casa, soube que o destacamento deixaria Meryton dentro de quinze dias, logo nem eu nem Jane, a quem contei todo o caso, julgamos necessário tornar pública nossa descoberta, pois pensamos que a ninguém aproveitaria destruir a boa reputação de que ele gozava na vizinhança. E, mesmo quando ficou decidido que Lydia iria com a senhora Forster, nunca me ocorreu a necessidade de abrir seus olhos quanto ao caráter de Wickham. Não imaginei, nem por um instante, que ela corresse o risco de ser iludida; e, naturalmente, tampouco imaginava que pudesse sobrevir tal consequência.

– E, quando partiram todos para Brighton, você não tinha motivos para supor, então, que eles gostassem um do outro?

– Nem sombra disso. Não me lembro do menor sintoma de afeição, tanto de um lado como do outro. Quando ele apareceu, Lydia estava tão disposta a admirá-lo como, aliás, todas as garotas das redondezas, que durante uns dois meses tiveram a cabeça perdida por ele. Mas Wickham nunca distinguiu Lydia com qualquer atenção particular, e, após um curto período de desvairado entusiasmo, ela voltou de novo a sua atenção para os outros oficiais.

Facilmente se compreenderá que, durante toda a viagem, embora nenhum fato novo viesse esclarecê-los acerca dos seus temores, suas esperanças e conjecturas, nenhum outro tópico tenha podido desviá-los por muito tempo daquele interessante assunto. Elizabeth pensava nele com frequência; e a mais aguda de todas as angústias, o remorso, impedia-a de encontrar um só minuto de paz.

Viajaram o mais depressa possível; e, tendo dormido uma noite no caminho, chegaram a Longbourn no dia seguinte, na hora do jantar. Era um consolo para Elizabeth saber que, pelo menos, Jane não teria de esperar muito tempo. Quando a carruagem entrou no jardim e se aproximou da porta de casa, todos os pequenos Gardiners, atraídos pelo rumor, vieram colocar-se nos degraus da escada; e, quando o carro finalmente parou, a alegria transpareceu nas suas carinhas e eles deram pulos e piruetas de alegria.

Elizabeth apeou-se de um salto e, após ter dado um rápido beijo em cada um, correu para a entrada da casa, onde se encontrou com Jane, que momentos antes estava no quarto da mãe e tinha descido precipitadamente as escadas. Abraçaram-se com ternura e com os olhos marejados de lágrimas. Elizabeth, sem perda de tempo, perguntou-lhe se já sabiam alguma coisa dos fugitivos.

– Ainda não – replicou Jane –, mas, agora que o nosso tio veio, espero que tudo corra melhor.

– Nosso pai está em Londres?

– Está. Foi para lá na terça-feira, conforme escrevi.

– Já receberam notícias dele?

– Sim, escreveu uma vez. Escreveu-me umas linhas na quarta-feira, dizendo que tinha chegado bem e dando seu endereço, como eu tinha lhe pedido. Acrescentava também que não tornaria a escrever enquanto não tivesse alguma coisa de positivo a comunicar.

– E a mamãe, como ela está? Como estão todos?

– Ela está razoavelmente bem, embora muito deprimida. Está lá em cima e terá um prazer imenso em ver a todos. Ainda não saiu do quarto. Mary e Kitty, graças a Deus, estão bem.

– E você, minha querida, como está? – perguntou Elizabeth. – Parece pálida! Que momentos difíceis não terá passado!

Jane, no entanto, era categórica em afirmar que se sentia muito bem. O diálogo foi interrompido pela entrada do senhor e da senhora Gardiner, que, até aquele momento, tinham estado com as crianças. Jane correu para os tios e abraçou-os, agradecendo a ambos, entre sorrisos e lágrimas.

Quando entraram na sala, as perguntas que Elizabeth já tinha feito foram naturalmente repetidas pelos outros; mas logo se inteiraram de que nada de novo havia para ser dito. No entanto, em razão de seu caráter indulgente, Jane não perdera ainda todas as esperanças. Seguia acreditando que tudo acabaria bem e que, numa das manhãs próximas, chegaria uma carta, de Lydia ou do pai, explicando o procedimento dos fugitivos e anunciando, talvez, o casamento dos dois.

Em seguida, subiram todos ao quarto da senhora Bennet, que os recebeu exatamente como era de esperar. Com lágrimas, lamentações contra a conduta infame de Wickham e queixas pelos padecimentos que lhe estavam infligindo, ela atirava as culpas para todos, esquecendo-se que fora ela mesma, com sua insensata indulgência, a principal causadora do que acontecera à filha.

– Se me tivessem feito a vontade – dizia ela –, se eu tivesse ido também para Brighton, com toda a família, nada disso teria acontecido. Mas minha pobre Lydia não tinha ninguém que tomasse conta dela. Por que é que os Forsters não olharam mais por ela? Estou certa de que houve um grande descuido da parte deles, pois Lydia nunca faria tal coisa se tivesse alguém a olhar por ela. Sempre pensei que eles nunca serviriam para tomar conta da minha filha. Mas, como sempre, ninguém quis ouvir minha opinião. Minha pobre filhinha... E o senhor Bennet lá foi. Sei que ele vai bater em duelo com Wickham e decerto será morto. O que vai ser de nós, então? Os Collins nos expulsarão daqui antes de o corpo ter tido sequer tempo para esfriar. E, se não for você, meu irmão, não sei o que será.

Todos protestaram contra ideias tão sinistras; e o senhor Gardiner, após tranquilizá-la quanto à afeição que sentia por ela e pela sua família, disse que partiria para Londres no dia seguinte, a fim de prestar o auxílio devido ao senhor Bennet nas tentativas para encontrar Lydia.

– Não se entregue a receios exagerados – acrescentou ele. – Embora seja acertado uma pessoa preparar-se para o pior, não há motivo para considerar uma certeza. Ainda não passou uma semana que saíram de Brighton. Dentro de poucos dias deveremos receber notícias deles. Assim que chegar a Londres vou encontrar seu marido e o levarei para Gracechurch Street e lá combinaremos o que deve ser feito.

– Oh, meu querido irmão – replicou a senhora Bennet –, é exatamente isso o que eu mais desejo. E, quando chegar a Londres, faça tudo para encontrar minha filha, onde quer que ela esteja. E, se eles não estiverem casados, faça com que se casem. Quanto ao enxoval, diga que não precisam esperar. Diga a Lydia que ela terá todo o dinheiro que quiser para comprá-lo depois de se casar. E, sobretudo, não deixe o senhor Bennet brigar com o senhor Wickham. Conte em que estado me viu, que estou terrivelmente assustada, e tenho tremores por todo o corpo, horríveis dores e tantas palpitações que não posso descansar nem de dia nem de noite. E diga à minha querida Lydia que nada decida sobre as roupas até ter falado comigo, pois ela não conhece as melhores lojas. Oh, meu querido irmão, estou certa de que arranjará tudo!

O senhor Gardiner, embora lhe assegurasse que faria todos os esforços possíveis, não pôde deixar de lhe recomendar moderação, tanto nas suas esperanças como nos seus receios, e, após a terem reconfortado até a hora do jantar, deixaram-na entregue aos cuidados da governanta, que a servia na ausência das filhas.

Embora o senhor e a senhora Gardiner acreditassem que não havia motivo para tal reclusão, preferiram não se opor, pois sabiam que ela não tinha prudência suficiente para se abster de dizer algo diante dos criados. Era preferível, portanto, que a governanta apenas, aquela em quem mais confiavam, ficasse sabendo de todas as suas mágoas e seus temores.

Na sala de jantar, Mary e Kitty, que, até aquele momento, se tinham conservado nos seus respectivos quartos e não haviam ainda aparecido, juntaram-se finalmente ao resto da família. Uma vinha dos seus livros, e a outra, do toucador. Seus rostos, no entanto, aparentavam grande calma. Apenas Kitty parecia mais amuada do que o costume, mas não se sabia se seria por causa da perda da irmã ou da raiva que sentia por se ver envolvida no acontecimento. Quanto a Mary, o domínio sobre si mesma era perfeito; e, com uma expressão muito séria, sussurrou a Elizabeth, pouco depois de se sentar à mesa:

– É um acontecimento deveras desagradável; e, provavelmente, será muito comentado. Mas nós devemos nos opor à maledicência e derramar sobre os nossos corações feridos o bálsamo do consolo fraternal.

Em seguida, vendo que Elizabeth não estava disposta a responder, acrescentou:

– Por mais infeliz que Lydia possa vir a ser, poderemos de tudo isso extrair uma útil lição: que a perda da virtude numa mulher é irreversível; que um só passo em falso acarreta uma série de desgraças sem fim; que sua reputação não é menos frágil que sua beleza; e que uma mulher nunca será cautelosa demais com as pessoas do sexo oposto, especialmente com aquelas que não merecem a sua confiança.

Elizabeth ergueu os olhos, atônita, mas sentia-se oprimida demais para responder. Mary, contudo, continuou consolando-se, extraindo máximas morais da infelicidade da irmã.

Durante a tarde, as duas mais velhas conseguiram ficar meia hora sozinhas; e Elizabeth logo aproveitou a oportunidade para pedir a Jane que lhe contasse todos os pormenores do sucedido. Jane estava igualmente ansiosa por conversar com a irmã sobre o assunto. Começaram por lamentar as terríveis consequências daquele fato. Jane não podia afirmar que os prognósticos da irmã fossem de todo impossíveis. Em seguida, Elizabeth prosseguiu no assunto, dizendo:

– Conte tudo o que ainda não sei. Dê-me outros detalhes. O que diz o coronel Forster? Certamente desconfiaram de alguma coisa antes da fuga. Terão visto os dois frequentemente juntos.

– O coronel Forster confessou que muitas vezes desconfiara de que havia algo, ainda mais da parte de Lydia, mas que nunca se passou algo que lhe inspirasse alarme. Tenho muita pena dele. Mostrou-se extremamente bom e atencioso. Logo veio até aqui para nos comunicar suas preocupações, mesmo antes de saber que eles não tinham ido para a Escócia. Os rumores que começaram a circular apressaram sua partida.

– E Denny estava convencido de que Wickham não pretendia casar? Sabia que eles planejavam fugir? O coronel Forster falou com Denny pessoalmente?

– Falou, mas, ao ser interrogado pelo coronel, Denny negou saber qualquer coisa a respeito do plano deles. Não quis dar sua verdadeira opinião e não tornou a repetir que estava convencido de que os dois não se casariam. Por tudo isso, alimento certa esperança de que ele não tenha medido as palavras que anteriormente proferira.

– E, até o coronel Forster chegar, nenhuma de vocês suspeitou que eles não tivessem realmente casado?

– Como é que tal ideia nos poderia passar pela cabeça? Eu me senti um pouco temerosa quanto à felicidade de minha irmã com aquele casamento, pois sabia que o comportamento dele nem sempre fora dos melhores.

O pai e a mãe nada sabiam a respeito dos antecedentes do rapaz e sentiam apenas que o casamento era imprudente. Kitty então confessou, triunfante, que sabia mais do que nós, pois Lydia, na sua última carta, deixara entrever suas intenções. Deu a entender que há muitas semanas já sabia que os dois estavam apaixonados.

– Mas sabia disso antes de eles partirem para Brighton?

– Não, creio que não.

– E o coronel Forster mostrou que desconfiava de Wickham? Ele conhece seu verdadeiro caráter?

– Ele não falou tão bem de Wickham como anteriormente o fizera. Disse que o considerava imprudente e extravagante. E, desde que esse infeliz acontecimento teve lugar, soube-se que ele saiu de Meryton muito endividado, mas espero que isso seja falso.

– Oh, Jane, se não tivéssemos sido tão discretas, se tivéssemos dito o que sabíamos a respeito dele, nada disso teria acontecido!

– Talvez tivesse sido melhor – replicou Jane –, mas não me parecia justo denunciar os erros passados de uma pessoa sem saber quais os seus sentimentos naquele momento. Agimos com a melhor das intenções.

– E o coronel Forster sabia os termos da carta de Lydia para a mulher dele?

– Ele a trouxe consigo.

Jane tirou então a carta do bolso e estendeu-a a Elizabeth. Seu conteúdo era o seguinte:

Minha querida Harriet,

Rirá quando souber que fugi, e eu não posso deixar de rir também ao pensar na sua surpresa quando amanhã de manhã der pela minha falta. Vou para Gretna Green; e, se não adivinha com quem, é uma tola. Só existe um homem no mundo que eu amo, e ele é um anjo. Nunca poderia ser feliz sem ele, por isso não vejo mal em partir. Não é preciso escrever para Longbourn a fim de comunicar minha partida se não quiser, pois isso tornará apenas maior a surpresa quando eu mesma lhes escrever e assinar meu nome: Lydia Wickham. Há de ser uma boa piada. Quase não consigo escrever, de tanto rir. Transmita minhas desculpas a Pratt por não poder cumprir minha palavra e dançar com ele hoje à noite. Diga que espero que ele me perdoe quando souber o motivo e que terei o maior prazer em dançar com ele no próximo baile em que nos encontrarmos. Mandarei buscar minhas roupas quando chegar a Longbourn, mas gostaria que dissesse à Sally para coser o enorme rasgão do meu vestido de musselina antes de guardar tudo na mala. Até breve. Cumprimentos ao coronel Forster. Espero que bebam à nossa saúde, desejando-nos uma boa viagem.

Tua amiga afetuosa,
Lydia Bennet

– Oh! Que cabeça oca a sua, Lydia! – exclamou Elizabeth, depois de ler a carta. – Escrever uma carta dessas em tal momento! Pelo menos, mostra que suas intenções eram sérias. Não sei se ele depois a persuadiu a fazer outra coisa, mas, pelo menos da parte dela, a infâmia não foi premeditada. Pobre papai, como ele deve ter sofrido!

– Nunca vi alguém tão abalado. Durante dez minutos não conseguiu dizer palavra. A mãe adoeceu imediatamente, e toda a casa ficou em alvoroço e confusão!

– Oh, Jane! – exclamou Elizabeth. – Terá havido algum criado nesta casa que, até o fim do dia, não ficasse a par de toda a história?

– Não sei, mas espero que sim. Porém, numa ocasião como essa, é muito difícil ser discreta. Nossa mãe ficou histérica; e, embora eu procurasse auxiliá-la da melhor maneira, creio que não fiz tanto quanto deveria! Mas o horror do que poderia acontecer quase me privou do uso das minhas faculdades.

– Seus cuidados para com ela exigiram muito de você. Não parece tão bem de saúde. Gostaria de ter estado a seu lado. Teve de suportar tudo sozinha.

– Mary e Kitty mostraram-se muito prestativas, e estou certa de que fariam o possível para me ajudar, mas achei que não convinha a nenhuma delas. Kitty é muito sensível, e Mary estuda tanto que suas horas de repouso não devem ser interrompidas. Tia Philips apareceu aqui na terça-feira, após a partida do papai, e teve a bondade de ficar até quinta comigo. Seu auxílio foi precioso. *Lady* Lucas também tem sido muito delicada. Veio até aqui, pelos seus próprios meios, na quarta de manhã, para nos acompanhar na nossa mágoa e oferecer seus serviços e os de qualquer uma das suas filhas caso necessitássemos.

– Seria melhor que ela tivesse ficado em casa! – exclamou Elizabeth. – Talvez a intenção fosse boa, mas, numa situação como esta, deve-se procurar os vizinhos o menos possível. Qualquer auxílio é impossível.

As condolências são insuportáveis. Que elas se sintam vitoriosas de longe e se considerem satisfeitas.

Elizabeth quis saber, então, quais os planos do pai para a recuperação de Lydia.

– Creio que ele tinha a intenção de ir a Epsom, local onde os dois mudaram de cavalos pela última vez. Seu principal objetivo era descobrir o número da diligência tomada por eles e que os trouxe de Clapham. Ela acabara de chegar de Londres, e é possível que alguém tenha reparado neles. Não sei se o pai tem outros projetos em mente. Ele estava com tanta pressa em partir, tão inquieto e deprimido, que foi com grande dificuldade que lhe consegui extrair o que acabo de lhe dizer.

Capítulo 48

Todos esperavam receber, no dia seguinte, uma carta do senhor Bennet, mas o correio chegou sem trazer notícias dele. A família sabia que, em circunstâncias normais, ele era um correspondente negligente e desinteressado, mas, num momento daqueles, sempre esperavam que ele fizesse um esforço. Foram obrigados, portanto, a concluir que ele nada tinha de positivo a comunicar, mas gostariam de ter uma certeza. O senhor Gardiner esperara pela carta e, como esta não viesse, partiu sem demora.

Com sua partida, teriam, pelo menos, a certeza de receber informações mais frequentes do que se ia passando; e, ao despedir-se, o senhor Gardiner prometeu insistir com o senhor Bennet para que ele voltasse a Longbourn, o que muito consolou a irmã, pois ela via nesse regresso a única possibilidade de o marido escapar de ser morto em duelo. A senhora Gardiner e as crianças permaneceriam em Hertfordshire durante mais alguns dias, pois achava ela que sua presença poderia ser de alguma utilidade para as sobrinhas. Ela ajudava-as junto da senhora Bennet, o que lhes permitia gozar de algumas horas de liberdade. Sua outra tia também aparecia com frequência, e sempre, como dizia, com o propósito de lhes infundir coragem e confiança, embora nunca chegasse sem trazer um novo exemplo da extravagância e da leviandade de Wickham, e raramente partia sem deixá-las mais desanimadas do que quando chegara.

Meryton em peso parecia esforçar-se por denegrir o homem que, três meses antes, fora quase como um anjo de bondade. Diziam que ele devia dinheiro a todos os comerciantes da localidade e que suas aventuras, todas elas seduções, tinham se estendido às famílias dos vários comerciantes. Todos eram unânimes em declarar que ele era o homem mais perverso do mundo e começaram a descobrir que sempre haviam desconfiado dele, apesar da sua aparência de distinção. Elizabeth, embora só desse crédito a metade do que diziam, achava aquilo suficiente para tornar ainda mais acertados os seus antigos prognósticos quanto à desgraça da irmã. E até a própria Jane, que acreditava ainda menos do que Elizabeth nas coisas que se diziam, perdeu quase todas as esperanças, sobretudo porque já era tempo de receber notícias ou cartas deles caso tivessem ido para a Escócia.

O senhor Gardiner deixara Longbourn no domingo. Na terça-feira, a mulher recebeu uma carta dele. Contava que tinha imediatamente encontrado o cunhado e que o convencera a se instalar em Gracechurch Street. Que o senhor Bennet já estivera em Epsom e Clapham, mas nada soubera de concreto; e que ele estava agora decidido a procurar em todos os principais hotéis da cidade, pois achava possível que os dois tivessem se instalado em algum após sua chegada a Londres, antes de procurar novas acomodações. O senhor Gardiner, pessoalmente, não tinha muita fé no êxito de tal plano, mas, como o senhor Bennet insistira nele, estava resolvido a ajudá-lo. Acrescentava que, no momento, o senhor Bennet não estava disposto a deixar Londres e prometia escrever de novo muito em breve. Havia ainda um *post scriptum* que dizia o seguinte:

Escrevi igualmente para o coronel Forster, pedindo-lhe que perguntasse, se possível, entre os amigos mais íntimos de Wickham, no destacamento, se este teria quaisquer parentes ou relações que pudessem saber em que parte da cidade ele está. Se acaso entre essas pessoas houvesse alguém de quem se pudesse, com alguma probabilidade, obter tal informação, isso teria uma importância talvez principal. No momento, nada temos para nos guiar. Estou certo de que o coronel Forster fará de tudo para nos ajudar, mas, em última análise, talvez Lizzy, melhor do que ninguém, saiba se ele tem parentes vivos.

Elizabeth imediatamente compreendeu de onde vinha aquela deferência pela sua autoridade no assunto, mas, infelizmente, não tinha informações que a justificassem.

Nunca ouvira dizer que ele tivesse parentes, além do pai e da mãe, e ambos já haviam falecido há muitos anos. Era possível, no entanto, que alguns dos seus companheiros do regimento pudessem dar informações mais substanciais; e, embora não alimentasse grandes esperanças a esse respeito, não era algo a se deixar de lado.

Cada dia em Longbourn era agora um dia de ansiedade, e o momento mais angustiante era o da chegada do correio. Eram esperadas cartas todas as manhãs, com a maior impaciência; a cada dia que passava, aguardavam notícias importantes.

Entretanto, antes de tornarem a receber notícias do senhor Gardiner, chegou uma carta para o senhor Bennet da parte do senhor Collins; e, como Jane recebera instruções para abrir toda a correspondência destinada ao pai na sua ausência, ela leu a carta. Elizabeth, que sabia como as cartas do senhor Collins eram curiosas e singulares, debruçou-se sobre a irmã e leu também. Dizia o seguinte:

Meu caro senhor,

Sou chamado, pelo nosso parentesco e pela minha situação na vida, a apresentar-lhe minhas condolências pela grande aflição por que está passando e da qual fomos ontem informados por uma carta de Hertfordshire. Fique certo, meu caro senhor, de que tanto eu como a senhora Collins os acompanhamos a todos sinceramente no seu atual sofrimento, que deve ser dos mais dolorosos, pois provém de uma causa que jamais algum tempo poderá remover. Não faltarão argumentos da minha parte para lhe aliviar tão grande infelicidade ou trazer-lhe algum conforto num transe desses, que, entre todos, será o mais duro para o coração de um pai. A morte da sua filha seria uma bênção em comparação com o que lhe sucede agora. E tudo isso é ainda mais lamentável quando sabemos existirem razões para supor, como a minha Charlotte me informou, que esta licenciosidade de conduta da parte de sua filha se deve a uma excessiva e culposa indulgência; embora, para seu consolo e o da senhora Bennet, me sinta inclinado a acreditar na perversidade inata das tendências de sua filha, ou nunca ela teria perpetrado tão grande crime com tão pouca idade. Seja como for, o senhor merece toda a nossa compaixão, no que sou acompanhado não só pela senhora Collins, como também por lady *Catherine e sua filha, as quais eu pus a par de tudo o que se passava. Todas concordaram comigo quanto às minhas apreensões de que este mau passo de uma das suas filhas será prejudicial para o futuro de todas as outras. Na verdade, quem, como* lady *Catherine, ela própria, condescende em dizer, quererá relacionar-se com tal família? E tal consideração me leva a refletir, com satisfação crescente, num certo acontecimento do mês de novembro passado, pois, de outro modo, eu me encontraria envolvido em todas essas tristezas e desgraças. Permita-me, pois, que o aconselhe, meu caro senhor, a consolar-se a si próprio o mais que puder, a expulsar para sempre sua filha indigna da sua afeição e deixá-la colher os frutos do seu odioso crime.*

O senhor Gardiner não voltou a escrever senão quando recebeu uma resposta do coronel Forster; e, quando o fez, nada tinha de agradável a comunicar. Não se sabia de um só familiar com quem o senhor Wickham mantivesse relações, e era certo que ele não tinha nenhum parente próximo ainda vivo. Contava com numerosos conhecidos, mas, desde que entrara para a milícia, parecia não manter relações com algum deles. Não havia ninguém, portanto, a quem pudessem se dirigir e obter informações sobre seu paradeiro. No estado precário das suas finanças, o casal tinha um motivo poderoso para a sua reclusão, além do medo de Wickham de ser descoberto pelos parentes de Lydia. Foram informados de que ele tinha contraído grandes dívidas no jogo, e o coronel Forster acreditava que seria preciso mais de mil libras para cobrir todas as despesas que o oficial deixara por pagar em Brighton. Devia muito na cidade, mas suas dívidas de honra eram ainda maiores. O senhor Gardiner não procurou esconder detalhes da família de Longbourn. Jane ouviu com horror.

– Um jogador! – exclamou ela. – Por isso eu não esperava.

O senhor Gardiner acrescentava ainda na carta que podiam contar com o regresso do senhor Bennet no dia seguinte, um sábado. Abatido pelo insucesso dos seus esforços, acabara por se render aos pedidos do cunhado para que voltasse para junto da família e deixasse a seu cargo tudo o que lhe parecesse aconselhável para a continuação das pesquisas. Ao ser informada do fato, a senhora Bennet não exprimiu a satisfação que as filhas esperavam, dada a ansiedade que manifestara pela vinda do marido.

– O quê?! – exclamou. – Ele volta sem me trazer a nossa Lydia? Certamente o senhor Bennet não vai abandonar Londres antes de ter encontrado os dois. Quem, na ausência dele, irá brigar com Wickham e forçá-lo a casar-se com ela?

Como a senhora Gardiner começava a sentir saudades de casa, ficou combinado que ela e as crianças voltariam para Londres no dia da chegada do senhor Bennet; e, de acordo com o plano, a carruagem que os levou até metade do caminho trouxe na volta o senhor Bennet para Longbourn.

A senhora Gardiner partiu, tão perplexa a respeito de Elizabeth e do seu singular amigo como viera desde Derbyshire. Seu nome não fora mencionado pela sobrinha uma vez sequer na presença deles; e a vaga esperança acalentada pela senhora Gardiner de que Elizabeth em breve recebesse uma carta dele não fora correspondida. Até então, Elizabeth nada recebera proveniente de Pemberley.

Os atuais dissabores vividos na família tornavam desnecessária qualquer outra desculpa para a depressão de Elizabeth; nada, portanto, havia a conjecturar fundamentado nisso, embora Elizabeth, que atualmente conhecia bem os seus sentimentos, soubesse que, não tivesse ela encontrado de novo o senhor Darcy, teria suportado melhor a mágoa pela infâmia de Lydia. Pouparia uma noite de sono a cada dois dias.

Quando o senhor Bennet chegou, conservava a aparência da sua habitual serenidade filosófica. Falou muito pouco, como também era seu hábito. Não mencionou o assunto que o levara a Londres, e só passado muito tempo suas filhas tiveram coragem de se referir a ele.

Apenas na parte da tarde, à hora do chá, é que Elizabeth se aventurou a falar sobre o assunto. Começou por se condoer das aflições pelas quais o pai passara, ao que o pai lhe respondeu:

– Não falemos mais nisso. Quem deveria sofrer senão eu mesmo? Foi tudo minha culpa, sou obrigado a reconhecer.

– Não deve ser severo demais consigo – replicou Elizabeth.

– Por mais que você me previna contra esse erro, a natureza humana tem uma grande tendência a cair nele. Não, Lizzy, deixe que, pelo menos uma vez na vida, eu sinta o peso da minha responsabilidade. Não receio ser esmagado pela impressão. Tudo isso não tardará a passar.

– Acha que eles estão em Londres?

– Sim, pois em que outro local poderiam se esconder?

– E Lydia sempre desejou ir para Londres – acrescentou Kitty.

– Então, deve estar muito feliz – disse o pai, secamente – e, provavelmente, residirá lá durante algum tempo. – Em seguida, após um curto silêncio, continuou: – Lizzy, não guardo rancor pelo conselho que me deu no mês de maio passado; em vista do que aconteceu, demonstra a sua capacidade.

Foram interrompidos pela senhorita Bennet, que vinha buscar o chá da mãe.

– Ora aí está uma atitude – opinou ele – que conforta uma pessoa, dá um toque de elegância ao infortúnio. Um dia desses farei o mesmo. Recolherei-me à minha biblioteca, de touca e camisa de dormir, e darei aos outros o maior trabalho possível, ou talvez aguarde até Kitty fugir também.

– Eu não vou fugir, pai – disse Kitty, inquieta. – Se tivessem me deixado ir para Brighton, eu teria me comportado melhor do que Lydia.

– Você, ir a Brighton! Não a deixarei ir nem a Eastborn, que fica aqui ao lado. Nem por cinquenta libras. Não, Kitty, pelo menos aprendi a ser prudente, e você vai sentir os efeitos. Daqui para a frente, nenhum oficial jamais entrará em minha casa, nem que esteja só de passagem pela localidade. Os bailes serão absolutamente proibidos, a não ser que permaneça o tempo todo junto de uma das suas irmãs. E nunca passará por essa porta sem primeiro provar que passa diariamente dez minutos de forma sensata.

Kitty, que levava todas aquelas ameaças a sério, pôs-se a chorar.

– Bom, bom – disse ele –, não fique triste. Caso se porte bem durante os próximos dez anos, talvez a leve para ver uma parada militar.

Capítulo 49

Dois dias depois da chegada do senhor Bennet, Jane e Elizabeth estavam passeando no pequeno bosque atrás da casa quando viram a governanta caminhar na direção delas e, concluindo que vinha a mando da senhora Bennet para chamá-las, foram ao seu encontro. Mas, em vez da ordem esperada, assim que chegou, a governanta disse para a senhorita Bennet:

– Perdoem-me interrompê-las, senhoritas, mas, como pensei que tivessem recebido boas notícias da capital, tomei a liberdade de vir perguntar.

– Que diz, minha boa Hill? Nada soubemos ainda da capital.

– Minha querida senhorita! – exclamou a senhora Hill, espantada. – Não sabe, então, que chegou um expresso da parte do senhor Gardiner para o patrão? Ele está aqui há meia hora e trouxe uma carta para o senhor Bennet.

As garotas não perderam tempo em responder e correram. Atravessaram a sala de entrada, a saleta e entraram na biblioteca, mas não encontraram o pai. Preparavam-se para subir e ir procurá-lo no quarto da mãe quando o mordomo disse:

– Se procuram o patrão, ele foi agora mesmo para o bosque.

Tendo recebido essa informação, as garotas passaram novamente pela saleta de entrada e atravessaram o gramado em busca do pai, que ia em direção a um dos pequenos bosques que havia de um dos lados do jardim.

Jane, que não era tão leve nem tinha tanta prática de exercício, ficou para trás, enquanto a irmã alcançava o senhor Bennet e indagava, quase sem fôlego:

– Oh, pai, diga depressa: quais as notícias? Que diz o tio?

– Acabo de receber uma carta dele pelo expresso.

– E que notícias traz, boas ou más?

– Que é que se pode esperar de bom? – disse ele, extraindo a carta do bolso. – Mas talvez a queira ler.

Elizabeth pegou a carta, ansiosa, enquanto Jane se aproximava.

– Leia em voz alta – pediu o senhor Bennet –, pois ainda não entendi do que se trata.

Gracechurch Street, segunda-feira, 2 de agosto

Caro cunhado,

Finalmente, tenho notícias da minha sobrinha para lhe enviar; notícias que, no seu conjunto, julgo não deixarem de lhe agradar. Pouco após sua partida, no sábado, tive a felicidade de descobrir em que parte de Londres o casal estava. Quanto aos detalhes, deixo para quando nos encontrarmos de novo. No momento, basta saber que os descobri e que estive com ambos.

– Então, tudo se passou como eu esperava! – exclamou Jane. – Eles estão casados!

Elizabeth continuou:

Eles não estão casados nem encontrei neles a menor intenção de o fazer. Porém, se o senhor estiver disposto a cumprir com aquilo que eu tomei a liberdade de aceitar em seu nome, espero que em breve se casarão. Tudo o que lhe exigem é que assegure a Lydia parte das cinco mil libras destinadas a ser repartidas por todas após a sua morte e de sua mulher. Além disso, comprometer-se, em vida, a dar à sua filha a quantia de cem libras por ano. E são essas as condições que não hesitei em aceitar, sentindo-me autorizado a fazê-lo. Enviarei esta minha comunicação por expresso, para que sua resposta me chegue sem perda de tempo. Facilmente compreenderá, por tudo o que aqui lhe digo, que a situação do senhor Wickham não é tão desesperada como se supunha. Quanto a isso, os rumores que corriam eram falsos; e alegra-me dizer que, sem considerarmos o dote de Lydia, ele ainda disporá, após pagas todas as dívidas, de um pouco de dinheiro para a sua instalação. Apenas necessito que delegue em mim plenos poderes para agir em seu nome, do que eu não duvido, e imediatamente darei instruções a Haggerston para preparar um contrato. Não vejo vantagem em voltar de novo a Londres, por isso o aconselho que fique tranquilamente em Longbourn e conte com toda a minha colaboração e diligência. Responda-me logo que possível e tenha o cuidado de escrever claramente. Achamos preferível, minha mulher e eu, que a nossa sobrinha case em nossa casa, o que decerto terá a sua aprovação. Ela vem hoje para junto de nós. Voltarei a escrever-lhe assim que houver algo novo a informar.

Seu, etc.

E. Gardiner

– Será possível? – perguntou Elizabeth, assim que terminou a carta. – Será possível que ele se case com ela?

– Wickham não é, então, tão ruim como pensávamos – disse Jane. – Meu pai, aceite os meus parabéns.

– Já respondeu à carta? – perguntou Elizabeth.

– Não, mas devo fazer isso imediatamente.

Elizabeth suplicou-lhe, então, que não perdesse mais tempo.

– Oh, pai! – exclamou ela. – Volte para casa e escreva sem demora! Pense na importância que cada momento tem em um caso destes.

– Eu mesma lhe escrevo a carta – disse Jane – se tal tarefa lhe desagrada.

– Desagrada-me muito, mas precisa ser feito – replicou ele e, com isso, virou-se e voltou com as filhas para casa.

– E posso saber qual é a resposta? – perguntou Elizabeth.

– Suponho que os termos devam ser aceitos.

– Aceitos? Só tenho vergonha de que ele peça tão pouco.

– E eles devem casar-se! Contudo, Wickham é tão ruim...

– Sim, sim, é preciso que eles se casem. Não há alternativa. Porém, há duas coisas que eu desejaria saber: a quantia que o seu tio pagou para conseguir tudo isso e como eu poderei reembolsá-lo.

– Que quantia? O nosso tio? O que quer dizer com isso? – indagou Jane.

– Quero dizer que nenhum homem no seu juízo perfeito se casaria com Lydia recebendo em troca uma compensação tão pequena. Cem libras anuais durante a minha vida e cinquenta depois de eu morrer!

– É verdade – disse Elizabeth. – Isso não tinha me ocorrido. Depois das dívidas a pagar, ele diz que ainda sobra dinheiro. Deve ter sido o nosso tio quem arranjou tudo isso. Como ele é generoso e bom! Receio que se vá ressentir disso. O dinheiro que gastou não deve ter sido pouco.

– Não – disse o senhor Bennet. – Wickham seria um idiota se aceitasse entrar no negócio com menos de dez mil libras. De outro modo, custaria ter tão má opinião dele logo no começo das nossas relações.

– Dez mil libras! Valha-nos Deus. Como poderemos alguma vez pagar tal soma?

O senhor Bennet não respondeu; e todos, mergulhados em reflexões, continuaram em silêncio até chegarem a casa. O senhor Bennet seguiu então para a biblioteca, a fim de escrever ao cunhado, e as filhas foram para a saleta.

– Então, eles se casam! – exclamou Elizabeth, quando se encontrou a sós com Jane. – Como tudo isto é estranho! E, ainda por cima, temos de nos dar por muito felizes! E dar graças a Deus que assim aconteça, embora sejam diminutas as possibilidades de Lydia ser feliz, já que Wickham tem um caráter tão ruim. Oh, Lydia!

– Eu me consolo pensando que ele não se casaria se não tivesse afeição por Lydia – replicou Jane. – Embora acredite que o nosso tio tenha feito alguma coisa em relação a isso, não me parece que tenha rondado sequer as dez mil libras. Ele tem muitos filhos, além de outras preocupações possíveis. Como poderia dispor dessas dez mil libras?

– Se nos fosse possível saber quais as dívidas de Wickham – disse Elizabeth – e com quanto ele dotou nossa irmã, saberia exatamente o que nosso tio fez por eles, pois Wickham não tem um tostão. A bondade dos nossos tios é uma coisa que nunca poderá ser paga. O fato de eles a terem levado para casa e lhe terem dado proteção e apoio moral é um sacrifício que anos de gratidão não poderão compensar. Neste momento ela está na casa deles; e, se tamanha bondade não lhe der a consciência da falta que praticou, é porque ela não merece ser feliz! Imagine a cara dela quando se vir na frente da nossa tia!

– Devemos nos esforçar para esquecer tudo o que se passou – opinou Jane. – Confio e espero que os dois sejam felizes. O fato de ele concordar em casar com ela é uma prova de que ganhou um pouco de juízo. A afeição que nutrem um pelo outro lhes dará a estabilidade. E eu tenho a esperança de que em breve se estabeleçam em sua nova vida e procedam de forma tão ajuizada que, com o tempo, sua imprudência acabe por ser esquecida.

– O comportamento deles foi de tal ordem – replicou Elizabeth – que nem você, nem eu, nem ninguém poderá um dia esquecer. É inútil falarmos nisso.

Nesse momento, ocorreu que talvez sua mãe permanecesse ainda na ignorância de tudo o que se passava. Foram, então, à biblioteca e perguntaram ao pai se não desejava que elas lhe transmitissem a notícia. Ele estava escrevendo e, sem levantar a cabeça, respondeu friamente:

– Como queiram.

– Poderemos levar-lhe a carta do tio e ler?

– Levem o que quiserem e me deixem em paz.

Elizabeth pegou a carta de cima da mesa, e as irmãs subiram juntas. Mary e Kitty estavam com a mãe. A mesma comunicação serviria, portanto, para todas. Após uma breve preparação para as notícias que traziam, a carta foi lida em voz alta. A senhora Bennet não pôde conter seus sentimentos.

Assim que Jane leu o trecho em que o senhor Gardiner falava na esperança de os ver em breve casados, a senhora Bennet demonstrou toda a sua alegria, e cada frase subsequente a tornava mais expansiva. Sua animação foi tão ruidosa e violenta como anteriormente tinham sido as apreensões e o desespero. Bastava saber que Lydia se casaria; não a atormentava qualquer receio quanto à felicidade da filha nem, tampouco, a lembrança da sua falta.

– Oh, minha querida Lydia! – exclamou ela. – Isso é realmente maravilhoso! Ela vai se casar! E eu tornarei a vê-la! Ela se casará com 16 anos! Meu querido e generoso irmão! Eu sabia que ele conseguiria resolver tudo! Que saudades tenho dela... e do meu querido Wickham também! Mas os vestidos, o enxoval! Vou já escrever para minha cunhada Gardiner para que trate de tudo isso. Lizzy, meu amor, corra lá embaixo e pergunte ao seu pai de quanto ele dispõe para o enxoval de Lydia. Não, espere, eu mesma o farei! Toque a campainha, Kitty, para chamar a Hill. Vou me vestir e correr. Oh, minha querida Lydia! Que alegria será quando nos virmos todos juntos outra vez!

Jane procurou refrear a violência de tais expansões, lembrando à mãe o que deviam ao senhor Gardiner pelo que ele tinha feito.

– Devemos, em grande parte, atribuir a feliz conclusão desta história à bondade do nosso tio – acrescentou Jane. – Estamos convencidas de que ele se empenhou para auxiliar financeiramente o senhor Wickham.

– É claro! – exclamou a senhora Bennet. – Mas quem o havia de fazer, senão o seu próprio tio? Se ele não tivesse família, todo o dinheiro dele viria para nós, bem sabe. É a primeira vez que recebemos alguma coisa dele, a não ser um presente ou outro de vez em quando. Oh, como me sinto feliz! Em breve terei uma filha casada! A senhora Wickham! Que soa tão bem... E fez apenas 16 anos em junho passado. Minha querida Jane, estou tão nervosa que creio que não vou conseguir escrever. Eu dito e você escreve por mim. Mais tarde combinaremos com o seu pai a respeito do dinheiro. Mas é preciso encomendar as coisas imediatamente.

A senhora Bennet logo começou a fazer uma lista de todas as peças de tecido estampado, musselina e cambraia e teria feito dentro em pouco uma grande encomenda se Jane não a tivesse convencido a aguardar até consultar o marido. Um dia de atraso, observou ela, não teria importância.

– Assim que me vestir, irei a Meryton dar as boas-novas à minha irmã Philips. Na volta, passarei pela casa de *lady* Lucas e da senhora Long. Kitty, corra lá embaixo e peça a carruagem. Um pouco de ar puro me fará muito bem. Senhoritas, desejam que eu lhes traga alguma coisa de Meryton? Oh, aí vem Hill! Minha querida Hill, já sabe da novidade? A senhorita Lydia vai se casar.

A senhora Hill exprimiu imediatamente sua alegria. Elizabeth recebeu os seus parabéns e, cansada de tanta loucura, foi refugiar-se em seu quarto, para poder refletir em paz.

Pobre Lydia, sua situação seria bastante ruim, mas ainda teria de dar graças por não ser pior. E, embora assim pensasse, não via para a irmã grandes possibilidades de uma vida feliz e próspera, mas, recordando-se dos momentos de aflição e de todos os seus receios de há duas horas apenas, ela viu que deram um grande passo para a frente.

Capítulo 50

O senhor Bennet lamentava ter desperdiçado todo o seu rendimento sem tomar as devidas precauções para garantir o futuro da mulher e das filhas. Agora, mais do que nunca, se arrependia de não o ter feito. Lydia estava em dívida com o tio, não só em dinheiro, como em honra e bom nome. Só a ele caberia a satisfação de obrigar um dos piores rapazes da Grã-Bretanha a se casar com a filha.

Preocupava-o seriamente que a solução tivesse sido conseguida apenas graças ao seu cunhado. Resolveu averiguar a importância exata do seu auxílio e arranjar uma maneira de saldar a dívida tão breve quanto possível.

Quando se casou, o senhor Bennet achava que não precisava economizar, pois teria naturalmente um filho. Esse filho seria herdeiro de seus bens, e desse modo veria garantido o futuro da viúva e dos filhos menores. Cinco filhas, sucessivamente, vieram ao mundo, mas nada de filho. Muitos anos após o nascimento de Lydia, a senhora Bennet ainda acreditava no filho. Por fim, teve de renunciar a tal esperança, mas, nessa altura, já era tarde demais para poupar. A senhora Bennet não tinha feitio para economizar, e só a moderação do marido os impedia de exceder o rendimento.

Segundo o contrato de casamento, cinco mil libras seriam deixadas para a senhora Bennet e as filhas. A partilha deveria ser feita de acordo com a vontade dos pais. Em vista do que acontecera a Lydia, tal ponto deveria agora ser definido, e o senhor Bennet não hesitava em aceitar os termos da proposta que lhe tinha sido feita. Em termos precisos, mas cordiais, ele exprimiu sua gratidão pela bondade do cunhado. Em seguida, declarou sua plena aprovação a tudo o que tinha sido feito e a sua aceitação dos compromissos que o senhor Gardiner aceitara em seu nome. Nunca imaginara que fosse possível convencer Wickham a casar com sua filha em termos tão convenientes. As cem libras que deveria pagar anualmente não representavam um déficit real de mais de dez libras: o fim da mesada de que Lydia dispunha e dos belos presentes em dinheiro que continuamente lhe chegavam às mãos por intermédio da senhora Bennet cobriria grande parte das despesas que Lydia pudesse fazer.

A outra surpresa agradável, considerava ele, fora a facilidade com que tudo se resolvera sem lhe dar trabalho. Seu desejo era, agora, pensar o menos possível no assunto. O ímpeto com que se lançara na perseguição da filha fora apenas fruto momentâneo da sua cólera. Cessada esta, o senhor Bennet recaiu em sua indolência habitual. A carta fora desde logo despachada, pois, embora lento na elaboração dos seus projetos, ele era rápido na execução. Pedia ao senhor Gardiner que lhe desse uma relação detalhada das suas despesas, mas nada mandava dizer a Lydia, pois ainda estava ressentido com ela.

As boas notícias em breve se propagaram. Teria sido mais interessante se a própria senhorita Lydia tivesse regressado ou a mandassem em reclusão para algum lugar distante, mas o casamento já era suficiente para mexericos. As velhas invejosas de Meryton continuaram a enviar seus votos de felicidade com o mesmo secreto contentamento com que antes exprimiam condolências, pois, embora a situação tivesse mudado, com tal marido a desgraça de Lydia era certa.

A senhora Bennet, que passara quinze dias sem sair do quarto, naquele grande dia tornou a ocupar seu lugar à cabeceira da mesa. Sua satisfação era extrema. Nenhum sentimento de vergonha atenuava seu triunfo.

Desde que Jane completara 15 anos de idade, o maior desejo da senhora Bennet fora ver uma das filhas casadas. Agora ele estava a ponto de se realizar. Todos os seus pensamentos giravam em torno dos preparativos para um casamento no melhor estilo, tais como as musselinas finas, novas carruagens e criados. Procurava lembrar-se de uma casa nas redondezas que servisse para a filha e, desconhecendo as possibilidades do casal, recusava muitas das que lhe sugeriam por considerá-las modestas e simples demais.

– Haye Park talvez servisse – dizia ela –, se os Gouldings consentirem em sair. E aquela casa grande em Stoke também daria. Pena que a sala de visitas seja muito pequena. Ashworth é muito distante. Quanto à casa de Pulvis, os telhados são horríveis.

O senhor Bennet deixou-a falar sem interrupção enquanto havia criados por perto; mas, quando estes saíram, disse:

– Senhora Bennet, antes que tome alguma dessas casas, ou todas elas, para sua filha, considero indispensável chegarmos desde já a um acordo sobre tal assunto. Saiba que há, pelo menos, uma casa em que eles não serão admitidos. Não pretendo encorajar a imprudência de ambos ao recebê-los em Longbourn.

A tal declaração seguiu-se uma longa polêmica, mas o senhor Bennet mostrou-se firme. O assunto em breve os conduziu a outro, e a senhora

Bennet descobriu, com espanto e horror, que o marido não estava disposto a adiantar um só tostão para as despesas do enxoval. Declarou, intransigente, que não seria ele quem, por ocasião do casamento da filha, lhe daria o menor sinal da sua estima.

A senhora Bennet recusava-se a compreender e a aceitar tal atitude. Achava impossível que ele levasse seu ressentimento a ponto de recusar à filha um dos privilégios sem o qual o casamento dela pareceria quase inválido. A senhora Bennet era muito mais sensível à vergonha de ter casado a filha sem roupas novas do que à desonra causada pela sua fuga e pelo fato de ter vivido quinze dias com Wickham sem ser casada.

Elizabeth, mais do que nunca, arrependeu-se de ter-se deixado levar pela aflição do momento e revelado ao senhor Darcy seus anseios quanto ao futuro da irmã. Com o casamento realizado em breve, talvez tivessem podido esconder tão vergonhoso fato de todos não diretamente relacionados à família.

Ela não receava que o caso se espalhasse por intermédio dele. Havia, atualmente, poucas pessoas em cuja discrição ela tivesse maior confiança; em contrapartida, não havia ninguém cujo conhecimento da leviandade da irmã a mortificasse tanto. Não era que temesse alguma desvantagem para si, pois, de qualquer modo, parecia haver um abismo intransponível entre eles.

Mesmo que o casamento de Lydia tivesse se realizado da forma mais respeitável, não era possível que o senhor Darcy insistisse em se relacionar com uma família contra a qual tinha tantas objeções e às quais se vinha juntar outra, a de um parentesco íntimo com o homem que ele tão justamente desprezava.

Não era, pois, de estranhar que ele hesitasse. O desejo de obter a consideração de Elizabeth, por ele manifestado em Derbyshire, nunca sobreviveria a tal golpe. Ela sentia-se humilhada e ferida. Tinha remorsos, mas não sabia bem de quê. Ansiava pela estima dele quando acreditava não poder gozar dela. Queria ter notícias dele e não tinha a menor esperança de que ele lhe escrevesse. Agora que não via possibilidade de encontrá-lo, acreditava que poderia ter sido feliz com ele.

Que triunfo seria para ele se pudesse saber que as propostas que há quatro meses ela tão orgulhosamente recusara seriam recebidas agora com alegria e gratidão. Ele era generoso, disso Elizabeth não tinha a menor dúvida. Havia mesmo poucos homens mais generosos. Mas, para não sentir triunfo numa ocasião como esta, era preciso que não fosse humano.

Elizabeth começou a compreender, então, que o senhor Darcy era o homem que mais lhe convinha, tanto pelo seu temperamento como pelas suas qualidades. O temperamento dele, embora oposto ao dela, vinha ao encontro dos seus desejos. Tal união apenas resultaria vantajosa para ambos. A espontaneidade e naturalidade de Elizabeth contribuiriam para suavizar o temperamento e melhorar também as maneiras dele. Darcy, por sua vez, teria um benefício ainda maior a receber com a segurança do seu julgamento e a sua experiência do mundo.

Em breve o senhor Gardiner tornou a escrever ao cunhado. Aos pedidos do senhor Bennet ele apenas respondeu que estava sempre disposto a dar o seu melhor para o bem de qualquer membro da família e concluiu rogando que não se mencionasse mais o assunto. A principal finalidade da carta era anunciar que o senhor Wickham decidira sair da milícia.

Desejaria muito que ele o fizesse assim que o casamento fosse marcado (acrescentava ele). *E creio que concordará comigo em como esse passo é desejável, tanto para ele como para a minha sobrinha. O senhor Wickham tem intenção de entrar no exército regular; e alguns dos seus antigos amigos estão dispostos a apoiá-lo. Prometeram-lhe um posto de tenente no regimento do general atualmente aquartelado no Norte. Há toda a vantagem em que ele permaneça longe daqui. Wickham parece cheio de boas intenções e espero que, uma vez entre pessoas estranhas, ambos se mostrarão prudentes e procurarão salvar as aparências. Escrevi ao coronel Forster, informando-o da nossa atual situação e pedindo-lhe que tranquilize os vários credores de Wickham em Brighton e arredores. Com promessas de rápido pagamento, assumi tal compromisso. Peço-lhe que faça o mesmo com os credores dele em Meryton, dos quais lhe envio a lista, de acordo com as informações do senhor Wickham. Ele confessou todas as suas dívidas, e espero que, ao menos, não nos tenha enganado. Haggerton já recebeu nossas instruções, e tudo ficará pronto dentro de uma semana. Eles partirão logo para a sede do regimento, a não ser que o senhor os convide primeiro a ir a Longbourn. A senhora Gardiner informou-me que a sobrinha ansiava por ver a todos antes de partir para o Norte. Ela está bem e pede-me que lhes envie, a ambos, toda a sua afeição.*

Seu, etc.

E. Gardiner

O senhor Bennet e as filhas compreenderam, tão bem como o senhor Gardiner, quais as vantagens da saída do senhor Wickham do regimento da milícia. A senhora Bennet é que não se conformava com a ideia. Lydia iria morar no Norte justo quando a mãe teria todo o prazer e orgulho da sua companhia, pois não desistira nem por um só instante do plano de instalar a filha em Hertfordshire. Seu desapontamento foi grande. Além disso, era uma pena que Lydia fosse afastada de um local onde tinha tantas relações.

– Lydia simpatizava tanto com a senhora Forster! – dizia ela. – É uma pena que seja enviada para tão longe. Além disso, havia tantos rapazes que ela apreciava... Os oficiais do regimento do general podem não ser tão amáveis.

A insinuação do senhor Gardiner poderia ser tomada como um pedido formal para que Lydia tornasse a ser admitida na família antes da sua partida para o Norte. A princípio, o senhor Bennet mostrou-se intransigente a tal pedido, mas Jane e Elizabeth, que comungavam das mesmas ideias, eram da opinião de que, para o bem da irmã, não lhe deveria ser negado o apoio dos pais. Pediram com tamanha insistência e, ao mesmo tempo, com tanta doçura que conseguiram demover o pai e obter dele a permissão para que os dois visitassem Longbourn logo após o casamento.

Quanto à senhora Bennet, era com satisfação que encarava aquela oportunidade de exibir nas redondezas sua filha casada, antes do exílio dela no Norte. O senhor Bennet escreveu, então, ao cunhado, informando-lhe sua anuência ao pedido. Elizabeth, contudo, não pôde deixar de se surpreender por Wickham ter concordado com o plano. Se tivesse consultado apenas seu coração, um encontro com ele seria a última coisa no mundo que ela mesma desejaria.

Capítulo 51

Finalmente, o dia do casamento chegou. Jane e Elizabeth pareciam mais emocionadas do que a própria Lydia. A carruagem foi enviada ao encontro dos noivos, que eram esperados para jantar. As duas irmãs mais velhas viam com apreensão a hora da chegada. Especialmente Jane, que atribuía a Lydia os sentimentos que ela sentiria em situação idêntica, afligia-se com a ideia do que a irmã iria sofrer. Quando chegaram, a família estava reunida na saleta para recebê-los. A senhora Bennet desfez-se em sorrisos assim que a carruagem parou à porta. O marido conservava uma expressão grave e impenetrável. As filhas estavam alarmadas, ansiosas e inquietas.

Ouviram a voz de Lydia na entrada da casa. A porta foi aberta com violência, e ela entrou correndo na sala. A mãe adiantou-se e abraçou-a com grandes demonstrações de alegria. Sorrindo afetuosamente, ela estendeu a mão a Wickham, desejando felicidades a ambos com um alarde que demonstrava que ela não duvidava nem um minuto da realização do seu desejo.

O senhor Bennet recebeu-os de forma muito menos cordial. Seu rosto tornou-se ainda mais grave e mal abriu a boca. A atitude despreocupada do jovem casal era realmente uma provocação. Elizabeth ficou irritada, e a própria Jane sentiu consternação. Lydia continuava a mesma: imprudente, indomável, doida, ruidosa e temerária. Falou a cada uma das irmãs exigindo-lhes os parabéns. Depois de todos se sentarem, pôs-se a olhar à sua volta com curiosidade, notando as pequenas alterações que tinham sido introduzidas naquela sala. Em seguida, observou, com uma risada, que há muito tempo que dali partira.

Wickham não se mostrava mais embaraçado do que ela, mas seus modos eram sempre tão agradáveis que, se o seu caráter não fosse manchado e o casamento tivesse sido realizado com todo o preceito, os seus sorrisos e suas atitudes teriam conquistado toda a família.

Elizabeth nunca o supusera capaz de tal cinismo, mas ela sentou-se, resolvendo em seu íntimo nunca mais estabelecer limites à imprudência de um homem sem escrúpulos. Ela corou, e Jane também, mas os rostos daqueles que lhes causaram tal perturbação mantinham-se inalteráveis na cor.

A conversa era incessante. A noiva e a mãe competiam em exuberância. Wickham, que estava perto de Elizabeth, começou a perguntar pelos conhecidos na vizinhança com uma tranquilidade bem-humorada que ela sentiu jamais poder imprimir nas suas respostas. Tanto Wickham como a esposa apenas pareciam ter recordações agradáveis na vida. Nenhum fato passado era lembrado com amargura.

– Imaginem, já fez três meses que fui embora! – exclamou Lydia. – Não me parecem mais do que quinze dias. E, no entanto, tantas coisas aconteceram. Meu Deus! Quando daqui parti, quem me diria que havia de voltar casada! Mas pensei que seria engraçado se o fizesse.

O senhor Bennet ergueu os olhos, Jane ficou aflita, e Elizabeth olhou significativamente para Lydia. Ela continuou:

– Oh, mãe, as pessoas daqui dos arredores sabem que me casei hoje? Receei que eles não soubessem. No caminho cruzamos com William Goulding na sua charrete. Para que ficasse sabendo, baixei o vidro, tirei a luva e apoiei a mão no rebordo da janela, para que ele visse a minha aliança. Só então o cumprimentei e não pude conter por mais tempo o meu riso.

Elizabeth achou que tudo aquilo passava dos limites. Levantou-se, saiu e só voltou quando os ouviu passar para a sala de jantar. Chegou ainda a tempo de ver Lydia, que, com uma expressão de ansiedade, se aproximara do lugar à direita da mãe e, dirigindo-se à irmã mais velha, lhe dizia:

– Ah, Jane, esse lugar me pertence agora por direito. Sou a mais importante, dada a minha situação de mulher casada.

A solenidade daquela hora não dava a Lydia o constrangimento que até aquele instante não demonstrara. Pelo contrário, parecia cada vez mais à vontade. Ansiava por voltar a ver a senhora Philips, a família Lucas e todos os outros vizinhos e ouvi-los chamá-la de senhora Wickham. Enquanto isso não acontecia, foi, logo após o jantar, mostrar a aliança à senhora Hill e às criadas.

– Bem, mãezinha – disse ela, quando voltou à sala –, o que acha do meu marido? Não é um homem encantador? Estou certa de que todas as minhas irmãs me invejam. Só lhes desejo tanta sorte quanto a minha. Precisam todas ir a Brighton. É o lugar ideal para se arranjar um marido. Que pena, mãe, não termos ido todas!

– É verdade. Se tivessem me dado ouvidos, teríamos ido. Mas, minha querida Lydia, não gosto de que vá para tão longe. Será mesmo necessário?

– Oh, mas é claro! Não vejo mal nenhum nisso. Até gosto muito. Vocês só terão de ir nos visitar. Passaremos em New Castle todo o inverno. Bailes não faltarão, e eu arranjarei par para todas as que forem.

– Adoraria poder ir! – disse a mãe.

– E depois, quando regressassem, poderiam deixar comigo uma ou duas das minhas irmãs. Garanto que arranjarei marido para todas elas antes do fim do inverno.

– Agradeço pela parte que me toca – disse Elizabeth –, mas não aprecio sua maneira de arranjar marido.

Os visitantes não poderiam demorar mais de dez dias. O senhor Wickham fora nomeado antes de sair de Londres e apenas lhe haviam concedido quinze dias para se reunir ao seu regimento.

Exceto a senhora Bennet, ninguém mais lamentou que eles se demorassem tão pouco. Esse tempo foi por ela aproveitado da melhor forma possível, fazendo visitas com a filha e recebendo frequentemente convidados em sua casa. Tais reuniões vinham ao encontro do desejo de todos, pois escapar ao círculo da família era ainda mais desejável para aqueles que pensavam do que para aqueles que não o faziam.

A afeição de Wickham por Lydia era exatamente como Elizabeth supunha: inferior à que Lydia tinha por ele. Mesmo sem observar, dava para se concluir que a fuga se devera mais à paixão dela do que ao interesse dele. Se não fosse a certeza de que ele tinha fugido porque a situação no local se tornara insuportável, Elizabeth se surpreenderia ao saber que Wickham raptou sua irmã sem sentir por ela uma paixão ardente. Ele não resistira à oportunidade de ter uma companheira para a sua viagem.

Lydia gostava muito de Wickham. Ele continuava a ser o seu querido Wickham. Ninguém podia competir com ele no coração da irmã. Segundo ela, ele fazia tudo melhor do que ninguém. Certa manhã, pouco depois da sua chegada, Lydia disse para Elizabeth:

– Lizzy, ainda não lhe contei como foi o nosso casamento. Você não estava presente quando descrevi tudo à mamãe e às outras. Não tem curiosidade em saber como tudo isso se passou?

– Para dizer a verdade, não – replicou Elizabeth –, e penso que quanto menos se falar no assunto, melhor.

– Você é tão esquisita! Vou contar como tudo aconteceu. Nós nos casamos na Igreja de Saint Clement, pois Wickham pertence àquela paróquia. Combinamos de nos encontrar lá às onze horas. Os meus tios e eu iríamos juntos, e os outros nos encontrariam na igreja. Eu estava numa ansiedade que nem imagina! Receava que acontecesse algo que viesse a adiar o casamento. Teria ficado desesperada! Enquanto me vestia, nossa tia não parava de falar, como se estivesse me pregando um sermão. Quase não entendi palavra alguma, pois, como deve calcular, só pensava no meu querido Wickham. Estava doida para saber se ele poria a casaca azul. – Tomamos o café da manhã às dez, como de costume. Pensei que nunca mais teria fim. A propósito, nossos tios foram horrivelmente severos comigo durante todo o tempo que estive com eles. Não me deixaram sair de casa uma só vez durante os quinze dias que ali passei. Nem uma festa, nem uma reunião, nada! Bem, quando a carruagem chegou, meu tio foi detido ainda por alguns instantes para tratar de quaisquer negócios com aquele horrível senhor Stone; e, como deve saber, quando ele se põe a falar de negócios, nunca para. Eu estava tão assustada que não sabia o que havia de fazer, pois era o tio quem me serviria de padrinho, e, se não estivéssemos lá na hora certa, seríamos obrigados a deixar o casamento para o dia seguinte. Mas, felizmente, passados dez minutos, ele voltou e partimos todos. Nessa altura, porém, lembrei-me de que, se acaso ele não pudesse ter ido, seria o senhor Darcy quem o substituiria.

– O senhor Darcy? – repetiu Elizabeth com um grande espanto.

– Sim, ele tinha ficado de ir com Wickham. Oh, meu Deus, o que eu estou falando? Esqueci completamente! Nunca deveria ter mencionado tal coisa! Prometi que não o faria! Que é que Wickham vai dizer? Era segredo!

– Se era segredo – falou Jane –, então não diga mais nada.

– Exato – disse Elizabeth, ardendo em curiosidade. – Nada lhe perguntaremos.

– Obrigada – agradeceu Lydia –, pois, se vocês me perguntassem, eu acabaria contando tudo. E depois Wickham ficaria muito zangado comigo.

Para resistir à tentação, Elizabeth foi obrigada a fugir. Mas era impossível viver na ignorância daquele detalhe ou pelo menos tentar se informar. O senhor Darcy assistir ao casamento da sua irmã parecia inacreditável. Não poderia suportar tal incerteza; e, tomando uma folha de papel, escreveu apressadamente uma curta missiva destinada à tia, pedindo a explicação para o fato:

Como deve compreender, tenho curiosidade em saber por que razão uma pessoa que não tem relações com qualquer uma de nós e é quase um estranho à nossa família estava presente no casamento de minha irmã. Peço que me escreva sem demora e me explique tudo, a não ser que haja motivos mais fortes para guardar o segredo que Lydia parece achar necessário. Nesse caso, terei de me resignar à minha ignorância.

"Jamais me resignarei", pensou Elizabeth, enquanto terminava a carta.

Mas, minha querida tia, se não me contar, serei obrigada a lançar mão de estratagemas para tentar descobrir.

Capítulo 52

Elizabeth recebeu a resposta à sua carta tão depressa quanto ela o poderia desejar. Assim que a carta chegou, correu para o pequeno bosque e, sentando-se num banco, preparou-se para a ler tranquilamente, sentindo-se feliz, pois, pelo número das páginas, era fácil deduzir que não continha uma simples negativa.

Gracechurch Street, 6 de setembro
Minha querida sobrinha,
Acabo de receber sua carta e dedicarei toda esta manhã a escrever a minha resposta, pois prevejo que, em poucas linhas, não poderei transmitir tudo o que tenho para dizer. Devo confessar que seu interesse me surpreende. Não pense que estou zangada, pois o que eu quero dizer é que não esperava que essas informações fossem necessárias. Se prefere não compreender o que digo, desculpe a impertinência.

No próprio dia da minha chegada de Longbourn, seu tio recebeu uma visita inesperada. O senhor Darcy veio à nossa casa e permaneceu em conferência com ele durante várias horas. Quando entrei, já tudo isso se tinha passado, e por essa razão a minha curiosidade não foi tão intensamente despertada como a sua parece ter sido. Ele veio para dizer ao seu tio que tinha descoberto o paradeiro do senhor Wickham e de sua irmã e que já os tinha visto e conversado com ambos, com Wickham várias vezes e com Lydia apenas uma.

Ao que parece, ele deixou Derbyshire e partiu para Londres um dia após a nossa partida, decidido a procurar os fugitivos. O motivo alegado era a sua convicção de que fora por sua causa que o caráter de Wickham não tinha sido convenientemente revelado, de modo a impedir que uma garota decente o amasse e confiasse nele. De forma generosa, atribuiu tudo isso ao seu orgulho mal compreendido, pois julgava estar acima da necessidade de expor à opinião pública os seus atos particulares. Seu caráter respondia por ele. Ele considerava, portanto, seu dever vir a público e tentar reparar o mal que julgava ter causado. Passara alguns dias em Londres antes que conseguisse descobrir os fugitivos. Mas ele tinha um elemento para orientar sua busca, e que a nós nos fazia falta. E este era o motivo que justificava a sua vinda.

Existe uma certa senhora Younge, que, ao que parece, foi, durante algum tempo, a dama de companhia da senhorita Darcy e que fora despedida por motivos que ele não nos revelou. Depois disso, ela alugou uma grande casa na Edward Street e nela abriu uma pensão. O senhor Darcy sabia que a senhora Younge era íntima de Wickham. E, sem perda de tempo, logo a procurou em busca de informações. Porém, levou dois dias para obter dela o que desejava. Suponho que essa mulher não estava disposta a trair o segredo que lhe fora confiado sem receber com isso uma compensação, pois ela sabia perfeitamente onde estava o seu amigo.

Wickham a procurara assim que chegara a Londres, e, se ela tivesse vaga, seria em sua casa que ele se instalaria. Por fim, nosso bom amigo conseguiu obter o endereço desejado. O senhor Darcy esteve com Wickham e, em seguida, insistiu para ver Lydia. Seu primeiro objetivo para com ela fora persuadi-la a abandonar tão triste situação e voltar para junto da sua família assim que esta consentisse em recebê-la, oferecendo todo o seu auxílio nesse sentido. Mas ele encontrou Lydia absolutamente decidida a conservar-se onde estava. Ela não queria saber da família, não precisava do auxílio dele e por coisa alguma desta vida abandonaria Wickham. Estava certa de que se casariam mais cedo ou mais tarde e que a data não tinha importância. Visto isso, restava a Darcy apenas fazer com que se casassem o mais rápido possível. Logo na primeira conversa que tivera com Wickham, ele compreendera que nunca fora essa a sua intenção. Aquele lhe confessara que havia deixado o regimento em razão de algumas dívidas de honra muito urgentes e não hesitava em atribuir todas as más consequências da fuga de Lydia unicamente à leviandade dela. Tinha também a intenção de deixar o cargo imediatamente. Quanto à sua futura situação, não sabia o que fazer. Precisava ir para algum lugar, mas não sabia para onde. Sabia apenas que não tinha dinheiro para viver. Darcy perguntou-lhe por que razão ele não tinha se casado logo com a sua irmã. Em resposta a essa pergunta, o senhor Darcy descobriu que Wickham acalentava ainda a esperança de fazer fortuna pelo casamento em outro condado. Perante isso, não seria prudente oferecer-lhe um auxílio imediato. Encontraram-se diversas vezes, pois havia muito que discutir. Wickham, naturalmente, queria mais do que poderia obter. Mas, por fim, ele rendeu-se à evidência, e tudo ficou combinado entre eles. Foi nessa altura que o senhor Darcy procurou o seu tio para lhe informar o que tinha feito. E, assim, ele esteve na nossa casa na noite anterior à minha chegada. Contudo, ele não se avistou com o meu marido, que estava ausente, e foi então que descobriu que o seu pai ainda estava aqui e que só partiria de Londres no dia seguinte. Considerando que seria melhor entender-se com seu tio do que com o seu pai, resolveu adiar a entrevista para depois da partida deste. Não deixou o nome, e, até voltar, no dia seguinte, sabia-se apenas que um cavalheiro tinha procurado o senhor Gardiner por causa de uns negócios. No sábado tornou a aparecer. Seu pai não estava aqui, seu tio estava em casa, e os dois conversaram durante muito tempo. Voltaram a se encontrar no domingo, e nesse dia também eu estive com ele. Só na segunda-feira é que tudo ficou definido. Imediatamente um expresso foi despachado para Longbourn. Mas o nosso visitante mostrou-se muito obstinado. Creio, Lizzy, que, no fim das contas, a obstinação é o verdadeiro defeito do seu caráter. Já o acusaram de muita coisa, mas esta é a única que lhe diz realmente respeito. Insistia em ser ele o encarregado a fazer tudo; embora eu esteja certa (e não falo nisso para receber agradecimentos, portanto não diga a ninguém) de que o seu tio trataria de tudo rapidamente.

Discutiram um com o outro por muito tempo, mais do que as duas pessoas em questão o mereciam. Por fim, seu tio foi obrigado a ceder. Em vez de ser realmente útil à sobrinha, teve de se contentar com a fama, o que não lhe agradou de forma alguma. Creio que a sua carta de hoje lhe deu um grande prazer, pois exigia uma explicação que o despojaria de falsos méritos, restituindo a glória a quem merece. Mas, Lizzy, isso deve ficar entre nós... e, vá lá, também Jane. Suponho que saiba o que foi feito pelo jovem casal.

As dívidas de Wickham, que passam, creio eu, de mil libras, necessitavam ser pagas. Outras mil eram necessárias para o dote de Lydia. E a sua fiança ao cargo que pretende teria de ser paga também. O motivo alegado para fazer tudo isso foi o que eu mencionei acima. Fora devido a ele, aos seus escrúpulos excessivos, que os outros tinham se iludido a respeito do caráter de Wickham, depositando nele a confiança que não merecia. Talvez haja certa verdade em tudo isso, mas eu duvido que o seu silêncio ou o silêncio de qualquer outra pessoa possa ter sido a causa do sucedido.

Apesar de todo esse belo discurso, minha querida Lizzy, pode estar certa de que o seu tio nunca teria cedido se não tivesse julgado que o senhor Darcy tinha outro interesse no assunto. Quando tudo se resolveu, ele voltou de novo para junto dos amigos que o aguardavam em Pemberley, mas ficou combinado que voltaria a Londres no dia do casamento para dar um avanço nos assuntos de dinheiro. Creio que já a pus a par de toda a história. É um relato que, pelo que vejo pela sua carta, a surpreenderá bastante. Espero, pelo menos, que não lhe cause dissabor.

Lydia veio para a nossa casa, e Wickham vinha toda hora aqui. Achei-o exatamente como quando o conheci em Hertfordshire, mas a conduta de Lydia não poderia ter me desagradado mais. Segundo a carta de Jane, condiz com o seu procedimento em Longbourn, portanto não hesito em pensar que o que lhe conto não lhe causará um novo desgosto. Tentei muitas vezes tocar o coração dela, mostrando-lhe o mal que tinha feito e toda a infelicidade que causara à família. Se ela me ouviu, foi por acaso. Estou certa de que não prestou atenção ao que lhe disse. Por várias vezes me senti irritada. Nessas alturas lembrava-me das minhas queridas Elizabeth e Jane, e por vocês me enchi de toda a paciência.

O senhor Darcy voltou, como prometera, e, como Lydia lhe contou, assistiu ao casamento. Jantou conosco no dia seguinte e pretendia partir na quarta ou quinta-feira. Espero que não se zangue comigo, minha querida Lizzy, por aproveitar essa oportunidade para lhe dizer uma coisa que nunca antes tinha ousado dizer: é que eu simpatizo muito com ele. Sua atitude conosco foi tão amável como quando estivemos em Derbyshire. Sua maneira de encarar as coisas, suas opiniões, tudo me agrada e encontra eco no meu coração. Só lhe falta um pouco de vivacidade, mas, se ele se casar com acerto, a mulher dele lhe emprestará. Achei-o muito astuto. Quase nunca mencionou o seu nome, mas a astúcia parece estar na moda. Espero que me perdoe se me mostrei muito ousada, ou, pelo menos, não me castigue a ponto de me excluir de P... Nunca me sentirei inteiramente feliz enquanto não tiver percorrido todo aquele parque. Não posso continuar, pois as crianças me esperam há meia hora.

A sua tia muito afetuosa, etc.,
M. Gardiner

A carta despertou em Elizabeth tantos sentimentos que era difícil determinar qual predominava, se o prazer ou a dor. As vagas suspeitas acerca do que o senhor Darcy poderia ter feito para auxiliar o casamento de sua irmã, suspeitas essas que ela receara encorajar, pois demonstravam uma grandeza de alma que dificilmente encontraria em alguém, suspeitas essas cuja confirmação, ao mesmo tempo, temia, pela obrigação que acarretariam, tinham se convertido em realidade além das suas expectativas.

Ele seguira-os até Londres por vontade própria. Assumira todos os incômodos e mortificações da tal investigação. Tivera de suplicar a uma mulher que ele naturalmente deveria abominar e desprezar. Fora obrigado a encontrar-se com frequência, a discutir, persuadir e enfim subornar o homem que mais do que ninguém desejava evitar e cujo simples nome detesta. E ele tinha feito tudo isso por uma garota que não podia nem admirar nem estimar. O coração de Elizabeth lhe dizia que fora unicamente por sua causa. Mas essa esperança logo era sufocada por outras reflexões, e ela não se sentia vaidosa a ponto de julgar que Darcy nutriria afeição por uma mulher que o rejeitara ou que ele fosse capaz de vencer um sentimento tão natural como a aversão em relacionar-se novamente com Wickham. Concunhado de Wickham! O orgulho mais elementar se voltaria contra isso. Certamente ele já havia feito muito.

Elizabeth se envergonhava ao pensar em tudo o que lhe devia. Mas Darcy tinha apresentado um motivo para a sua interferência, um motivo que não exigia sutilezas de interpretação. Não era natural que ele atribuísse a si todas as culpas. Era generoso e tinha meios de exercer a sua generosidade. E, embora ela não se considerasse a causa principal da sua conduta, poderia talvez supor que um resto de afeição por ela tivesse contribuído para os seus esforços num assunto do qual dependia diretamente a sua paz de espírito.

Era doloroso, extremamente doloroso, saber que estavam em dívida com uma pessoa a quem nunca poderiam pagar. Deviam a reabilitação de Lydia e a sua restituição ao seio da família unicamente ao senhor Darcy. Elizabeth arrependeu-se de todos os dissabores que lhe causara, de todas as palavras duras que lhe dissera. Sentia-se humilhada, mas tinha orgulho por ele. Orgulho por, entre a compaixão e a honra, ele ter levado a melhor sobre si. Ela leu vezes sem conta os elogios que a tia lhe fazia. Não bastavam, mas traziam satisfação. Ela sentia até mesmo certo prazer, embora misturado com mágoa, em descobrir como a tia e o marido tinham se convencido da existência de um amor entre o senhor Darcy e ela mesma.

Elizabeth foi arrancada das suas reflexões pela aproximação de alguém. Levantou-se, mas, antes de conseguir fugir pelo outro caminho, foi abordada por Wickham.

– Interrompo o seu passeio solitário, minha querida cunhada? – perguntou ele ao aproximar-se dela. – Sempre fomos bons amigos. E agora mais do que nunca.

– É verdade. Os outros não vêm passear?

– Não sei. A senhora Bennet e Lydia vão a Meryton. Soube pelos nossos tios que visitou Pemberley.

Elizabeth respondeu afirmativamente.

– Quase lhe invejo tal prazer. No entanto, acho que seria demasiado para mim, senão iria até lá no caminho para New Castle. Naturalmente, esteve com a velha governanta. Pobre senhora Reynolds, ela gostava muito de mim! Mas suponho que ela não tenha falado de mim.

– Falou, sim.

– E o que foi que ela disse?

– Que o senhor tinha entrado para o Exército e que parecia não ter dado grande coisa. Mas, compreenda, a uma tal distância há sempre o perigo de as coisas serem deturpadas.

– Certamente – replicou ele, mordendo os lábios.

Elizabeth supôs que o silenciara, mas pouco depois ele prosseguiu:

– Fiquei muito espantado por ver Darcy em Londres quando lá estive. Encontrei-o várias vezes por acaso, na rua. O que ele anda fazendo por lá?

– Talvez preparando o casamento dele com a senhorita de Bourgh – respondeu Elizabeth. – Terá com certeza de ter um motivo especial para ir a Londres nesta época do ano.

– Sem dúvida. Viu Darcy alguma vez enquanto esteve em Lambton? Se bem me lembro, os Gardiners me falaram disso.

– Sim, ele me apresentou à irmã.

– E que achou dela?

– Gostei muito.

– Ouvi dizer que ela melhorou bastante nesses últimos dois anos. Da última vez que a vi, não prometia muito. Espero que ela se torne uma senhora verdadeiramente completa.

– Estou certa disso, pois já passou a idade mais perigosa.

– Visitaram a aldeia de Kympton?

– Não me lembro.

– Falei disso apenas porque era essa a paróquia que me estava destinada. Um lugar encantador! E uma bela casa também!

– Pensa que gostaria de fazer sermões?

– Muito. Consideraria parte do meu dever, e o esforço não seria tão grande. Teria sido um lugar esplêndido para mim! A tranquilidade daquela vida teria correspondido a todas as minhas ideias de felicidade! Mas o destino não quis. Darcy lhe falou alguma vez sobre o caso enquanto esteve em Kent?

– Houve alguém, que eu considero tão bem informado quanto ele, que me disse que o presbitério lhe fora deixado apenas condicionalmente, ao arbítrio do atual proprietário.

– Ah, sim? De fato, existe alguma verdade nisso. Aliás, foi o que eu lhe disse desde o princípio, não se lembra?

– Também me contaram que, numa certa época da sua vida, a necessidade de fazer sermões não lhe era tão agradável como agora parece ser. Disseram-me, até, que o senhor desistira de se ordenar; e que, nesse sentido, chegou a haver mesmo um acordo.

– Ah, ouviu dizer isso? E não foi sem fundamento. Deve lembrar-se que mencionei também esse ponto quando falamos pela primeira vez no assunto.

Estavam quase à porta de casa, pois Elizabeth caminhara depressa para se ver livre dele.

Não querendo provocá-lo mais, em atenção à irmã, ela se limitou a responder com o melhor dos sorrisos.

– Acabemos com isso, senhor Wickham, agora somos parentes. Não devemos brigar por causa do passado. No futuro, espero que estejamos sempre de acordo.

Elizabeth estendeu-lhe a mão e ele beijou com galante cordialidade, embora não soubesse que expressão tomar ao entrar em casa.

Capítulo 53

O senhor Wickham ficou tão satisfeito com a conversa que nunca mais mencionou aquele assunto na presença de Elizabeth. E ela ficou contente por ter dito o suficiente para silenciá-lo.

O dia da partida de Lydia não demorou a chegar, e a senhora Bennet viu-se obrigada a resignar-se com a separação que, provavelmente, duraria pelo menos um ano, pois o senhor Bennet recusava-se a aderir ao plano de irem todos a New Castle.

– Oh, minha querida Lydia – resmungou ela –, quando nos tornaremos a ver?

– Não sei. Daqui a dois ou três anos, talvez.

– Não deixe de me escrever, meu amor.

– Escreverei sempre que puder; mas, como sabe, as mulheres casadas não têm muito tempo para escrever. Não é o caso das minhas irmãs, pois essas não têm mais nada que fazer.

As despedidas do senhor Wickham foram muito mais afetuosas do que as de sua mulher. Ele sorria, cativava e exprimia-se agradavelmente.

– É um ótimo rapaz – disse o senhor Bennet, assim que o viu fora de casa. – Distribui sorrisos, gracinhas e faz a corte a todos nós. Tenho grande orgulho dele. Desafio o próprio *sir* William Lucas a apresentar um genro melhor do que o meu.

A partida da filha tornou a senhora Bennet muito melancólica durante vários dias. Até ser despertada por uma notícia que começou a circular. A governanta de Netherfield recebera ordens do patrão para ter a casa pronta para recebê-lo dentro de um ou dois dias, pois ele pretendia demorar-se várias semanas ali para caçar. A senhora Bennet ficou muito agitada. Olhava constantemente para Jane e sorria ou abanava a cabeça. Fora a senhora Philips quem lhe trouxera a notícia.

– Então o senhor Bingley está para chegar! Tanto melhor. Não é que isso me seja importante. No entanto, acho que faz muito bem em vir para Netherfield. Quem sabe o que pode acontecer? Mas, bem sabe, há tempos resolvemos não falar mais no assunto. Então, é mesmo certa a chegada dele?

– A senhora Nichols esteve em Meryton ontem à tarde. Vi-a passar e lhe perguntei o que havia de certo em tudo o que ouvira. Ela confirmou a verdade e disse que ele deve chegar na quinta-feira, o mais tardar, ou talvez mesmo na quarta. Ela estava indo encomendar carne para quarta-feira e disse que tinha, além disso, três casais de patos prontos para matar.

Jane, ao ouvir a notícia, empalideceu. Fazia muitos meses desde a última vez em que pronunciara o nome de Bingley na presença de Elizabeth. Estando as duas a sós, ela disse-lhe:

– Reparei que olhou muito para mim, Lizzy, quando a tia nos informou a notícia. Fiquei perturbada, não pelo que parece pensar, mas porque senti que todas iam olhar para mim. Nada sinto com essa notícia, nem alegria nem outro sentimento qualquer. Ainda bem que ele não vem acompanhado, pois desse modo o veremos menos vezes. Não é que eu tenha medo de mim mesma, mas, acima de tudo, tenho horror às observações das outras pessoas.

Elizabeth não sabia o que pensar. Se ela não o tivesse visto em Derbyshire, poderia aceitar o motivo que alegavam para a sua vinda. Porém, achava que Bingley ainda gostava de Jane; e hesitava perante duas outras explicações, que considerava muito mais prováveis; se ele vinha porque o amigo lhe permitira ou se ousara espontaneamente tomar essa resolução.

Por vezes, contudo, Elizabeth pensava: "Não vejo por que razão este pobre homem não haveria de visitar a casa que alugou, e que é dele, sem despertar toda a curiosidade. Não pensarei mais nele e o deixarei à sua própria sorte".

Apesar do que a irmã lhe dissera, e que ela acreditava ter sido sincero, Elizabeth percebia facilmente que a perspectiva da chegada de Bingley tinha afetado-a muito. Jane andava perturbada e agitada, como poucas vezes a vira.

O assunto que, um ano antes, fora tão calorosamente discutido entre os pais voltava agora a apresentar-se.

– Logo que o senhor Bingley chegue, meu caro – dizia a senhora Bennet –, espero que vá visitá-lo, naturalmente.

– Não, não. A senhora me obrigou a visitá-lo no ano passado e me disse que, se eu lá fosse, ele se casaria com uma das minhas filhas. Ora, isso não aconteceu, e eu não quero tornar a fazer figura de tolo.

A mulher procurou convencê-lo de que essa era uma obrigação a que todos os cavalheiros da região se deviam submeter, uma vez que ele estava de volta.

– É uma etiqueta que eu desprezo – respondeu o senhor Bennet. – Se deseja a nossa companhia, ele que a procure. Já sabe onde moramos. Não vou perder meu tempo correndo atrás dos vizinhos cada vez que eles vão e vêm.

– Pois bem, tudo o que eu sei é que praticará uma abominável grosseria se não for visitá-lo. Isso não me impedirá de convidá-lo para jantar conosco. Como necessito convidar a senhora Long e os Gouldings, contando conosco, seremos treze à mesa, por isso haverá justamente um lugar para o senhor Bingley.

Poucos dias antes da chegada de Bingley, Jane disse para a irmã:

– Quase preferia que ele não viesse. Continuo indiferente, mas não suporto ouvir falar toda hora no assunto. A intenção da nossa mãe é boa, mas ela não sabe, ninguém sabe, como eu sofro com o que dizem.

O senhor Bingley chegou. A senhora Bennet, por intermédio dos criados, arranjou uma maneira de saber do fato o mais cedo possível. Ela contava os dias que deveriam decorrer antes de o convite ser enviado, pois, durante esse período, não poderia ter esperanças de vê-lo. Uma manhã, três dias após a chegada dele, a senhora Bennet, que estava à janela do seu quarto de vestir, viu o senhor Bingley entrar a cavalo pelo portão e aproximar-se da casa.

As filhas foram imediatamente chamadas para participarem da sua alegria. Jane continuou sentada no lugar, mas Elizabeth, para contentar a mãe, foi até a janela. Ao ver que o senhor Darcy vinha na companhia de Bingley, voltou a sentar-se ao lado da irmã.

– Vem outro senhor com ele, mãezinha – disse Kitty. – Quem será?

– Deve ser alguém conhecido dele, meu amor, mas não sei quem é.

– Ora! – tornou Kitty. – Parece aquele senhor que já aqui esteve da outra vez. – Aquele homem alto e muito orgulhoso...

– Meu Deus! O senhor Darcy! Qualquer amigo do senhor Bingley é sempre bem recebido nesta casa, mas devo confessar que o odeio, só de olhar para ele.

Jane olhou para Elizabeth com surpresa e inquietação. Ela pouco sabia a respeito dos encontros que a irmã tivera com o senhor Darcy em Derbyshire e supunha, portanto, que ela se sentiria muito embaraçada em vê-lo depois da carta que recebera dele. Ambas as irmãs se sentiam pouco à vontade. Cada uma delas sentia pela outra e, naturalmente, por si.

A senhora Bennet continuava falando da antipatia que tinha pelo senhor Darcy e repetia que estava disposta a tratá-lo educadamente apenas porque era um amigo do senhor Bingley. Mas suas palavras não eram ouvidas por nenhuma das filhas. Elizabeth achava que a irmã não suspeitava, pois nunca tivera coragem de revelar a Jane a carta da senhora Gardiner, bem como a mudança radical dos seus sentimentos em relação ao senhor Darcy.

Para Jane, ele continuava a ser o homem cujas propostas a irmã recusara e cujas qualidades ela subestimara. Mas, para Elizabeth, que tinha outras informações, ele era a pessoa a quem toda a família devia o maior dos benefícios e por quem ela própria dedicava uma afeição, se não tão terna como a de Jane por Bingley, pelo menos tão razoável e justa. A surpresa da vinda dele a Netherfield e a visita a Longbourn para voltar a vê-la era tão forte como aquela que sentira ao dar pela transformação que nele se tinha operado em Derbyshire.

As cores, que tinham desaparecido do seu rosto, tornaram a voltar com maior intensidade, e um sorriso de prazer deu um novo brilho aos seus olhos durante alguns instantes; e pensou que, provavelmente, os sentimentos de Darcy continuavam inalterados. No entanto, não queria precipitar-se.

Continuou atenta ao seu trabalho, procurando acalmar-se e sem ousar levantar os olhos, até que uma curiosidade ansiosa a levou a fitar o rosto da irmã enquanto o criado se aproximava da porta da entrada. Jane parecia um pouco mais pálida do que de costume, porém mais calma do que Elizabeth esperava. Quando os cavalheiros finalmente entraram, ela a viu enrubescer um pouco; no entanto, recebeu-os com tranquilidade.

Elizabeth, em contrapartida, limitou-se a cumprimentá-los e a dizer estritamente o necessário, voltando ao seu trabalho com um afinco que ele nem sempre requeria. Arriscara apenas um olhar na direção de Darcy. A expressão dele mantinha-se grave, como de costume. A seu ver, mais do que em Hertfordshire ou em Pemberley. Mas talvez ele não conseguisse ser, na presença da sua mãe, o que fora na dos tios. Era uma conjectura bem dolorosa, embora nada improvável.

Para Bingley ela também só olhara de relance; e, naquele instante, sua expressão era ao mesmo tempo alegre e embaraçada. A senhora Bennet recebeu-o com tal cortesia e amabilidade que as filhas se sentiram envergonhadas, sobretudo quando viram a fria polidez com que ela cumprimentou o amigo.

Elizabeth, em particular, que sabia quanto a mãe devia a este último, cuja iniciativa salvara sua filha favorita de uma irremediável desonra, sentiu-se profundamente ferida e em agonia com aquela distinção tão mal aplicada.

Darcy, após perguntar pelo senhor e a senhora Gardiner, pergunta a que Elizabeth não pôde responder sem certo embaraço, quase não falou. Ele não estava sentado perto de Elizabeth e talvez fosse esse o motivo do seu silêncio.

Contudo, em Derbyshire, ele não agira daquele modo. Conversou com os parentes de Elizabeth quando não o podia fazer com ela própria. Agora, decorriam vários minutos sem que se ouvisse o som da sua voz.

E quando, por vezes, incapaz de resistir a um impulso de curiosidade, Elizabeth levantava os olhos e procurava o seu rosto, via que ele olhava tanto para Jane como para ela própria e, frequentemente, olhava apenas para o chão. Era evidente que tal atitude exprimia maior despreocupação e menos ansiedade em agradar do que da última vez em que tinham estado juntos. Ela ficou desiludida e depois zangada consigo por ter cedido àquele sentimento.

"Eu poderia esperar que fosse de outro modo? Mas, sendo assim, por que ele veio?", ela se perguntava.

Elizabeth não se sentia disposta a conversar com ninguém senão com ele; mas com ele ela mal tinha coragem para falar. Perguntou por Georgiana, mas não conseguiu ir mais longe.

– Passou uma eternidade, senhor Bingley, desde que o senhor foi embora – disse a senhora Bennet.

Ele concordou prontamente.

– Receava que o senhor não voltasse – continuou ela. – Disseram por aí que o senhor tinha intenção de abandonar Netherfield, por ocasião da festa de São Miguel, mas espero que não seja verdade. Muitas coisas aconteceram nas imediações desde que o senhor partiu. A senhorita Lucas está casada, e uma das minhas filhas, também. Creio que já terá ouvido falar nisso. Aliás, o senhor deve ter lido nos jornais. A notícia apareceu no *Times* e no *Courier*. Não apareceu como deveria, mas, enfim... Dizia apenas: "Casamentos: George Wickham com a senhorita Bennet", sem acrescentar nem uma sílaba a respeito do pai dela, do lugar onde vivia, nada. O contrato foi feito pelo meu irmão Gardiner, e a notícia também foi dada por ele. Não percebi o sentido em comunicar o casamento de forma tão destituída de graça. O senhor leu?

Bingley respondeu que não tinha lido e deu-lhe os parabéns. Elizabeth não ousou levantar os olhos e ficou sem saber a expressão no rosto de Darcy.

– É muito agradável ter uma filha bem casada – continuou a senhora Bennet –, mas é tão duro, senhor Bingley, separarmo-nos dela. Eles foram para New Castle. Uma localidade lá para os confins do Norte, segundo parece. E terão de permanecer lá durante não sei quanto tempo. É a sede do atual regimento do meu genro. O senhor deve ter ouvido dizer que ele saiu da milícia e entrou no exército regular. Dou graças a Deus por ele ter alguns amigos, embora não tantos quanto merece.

Elizabeth, que percebeu que ela se dirigia indiretamente ao senhor Darcy, sentiu tamanha vergonha e confusão que por pouco não se levantou e fugiu. Essas palavras, no entanto, conseguiram romper seu silêncio. Voltando-se para Bingley, perguntou-lhe se ele tinha intenção de ficar algum tempo na região. Ele respondeu que ficaria algumas semanas.

– Depois de matar todos os seus pássaros, senhor Bingley – continuou a senhora Bennet –, venha caçar em nossa propriedade e matar tantos quanto quiser. Estou certa de que o senhor Bennet terá todo o prazer nisso. E reservaremos os melhores postos para o senhor.

Todas essas atenções desnecessárias e exageradas faziam crescer o mal-estar de Elizabeth. Se agora surgissem para Jane as mesmas possibilidades do ano anterior, tudo se precipitaria para a mesma desastrosa confusão. Naquele instante ela sentiu que muitos anos de felicidade não poderiam compensar os momentos desagradáveis pelos quais ela e Jane estavam passando.

"Meu maior desejo", pensou ela, "é não tornar a encontrar estes dois. Por mais simpáticos que eles se mostrem, nunca atenuarão a minha miséria neste instante! Deus permita que eu nunca mais os veja!"

Contudo, a miséria, que anos de felicidade não poderiam compensar, foi pouco depois atenuada de maneira muito sensível, ao observar quão rapidamente a beleza da irmã levava a melhor sobre a admiração do seu antigo apaixonado. A princípio ele quase não lhe falou, mas, a cada minuto que passava, ele multiplicava as suas atenções para ela. Ele a achava tão bela como no ano anterior; tão simples e tão natural, embora menos comunicativa. Jane esforçava-se por não deixar perceber alguma diferença na sua atitude e estava mesmo convencida de que conversava tão animadamente como sempre. Mas seus pensamentos absorviam-na tanto que ela nem percebia os momentos em que permanecia calada.

Quando os cavalheiros se levantaram para partir, a senhora Bennet lembrou-se do convite que tinha intenção de fazer, e ficou acertado que os dois voltariam para jantar em Longbourn dali a alguns dias.

Capítulo 54

Após a partida dos visitantes, Elizabeth saiu para tentar recuperar a serenidade. Em outras palavras, para refletir sem interrupção nesses assuntos que, na realidade, apenas a perturbariam ainda mais. A atitude do senhor Darcy a surpreendera e a envergonhara.

"Ele continuou amável com os meus tios quando esteve em Londres, mas por que não comigo? Se tem medo de mim, por que veio aqui? Se já não gosta de mim, por que permanece silencioso? Que homem misterioso! Não pensarei mais nele."

A resolução foi, durante algum tempo, cumprida involuntariamente, graças à aproximação de sua irmã, que se acercara dela com uma expressão animada no rosto, sinal evidente de que a visita lhe trouxera maior satisfação do que a Elizabeth.

– Agora que o primeiro encontro passou, sinto-me mais à vontade. Conheço as minhas forças e não me sentirei embaraçada na presença dele. Alegra-me que ele venha jantar na terça-feira, pois, nessa altura, todos terão a ocasião de ver que nos damos apenas como bons amigos e indiferentes um ao outro – observou Jane.

– Oh, sim. Muito indiferente mesmo – disse Elizabeth, sorrindo. – Tome cuidado, Jane!

– Minha querida Lizzy, não me julgará tão fraca que me considere em perigo agora.

– Considero que, mais do que nunca, está em perigo de ele se apaixonar irremediavelmente por você.

Não tornaram a ver os cavalheiros senão na terça. Enquanto isso, a senhora Bennet entregou-se a todos os planos felizes que o bom humor e a delicadeza habitual de Bingley haviam reavivado na meia hora de visita.

Na terça-feira, um numeroso grupo se reuniu em Longbourn, e as duas pessoas que mais eram esperadas apareceram na hora combinada. Quando todos foram para a sala de jantar, Elizabeth observou ansiosamente se Bingley tomaria, como outrora, o lugar ao lado de sua irmã. A mãe, que era uma pessoa alerta e que estava pensando no mesmo, não o convidou para se sentar a seu lado. Quando entrou na sala, ele pareceu hesitar, mas, como por acaso, Jane olhou à sua volta e, também por acaso, sorriu. Foi o suficiente para que ele se decidisse e avançasse para se sentar ao lado dela.

Elizabeth, triunfante, olhou para o senhor Darcy. Este recebeu o fato com nobre indiferença, e ela teria imaginado que Bingley tinha finalmente licença para ser feliz, se não tivesse visto que também este olhava para o senhor Darcy com uma expressão entre sorridente e alarmada.

Durante o jantar, a atitude de Bingley com a sua irmã convenceu Elizabeth de que a admiração dele por Jane, embora mais reservada, em breve resultaria na felicidade de ambos se não houvesse interferências alheias. E, mesmo que ela não confiasse cegamente nesse resultado, sentia um enorme prazer em observar a atitude dele, despertando nela toda a animação que lhe era possível sentir, pois não estava muito alegre. O senhor Darcy estava tão distante dela quanto o comprimento da mesa permitia. Sentou-se ao lado de sua mãe. Ela sabia que essa situação daria muito pouco prazer a qualquer um dos dois. Não podia ouvir o que eles diziam, mas via que raramente se falavam, e, quando isso acontecia, faziam-no de forma muito cerimoniosa e fria. A hostilidade de sua mãe lembrava dolorosamente a Elizabeth tudo o que deviam ao senhor Darcy. Por vezes, ela se sentia capaz de tudo para ter o privilégio de lhe dizer que a sua bondade não era nem ignorada nem desdenhada pela totalidade da família.

Elizabeth tinha esperanças de que, no decorrer da noite, eles tivessem uma oportunidade de ficar perto um do outro e esperava trocar palavras mais significativas do que as simples saudações de cortesia.

Ansiosa e inquieta, o período decorrido na sala antes da entrada dos cavalheiros custou-lhe tanto a suportar que ela quase se tornou indelicada. Elizabeth concentrara todas as suas esperanças naquele momento.

“Se nessa altura ele não se encaminhar para mim, renunciarei a esse homem para sempre”, pensou ela.

Os cavalheiros entraram. Por um momento Elizabeth acreditou que as suas esperanças iriam se realizar, mas, infelizmente, todas as senhoras se tinham reunido em volta da mesa, onde Jane estava fazendo o chá, e Elizabeth, servindo café, não havendo lugar a seu lado nem para uma cadeira. E, quando os cavalheiros se aproximaram, uma das garotas acercou-se ainda mais dela e disse-lhe ao ouvido:

– Os homens não vão nos separar, estou decidida. Não queremos nenhum deles aqui, não é?

Darcy tinha se afastado para o outro lado da sala. Elizabeth seguiu-o com os olhos, invejando todas as pessoas com quem ele falava e servindo o café com incontida impaciência. Ficou irritada consigo por se portar de forma tão idiota!

"Um homem que foi recusado uma vez! Que tolice a minha esperar que ele torne a se declarar! Haverá alguma pessoa do seu sexo que não se revolte contra tal fraqueza, como a de propor casamento duas vezes à mesma mulher? Nenhuma indignidade é tão avessa aos sentimentos dos homens!"

Elizabeth ficou, no entanto, um pouco mais animada quando o viu trazer pessoalmente a sua xícara de café e aproveitou a oportunidade para lhe dizer:

– Sua irmã ainda está em Pemberley?

– Sim, ela ficará até o Natal.

– E está sozinha? Todos os amigos partiram?

– A senhora Annesley está com ela. Os outros foram para Scarborough passar as próximas três semanas.

Elizabeth nada mais encontrou para dizer, mas, se ele desejasse conversar com ela, teria sido mais bem-sucedido. Contudo, ele conservou-se a seu lado, em silêncio durante alguns minutos; e, por fim, quando a jovem de novo sussurrou ao ouvido de Elizabeth, ele tornou a afastar-se.

Quando o serviço de chá foi retirado e colocadas as mesas de jogo, todas as senhoras se levantaram, e Elizabeth teve de novo a esperança de vê-lo se aproximar, mas todos os seus planos se desmoronaram ao vê-lo cair vítima da capacidade de sua mãe em obter parceiros para o *whist*. Elizabeth desistiu de encontrar algum prazer. Seriam obrigados a passar o resto da noite sentados em mesas diferentes, e a única esperança que lhe restava era a de que Darcy voltasse frequentemente os olhos na sua direção e que, por isso, jogasse tão mal quanto ela.

A senhora Bennet decidira convidar os dois cavalheiros de Netherfield para cear, mas, desafortunadamente, a carruagem deles foi chamada antes que qualquer uma das outras, e ela não descobriu maneira de os retardar.

– Então, senhoritas – disse a senhora Bennet, quando se viram sós –, o que acharam da festa? Penso que tudo correu da melhor maneira possível. O jantar foi excelente. O assado do cabrito estava no ponto, e todos foram unânimes em declarar que nunca tinham visto uma perna tão gorda. A sopa estava incomparavelmente melhor do que a que serviram na casa dos Lucas na semana passada. E o próprio senhor Darcy reconheceu que as perdizes estavam especialmente boas, e creio que ele tem dois cozinheiros franceses, pelo menos.

A senhora Bennet, em suma, estava de excelente humor. O que observara na atitude de Bingley com Jane fora suficiente para convencê-la de que ele estava praticamente conquistado. E, quando a senhora Bennet estava de bom humor, suas expectativas matrimoniais eram tão ilimitadas que, no dia seguinte, ficaria desapontada se não visse o jovem aparecer para fazer o pedido.

– Foi um dia bastante agradável – disse Jane para Elizabeth. – Os convidados foram muito bem escolhidos e pareciam se dar bem uns com os outros. Espero que nos tornemos a reunir com frequência.

Elizabeth sorriu.

– Lizzy, não seja assim. Não deve duvidar de mim. Aprendi a apreciar a conversa dele como a de um jovem simpático e inteligente, sem nada esperar além disso. Estou satisfeita com a presente atitude dele comigo e vejo agora que nunca desejou cativar minha afeição. É apenas dotado de uma grande simpatia e de um desejo de agradar muito mais forte do que qualquer outro homem.

– Que crueldade – disse Elizabeth. – Não me deixa sorrir e provoca-me o riso a cada palavra que fala.

– Como é difícil em certos casos uma pessoa se fazer acreditar!

– E como é impossível em outros!

– Mas por que insiste em me fazer crer que eu sinto mais do que aquilo que eu mesma reconheço?

– É essa uma pergunta à qual não sei bem como responder. Todos nós gostamos de ensinar, contudo apenas ensinamos aquilo que não vale a pena ser sabido. Se persiste na sua indiferença, não me tome para sua confidente.

Capítulo 55

Dias após aquela visita, o senhor Bingley apareceu novamente, mas sozinho. Darcy partira naquela manhã para Londres com a promessa de voltar dentro de dez dias. O senhor Bingley demorou-se mais de uma hora e estava de excelente humor. A senhora Bennet convidou-o para jantar, mas, desculpando-se amavelmente, ele declarou já estar comprometido para aquela tarde.

– Da próxima vez que nos visitar – disse a senhora Bennet –, espero que tenhamos mais sorte.

Ele respondeu-lhe que teria imenso prazer em vir em qualquer outra ocasião, etc., e que, se ela lhe desse licença, voltaria muito em breve.

– Poderá vir amanhã?

Respondeu que sim, pois não tinha compromisso para o dia seguinte, e o convite foi aceito com entusiasmo.

Veio tão pontualmente que as senhoras ainda não estavam prontas quando ele chegou. A senhora Bennet correu para o quarto das filhas enrolada no seu roupão e o cabelo meio por pentear, exclamando:

– Minha querida Jane, corra lá embaixo! Ele chegou, o senhor Bingley chegou. Ele já chegou. Vá, depressa! Sarah, venha ajudar a senhorita Bennet a se vestir. Deixe o cabelo da senhorita Lizzy para depois.

– Nós desceremos assim que pudermos – disse Jane –, mas Kitty é mais despachada que nós e já desceu há meia hora.

– Oh, que interessa Kitty? O que tem ela a ver com isso? Vá, desça, desça! Cadê seu lenço, minha querida?

No entanto, quando a mãe as deixou, Jane recusou-se a descer sem uma das irmãs. Durante a visita, a senhora Bennet mostrou a mesma ansiedade que de costume por deixar o senhor Bingley e Jane a sós. Após o chá, o senhor Bennet retirou-se para a biblioteca, como sempre fazia, e Mary subiu para estudar piano. Dos cinco obstáculos, dois estavam suprimidos. A senhora Bennet pôs-se, então, a olhar fixamente e a fazer sinais na direção de Kitty e Elizabeth, que pareciam determinadas a não entender nada. Elizabeth fingiu que não via, e Kitty, de forma ingênua, disse:

– O que é, mãezinha? Por que está piscando para mim dessa maneira? O que quer de mim?

– Nada, minha filha, nada. Não pisquei os olhos.

Ela então permaneceu quieta durante mais cinco minutos. Mas, incapaz de ver desperdiçada ocasião tão preciosa, levantou-se de repente e disse para Kitty:

– Anda, meu amor, preciso conversar contigo. – E levou-a da sala.

Jane imediatamente lançou um olhar para Elizabeth, em que exprimia sua contrariedade por tal manobra e lhe suplicava que, pelo menos ela, não se prestasse àquela comédia. Poucos minutos depois, a senhora Bennet entreabriu a porta e chamou:

– Lizzy, minha querida, preciso falar contigo.

Elizabeth foi forçada a ir.

– É melhor deixá-los a sós, sabe? – disse a mãe assim que se encontraram no corredor. – Kitty e eu vamos lá para cima, para o meu quarto de vestir.

Elizabeth decidiu não argumentar com a mãe; contudo, permaneceu tranquilamente no vestíbulo e, quando as duas subiram, voltou para a sala.

As manobras da senhora Bennet para aquele dia foram infrutíferas. Bingley era o encanto personificado, mas não o apaixonado de sua filha.

Ele quase não precisou de convite para ficar para jantar; e, antes de ir embora, foi feito um convite para voltar na manhã seguinte para caçar com o senhor Bennet.

A partir daquele dia, Jane não tornou a falar na sua indiferença. Nem uma palavra foi trocada entre as irmãs acerca de Bingley, mas Elizabeth foi para a cama contente, com a certeza de que tudo chegaria em breve a uma conclusão feliz, a menos que o senhor Darcy voltasse antes da data prometida. Contudo, ela estava de certo modo segura de que tudo aquilo acontecia com a aquiescência dele.

No dia seguinte, Bingley chegou pontualmente, e o senhor Bennet e ele passaram a manhã juntos, conforme haviam combinado. O senhor Bennet encontrou nele um companheiro muito mais agradável do que esperava. E o senhor Bingley nunca o achara mais comunicativo e menos excêntrico do que naquele dia. Naturalmente, Bingley voltou com ele para jantar, e, à noite, a senhora Bennet lançou mão de todos os recursos para deixá-lo a sós com a filha. Elizabeth, que tinha uma carta para escrever, retirou-se logo após o chá, pois, uma vez que todos eles iam jogar cartas, ela não seria necessária para contrariar as manobras da mãe.

Contudo, ao voltar à sala depois de terminar a carta, ela viu, com infinita surpresa, razão para temer que a mãe tivesse sido astuciosa demais para ela.

Ao abrir a porta, deparou com a irmã e Bingley perto um do outro e de pé, junto da lareira, como se conversassem sobre um assunto de extrema gravidade. A situação deles era bastante embaraçosa, mas a sua era pior ainda. Nenhum deles pronunciou uma palavra, e Elizabeth preparava-se para sair novamente quando Bingley, que, imitando o exemplo de Jane, havia se sentado, de repente se levantou e, sussurrando algumas palavras ao ouvido de Jane, saiu rápido da sala.

Jane não tinha reservas com Elizabeth quando o assunto da confidência era ocasião para comemoração. Abraçando a irmã, logo lhe confessou, com viva emoção, que ela era a criatura mais feliz do mundo.

– É demasiado para mim – acrescentou ela. – Não mereço tanto.

Elizabeth deu-lhe os parabéns com uma sinceridade, um calor e um entusiasmo que as palavras não podiam exprimir. Cada uma das suas palavras era uma nova fonte de felicidade para Jane.

Todavia, esta não poderia demorar-se mais junto da irmã nem tinha tempo para lhe dizer metade do que ainda lhe restava para contar.

– Preciso ir neste instante ver a mãe! – exclamou ela. – Não a quero deixar por mais tempo em suspense depois de toda a sua carinhosa solicitude. Nem quero que ela saiba de tudo senão por meu intermédio. Ele já foi falar com o papai. Oh, Lizzy, quão contentes todos eles vão ficar com o que eu tenho para dizer! Como poderei suportar tamanha felicidade?

Jane correu, então, ao encontro da mãe, que propositadamente interrompera o jogo das cartas e se encontrava no andar de cima com Kitty.

Elizabeth, que ficara sozinha, sorriu da rapidez e da facilidade com que tinha sido resolvido o assunto que durante tantos meses lhes causara ansiedade e incerteza.

"E este", pensou ela, "é o fim de todos os cuidados e precauções do amigo e das mentiras e ardis da irmã; o fim mais feliz, mais justo e mais razoável!"

Poucos minutos depois, Bingley, cuja entrevista com o senhor Bennet fora curta e decisiva, veio juntar-se a ela.

– Onde está a sua irmã? – perguntou ele ansiosamente ao abrir a porta.

– Lá em cima, com a minha mãe. Ela vem já.

Bingley então fechou a porta e, aproximando-se, reclamou-lhe os seus parabéns e a sua afeição fraterna. Elizabeth, sincera e cordialmente, exprimiu-lhe toda a sua alegria, e apertaram-se as mãos. Em seguida, até sua irmã voltar, ela teve de ouvir tudo o que ele dizia sobre a própria felicidade e as perfeições de Jane; e, apesar de serem aquelas as expressões de uma pessoa apaixonada, Elizabeth acreditava realmente no bom fundamento das suas esperanças, pois elas tinham como base a excelente compreensão e o gênio incomparável de Jane e uma similaridade geral de sentimentos e gostos entre ambos.

Aquela foi uma noite de grande alegria para todos. A felicidade de Jane dava ao seu rosto um brilho e uma doçura que o tornava mais belo do que nunca. Kitty soltava risinhos e sorria, na esperança de que em breve chegaria a sua vez. A senhora Bennet não encontrava termos suficientemente calorosos para exprimir o seu consentimento e a sua aprovação, pelo que se referiu ao acontecimento durante ao menos meia hora. E, quando o senhor Bennet apareceu, à hora da ceia, a sua voz e os seus modos mostravam claramente o contentamento.

No entanto, não mencionou uma só vez o fato enquanto o convidado esteve presente. Assim que ele partiu, o senhor Bennet voltou-se para a filha e disse-lhe:

– Jane, dou os meus parabéns. Será uma mulher muito feliz.

Jane correu para ele, beijou-o e agradeceu sua bondade. Ele prosseguiu:

– É uma boa garota, e tenho enorme prazer em ver você bem casada. Vão se dar muito bem um com o outro. Têm temperamentos bastante semelhantes. Ambos são tão tolerantes que nunca tomarão resoluções definitivas; tão fáceis de levar que todos os criados os enganarão. São tão generosos que vão sempre gastar mais do que têm.

– Espero que não. Imprudência ou imprevidência em matéria de dinheiro seriam imperdoáveis da minha parte.

– Gastar mais do que têm! Meu caro senhor Bennet – rebateu a sua mulher –, que o senhor está dizendo? Ora, ele tem quatro ou cinco mil libras anuais, ou talvez mais ainda. – E, em seguida, voltando-se para a filha: – Oh, minha querida e adorada Jane, sinto-me tão feliz que estou certa de que não conseguirei pregar os olhos nesta noite! Eu sabia que isto haveria de acontecer. Eu sempre disse que tudo acabaria bem. Tinha a certeza de que a sua beleza acabaria por triunfar!

Wickham, Lydia e tudo o mais ficou esquecido. Jane era, de longe, sua filha favorita. Naquele instante, ela não pensava em nenhuma outra coisa. As suas irmãs mais novas começaram logo a imaginar as vantagens com o casamento dela.

Mary pediu para usar a biblioteca de Netherfield; e Kitty insistia para que ela desse vários bailes todos os invernos.

A partir daí, naturalmente, Bingley passou a vir todos os dias a Longbourn, chegando quase sempre antes do café da manhã e nunca partindo senão depois do jantar, exceto quando algum cruel vizinho o convidava para sua casa, o que ele não tinha coragem para recusar.

Elizabeth dispunha agora de muito pouco tempo para conversar com a irmã, pois, enquanto Bingley estava presente, Jane não podia dar atenção a mais ninguém; contudo, viu-se de considerável utilidade para ambos, durante aquelas pequenas separações que necessariamente ocorrem por vezes. Na ausência de Jane, ele procurava a companhia de Elizabeth, pelo prazer de conversar com ela; e, depois de Bingley partir, Jane procurava constantemente idêntico consolo.

– Ele deu-me uma grande felicidade – disse Jane, certa noite – ao dizer-me que ignorara totalmente que eu tivesse estado em Londres na primavera passada. Não acreditava que isso fosse possível.

– Eu já suspeitava disso – replicou Elizabeth. – Mas como é que ele explicou o fato?

– Deve ter sido por culpa das irmãs. Naturalmente, elas não viam com bons olhos as suas relações comigo; coisa, aliás, que eu acho aceitável, pois ele poderia ter feito uma escolha muito mais vantajosa sob vários aspectos. Mas, quando elas virem a felicidade do irmão comigo, espero que se resignem e me aceitem, embora nunca mais possamos ter a mesma intimidade de antes.

– Essas suas palavras – comentou Elizabeth – são as mais severas que eu já a ouvi pronunciar. Minha valente! Custaria bastante vê-la de novo iludida com a falsa amizade da senhorita Bingley.

– Imagina, Lizzy, que, quando ele foi para Londres, em novembro, já gostava de mim; e só não voltou porque o convenceram de que eu lhe era totalmente indiferente.

– Ele cometeu um pequeno erro, mas isso só prova a sua modéstia.

Elizabeth ficou satisfeita por descobrir que ele não tinha revelado a interferência do amigo, pois, embora Jane tivesse o coração mais generoso do mundo, tal atitude seria considerada por ela imperdoável.

– Sou a criatura mais feliz que jamais existiu! – exclamou Jane. – Oh! Lizzy, por que, entre todas, fui eu a escolhida para receber tão grande graça? Se ao menos pudesse ver você tão feliz como eu! Se existisse outro homem igual para você!

– Mesmo que me arranjassem quarenta desses homens, nunca seria tão feliz quanto você. Para ter a sua felicidade, teria de ter também o seu temperamento e a sua bondade.

A nova situação na família de Longbourn não poderia permanecer por muito mais tempo em segredo. A senhora Bennet teve o privilégio de sussurrar a novidade ao ouvido da senhora Philips, e esta ousou, sem autorização, fazer o mesmo a todas as suas vizinhas em Meryton.

Os Bennets em breve foram considerados por todos como a família mais afortunada do mundo, embora, poucas semanas antes, quando Lydia fugira, tivessem sido apontados como pessoas marcadas pelo infortúnio.

Capítulo 56

Uma semana após o noivado de Bingley e Jane, estavam todos reunidos na sala de jantar quando a sua atenção foi, subitamente, despertada pelo ruído de uma carruagem. Um coche puxado por quatro cavalos se aproximava de casa. Era muito cedo para uma visita e, além disso, não era veículo de nenhum dos vizinhos. Tanto a carruagem como a libré do criado que a precedia eram desconhecidos. Como não se punham dúvidas de que se tratava de alguém que chegava, Bingley imediatamente propôs à senhorita Bennet que evitassem o intruso e fossem dar uma volta pelo bosque. Eles saíram, e as três pessoas restantes continuaram conjecturando, sem sucesso, até que a porta se abriu e a visita entrou. Era *lady* Catherine de Bourgh.

Ela entrou na sala com um ar ainda menos afável do que o costume, respondeu à saudação de Elizabeth com breve movimento e sentou-se sem dizer uma palavra. Elizabeth mencionara o nome da visitante à sua mãe, embora *lady* Catherine tivesse solicitado uma apresentação.

A senhora Bennet, assombrada e ao mesmo tempo envaidecida por receber uma visita tão importante, acolheu-a com demonstrações de grande delicadeza. Depois de permanecerem sentadas durante algum tempo em silêncio, *lady* Catherine disse, muito secamente, a Elizabeth:

– Espero que esteja com perfeita saúde, senhorita Bennet. Aquela senhora, suponho eu, é a sua mãe.

Elizabeth, concisamente, confirmou a suposição.

– E aquela deve ser uma das suas irmãs, não?

– Sim, minha senhora – respondeu a senhora Bennet, deliciada por falar com *lady* Catherine em pessoa. – É a minha penúltima filha. A mais jovem casou-se recentemente, e a mais velha passeia neste momento pelo bosque com um jovem que em breve se tornará membro desta família.

– Seu jardim é ridiculamente pequeno – observou *lady* Catherine, após um curto silêncio.

– Nada é em comparação com o de Rosings, estou certa, minha senhora, mas é muito maior do que o de *sir* William Lucas.

– Esta sala de visitas deve ser muito inconveniente para passar as tardes durante o verão. As janelas estão todas viradas para o ocidente.

A senhora Bennet explicou que não costumava passar ali a tarde e acrescentou:

– Se Vossa Excelência me permite, tomarei a liberdade de lhe perguntar se o senhor e a senhora Collins estão bem de saúde.

– Sim, eles estão muito bem. Estive com eles na noite passada.

Elizabeth esperou então que ela lhe estendesse uma carta de Charlotte para ela, pois tal lhe parecia o motivo mais provável da sua visita. Porém, a carta não apareceu, e Elizabeth ficou ainda mais intrigada.

A senhora Bennet, com grande amabilidade, perguntou se *lady* Catherine desejaria tomar alguma coisa, mas esta, muito decidida e pouco delicadamente, recusou o oferecimento. Em seguida, levantando-se, disse para Elizabeth:

– Senhorita Bennet, segundo me pareceu, há um pequeno bosque bastante agradável de um dos lados da casa. Gostaria de dar uma volta por lá, se me quiser conceder o favor da sua companhia

– Vá, minha querida – disse sua mãe –, e mostre a Sua Excelência os vários caminhos.

Elizabeth obedeceu e correu ao quarto para ir buscar a sua sombrinha, acompanhando pouco depois a ilustre visitante. Ao atravessarem o vestíbulo, *lady* Catherine abriu as portas que davam para a sala de jantar, declarou que se tratava de compartimentos bastante agradáveis e continuou o seu caminho.

A carruagem permanecia parada à porta de casa, e Elizabeth viu que a dama de companhia estava dentro dela. Caminharam em silêncio pela rua de saibro que levava ao bosque. Elizabeth estava decidida a não fazer nenhum esforço para iniciar uma conversa com uma pessoa que, naquele momento, se mostrava ainda mais insolente e desagradável do que o costume.

"Como pude alguma vez achá-la parecida com o sobrinho?", pensou Elizabeth ao olhar de frente para o rosto de *lady* Catherine.

Assim que entraram no bosque, *lady* Catherine começou a falar:

– Não terá dificuldade em compreender, senhorita Bennet, a razão da minha viagem até aqui. Tanto o seu coração como a sua consciência lhe revelarão o motivo de minha visita.

Elizabeth olhou para ela com um espanto sincero.

– Está enganada, minha senhora. Ainda não fui capaz de descobrir qual o motivo para nos honrar com uma visita sua.

– Senhorita Bennet – replicou *lady* Catherine num tom irritado –, deve compreender que não sou de brincadeiras. E, já que prefere ser pouco sincera, saiba que eu não farei o mesmo. Meu caráter sempre foi célebre pela sinceridade e franqueza; e, num assunto de tamanha importância como o presente, não me mostrarei diferente do que sou. Chegou-me aos ouvidos, há dois dias, uma notícia muito alarmante. Disseram-me não só que a sua irmã estava em vésperas de realizar um casamento muito vantajoso, como também você, senhorita Elizabeth Bennet, estaria, provavelmente, muito em breve unida ao meu próprio sobrinho, o senhor Darcy! Embora eu esteja certa de que se trata de uma escandalosa falsidade, e apesar de que eu nunca fizesse ao meu sobrinho a injúria de supor que esta notícia seja verdadeira, imediatamente resolvi partir para cá, a fim de lhe deixar bem claro o que penso de tudo isso.

– Se a senhora considera impossível que seja verdade – disse Elizabeth, corando de espanto e de desdém –, não compreendo por que se deu ao trabalho de vir até tão longe. Qual o verdadeiro intento de Vossa Excelência?

– Insistir desde logo para que tal boato seja universalmente desmentido.

– Sua vinda a Longbourn para ver a mim e à minha família – disse Elizabeth friamente – será antes a confirmação dele; se, de fato, existe tal boato.

– Se existe! Pretende, então, convencer-me de que ignora o boato? Acaso não foi ele artificiosamente inventado pela sua própria família? Não sabe que não se fala de outra coisa por aí?

– Não sei nada sobre isso.

– E pode declarar, igualmente, que não existe fundamento para ele?

– Não tenho a pretensão de arvorar a mesma franqueza que Vossa Excelência. Poderá fazer-me todas as perguntas que quiser, mas reservo-me o direito de responder apenas àquelas que eu bem entender.

– Isso é inadmissível. Senhorita Bennet, exijo que me responda. Acaso o meu sobrinho lhe fez alguma proposta de casamento?

– Vossa Excelência mesma declarou que isso era impossível.

– Deveria ser; deve ser, enquanto ele permanecer no uso da sua razão. Mas os seus artifícios e suas astúcias podem tê-lo levado a esquecer, num momento de fraqueza, qual o seu dever para com ele próprio e toda a família. É possível que o tenha seduzido.

– Se o fiz, serei a última pessoa a confessar.

– Senhorita Bennet, acaso sabe quem eu sou? Não estou acostumada a que me falem nesse tom. Sou praticamente o parente mais próximo que o senhor Darcy tem no mundo e tenho o direito de saber todos os seus assuntos mais íntimos.

– Mas não tem o direito de saber os meus; nem atitude idêntica me induzirá a explicar.

– Vamos ver se me faço entender. Essa união, a que tem a pretensão de ambicionar, jamais se realizará. O senhor Darcy está noivo da minha filha. E, agora, o que vai dizer?

– Apenas isto: que, nesse caso, não terá de temer que ele me faça uma proposta.

Lady Catherine hesitou por um momento e, em seguida, replicou:

– O noivado entre eles é de natureza especial. Desde a infância, foram destinados um para o outro. Era esse o maior desejo da mãe dele, bem como o meu. Planejamos a união quando ainda estavam no berço; e agora, quando o desejo de ambas as irmãs poderia ser realizado, uma garota de classe inferior, sem renome na sociedade e totalmente estranha à família, ousa interpor-se entre eles! Não tem consideração pelos anseios da família dele? Será que é totalmente destituída do sentimento da propriedade e da delicadeza? Não me ouviu dizer que desde o seu nascimento ele foi destinado à prima?

– Sim, e já o tinha ouvido antes. Mas o que eu tenho a ver com isso? Se não existe outra objeção ao meu casamento com o seu sobrinho, o simples fato de saber que sua mãe e sua tia desejavam que ele casasse com a senhorita de Bourgh não me faria renunciar a ele. Ao planejar o seu casamento, ambas fizeram o que lhes era dado fazer. Sua realização, porém, depende de outras pessoas. Se o senhor Darcy não está comprometido com a prima nem pela honra nem pela inclinação, por que motivo ele não poderá escolher outra pessoa? E se essa escolha recair sobre mim, por que eu não hei de aceitar?

– Porque a honra, a decência, a prudência e também o interesse o impedem. Sim, senhorita Bennet, o interesse, pois não esperará ser recebida pela família e pelos amigos dele se agir propositadamente contra a vontade de todos. Será censurada, humilhada e desprezada pelos parentes do senhor Darcy. Tal aliança será uma desonra, e o seu nome nunca será mencionado por qualquer um de nós.

– São graves infortúnios – replicou Elizabeth –, mas a esposa do senhor Darcy ocupará situação tão privilegiada e terá tantos motivos de felicidade que, no fim, não terá motivos para se arrepender.

– Teimosa e obstinada criatura! Envergonho-me de você! É esta a sua gratidão para as atenções que lhe dei quando esteve na casa do senhor Collins? Acha que nada me deve por isso? Mas, sentemo-nos. Deve compreender, senhorita Bennet, que vim decidida a levar a minha missão avante. Nada poderá me dissuadir da minha resolução. Não fui habituada a submeter-me ao capricho dos outros. Não estou habituada a que resistam aos meus desejos.

– Isso apenas tornará sua situação presente mais lamentável; entretanto, não terá efeito sobre mim.

– Não admito que me interrompam! Ouça-me em silêncio. A minha filha e o meu sobrinho foram feitos um para o outro. Ambos descendem, pelo lado materno, de uma nobre linhagem; e, do lado paterno, de famílias respeitáveis, honradas e antigas, embora sem título. As fortunas de ambos são esplêndidas. Eles estão destinados um ao outro por um unânime acordo de cada membro das respectivas famílias; e quem pretende separá-los? Uma garota ambiciosa, que não tem nem família, nem relações, nem fortuna. Pode-se tolerar tal coisa? Não se pode nem o será! Se considerasse os seus próprios interesses, não desejaria sair da esfera em que foi criada.

– Não acho que, casando com o seu sobrinho, saia dessa mesma esfera. Ele é um cavalheiro, e eu sou a filha de um cavalheiro; portanto, somos iguais.

– Tem razão. Você é filha de um cavalheiro. Mas quem é a sua mãe? Quem são os seus tios? Não julgue que ignoro a situação deles.

– Quem quer que sejam os meus parentes – disse Elizabeth –, se o seu sobrinho não se põe contra eles, a senhora não tem motivo para se preocupar.

– Diga-me de uma vez: está noiva dele?

Embora Elizabeth não se sentisse tentada a responder a esta pergunta, pelo simples fato de não querer fazer a vontade a *lady* Catherine, ela não tinha outra solução senão fazê-lo, após alguns instantes de deliberação:

– Não, não estou.

Lady Catherine pareceu ficar satisfeita.

– E promete-me nunca aceitar tal compromisso?

– Não farei nenhuma promessa desse tipo.

– Senhorita Bennet, estou ofendida e atônita. Esperei encontrar em você uma pessoa mais sensata. Mas não se iluda pensando que desistirei tão facilmente. Não sairei daqui sem receber a garantia que exijo.

– E não serei eu quem lhe dará. A senhora não pode me intimidar nem me obrigar a fazer uma coisa tão pouco razoável. Vossa Excelência deseja que o senhor Darcy case com a sua filha; mas acaso crê que a minha promessa tornaria o casamento deles mais provável? Suponha que ele tenha afeição por mim. Seria a minha recusa suficiente para que ele simplesmente transferisse essa afeição para a sua filha? Permita-me dizer-lhe, *lady* Catherine, que os argumentos com que procurou justificar esse extraordinário pedido foram bastante frívolos. Enganou-se redondamente acerca do meu caráter se pensa que eu posso ser influenciada por argumentos dessa natureza. Não sei até que ponto o seu sobrinho lhe permite intrometer-se nos assuntos dele, mas Vossa Excelência não tem o menor direito de interferir nos meus. Peço-lhe, portanto, que não me importune mais sobre esse assunto.

– Mais devagar, se não se importa. Ainda não acabei. A todas as objeções que até agora lhe apresentei, acrescentarei ainda outra. Sei tudo a respeito da infame conduta da sua irmã mais nova: que o casamento apenas se realizou graças ao seu tio e ao seu pai, que tiveram de pagar para isso. E é uma garota dessas que será a irmã do meu sobrinho? E é o marido dela, filho de um antigo intendente da casa Pemberley, que será cunhado dele? Deus do céu! Onde é que está com a cabeça? Serão as sombras de Pemberley a tal ponto poluídas?

– Creio que agora nada mais tem para me dizer – disse Elizabeth, ressentida. – Insultou-me de todas as maneiras possíveis. Com a sua licença, voltarei para casa.

E, dizendo isso, ela levantou-se. *Lady* Catherine levantou-se também e regressaram juntas. Sua Excelência estava furiosa.

– Não tem, então, a menor consideração pela honra e pelo bom nome do meu sobrinho? Insensível e egoísta criatura! Não vê que o seu casamento com ele o desonrará aos olhos do mundo?

– *Lady* Catherine, nada mais tenho a lhe dizer. Sabe qual é a minha opinião.

– Está, então, resolvida a me atender?

– Nunca disse tal coisa. Estou apenas resolvida a agir de maneira a conquistar aquilo que, segundo a minha opinião, eu considero a minha felicidade, sem que admita a sua interferência ou a de qualquer outra pessoa que não me é nada.

– Muito bem, recusa-se então a atender o meu pedido. Recusa-se a reconhecer os direitos do dever, da honra e da gratidão. Está decidida a arruiná-lo na boa opinião da família e dos amigos e fazer dele um objeto de troça e de desdém de todo mundo.

– Nem o dever, nem a honra, nem a gratidão – replicou Elizabeth – têm quaisquer direitos sobre mim no presente caso. Nenhum desses princípios seria violado pelo meu casamento com o senhor Darcy. E, quanto ao ressentimento da sua família ou a indignação do mundo, se o primeiro acaso fosse provocado pelo meu casamento com ele, não lhe devotaria nem um minuto de atenção... O mundo, em geral, é suficientemente sensato para se unir no escárnio.

– É esta a sua verdadeira opinião! A sua decisão final! Muito bem, saberei agora como agir. Não imagine, senhorita Bennet, que a sua ambição seja alguma vez satisfeita. Vim aqui para avaliá-la. Esperei encontrá-la mais sensata, mas verá como a minha vontade prevalecerá.

E *lady* Catherine continuou falando do mesmo modo até chegarem perto da carruagem, quando de repente ela se voltou e acrescentou:

– Não me despeço, senhorita Bennet. Nem envio cumprimentos à sua mãe. Não merecem tal atenção. Estou muito ofendida.

Elizabeth não respondeu. Sem tentar convencer Sua Excelência a entrar em casa, voltou as costas e afastou-se calmamente. Quando subia a escadaria, ouviu a carruagem partir. Sua mãe, que se impacientava, veio ao encontro dela à porta da sala, para indagar se *lady* Catherine não tornaria a entrar a fim de repousar um pouco.

– Ela não quis – respondeu Elizabeth. – Preferiu partir.

– É uma senhora muito elegante! E o fato de ter nos visitado diz muito da sua prodigiosa amabilidade, pois suponho que ela tenha vindo apenas para dizer que os Collins estão bem. Ela decerto veio de passagem e lembrou-se de nos fazer uma visita. Suponho que ela não tivesse nada de especial para dizer a você, Lizzy?

Elizabeth foi obrigada a inventar uma história qualquer, pois seria impossível revelar o que realmente ocorrera.

Capítulo 57

A agitação que a inesperada visita provocou em Elizabeth não poderia ser facilmente dominada; e, durante várias horas, ela não pôde deixar de pensar naquilo. *Lady* Catherine, segundo parecia, tinha se dado ao trabalho de sair de Rosings e fazer aquela viagem com o único objetivo de desmanchar seu suposto noivado com o senhor Darcy. Não era mal pensado! Mas de onde poderia originar a notícia de tal noivado, Elizabeth não sabia determinar. Por fim, lembrou que o fato de ele ser um íntimo amigo de Bingley, e ela irmã de Jane, talvez fosse suficiente para, num momento em que a expectativa de um casamento alerta o espírito das pessoas para o próximo, motivar tal ideia. Provavelmente seus vizinhos Lucas (pois fora, decerto, por intermédio dos Collins que a notícia chegara aos ouvidos de *lady* Catherine) tinham apresentado como coisa quase certa e imediata aquilo que ela mesma encarava como uma remota possibilidade num futuro longínquo.

Refletindo sobre as expressões de *lady* Catherine, ela não era estranha a certa inquietude quanto às possíveis consequências de tal interferência. Ocorreu a Elizabeth que ela deveria ter em mente uma entrevista com o sobrinho; e como ele reagiria à sua representação das consequências funestas ligadas a tal ato ela não ousava pronunciar-se. Elizabeth não sabia qual a afeição do senhor Darcy pela tia nem a confiança que ele depositava nas opiniões dela. Era natural que ele tivesse maior consideração por Sua Excelência do que ela própria, e era certo que, ao enumerar as misérias de um casamento com uma pessoa cujos parentes eram tão inferiores aos seus, ela o atacaria pelo seu lado mais fraco. Com os seus preconceitos de classe, Darcy provavelmente sentiria que os argumentos da tia, que a Elizabeth tinham parecido fracos e ridículos, continham bastante bom senso e um raciocínio sólido.

Se ele antes já hesitara quanto ao que devia fazer, o que sua atitude frequentemente lhe dera a entender, os conselhos e as exortações de uma pessoa que lhe era tão chegada poderiam destruir todas as suas dúvidas e convencê-lo, de uma vez, a procurar a sua felicidade sem ofender os brasões de família. Sendo assim, ele já não voltaria. *Lady* Catherine o encontraria em Londres, e a promessa dele a Bingley de voltar a Netherfield seria esquecida.

"Se ele enviar qualquer desculpa ao amigo nos próximos dias dizendo que está impossibilitado de vir, saberei então o que pensar", pensou Elizabeth. "Nessa altura desistirei de tudo. E, se ele se limitar a lamentar a minha perda, quando está nas suas mãos obter o meu afeto, renunciarei a ele sem mágoa."

A surpresa dos outros membros da família quando souberam quem tinha sido a visitante foi ilimitada. Contentaram-se, no entanto, com as mesmas suposições que haviam aplacado a curiosidade da senhora Bennet, e Elizabeth não foi mais incomodada com o assunto.

No dia seguinte, de manhã, Elizabeth descia as escadas quando seu pai, saindo da biblioteca, veio ao seu encontro com uma carta na mão:

– Lizzy – disse ele –, ia à sua procura. Venha à biblioteca.

Ela seguiu-o, e sua curiosidade em saber o que ele tinha para lhe dizer era aumentada pela suposição de que se relacionasse com a carta que tinha na mão. Ocorreu de súbito que ela proviesse de *lady* Catherine e, com horror, anteviu todas as consequentes explicações. Ela seguiu o pai até a lareira, sentaram-se diante dela, e o senhor Bennet então disse:

– Recebi nesta manhã uma carta que me surpreendeu extraordinariamente. Como ela se refere sobretudo à sua pessoa, é necessário que seja informada do seu conteúdo. Não sabia que tinha duas filhas à beira do matrimônio. Felicito-a pela sua conquista de grande envergadura.

O sangue afluiu ao rosto de Elizabeth e, por um instante, ela supôs que a carta viesse do sobrinho, e não da tia, e hesitava se devia sentir-se contente por ele se ter finalmente explicado ou ofendida porque a carta não era dirigida a ela, quando seu pai prosseguiu:

– Parece compreender do que se trata. As jovens mostram grande penetração em assuntos desta natureza; no entanto, acho que posso até desafiar sua sagacidade em descobrir qual o nome do seu admirador. A carta é do senhor Collins.

– Do senhor Collins! E que poderá ele dizer?

– Algo que vem muito a propósito. Começa congratulando-me pelo próximo casamento da minha filha mais velha, sobre o que, segundo tudo leva a crer, foi informado por alguma das bem-intencionadas e mexeriqueiras senhoritas Lucas. Não vou ler essa parte, para não atentar contra a sua paciência. Aquela que lhe diz respeito versa assim:

Tendo lhe apresentado deste modo as sinceras congratulações da senhora Collins, bem como as minhas, pelo feliz acontecimento, permita-me acrescentar uma ligeira alusão a outro assunto, do qual fomos advertidos pela mesma autoridade. Sua filha Elizabeth, ao que parece, não usará por muito mais tempo o nome Bennet, depois de sua irmã mais velha ter renunciado ao mesmo, e o eleito pode, com toda a justiça, ser nem mais nem menos considerado como uma das pessoas mais ilustres deste país.

– Imaginará de quem se trata?

Esse jovem foi aquinhoado com tudo o que um coração mortal pode desejar: esplêndidas propriedades, nobre linhagem e considerável influência. Contudo, apesar de todas essas vantagens, permita-me que eu previna a minha prima Elizabeth, como a si próprio, dos males que poderão advir de um consentimento precipitado às propostas daquele cavalheiro, propostas das quais, naturalmente, se sentirão inclinados a tirar o proveito imediato.

– Faz ideia, Lizzy, de quem possa ser? Mas agora surge a revelação:

A razão pela qual a prevenimos é a seguinte: temos motivos para acreditar que lady *Catherine de Bourgh não vê com bons olhos esse casamento.*

– Como vê, trata-se do senhor Darcy! E agora, Lizzy, creio que a surpreendi. Poderiam o senhor Collins ou os Lucas ter feito suposição mais absurda? O senhor Darcy, que não olha para uma mulher senão para criticar e que provavelmente nunca olhou para você em toda a sua vida! É espantoso!

Elizabeth tentou fazer coro com o pai na sua jocosidade, mas pôde apenas sorrir com relutância. Nunca o espírito do pai fora direcionado de maneira tão pouco agradável para ela.

– Não acha divertido?

– Oh! Claro. Continue a ler.

Tendo eu mencionado a possibilidade desse casamento a lady *Catherine ontem à noite, ela imediatamente exprimiu o que sentia acerca desse assunto, com sua usual condescendência, proclamando que, em razão de certas objeções de família, ela jamais daria o seu consentimento para o que, usando as suas próprias palavras, era um péssimo casamento. Considerei ser meu dever comunicar tudo isso à minha prima, para que ela e o seu nobre admirador saibam o que estão fazendo e não se precipitem num casamento que nunca será convenientemente sancionado.*

– O senhor Collins, mais adiante, acrescenta:

Causa-me muita alegria saber que o triste caso da minha prima Lydia foi rapidamente abafado, preocupando-me apenas que se tenha tornado do domínio público o fato de eles terem vivido juntos antes de se casarem. Não posso, contudo, esquecer os deveres do meu estado nem deixar de manifestar meu espanto ao saber que o senhor recebeu o jovem casal em sua casa logo após o matrimônio. Considero tal atitude um encorajamento ao vício, e pode estar certo de que, se eu fosse o pastor de Longbourn, teria me oposto terminantemente a isso. É certo que, como cristão, deveria tê-los perdoado, porém jamais deveria admiti-los na sua presença nem permitir que os seus nomes fossem mencionados.

– Essa é a noção que ele tem do perdão cristão! O resto da carta trata apenas da situação da sua querida Charlotte e das suas esperanças de um rebento. Mas, Lizzy, parece que não gostou. Tão cedo não será "senhora, dona", espero eu, nem se fingirá de ofendida por causa de um boato tão tolo. Para que vivemos nós senão para nos tornarmos objeto de troça dos nossos vizinhos e, por nossa vez, rirmos à custa deles?

– Oh! – exclamou Elizabeth. – É até muito divertido. Mas acho tudo isso tão estranho!

– Sim, mas é isso, precisamente, que lhe dá toda a graça. Se tivessem escolhido outro homem qualquer, não teria interesse nenhum; mas a perfeita indiferença do senhor Darcy e sua manifesta antipatia tornam essa suposição tão absurda! Abomino escrever, mas por nada neste mundo desistiria da minha correspondência com o senhor Collins! Quando leio uma carta dele, não posso deixar até de preferi-lo a Wickham, por mais que eu preze a imprudência e a hipocrisia do meu genro. – O senhor Bennet então perguntou: – Conte-me agora, Lizzy, que disse *lady* Catherine acerca desse boato? Ela veio visitá-la para lhe recusar seu consentimento?

A essa pergunta a filha respondeu apenas com uma gargalhada. Como ele lhe fizera a pergunta sem suspeitar de nada, Elizabeth não ficou embaraçada, nem mesmo quando ele a repetiu. Jamais sentira tamanha dificuldade em esconder seus sentimentos. Era necessário rir quando ela teria preferido chorar. Seu pai mortificara-a cruelmente com o que dissera a respeito da indiferença do senhor Darcy, e ela nada podia fazer senão admirar-se da falta de observação dele ou recear que, quem sabe, em vez de ele ver pouco, ela tivesse imaginado muito.

Capítulo 58

O senhor Bingley não recebeu nenhuma carta do amigo, como Elizabeth receara; em vez disso, trouxe Darcy em visita a Longbourn, poucos dias depois da vinda de *lady* Catherine. Os cavalheiros chegaram cedo e, antes que a senhora Bennet tivesse tempo para lhe contar que tinham recebido a visita de sua tia, o que Elizabeth receava a todo momento, Bingley, que queria ficar a sós com Jane, propôs um passeio. Todos concordaram. A senhora Bennet não tinha o hábito de caminhar, e Mary não tinha tempo a perder, mas os cinco restantes partiram juntos. Bingley e Jane, contudo, em breve deixaram que os outros se distanciassem. Foram ficando para trás, enquanto Elizabeth, Kitty e Darcy teriam de se bastar uns aos outros. Os três pouco conversavam; Kitty tinha medo de Darcy; Elizabeth estava intimamente formando uma resolução desesperada; e ele talvez estivesse fazendo o mesmo.

Caminhavam em direção à casa dos Lucas, pois Kitty queria fazer uma visita a Maria; e, quando Kitty os deixou, Elizabeth continuou resolutamente com Darcy. Chegara agora o momento de pôr em prática o seu plano, e, antes que a sua coragem fraquejasse, disse:

– Senhor Darcy, sou uma criatura muito egoísta; e, a fim de aliviar as incertezas dos meus sentimentos, vou talvez ferir os seus. Não posso adiar por mais tempo os agradecimentos que lhe devo pela sua inestimável intervenção a favor de minha irmã. Desde que tomei conhecimento de tal atitude, tenho ansiado por uma ocasião para lhe manifestar toda a minha gratidão. E, se todas as outras pessoas da minha família o soubessem, não lhe falaria apenas em meu nome.

– Sinto imensamente – replicou Darcy, num tom de surpresa e emoção – que tenha sido informada de um fato que, mal interpretado, poderia tê-la contrariado. Julguei poder confiar na discrição da senhora Gardiner.

– Não deve culpar a minha tia. Foi por um descuido de Lydia que eu soube que o senhor tinha se envolvido no caso. Naturalmente, não descansei enquanto não soube de tudo o que se passara. Deixe-me agradecer-lhe de novo, em meu nome e no da minha família, pela generosa compaixão que o levou a dar-se a todos os incômodos e a suportar tantas mortificações na busca que fez.

– Se insiste em me agradecer – replicou ele –, faça-o apenas por você. Não nego que o desejo de lhe agradar também tenha contribuído para o que fiz. Mas a sua família nada me deve. Respeito-a muito, mas creio que foi só em você que pensei.

Elizabeth ficou tão embaraçada que não soube o que responder. Após uma pequena pausa, ele acrescentou:

– Sei que é generosa demais para fazer pouco de mim. Se os seus sentimentos ainda são os mesmos que manifestou em abril passado, diga imediatamente. O meu amor e os meus desejos permanecem inalterados, mas basta uma única palavra sua para que nunca mais lhe fale no assunto.

Elizabeth, sentindo, além do mais, a difícil e aflitiva situação em que Darcy estava, esforçou-se então por falar; e, imediatamente, embora de forma hesitante, deu-lhe a entender que seus sentimentos tinham sofrido uma transformação tão substancial desde o período que ele mencionara, que a levavam agora a aceitar as suas declarações com prazer e gratidão. A felicidade que esta resposta causou em Darcy foi a maior que até então conhecera. Ele a exprimiu nos termos mais calorosos que o seu coração de apaixonado conseguiu encontrar. Se Elizabeth tivesse podido erguer os olhos, teria visto toda a felicidade refletida no rosto dele, com uma animação que o tornava belíssimo. Se ela não podia olhar, podia ouvir, e ele contou tudo o que sentia; a importância que ela tinha para ele valorizava a cada instante o seu amor aos olhos de Elizabeth.

Continuaram a caminhar ao acaso. Profundamente absorvidos nos próprios pensamentos, tinham muito que sentir e muito para dizer. Elizabeth em breve soube que deviam o seu atual entendimento aos esforços da tia de Darcy, que fora visitá-lo no seu regresso e, de passagem por Londres, relatara-lhe a sua viagem a Longbourn, a sua causa e a conversa que tivera com Elizabeth, repetindo enfaticamente cada uma das expressões desta última, expressões essas que aos olhos de *lady* Catherine denotavam a perversidade e o cinismo da garota, com o intuito de desacreditá-la perante o sobrinho. Mas, infelizmente para Sua Excelência, o efeito tinha sido o exato oposto.

– Deu-me esperanças – disse ele – que eu nunca antes me permitira alimentar. Conhecia suficientemente bem o seu caráter para saber que, se estivesse absoluta e irrevogavelmente decidida a recusar-me, não hesitaria em dizer a *lady* Catherine com toda a franqueza.

Elizabeth corou e sorriu ao replicar:

– Sim, conhecia suficientemente a minha franqueza para saber-me capaz disso. Após tê-lo tratado de forma tão abominável na sua frente, não teria escrúpulos em fazê-lo perante toda a sua família.

– O que me disse que eu não tivesse merecido? Pois, embora suas acusações assentassem sobre premissas falsas, minha atitude naquele tempo merecia as mais severas censuras. Era imperdoável. Não posso lembrar-me dela sem horror.

– Não discutiremos a quem cabe a maior culpa na desavença daquele dia – disse Elizabeth. – Se analisarmos bem, nenhum de nós se conduziu irrepreensivelmente; mas, desde então, creio que progredimos em delicadeza.

– Não me poderei reconciliar tão facilmente comigo mesmo. A recordação do que na altura disse, do meu comportamento, dos meus modos e das minhas expressões tem sido durante todos estes meses, e ainda agora, indizivelmente dolorosa. Nunca esquecerei aquele seu reparo, tão bem aplicado: "Acaso ele tivesse sido feito de uma forma mais cavalheiresca". Foram estas as suas palavras. Não sabe, nem poderá imaginar, como elas me torturaram, embora, confesso, só algum tempo depois lhes tenha reconhecido a justiça.

– Estava muito longe de esperar que elas lhe produzissem uma impressão tão forte. E nunca pensei que pudessem ser sentidas de tal modo.

– Acredito perfeitamente. Considerava-me naquela altura destituído de todos os sentimentos humanos, tenho certeza. Nunca esquecerei a expressão do seu rosto ao me dizer que nada poderia convencê-la a aceitar meu pedido.

– Oh! Não repita o que eu disse! Tais coisas não devem ser lembradas. Acredite, há muito tempo que me envergonho profundamente delas.

Darcy mencionou a sua carta e perguntou:

– Acaso ela me reabilitou aos seus olhos? Acaso acreditou no que eu lhe dizia?

Ela explicou os efeitos que a carta tinha lhe produzido e como, aos poucos, sua antipatia foi se dissipando.

– Eu sabia – disse ele – que o que tinha para lhe escrever iria feri-la, mas era necessário. Espero que tenha destruído a carta. Não descansarei enquanto não tiver a certeza de que não a lerá de novo, sobretudo o começo. Lembro-me de certas expressões que poderiam justificadamente provocar seu ódio contra mim.

– A carta será queimada se acredita que isso seja essencial para a preservação da minha estima; mas, embora ambos tenhamos razões para pensar que as minhas opiniões não são inteiramente inalteráveis, não creio, em contrapartida, que sejam influenciáveis com tanta facilidade como parece supor.

– Quando escrevia aquela carta – replicou Darcy –, pensava que estava num estado de espírito perfeitamente calmo e frio, mas, desde então, descobri que a escrevi bastante amargurado e triste.

– Talvez no princípio a carta denotasse certa amargura, mas ela não persistiu até final. A despedida era caridosa. Mas não pense mais na carta. Os sentimentos da pessoa que a recebeu e da pessoa que a escreveu são agora muito diferentes do que eram. Todas as circunstâncias dolorosas relativas a ela devem ser esquecidas. É preciso que aprenda um pouco da minha filosofia. Lembre-se apenas daquilo que lhe causa prazer.

– Não creio que necessite de filosofia do gênero na sua vida. Suas retrospecções devem ser tão totalmente desprovidas de mancha que o contentamento que delas extrai se deve não a uma filosofia, mas à ignorância, o que é muito melhor. Comigo, porém, não se passa o mesmo. Quando penso no passado, sou assaltado por dolorosas recordações que não podem, nem devem, ser repelidas. Toda a minha vida fui uma criatura egoísta, se não na prática, pelo menos nos meus princípios. Em criança ensinaram-me o que era certo, mas não me ensinaram a corrigir o meu gênio. Deram-me bons princípios, mas deixaram-me segui-los com base no meu orgulho e no meu conceito. Desafortunadamente filho único (durante muitos anos fui o único filho), fui mimado pelos meus pais, que, embora fossem bons (meu pai, sobretudo, era a benevolência e a afabilidade em pessoa), permitiram, encorajaram e quase me ensinaram a ser egoísta e tirânico, a não me interessar por ninguém além do círculo da família, a desprezar todo o resto do mundo e a minimizar o seu bom senso e o seu valor comparados aos meus. Assim agi dos 8 aos 28; e assim permaneceria se não fosse por você, minha querida e encantadora Elizabeth! Deu-me uma lição, dura a princípio, mas muito vantajosa. Fui devidamente humilhado. Fui até você sem duvidar de que me aceitaria. Foi então que me revelou a insuficiência de todas as minhas pretensões para agradar a uma mulher digna de ser amada.

– Estava mesmo convicto de que eu me sentiria lisonjeada?

– Confesso que estava. O que pensa da minha vaidade? Acreditei mesmo que desejava e esperava a minha proposta.

– A culpa talvez caiba aos meus modos, mas não agi intencionalmente, asseguro. Nunca tive a intenção de iludi-lo. Como deve ter me odiado a partir daquele dia!

– Odiá-la? Fiquei furioso, talvez, a princípio, mas a minha fúria em breve tomou a direção acertada.

– Quase não ouso perguntar o que pensou de mim quando me encontrou em Pemberley. Censurou-me intimamente por ter ido lá?

– Não, de modo algum. Fiquei apenas surpreso.

– Sua surpresa não foi menor do que a minha ao ser notada. Minha consciência me dizia que eu não merecia nenhuma delicadeza extraordinária, e confesso que não contava receber mais do que o que me era devido.

– O meu objetivo naquela ocasião – replicou Darcy – era mostrar-lhe, por toda a delicadeza ao meu alcance, que não era tão mesquinho que guardasse rancor pelo passado; e esperava obter o seu perdão e apagar a má opinião que tinha de mim, dando-lhe a entender que tinha acatado as censuras que me fizera. Em que momento outros desejos se introduziram, não posso lhe precisar, mas creio que meia hora depois de a ter visto.

Darcy contou-lhe então o prazer que Georgiana tivera em conhecê-la e o desapontamento que sentira com a súbita interrupção da sua visita. Passou, naturalmente, a falar nas causas dessa interrupção, e Elizabeth soube que a resolução dele em partir em busca da sua irmã fora tomada ainda na hospedaria e que, se naquela ocasião se mostrava grave e pensativo, era porque debatia no seu espírito tal ideia e tudo o que ela acarretava. Ela tornou a exprimir a sua gratidão, mas o assunto era penoso demais para ambos para que insistissem nele.

Após caminharem vários quilômetros sem destino e ocupados demais para se preocuparem com isso, enfim descobriram, ao olharem para o relógio, que já tinha passado a hora de regressarem.

– Que será feito de Bingley e de Jane? – essa foi a observação que os introduziu na discussão do seu caso. Darcy estava encantado com o noivado; o amigo lhe informara sem demora.

– Devo lhe perguntar se ficou surpreso? – indagou Elizabeth.

– Não, de modo algum. Quando parti, já sabia que isso ia acontecer.

– Quer dizer, deu-lhe o seu consentimento. Foi o que pensei. – E, embora ele protestasse contra o termo, ela percebeu que a sua suposição não estava muito longe da verdade.

– Na noite da minha partida para Londres – disse ele –, fiz a Bingley uma confissão que há muito tempo lhe devia ter feito. Contei-lhe como tudo ocorrera, tornando absurda e impertinente a minha interferência na vida dele. Ele ficou muito surpreso. Nunca suspeitara de nada. Disse-lhe, além disso, que tinha motivos para acreditar ter me enganado em relação à indiferença da sua irmã; e como, nessa altura, pude ver que a sua afeição por ela continuava inalterada, não duvidei da sua felicidade juntos.

Elizabeth não pôde deixar de sorrir pela facilidade com que ele conduzia o amigo.

– Baseou-se na sua própria observação quando eu lhe disse que a minha irmã gostava dele ou apenas na minha informação da primavera passada?

– Na minha observação. Durante as duas últimas visitas que fiz aqui, observei-a atentamente e fiquei convencido de que ela o amava de verdade.

– E a sua certeza, suponho eu, em breve convenceu a ele também.

– Sim. Bingley é extraordinariamente modesto. Foi isso que o impediu de confiar no próprio julgamento, mas a confiança que ele deposita em mim tornou tudo fácil. Fui obrigado a confessar-lhe uma coisa que durante vários dias o indispôs contra mim. Precisei lhe dizer que tinha sabido da presença da sua irmã em Londres durante aqueles meses de inverno e que propositadamente omitira o fato dele. Bingley ficou furioso, mas acredito que a sua fúria durou apenas enquanto ainda duvidava dos sentimentos de sua irmã. Ele já me perdoou.

Elizabeth sentiu-se tentada a observar que o senhor Bingley tinha sido um amigo encantador, tão fácil de conduzir que o seu valor era incalculável, mas conteve-se. Ao prever a felicidade que esperava Bingley, que seria apenas menor que a sua, ele continuou a conversa até chegarem à casa. Na saleta de entrada da casa, separaram-se.

Capítulo 59

– Minha querida Lizzy, por onde andaram? – foi a pergunta que Elizabeth recebeu de Jane quando ela entrou no cômodo e de todos os outros quando se sentaram à mesa. Limitou-se a responder que tinham se distraído e caminhado mais longe do que esperavam, e, embora tivesse ficado corada, ninguém suspeitou da verdade.

A tarde passou calmamente, sem que nada de extraordinário ocorresse. Os noivos assumidos falaram e riram; os não assumidos permaneceram calados. Darcy não era daquelas pessoas em que a felicidade transborda em alegria; e Elizabeth, agitada e confusa, tinha consciência da sua felicidade, mas não a sentia propriamente, pois, além dos obstáculos imediatos, existiam outros à sua frente. Ela antecipava a reação da família quando tomassem conhecimento da sua situação. Sabia que ninguém gostava dele a não ser Jane e receava mesmo que a antipatia deles fosse de tal ordem que toda a fortuna e importância de Darcy não pudessem dissipar.

À noite, ela abriu-se com Jane. Embora a suspeita não fizesse parte dos hábitos da senhorita Bennet, dessa vez Elizabeth esbarrou com a sua incredulidade.

– Está brincando, Lizzy. Não pode ser! Noiva do senhor Darcy! Não, não pense que me engana. Sei que tal coisa é impossível.

– Isso não é muito animador! Você era a única pessoa com a qual eu contava para acreditar em mim, e, se não acredita, ninguém mais o fará. Porém, é verdade o que digo. Ele ainda me ama e vamos ficar noivos.

Jane olhou para ela, em dúvida:

– Oh, Lizzy! Não pode ser. Sei bem como você o detesta.

– Não sabe absolutamente nada. Tudo isso é para esquecer. Talvez outrora eu não soubesse apreciá-lo como agora, mas, em casos como estes, a boa memória é imperdoável. Essa é a última vez que recordarei tais coisas.

Jane continuava atônita, e Elizabeth, de novo e com mais seriedade, assegurou-lhe que era verdade.

– Deus do Céu! Será possível? Porém vejo-me obrigada a acreditar em você – comentou Jane. – Minha querida Lizzy! Eu gostaria... Eu dou meus parabéns... mas tem certeza? Desculpe a pergunta... tem certeza absoluta de que poderá ser feliz com ele?

– Quanto a isso, não pode haver a menor dúvida. Ficou decidido entre nós que seremos o casal mais feliz do mundo. Mas está contente, Jane? Gostará que ele seja seu cunhado?

– Muitíssimo. Nada nos poderia causar maior prazer, a Bingley e a mim. Conversamos sobre isso, mas achamos impossível. E você gosta realmente dele? Oh, Lizzy! Faça o que bem entender, exceto casar sem amor. Está certa da sinceridade e da força do seu amor?

– Oh, sim! Quando eu lhe contar tudo, até achará que eu o amo demais.

– O que quer dizer com isso?

– Quero dizer que, se disser que gosto mais dele do que você de Bingley, receio que se zangue.

– Minha querida irmã, não brinque e falemos a sério. Conte, sem demora, tudo o que acha que eu devo saber. Desde quando gosta dele?

– Isso aconteceu tão gradualmente que não sei bem quando começou. Contudo, devo situar esse meu amor desde aquela primeira vez que vi o belo parque de Pemberley.

Seguiu-se outra súplica para que ela falasse seriamente, e Elizabeth acatou-a, dando à irmã as garantias mais solenes da sua afeição por Darcy. Tranquilizada sob esse aspeto, Jane nada mais tinha a desejar.

– Agora sinto-me duplamente feliz – disse ela –, pois será tão feliz quanto eu. Sempre o apreciei. Bastava, aliás, o amor dele por você para que eu o estimasse para sempre, mas agora, como amigo de Bingley e seu marido, só Bingley e você mesma terão a sua precedência na minha afeição. Mas, Lizzy, foi muito astuta e reservada comigo. Não me contou quase nada do que se passou em Pemberley e Lambton! Tudo o que sei devo a outro, e não a você.

Elizabeth explicou a razão do seu segredo. Não quisera mencionar o nome de Bingley, e a incerteza dos seus próprios sentimentos fazia com que ela ocultasse também o nome do amigo. Mas agora Elizabeth não podia esconder por mais tempo de sua irmã a participação de Darcy no caso de Lydia. Pôs a irmã a par de tudo, e passaram metade da noite conversando.

– É demais! – exclamou a senhora Bennet quando estava à janela na manhã seguinte. – Então não é aquele desagradável senhor Darcy que torna a vir na companhia do nosso querido Bingley? Que desejará ele com todas essas visitas? Não percebe que nos importuna? Por que ele não vai caçar ou fazer qualquer outra coisa em vez de nos impor sua presença? O que faremos com ele? Lizzy, será melhor levá-lo de novo a passear, para que ele não atravesse o caminho de Bingley.

Elizabeth por pouco não conteve o riso perante proposta tão conveniente. Contudo, ficou contrariada com o fato de a mãe insistir em tão desagradável qualificação.

Assim que entraram, Bingley olhou para Elizabeth de forma tão significativa e apertou-lhe as mãos com tanto afeto que não deixava dúvidas de que estava bem informado. Pouco depois, ele disse em voz alta:

– Senhora Bennet, não tem no seu parque outros caminhos por onde Lizzy possa se perder de novo hoje?

– Aconselho o senhor Darcy, Lizzy e Kitty a darem um passeio até Oakham Mount. É um belo e longo passeio, e o senhor Darcy nunca viu a paisagem – sugeriu a senhora Bennet.

– Será perfeito para os outros – replicou o senhor Bingley –, mas creio que demasiado distante para Kitty. Não acha, Kitty?

Kitty confessou que preferia ficar em casa. Darcy declarou que tinha toda a curiosidade em ver a vista, e Elizabeth consentiu em silêncio. Enquanto subia as escadas para ir se aprontar, a mãe acompanhou-a, dizendo:

– Sinto muito, Lizzy, por obrigá-la a suportar a companhia daquele homem tão desagradável. Mas espero que não se importe muito: é tudo para o bem de Jane, como deve perceber; e não precisará conversar muito com ele, apenas de vez em quando. Portanto, não se exponha e não se torne inconveniente.

Durante o passeio, decidiram entre eles que o consentimento do senhor Bennet seria solicitado naquela mesma noite. Elizabeth encarregou-se pessoalmente de informar a mãe. Não sabia como a senhora Bennet reagiria e, por vezes, duvidava de que toda a fortuna e importância de Darcy fossem suficientes para vencer a antipatia que a mãe tinha por ele. Porém, quer a senhora Bennet se declarasse violentamente contra o casamento, quer fosse violentamente a favor, a filha estava certa de que a sua atitude seria pouco conveniente e sensata, e ela não estava disposta a tolerar que o senhor Darcy assistisse às primeiras manifestações da sua alegria ou à veemência da sua desaprovação.

À noite, pouco depois de o senhor Bennet se recolher à sua biblioteca, Elizabeth viu o senhor Darcy levantar-se e segui-lo, e ela ficou numa agitação extrema. Não receava a oposição do pai, mas sabia que iria lhe causar um desgosto. A ideia de que ela, a sua filha favorita, lhe causaria uma grande decepção com sua escolha, enchendo-o de preocupações quanto ao seu futuro, fez com que ela aguardasse, em profunda angústia e aflição, o momento em que o senhor Darcy tornou a aparecer. Este sorriu, e ela sentiu-se um pouco aliviada. Poucos minutos depois, ele aproximou-se da mesa onde Elizabeth estava sentada com Kitty e, fingindo admirar o trabalho que ela executava, sussurrou-lhe ao ouvido:

– Vá até a biblioteca. O seu pai quer lhe falar.

Elizabeth partiu no mesmo instante. Seu pai caminhava de um lado para o outro, com uma expressão grave e ansiosa.

– Lizzy – disse ele –, o que faz? Estará no seu juízo perfeito aceitando esse homem? Não o odiava?

Naquele momento Elizabeth desejou ardentemente ter manifestado suas opiniões anteriores com menos ênfase! Teria poupado as explicações embaraçosas que agora se via obrigada a fazer. Era necessário. E, um tanto confusa, assegurou ao pai sua afeição pelo senhor Darcy.

– Ou, por outras palavras, está decidida a tê-lo para você. Ele é rico e poderá ter roupas e carruagens ainda mais belas do que as de Jane, mas tudo isso a fará feliz?

– Não tem outra objeção a fazer senão a sua suposição de que eu lhe seja indiferente? – indagou Elizabeth.

– Nenhuma. Todos sabemos que ele é um homem orgulhoso e desagradável, mas nada disso contaria aos nossos olhos se gostar mesmo dele.

– Gosto, gosto muito dele – replicou ela, com lágrimas nos olhos. – Amo-o de verdade. Seu orgulho não é injustificado, e ele é um homem bom e generoso. O senhor não o conhece bem, por isso não me magoe falando dessa forma a respeito dele.

– Lizzy – respondeu o senhor Bennet –, eu já lhe dei o meu consentimento. Ele é realmente um daqueles homens a quem eu nunca recusaria coisa alguma. E agora torno a dá-lo a você, se está verdadeiramente decidida a obtê-lo. Mas eu a aconselho a refletir mais sobre o assunto. Conheço o seu gênio, Lizzy, e sei que jamais poderá ser feliz sem que estime verdadeiramente o seu marido, sem que o considere seu superior. Sua vivacidade e inteligência a colocariam numa situação de grande perigo num casamento desigual.

Elizabeth, ainda mais emocionada, respondeu solene e gravemente. Após repetidas vezes afirmar que o senhor Darcy era de fato o homem da sua vida, explicar a mudança gradual pela qual tinha passado a sua estima por ele, relatar a absoluta certeza que tinha da sua afeição, que não era coisa de momento, mas que resistira à experiência de muitos meses de incerteza, e enumerar com energia todas as qualidades do futuro marido, acabou por conquistar a incredulidade do pai e reconciliá-lo com a ideia do casamento.

– Pois bem, minha querida – disse ele, quando Elizabeth acabou de falar. – Nada mais tenho para dizer. Se é esse o caso, ele a merece. Nunca me poderia separar de você, minha querida Lizzy, entregando-a a alguém menos digno da sua estima.

Para completar a impressão favorável do pai, ela então relatou-lhe o que o senhor Darcy voluntariamente fizera por Lydia. Ele ouviu-a com um espanto ilimitado.

– Esta é mesmo uma noite de surpresas! Darcy tratou de tudo! Fez o casamento, deu dinheiro, pagou as dívidas do outro e arranjou-lhe um novo cargo? Tanto melhor. Poupa-me inúmeros incômodos e avultada soma em dinheiro. Se tudo tivesse sido feito pelo teu tio, eu me sentiria na obrigação de lhe pagar, mas esses jovens apaixonados hão de querer tudo a seu modo. Oferecerei, amanhã, para lhe pagar, mas ele protestará com veemência, alegando o seu amor por você, e porá um ponto final no assunto.

O senhor Bennet lembrou-se, então, do embaraço de Elizabeth a propósito da carta do senhor Collins; e, após brincar com ela sobre o assunto, deixou-a enfim partir, dizendo, quando ela já ia perto da porta:

– Se chegarem alguns jovens para Mary e para Kitty, mande-os entrar, pois estou à disposição.

Elizabeth sentia-se aliviada de um grande peso; e, após refletir sossegada no seu quarto durante meia hora, voltou para junto dos outros com um rosto calmo e sereno. Tudo ainda era muito recente para que a sua alegria transbordasse. A noite passou tranquilamente, nada mais havia a temer, e a calma voltaria aos poucos.

Quando a mãe subiu para o quarto, Elizabeth acompanhou-a e fez a importante comunicação. O efeito foi extraordinário, pois, ao ouvi-la, a senhora Bennet permaneceu completamente imóvel, incapaz de pronunciar uma palavra. Só passados longos minutos ela pôde compreender o que ouvira, embora estivesse sempre atenta a tudo o que redundasse em proveito para a família ou que lhe apresentasse sob o aspecto de um noivo para qualquer uma das suas filhas. Por fim, ela começou a voltar a si e a mexer-se na cadeira; levantou-se, tornou a sentar-se, abriu a boca de espanto e persignou-se.

– Deus do céu! Deus me abençoe! Imagine só! Quem poderia supor? O senhor Darcy! É mesmo verdade? Oh, minha querida Lizzy! Como será rica e importante! Que mesadas, que joias e que carruagens terá! O casamento de Jane não é nada em comparação com o seu! Sinto-me tão feliz, tão contente! Que homem encantador! Tão belo! Tão alto! Oh, minha querida Lizzy, perdoe-me ter antipatizado com ele no princípio! Estou certa de que ele me perdoará. Minha querida Lizzy... Uma casa em Londres! Tudo o que há de melhor! Três filhas casadas! Dez mil libras por ano! Meu Deus do céu, o que será de mim? Vou enlouquecer.

Tais exclamações foram suficientes para mostrar que não havia dúvida quanto à sua aprovação; e Elizabeth, felicitando-se por ser a única testemunha daquela efusão, em breve se retirou.

Entretanto, ela não estava nem há três minutos no quarto quando a mãe de novo lhe apareceu:

– Minha querida filha! – exclamou ela. – Não posso pensar em outra coisa! Dez mil libras por ano e talvez mais! É tão bom como se se tratasse de um lorde! É necessário obter uma licença especial! Mas, meu amor, diga qual o prato preferido do senhor Darcy para eu oferecer amanhã.

Era um triste prenúncio de como poderia ser o comportamento da mãe com o próprio cavalheiro. Elizabeth descobriu que, embora de posse dos mais calorosos dos afetos e tranquila quanto ao consentimento dos pais, havia ainda algo a desejar. Mas o dia seguinte passou-se muito melhor do que ela esperara, pois a senhora Bennet, afortunadamente, tinha tanto respeito pelo seu futuro genro que só se atreveu a dirigir-lhe a palavra para lhe dizer alguma amabilidade ou manifestar a sua deferência pelas opiniões dele.

Elizabeth viu com satisfação o seu pai fazer esforços para conhecer melhor o senhor Darcy; e o senhor Bennet em breve lhe assegurou de que a sua estima por ele crescia a todo o momento.

– Tenho grande admiração pelos meus três genros – disse ele. – Wickham é talvez o meu preferido, mas creio que gostarei tanto do seu marido quanto do de Jane.

Capítulo 60

Readquirida a tranquilidade de espírito e, com ela, o seu bom humor, Elizabeth exigiu do senhor Darcy que ele lhe contasse como se apaixonara por ela.

– Como começou? – indagou ela. – Compreendo que tenha progredido gradualmente, após o primeiro passo, mas o que foi que o impulsionou?

– Não posso determinar a hora ou o lugar, o olhar ou as palavras que alicerçaram o meu amor. Já estava no meio e ainda não entendera por que havia começado.

– Quanto à minha beleza, foi desde logo classificada por você, e, quanto aos meus modos, o meu comportamento andou perto da má educação, e, quando falava com você, era quase sempre com o intuito de feri-lo. Agora, seja sincero: foi pela minha impertinência que me admirou?

– Admirei-a pela vivacidade do seu espírito.

– Ou impertinência, como queira. Pouco menos era do que isso. O que é certo é que estava farto de amabilidades, deferências e atenções. Desdenhava todas aquelas mulheres que falavam, agiam e pensavam com o único objetivo de conquistá-lo. Despertei sua atenção porque eu era diferente delas. Se não fosse tão amável, teria odiado. Mas, apesar do trabalho que teve para disfarçar os seus sentimentos, estes sempre foram nobres e justos. E no seu coração sempre desprezou as pessoas que tanto o cortejavam. Pronto, já lhe poupei o trabalho de uma explicação, e, realmente, pensando bem, acho a minha hipótese bastante razoável. Para falar a verdade, não conhecia nenhuma boa qualidade em mim. Mas ninguém pensa nisso quando se apaixona.

– E não havia bondade na afetuosa atitude que teve com Jane quando ela esteve doente em Netherfield?

– Querida Jane! Quem não teria feito o mesmo por ela? Mas faça disso uma virtude, se quiser; minhas boas qualidades ficam ao seu cuidado, e pode exagerá-las como lhe convier. Em troca, cabe-me o direito de provocá-lo e discutir com você todas as vezes que me apetecer; e, para começar, diga-me por que razão à última hora se mostrou tão indeciso.

– Porque você se mantinha grave e silenciosa e não me deu nenhum encorajamento.

– Mas eu estava confusa.

– E eu também.

– Podia ter procurado conversar mais comigo quando veio jantar.

– Um homem menos apaixonado que eu talvez o tivesse feito.

– Pena que encontre para tudo uma resposta razoável e que eu tenha o bom senso de aceitar! Mas pergunto a mim mesma quanto tempo ainda levaria para se declarar se eu não tivesse interferido!

– Não se preocupe. A moral está a salvo. As injustificadas tentativas de *lady* Catherine para nos separar foram um meio de remover todas as minhas dúvidas.

– *Lady* Catherine foi de imensa utilidade, e isso deverá torná-la feliz, pois ela gosta de ser útil. Mas, diga-me, por que veio a Netherfield? Foi apenas para passear até Longbourn e ficar envergonhado? Ou terá pensado na possibilidade de consequências mais sérias?

– Meu verdadeiro objetivo foi vê-la e verificar se poderia ter esperanças de que viesse a gostar de mim. O motivo declarado, ou pelo menos aquele que confessei a mim mesmo, foi verificar se a sua irmã ainda gostava de Bingley e, acaso ainda gostasse, fazer ao meu amigo a confissão que mais tarde realmente lhe fiz.

– Terá alguma vez a coragem de informar o nosso noivado a *lady* Catherine?

– É mais fácil faltar-me o tempo do que a coragem. Mas, uma vez que tem de ser feito, dê-me uma folha de papel e escreverei neste mesmo instante.

– E, se eu não tivesse também uma carta a escrever, sentaria a seu lado e admiraria a regularidade da sua caligrafia, como certa jovem, um dia, já o fez; mas acontece que também tenho uma tia e estou em falta com ela.

Elizabeth, que até então evitara ter de dizer aos tios que eles tinham exagerado a intimidade entre o senhor Darcy e ela, ainda não respondera à carta da senhora Gardiner, mas, atualmente, sabendo que eles receberiam da melhor maneira o comunicado que tinha a fazer, ela sentiu-se quase envergonhada ao refletir que os tios já tinham perdido três dias de felicidade, e imediatamente respondeu o seguinte:

Eu já lhe teria escrito, minha querida tia, para lhe agradecer, como deveria, pela sua longa e carinhosa carta, tão rica em pormenores, se, para lhe dizer a verdade, não me sentisse aborrecida demais para o fazer. A senhora supôs mais do que aquilo que realmente existia. Mas, agora, sinta-se livre para tudo o que quiser; dê largas à fantasia e entregue-se à sua imaginação, para os voos mais arrojados, e, a menos que me imagine já casada, não errará por muito. Escreva-me tão depressa quanto puder e elogie-o ainda mais do que na sua última carta. Não me canso de lhe agradecer por não me terem levado até os Lagos. Não sei como pude ser tola a ponto de desejar tal passeio! A sua ideia dos pôneis é encantadora. Percorreremos o parque todos os dias. Sou a criatura mais feliz do mundo. Talvez outras pessoas já o tenham dito antes, mas nunca com tanta justiça. Sou mais feliz até do que Jane; ela apenas sorri, eu rio. O senhor Darcy envia-lhe todo o seu amor, aquele que ainda lhe resta. Contamos com todos em Pemberley para passar o Natal.

A sua, etc.

A carta do senhor Darcy para *lady* Catherine foi escrita em estilo bem diferente. Diferente também de ambas foi a carta que o senhor Bennet escreveu ao senhor Collins, em resposta à última daquele cavalheiro.

Caro senhor,

Venho incomodá-lo mais uma vez para novas informações. Elizabeth será em breve a esposa do senhor Darcy. Console lady *Catherine como puder. Mas, se eu fosse o senhor, tomaria o partido do sobrinho. Ele tem mais para dar.*

Sinceramente, etc.

Os parabéns que a senhorita Bingley mandou ao irmão pelo seu casamento foram tudo o que havia de mais afetuoso e menos sincero. Ela escreveu também a Jane, nessa ocasião, a fim de exprimir o seu contentamento e repetir todas as suas anteriores declarações de estima. Jane não se deixou iludir, mas ficou enternecida; e, embora não tendo confiança nela, não pôde deixar de lhe escrever uma carta muito mais amável e carinhosa do que ela sabia que a outra merecia.

A alegria que a senhorita Darcy exprimiu ao receber informação semelhante foi tão sincera quanto a do irmão ao enviá-la. Quatro páginas foram insuficientes para exprimir todo o seu sentir e o seu sincero desejo de ser estimada pela futura cunhada.

Antes de receber uma resposta do senhor Collins ou parabéns de Charlotte para Elizabeth, a família de Longbourn soube que os Collins em pessoa tinham chegado a Hertfordshire. O motivo dessa súbita viagem tornou-se logo evidente. *Lady* Catherine ficara tão exasperada com a carta do sobrinho que Charlotte, que na realidade se alegrava com o casamento, desejou ir-se embora até a tempestade passar. Num momento como aquele, a chegada da amiga causou um sincero prazer a Elizabeth, embora esse prazer tivesse de ser pago a alto preço, quando via o senhor Darcy exposto às delicadezas obsequiosas e fatigantes do senhor Collins.

Darcy, no entanto, suportava tudo aquilo com uma calma admirável. Ouviu até com serenidade as palavras de *sir* William Lucas, que o congratulou por ter conquistado a mais bela joia do país e exprimiu a esperança de todos eles se encontrarem frequentemente em St. James. Se ele chegou a encolher os ombros, foi apenas quando *sir* William se afastou.

A vulgaridade da senhora Philips foi outra sobrecarga, talvez maior do que qualquer outra, para a paciência dele; e, embora ela, tal como a irmã, a senhora Bennet, se sentisse atemorizada diante de Darcy, que não tinha o bom humor de Bingley, todas as vezes que abria a boca era para dizer coisas vulgares. Elizabeth fazia tudo o que podia para protegê-lo das frequentes atenções de ambas, atraindo-o constantemente para junto de si ou dos outros membros da sua família com quem ele poderia conversar sem se torturar.

Capítulo 61

A senhora Bennet ficou imensamente feliz quando se viu livre de duas das filhas mais queridas. É fácil imaginar com que orgulho ela visitava, mais tarde, a senhora Bingley e falava da senhora Darcy. Seria muito bom se a realização do seu maior desejo, de ver as filhas mais velhas casadas, tivesse o efeito de transformá-la numa mulher sensata, discreta e interessante para o resto da vida. Contudo, para a sorte do seu marido, que talvez não acreditasse em uma felicidade doméstica tão grande, ela continuou ocasionalmente nervosa e invariavelmente tola.

O senhor Bennet sentiu muito a falta da segunda filha. Sua afeição por ela foi um dos motivos pelos quais, daí por diante, passou a sair mais de casa. Adorava ir a Pemberley, sobretudo quando não era esperado. O senhor Bingley e Jane ficaram em Netherfield apenas mais um ano.

Tamanha proximidade da senhora Bennet e dos conhecidos de Meryton não era desejável, mesmo levando em conta o temperamento brando de Bingley e o coração afetuoso de Jane. O grande desejo das irmãs de Bingley foi finalmente satisfeito, e ele comprou uma propriedade nas proximidades de Derbyshire. Jane e Elizabeth moravam agora a cinquenta quilômetros uma da outra.

Kitty passava a maior parte do tempo com as duas irmãs mais velhas, o que foi de grande vantagem para ela. Numa sociedade tão superior à que ela conhecera, em breve fez grandes progressos. Kitty não tinha o gênio rebelde de Lydia. Longe da influência e do exemplo da irmã e graças a certos cuidados e atenções, tornou-se menos irritável, menos ignorante e menos insípida. Era cuidadosamente preservada de qualquer nova influência da parte de Lydia, e, embora a senhora Wickham frequentemente a convidasse a ir passar um tempo em sua casa, com promessas de bailes e rapazes, o pai jamais consentia que ela fosse.

Mary era a única que permanecia em casa. Como a senhora Bennet não suportasse a solidão, ela viu-se necessariamente impedida de prosseguir no aperfeiçoamento dos seus talentos. Obrigada a participar das reuniões da sociedade com mais frequência, continuou, no entanto, a tirar conclusões morais de cada visita que fazia. Como Mary já não sentia a mortificação da comparação da beleza das irmãs com a dela própria, seu pai desconfiou de que ela aceitava sem muita relutância essa alteração dos seus hábitos.

Quanto a Wickham e Lydia, o casamento pouco os modificou. Wickham resignou-se filosoficamente à convicção de que Elizabeth estava agora a par de todas as suas ingratidões e mentiras. Apesar disso, continuava a alimentar a esperança de que ela um dia pudesse convencer Darcy a fazer a sua fortuna. A carta que Elizabeth recebeu de Lydia por ocasião do seu casamento revelou que tal esperança era acalentada pela mulher, se não pelo próprio marido. A carta dizia o seguinte:

Minha querida Lizzy,

Desejo-lhe grande felicidade. Se o seu amor pelo senhor Darcy é apenas metade do que eu sinto pelo meu marido Wickham, então é decerto muito feliz. É um consolo saber que é tão rica, e, quando não tiver nada para fazer, espero que se lembre de nós. Wickham gostaria muito de enveredar pela carreira jurídica, mas não creio que tenhamos dinheiro suficiente para vivermos sem auxílio. Qualquer lugar de trezentas ou quatrocentas libras por ano serviria; mas, se prefere, não mencione o assunto ao senhor Darcy.

A tua, etc.

Elizabeth preferiu não mencionar o assunto; procurou, na sua resposta, acabar com todos os pedidos dessa natureza. No entanto, ela passou a enviar à Lydia tudo o que economizava das suas despesas particulares. Sempre lhe parecera evidente que a renda de que eles gozavam, dirigida por pessoas tão extravagantes nos seus desejos e imprevidentes quanto ao futuro, seria insuficiente para o seu sustento. Todas as vezes que o casal mudava de residência, Jane e Elizabeth podiam estar certas de receber um pedido de auxílio, pois havia sempre contas a pagar. Sua maneira de viver, mesmo quando tinham uma casa, era sempre muito irregular. Estavam constantemente em mudança, em busca de uma situação barata, e gastavam mais do que tinham. A afeição de Wickham por Lydia em breve se transformou em indiferença. A de Lydia resistiu por mais um tempo. Apesar da sua mocidade e das suas maneiras, ela conservou intacta a reputação que o casamento lhe havia assegurado.

Embora Darcy não admitisse a ideia de receber Wickham em Pemberley, em consideração a Elizabeth ajudou-o em sua carreira. Lydia visitava-os ocasionalmente, quando o marido ia a Londres ou a Bath. Na casa dos

Bingleys, no entanto, eles demoravam-se mais tempo, a ponto de esgotar toda a paciência e o bom humor de Bingley, que chegou a dar a entender que desejaria ver os dois fora de sua casa.

A senhorita Bingley ficou profundamente mortificada com o casamento do senhor Darcy, mas, como achou melhor conservar o direito de frequentar Pemberley, sufocou todo o seu ressentimento. Continuou a gostar de Georgiana, mostrou-se quase tão atenciosa com Darcy como antigamente e pagou com juros todas as cortesias que devia a Elizabeth.

Georgiana foi residir em Pemberley. A afeição entre as duas cunhadas correspondeu a todas as expectativas de Darcy. Georgiana tinha uma grande admiração por Elizabeth. No começo, estranhou os gracejos e as brincadeiras de Elizabeth com o marido. O irmão sempre lhe inspirara um respeito que quase sufocava a sua afeição. Começou, então, a saber coisas que ignorava. E Elizabeth lhe explicou que uma esposa pode ter com o marido liberdades que um irmão nem sempre poderia tolerar na irmã dez anos mais jovem do que ele.

Lady Catherine ficou muito indignada com o casamento do sobrinho. Respondeu à carta que comunicava sobre a união com termos tão violentos, sobretudo contra Elizabeth, que, durante algum tempo, as relações foram totalmente cortadas. Contudo, Elizabeth convenceu o marido a perdoar a ofensa e fez com que ele procurasse a reconciliação. Após alguma resistência, o ressentimento de *lady* Catherine cedeu, quer pela afeição que tinha pelo sobrinho, quer pela curiosidade em ver como a esposa dele se conduzia, e concordou em ir visitá-los em Pemberley.

O casal manteve grande contato com os Gardiners. Darcy, a exemplo de Elizabeth, tinha a maior afeição por eles, pois, além de tudo o mais, nunca se esqueceram da gratidão que deviam às pessoas por cujo intermédio eles tinham reatado as suas relações durante aquele passeio por Derbyshire.

Fim